# Olivier Bal

Olivier Bal a été journaliste pendant une quinzaine d'années, a animé des Masterclass à la Cité des sciences et de l'industrie de Paris, et se consacre aujourd'hui pleinement à l'écriture.
Après un diptyque salué par la critique – *Les Limbes* (Prix Méditerranée Polar 2018 du premier roman et Prix Découverte 2018 des Géants du Polar) et *Le Maître des Limbes* (Prix des Géants du Polar) –, il a publié chez XO Éditions *L'Affaire Clara Miller* (2020), *La Forêt des disparus* (2021) et *Méfiez-vous des anges* (2022). Ces romans sont tous repris chez Pocket.

# MÉFIEZ-VOUS DES ANGES

ÉGALEMENT CHEZ POCKET

LES LIMBES
LE MAÎTRE DES LIMBES
L'AFFAIRE CLARA MILLER
LA FORÊT DES DISPARUS
MÉFIEZ-VOUS DES ANGES

OLIVIER BAL

# MÉFIEZ-VOUS DES ANGES

THRILLER

XO ÉDITIONS

ISBN : 978-2-266-33224-8
Dépôt légal : avril 2023

*À mes parents,*
*Jacqueline et Christian,*
*Pour le chemin qu'ils ont parcouru ensemble,*
*Et pour nous avoir aidés, mes sœurs et moi,*
*À trouver notre propre voie.*

# *Prologue*

## Paul
### 1er novembre 2012
### Ojai

« Paul Green est attendu dans Le Cœur. Seul, sans micro et sans arme. »

La voix, sortie des énormes haut-parleurs du domaine, égrène le même message. Puis, c'est le silence. Tous les regards se tournent alors vers moi. Je suis assis à l'arrière d'un des fourgons du SWAT, mon chien à mes pieds. Après avoir fait le point avec ses supérieurs et l'équipe du groupe d'intervention, Sarah Shelley approche.

— Paul, vous en pensez quoi ?

— Je n'ai pas le choix. Si on veut éviter un nouveau carnage, je dois y aller.

— Vous n'êtes pas obligé.

— Il faut en finir…

Les agents du SWAT m'imposent de porter un gilet pare-balles. Pas certain que ça change grand-chose, mais je me laisse manipuler comme un pantin. Tandis qu'ils me l'enfilent, ils me décrivent le protocole à suivre, que faire en cas de menace directe, d'assaut, et me demandent de rester vigilant une fois entré dans le bâtiment. Je dois leur rapporter un maximum d'informations. Combien de personnes armées ? Quels sont les accès les moins sécurisés ? Ils semblent croire que je vais ressortir de L'Enceinte… Je hoche la tête mécaniquement. Mon esprit fatigué rejoue les événements de ces derniers mois. Linda… Kate… Douglas… Kenneth… Vic… Rafa… tout le reste. La lumière et les ténèbres. L'horreur et l'espoir… Moi aussi, j'ai voulu y croire. Une fois de plus, une fois de trop. Je croise Dougherty, le responsable du SWAT, il a un sourire quasi imperceptible. Pour lui, en revanche, c'est certain, je vais y passer.

Un halo déchire la nuit, suivi d'un vrombissement sourd. Un hélicoptère de la police nous survole, stationne quelques instants à distance de la bâtisse principale, son projecteur glissant d'une fenêtre à l'autre. À travers les volets barricadés, pas un mouvement. Ce calme est plus inquiétant que les balles qui fusaient hier matin. Il se prépare quelque chose. Quelque chose de terrible. Car je sais qu'ils sont tous là-dedans, sa garde rapprochée, fidèles parmi les fidèles. Le premier cercle. Retranchés depuis maintenant deux jours. Ils ne l'abandonneront pas. Et elle est avec eux, évidemment.

Je retourne auprès de mon chien, Flash. Il se soulève en me voyant arriver. Je lui attrape le museau, le caresse entre les oreilles, vérifie que sa laisse est bien attachée au pare-chocs du véhicule. Il serait capable de me suivre dans cet enfer. L'animal me jette un de ces regards désabusés dont il a le secret. Oui, je sais que je fais une énorme connerie, mon vieux… Pas la peine d'en rajouter.

Le gilet pare-balles m'enserre la poitrine. J'ai du mal à respirer. Sarah Shelley m'accompagne jusqu'aux premières lignes du barrage de police. Partout, ça s'agite. Les tireurs d'élite, appuyés sur les capots de voitures, ont l'œil rivé à la lunette de leur fusil. D'autres agents surveillent l'hacienda à la jumelle, voûtés derrière des sacs de sable, protections bien dérisoires contre l'arsenal militaire des assiégés. Des crépitements de talkies-walkies résonnent à gauche, à droite. Je surprends, d'une oreille, quelques commentaires sur mon passage. Un type susurre à son voisin : « Envoyer un civil, c'est de la folie… » L'autre lui répond : « Surtout que c'est l'un d'entre eux. » L'un d'entre eux…

Sarah repositionne un peu mon gilet pare-balles. Sa manière à elle de me montrer qu'elle est inquiète.

— Paul. Vous devez gagner du temps. Essayer de faire entendre raison à Fairview.

— Je vais faire mon possible.

Je passe un doigt sur ma vieille cicatrice en travers du sourcil. Un tic nerveux quand le stress monte. Sarah s'en rend compte et tente de me rassurer.

— Je serai là s'il y a le moindre problème. On attend la confirmation du gouverneur pour lancer un nouvel assaut. Ça ne devrait plus tarder.

— Surtout pas. Le sang a déjà trop coulé. Il faut qu'ils acceptent de se rendre.

— Je l'espère. J'ai confiance en vous.

— Merci, Sarah.

Je jette un œil, rapide, par-dessus le capot. Par-delà les barricades de la police, un petit chemin grimpe vers le haut de la colline et l'imposant bâtiment qu'on appelle ici Le Cœur. Au sol, malgré l'obscurité, sur le pavage en tommettes, on distingue encore des traces de sang. Quatre policiers se sont fait abattre ici.

Je prends une grande inspiration et commence à gravir la petite butte. Face à moi se dresse la villa de style espagnol. Que reste-t-il de l'éden que j'ai découvert en débarquant ici, il y a quelques mois ? Sous la lumière des projecteurs, l'hacienda de deux étages prend des atours lugubres. Ce soir, il n'y a plus que les ténèbres.

Arrivé devant l'énorme porte battante constellée d'impacts de balles, je me retourne et cherche Shelley du regard. Les projecteurs m'aveuglent. Une main m'empoigne et me tire à l'intérieur. Le canon d'une arme qu'on braque sur mon front. Je lève les bras en signe d'apaisement. C'est Ned, l'un des hommes du service de sécurité. En sale état.

— Green. Si ça ne tenait qu'à moi, je te logerais une balle entre les deux yeux.

— J'imagine… Écoute, Ned, il y a peut-être encore un moyen d'arranger ça.

— Non, c'est trop tard. Vous avez tout détruit. C'est la dernière nuit. Ce soir, la lumière s'éteint.

Il est saisi d'une quinte de toux et se tord de douleur. Il crache du sang. Que se passe-t-il ici ?

— Où sont les autres ? Les familles, les enfants ?

— Pas de questions, Green. Avance.

De son canon, il me pousse vers le hall d'entrée. Nous montons à l'étage et traversons un long couloir. Par l'entrebâillement d'une porte, j'aperçois une chambre. Sur un lit double, deux personnes allongées. Elles dorment ? Malgré les dizaines de flics qui encerclent la baraque ? Je ralentis, mais Ned me force à continuer. Nos pas font grincer le parquet. Une étrange odeur flotte dans l'air. Nous progressons vers les appartements de Fairview, je crois entendre des cris en bas. Des hurlements de douleur. Une porte s'ouvre. Douglas est là, derrière son large bureau. Il me sourit. Dans sa main, un revolver.

— Bienvenue à la fin des temps, Paul. Tout ce qui arrive ce soir est votre faute…

# PREMIÈRE PARTIE

## Les Écorchés

*« Vous l'avez toujours senti en vous, sans même le savoir, sans parvenir à mettre de mots dessus. Il y a une fêlure, une blessure, là, au fond de votre être. Elle est la cause de tout et pourtant, vous avez trop longtemps refusé de vous y confronter. Votre dépendance, vos doutes, votre dépression, vos accès de colère, votre violence... tous vos maux proviennent de là, de ces ombres qui se terrent en vous. Vous êtes des écorchés que l'on n'a jamais su soigner... »*

Douglas Fairview,
*La Voie, le chemin vers vous-même.* 1987

# 1

## Sarah
### 6 juillet 2012
### Los Angeles

Sunset Boulevard plonge dans la nuit.

Appuyée sur le capot de ma voiture, je termine mon café, acheté au Mel's Drive-In. J'observe la circulation, les passants. Comme toujours, je vois tout. Je retiens tout.

Le Sunset Strip se remplit peu à peu, comme tous les vendredis soir. Les habitants des collines de Hollywood, les fameux anges, daignent descendre parmi nous autres, humains. Après l'Obica, on boira un verre au Plaza. On ira ensuite danser au Viper. On finira par une after-party dans la piscine d'un héritier, sur Malibu Colony.

La sonnerie de mon téléphone m'extrait de mes pensées.

— Shelley, c'est Mark. On a une affaire. Un accident de voiture. C'est au croisement de West Pico et San Vicente Boulevard.

— Qu'est-ce que tu veux que j'aille faire là-bas ? Depuis quand les Homicides s'occupent de la circulation ?

— Ne commence pas et ramène-toi. Il y a déjà deux unités sur place avec moi. Il faut que tu voies ça.

Je note mentalement l'adresse et démarre ma Firebird. Pas besoin de lancer le GPS. Je connais la moindre rue, la moindre ruelle. Ici, c'est chez moi.

Je roule dans la nuit de Los Angeles. Mon royaume. La ville aux mille visages. De chaque côté du boulevard, les affiches pour les prochains shows télé, les futures sorties cinéma, les nouvelles campagnes des marques en vogue. Des noms qui se succèdent, s'entrechoquent : Gucci, Balenciaga, Armani… Des visages de célébrités qui se superposent. Leurs traits démultipliés à l'infini, comme s'ils sortaient tous du même moule. Dents blanchies, cheveux brillants, regards perçants… Corps figés, illusions de désir, âmes éteintes.

À un feu rouge, je me retrouve à côté d'une grosse décapotable. Une Porsche Boxster rutilante. Un gamin d'à peine vingt ans fait rugir son moteur, hip-hop à fond. Je tente de me retenir, mais finis par tourner la tête et l'examine quelques secondes. Je ne peux m'en empêcher. C'est comme si mon cerveau l'exigeait. Il faut que je nourrisse la Machine, toujours plus. Son tee-shirt Abercrombie trop moulant. Son gilet bleu turquoise, posé nonchalamment sur ses épaules. Une boîte de Vicodin dans le vide-poche. Cette façon qu'il a de vérifier sans cesse son téléphone, attendant un message qui ne vient pas. Sa jambe droite qui tressaute un peu trop. Tu ne vas pas aussi bien que tu le laisses croire, petit. Tu ferais mieux de rentrer chez toi, ce soir… Le gosse remarque que je le scrute. Il me reluque. Je sais ce qu'il pense voir. Une belle femme, avec un charme étrange, un peu masculin. Les cheveux courts, avec des reflets auburn, des taches de rousseur sur les joues. Un corps musclé, tendu, et ce tee-shirt noir qui vient mouler ses petits seins. Sans surprise, il m'adresse la parole. Je ne réponds pas et détourne la tête. Il insiste.

— Hey, chérie, tu peux tomber les lunettes de soleil ! Il fait nuit noire.

J'attrape mon gyrophare, je le pose sur le toit, l'allume, regarde à droite et à gauche, démarre en trombe. Dans le rétroviseur, je vois le visage défait du gamin. Ces lunettes, j'en ai besoin, imbécile. Elles sont mes barrières, mon bouclier… mon filtre.

Après une quinzaine de minutes, j'arrive enfin sur Pico. Le carambolage a créé un embouteillage terrible. Ça klaxonne dans tous les sens. Deux agents tentent de fluidifier la circulation. Une, deux, trois, quatre… Il y a dix-neuf voitures qui attendent. Sept noires, cinq bleues, trois marron, deux blanches, une rouge, une jaune. Non… Ne pas laisser la Machine me déborder. Je souffle et descends de mon véhicule. Une ambulance et un camion de pompiers sont garés en travers de la route, les gyrophares renvoient des éclats stroboscopiques qui me vrillent la tête. En réajustant mes lunettes, je remarque Mark Riley, mon partenaire, en train de discuter avec des pompiers. L'accident est assez impressionnant. Un semi-remorque a percuté une camionnette à un carrefour. Tractant une remorque de voitures neuves, le poids lourd a freiné en braquant au milieu du croisement. Sur le bitume, de larges traces de pneus. Un peu plus et sa remorque se renversait. La camionnette, un Chevy Van noir à la peinture écaillée, a, elle, été projetée par la force du choc à près de dix mètres, et s'est encastrée dans un réverbère.

Un jeune flic, cheveux gominés en arrière, muscles saillants prêts à faire exploser les coutures de son uniforme, mâchonne un chewing-gum en rêvassant. Il a l'air de s'emmerder sec.

— Sarah Shelley, HSS, Homicide Special Section. Ton matricule ?

— Euh… Ted Garriola, 35269.

— Ted, tu comptes bosser, ce soir, ou seulement te la couler douce ? Il faut poser les bandes de sécurité, interdire aux passants d'approcher. Les journalistes vont se pointer. Alors, bouge-toi.

— Oui, pardon, mais c'est juste un accident. Ce n'est pas comme s'il y avait une fusillade ou…

Je le coupe.

— Tout est important. Toujours…

Je ne supporte plus ces jeunes qui débarquent dans mes rues avec des envies de guérilla. Ils s'imaginent en justiciers, rêvant de faire la couverture de l'édition dominicale du *Los Angeles Times*. Non, être flic, c'est attendre, toujours. Faire des tâches usantes, répétitives, tâtonner, se tromper, essayer, encore. Et, la plupart du temps, ça signifie aussi s'en prendre plein la gueule. Insultes, portes qui claquent, crachats, indifférence… Être flic, surtout à LA, c'est tout sauf être un héros.

Riley me rejoint. Son corps trop grand pour lui, ses bras toujours un peu ballants. Cette éternelle chemise blanche, parfaitement repassée, et son pantalon marron avec un pli au centre, impeccable. Ses placards sont remplis des mêmes vêtements. Pour lui, c'est son uniforme. Mark a le crâne dégarni, avec quelques cheveux qui se rebellent, comme un gribouillage au-dessus de la tête. Il arbore des rides autour des yeux, celles que l'on gagne quand on a souvent souri. Celles que je n'aurai jamais. À cinquante-trois ans, la vie, pourtant, ne lui a pas fait de cadeau. Sa femme s'est barrée il y a une dizaine d'années, le laissant seul avec leurs jumelles, Elie et Mary. Mais Mark n'a jamais baissé les bras. Il bosse de nuit pour pouvoir s'occuper de ses filles la journée. Tout le monde l'apprécie au LAPD. Pas étonnant que Corwin, notre supérieure, ait décidé que je ferais équipe avec lui. Elle espérait que Riley m'aiderait à m'intégrer, qu'il compenserait celle que je suis. Elle se trompait.

Avec le temps, j'ai appris à découvrir les failles, les zones d'ombre de mon partenaire. Son addiction à la dextro, un dérivé d'amphétamine, pour tenir le rythme, et ses petits « arrangements » avec certains dealers du quartier. Mark peine à finir les mois. Je laisse pisser. Il y a bien pire que lui dans notre service, l'HSS. Riley n'est pas parfait, personne ne l'est. Mais il est ce qui s'approche le plus d'un mec bien. Le seul avec qui j'aurais jamais accepté de travailler.

— Vas-y mollo avec le môme, Shelley. Il débute, me lance Riley.

— Je m'en fous.

— Je vois que tu pètes le feu, comme d'habitude…

Mark tapote l'épaule du jeune flic, lui lâche un sourire puis m'explique la situation.

— Comme tu le vois, c'est un sacré accrochage. A priori, le van a grillé le feu. Le conducteur du semi-remorque n'a pas eu le temps de l'éviter. Sous la force de l'impact, la camionnette a fait deux tonneaux et est venue s'encastrer dans ce réverbère.

— Je ne comprends toujours pas ce qu'on fait là.

— Attends un peu… Il y avait deux individus dans le Chevy. Le chauffeur du poids lourd les a vus quitter l'engin. L'un avait beau boiter et l'autre avoir le front ouvert, ils ont tous deux pris la fuite.

— Pourquoi ?

— Parce qu'ils ne voulaient surtout pas qu'on les chope avec ce qu'ils planquaient dans le coffre.

La camionnette est comme pliée en deux, lovée autour du lampadaire qui s'est courbé en avant, son ampoule grésillant. Le capot laisse encore échapper une fumée noirâtre. Au sol, des éclats de verre, un fragment d'aile arraché. La portière arrière est entrebâillée.

— Pas de risque d'incendie ?

— Les pompiers ont mis un coup d'extincteur sur le moteur. Ça devrait être bon.

J'enfile mes gants, tire la porte qui résiste un peu. Sous mes yeux, un cadavre de femme. Elle est jeune, nue, sa peau est couverte d'écorchures. Des dizaines de lacérations. Quel acharnement… Elle a une position étrange. Son bras droit tordu dans le dos. Sa jambe gauche marquant un angle improbable. Une marionnette désarticulée.

— D'après moi…

— Ne dis rien, Riley. J'ai besoin de me concentrer.

J'allume ma torche. Ce n'est pas un corps que j'ai devant les yeux, mais un tableau, une énigme à déchiffrer. Je fonctionne toujours en spirale. L'extérieur d'abord, la périphérie. La jeune femme devait être dissimulée dans un compartiment caché le long de la paroi intérieure gauche de l'engin. Pendant l'accident, le coffrage a explosé. On voit ici et là des morceaux de dalles de contreplaqué, peints en gris anthracite, de la couleur de l'habitacle. Une planque grossière qui a tout de même été soigneusement tapissée d'une double couche de protection : un rouleau de feutre, puis une bâche épaisse. Rien, ici, n'a été laissé au hasard. Ceux qui transportaient le corps avaient l'habitude de ce genre de « course ». Ça ne m'étonnerait pas qu'une fois arrivés à destination, ils aient prévu d'arracher la bâche pour y enrouler le cadavre.

J'enfile des chaussons, ouvre la porte en grand et, précautionneusement, grimpe dans l'habitacle. Je resserre mon attention sur la dépouille elle-même, sa silhouette générale : la vingtaine, caucasienne, cheveux châtains, coupés court. Elle est maigre, trop au regard de son physique. Les écorchures, maintenant. Elle en a des dizaines, partout sur le corps, toutes plus ou moins horizontales. L'assassin a dû frapper en faisant des allers-retours, de gauche à droite. Les blessures sont-elles à l'origine de la mort ? Les lacérations semblent superficielles… et le sang ne s'est pas trop répandu sur la bâche. Les coupures ont plus probablement été réalisées post mortem. Au tour du visage. Le spectacle est assez terrible. Ici, on s'est encore plus acharné. Sa face n'est qu'une déchirure. Ses joues, son menton, ses lèvres sont constellés d'entailles. Son crâne blanc apparaît entre les plaies béantes du front. On a voulu la défigurer. Je remarque quelque chose, là, sur son cuir chevelu. Du bout des doigts, je soulève quelques mèches. Plusieurs traces circulaires entourent sa tête, comme des brûlures.

Mon regard descend le long du corps de la jeune femme. Au niveau des deux bras, ses veines sont noircies. Une toxicomane ? Les analyses sérologiques nous permettront de le déterminer. Délicatement, j'attrape le poignet gauche de la victime. La rigidité cadavérique est marquée. Elle commence toujours par les muscles du haut du corps, l'extrémité cervico-céphalique, trois à quatre heures après le décès, pour se répandre ensuite dans le reste de l'organisme. La température corporelle est en phase de décroissance lente, et avoisine celle de l'intérieur du véhicule. Dans les vingt-trois degrés. La jeune femme est certainement morte depuis une douzaine d'heures au moins. En manipulant sa main, je découvre des plaies au niveau des phalanges distales. La pulpe de ses doigts a été tranchée. C'est récent. La chair est encore à vif. Entre ça et son visage tailladé, elle sera impossible à identifier. Même une fois que le légiste aura nettoyé le cadavre. Et il y a un autre élément. Ses ongles sont brisés, érodés. Comme si elle avait cherché à arracher quelque chose. Du bois peut-être. Je passe ma lampe sur son pubis, son sexe. Pas de trace apparente de sperme ni de déchirure. Aucune confirmation, à ce stade, d'un viol.

Riley m'interpelle :

— Sarah, les équipes de la scientifique arrivent. Fais vite.

Je lui réponds que j'ai terminé et m'extrais du véhicule.

— Alors ?

— Je pense qu'elle n'a pas été exécutée dans la camionnette. Il n'y a aucune perte de fluides. D'après moi, les conducteurs étaient en train de transporter le corps pour le faire disparaître. S'ils n'avaient pas grillé ce feu, on n'aurait jamais retrouvé cette fille. Il y a du mépris dans ces blessures, ce besoin de l'abîmer, l'avilir, et leur manière de la laisser ainsi, nue, sans aucun linceul, à l'arrière de l'engin. Pour ceux qui l'ont mise là, elle n'est rien. Qu'un vulgaire morceau de viande. En plus des écorchures sur tout le corps, on lui a sectionné la pulpe des dix doigts… et le tueur s'est particulièrement défoulé sur son visage.

— De la torture ?

— Non. Ceux qui lui ont fait ça ne voulaient pas qu'on la reconnaisse. Sans ses empreintes digitales, sans son visage, cette fille, c'est personne.

# 2

## Rafa
### 6 juillet 2012
### Los Angeles

Rien ne me fait peur, moi. Il ne me trouvera pas… La ville est trop grande. Il y a trop d'endroits comme celui-ci. Je suis en sécurité. Enfin, je l'espère. Mon bandage sur le front laisse encore pisser un peu de sang… Après avoir acheté de quoi manger pour ces prochains jours, j'ai quasiment claqué tout ce qu'il me restait pour de l'antiseptique et du coton. J'ai essayé de me faire un pansement, devant le miroir ébréché de la salle de bains. Toutes les dix minutes, entre deux clopes, je me soulève du vieux canapé éventré et m'approche de la fenêtre couverte de crasse. J'observe quelques instants la circulation en bas, les rares passants sur le trottoir. Rien d'inhabituel. Pas de véhicule stationné. Personne qui surveille.

Après l'accident, je me suis planqué dans un des nombreux immeubles désertés de Downtown, sur South Broadway. On a beau être dans le quartier historique de la ville, avec tous ces buildings des années 1930, plus aucune âme ne vit ici. La plupart sont laissés à l'abandon, rien de plus que des façades décrépies. Il ne reste que quelques galeries marchandes, avec des étals vendant des fringues chicanos, de la hi-fi d'occase, des boutiques de prêteurs sur gages. Il y a aussi, bien sûr, ces anciens théâtres transformés en églises évangéliques, qui affichent sur leur devanture des phrases toutes faites comme : « Après chaque tempête vient un arc-en-ciel. » Conneries. Ici, il n'y a pas d'horizon. Que ces immeubles gris qui bouchent tout. On est chez les parias, on est chez moi. J'ai longtemps habité à quelques minutes de là… je connais le coin comme ma poche.

Je me suis terré au deuxième étage du Platt Building, un bâtiment de douze étages, aux murs dégueulant d'humidité. Je venais parfois me réfugier ici, ado, avec ma bande, quand ça hurlait trop à la maison. J'ai viré les deux SDF qui squattaient l'appartement, en les menaçant avec mon couteau. Je devrais être tranquille, au moins pour quelques jours. Je frotte un peu sur le carreau. Je crois repérer un type dans la rue qui lève la tête vers l'immeuble. Je me recule, par instinct. Richie, mon oncle, a été clair quand nous nous sommes séparés : « Trouve-toi une planque, ne bouge plus. Ne parle pas et n'appelle personne. Il est déjà sur nos traces. Et s'il nous retrouve, on est foutus. Je vais nous sortir de cette merde. Je te contacte vite. Tu ne réponds qu'à moi, carnal. »

Je sais pourquoi mon oncle est terrifié. Il a peur d'El Silbón, celui qu'on surnomme aussi Le Maudit. Des mois qu'il en cause. C'est l'homme qu'il croise au moment de récupérer les colis. N'ayant pas le droit de quitter la camionnette, je n'ai jamais distingué de lui qu'une silhouette dans le rétroviseur. Je ne sais même pas ce qu'on transporte dans ce fichu van, d'ailleurs. Mais c'est du lourd. Car Richie a été mandaté par Mejia, le chef de notre gang, La Sombra. Mon oncle m'a bien fait comprendre que Le Maudit, c'est le genre de mec avec qui on ne blague pas. Il aurait un truc sur la figure qui le rend effrayant. Et il ne cause jamais. Pas un mot. Même les gars de La Sombra le craignent. Ils lui ont trouvé son nom en s'inspirant d'une légende de chez nous, celle d'El Silbón, une âme maudite qui errerait sur les routes de campagne et annoncerait son arrivée en sifflant. Si on l'entend chantonner, c'est qu'il est déjà trop tard. On raconte que Le Maudit a déjà fumé plusieurs livreurs qui avaient trop parlé. « Ce type, je te jure, Rafa, il est froid comme la mort. »

C'est la merde… je suis bloqué ici… Je lui avais dit, à Richie, de ralentir, d'arrêter de griller les feux comme ça. Je la sentais mal, cette soirée. Dès qu'il est arrivé, j'ai compris que mon oncle était chargé. Ses yeux injectés de sang, ses lèvres trop sèches et son regard qui glissait sur le monde. Il m'avait pourtant promis de calmer la meth. Surtout quand on bosse. J'ai vu débouler l'énorme semi-remorque, au ralenti. Notre camionnette a été projetée comme un jouet. Après le choc, je suis tombé dans les vapes une ou deux minutes. Quand j'ai repris mes esprits, j'ai voulu foncer à l'arrière pour prendre la cargaison. Mais Richie m'en a empêché. « Non, Rafa. On fout le camp. Tu veux pas savoir ce qu'il y a là-dedans. » Je l'ai écouté, mais je n'aurais pas dû. Si j'avais récupéré le colis, même si c'était de la dope, j'aurais couru un risque, mais au moins, La Sombra nous aurait pardonné. Et merde, grimper les échelons du gang, c'est ma seule porte de sortie. Le mieux qui puisse m'arriver. Ses membres commencent à m'avoir à la bonne. Pas comme Richie, qui est toujours resté en bas, lui. Avec eux, je peux devenir quelqu'un. Encore un ou deux ans et je pourrai prétendre à devenir chef de clique, responsable de quartier. Il faut qu'on se rattrape.

Je saisis une bouteille vide et l'envoie valdinguer contre un mur. Elle se fracasse. Mais ça ne me calme pas. La rage est là… toujours. Comme une bête tapie en moi. J'en ai mis des coups. J'en ai pris aussi. Donnant donnant. Un regard de travers, un mot de trop. Y a des soirs où j'ai l'impression que je cherche, j'attends le déclic, pour me lancer dans un déluge de salive et de sang. Ce bouillonnement qui monte et que je n'arrive pas retenir. Avoir mal et faire mal.

Je m'allume une autre cigarette. « Quel gâchis… » Les mots de M. Berkowitz, mon ancien professeur d'anglais, me reviennent en tête. Je suis tombé sur lui, il y a deux semaines, en sortant d'une épicerie. J'avais les bras chargés de packs de bières qu'on devait ramener pour une soirée du gang. Il nous a détaillés, mes camarades et moi. Il a repéré le tatouage qu'ils avaient tous dans le cou, celui que je rêve de porter un jour. Une silhouette noire qui lève un flingue. Le signe d'appartenance à La Sombra. L'armée des ombres. J'ai bien vu sa mine dégoûtée. Mais c'est cette phrase qui m'a fait exploser : « Tu aurais pu faire quelque chose de ta vie, Rafael. Quel gâchis… » Avec les autres autour, je ne pouvais pas laisser passer ça. Calmement, je suis allé déposer mes packs de bières à l'arrière de la caisse de Richie, puis j'ai laissé parler la rage. J'ai foncé droit sur Berkowitz, je l'ai poussé jusqu'à ce qu'il s'écroule par terre, avant de lui balancer trois coups de pied dans le bide et de lui cracher à la gueule. Il était terrifié. Au fond de moi, j'avais un peu honte. Je n'avais pas oublié, évidemment, que c'était l'un des rares profs qui avaient cru en moi, malgré toutes mes conneries, et qui avaient essayé de m'aider. Il pensait que je pouvais obtenir une bourse pour l'université. Mais je ne suis jamais allé au rendez-vous qu'il avait organisé avec la commission d'évaluation. Une semaine plus tard, je quittais le lycée, pour ne plus jamais y remettre les pieds. Qu'ils aillent tous se faire foutre… Mejia, le chef de La Sombra, a raison quand il me dit : « Regarde-les, Rafa. Les politiciens, tous ces salopards de Blancs, avec leurs grands discours. Les güeros veulent qu'on suive leur chemin bien balisé, en nous faisant croire qu'ils nous sortiront des poubelles. Alors qu'ils nous enfoncent toujours plus la tête dedans. Nous, on trace notre propre route. La sangre et la bola. On fait couler le sang et les dollars. On est les maîtres. »

Je ne crains pas grand-chose, pas comme mon froussard d'oncle. Mejia et les autres l'ont bien senti. J'ai gagné ma place parmi eux. J'ai passé le test. Pour eux, maintenant, je suis un des leurs. Certains gars du gang ont repris le surnom qu'on me donnait quand j'étais gosse : Volatín, le funambule, car ils disent que j'aime bien être en équilibre entre la vie et la mort. Ils ont raison. La vie ne m'a laissé que des bosses et des cicatrices. Mon Los Angeles, c'est celui du caniveau. Pas celui des collines, mais celui des barrios. Celui où on ne prend plus la peine de changer ses serrures à force de se faire cambrioler par les toxicos, celui où, pour les gamins, les bangs des balles et les hurlements des sirènes de police seront les seules berceuses qu'ils entendront jamais. Ici, les rues sont bien plus que du bitume. Des territoires à défendre, des limites à ne pas franchir. On y place les petits, les changos, qui surveillent les allées et venues. Nous, notre sécurité, on doit la gagner, jour après jour. En vingt ans, La Sombra est devenu l'un des gangs les plus puissants de Los Angeles. La MS-13 et le 18th Street Gang nous craignent et nous respectent. Le sang de mes frères a coulé sur l'asphalte cramé et s'est perdu dans les égouts de la ville. Et je veux faire partie de ça. Mon oncle est un putain de lâche. Pas moi. J'ai peur de rien. Alors, bordel, pourquoi est-ce que je tremble comme ça…

# 3

# Paul
## 6 juillet 2012
## Bakersfield

« Mon nom, c'est Paul… Et je suis alcoolique. »

Les autres types, assis sur des chaises en plastique disposées en demi-cercle, me répondent, mollement. « Bienvenue, Paul. » L'animateur de session, Josh, un jeune gars au physique de surfeur, avec des longs cheveux blonds accrochés en catogan, se met à m'applaudir, bientôt rejoint par le reste de l'assemblée. « Bravo à vous, Paul. Le fait que vous soyez ici, que vous ayez fait le premier pas, ça veut déjà dire beaucoup. » Je baisse les yeux, un peu merdeux. Les témoignages se succèdent. Toujours les mêmes histoires, déjà entendues à Santa Barbara, Salinas, San José et dans tous les autres groupes de discussion d'« Une main tendue », que j'écume depuis des mois. Quand je me retrouve comme ça, parmi ces dépendants, toxicomanes, alcooliques, accros aux médicaments, j'ai toujours la nausée. En me faisant passer pour l'un d'eux, j'ai l'impression de leur voler leur douleur, de me moquer de leur combat. Pourtant, je n'ai pas le choix. C'est la seule piste qui me relie à Linda Richardson. Ça fera bientôt six mois que je la cherche. Il faut bien que tout ce travail, tous ces efforts mènent quelque part. Je n'accepterai pas un nouvel échec. Voilà plus d'un an que je suis sur les routes. Que j'ai quitté ma vie tranquille et mon cabanon de Redwoods pour sillonner l'Amérique. Je suis parti plein d'espoir. À plus de cinquante piges, je prenais un nouveau départ. Chaque année, plus de 90 000 individus disparaissent aux États-Unis sans jamais laisser de trace. Je m'étais convaincu que je parviendrais à en retrouver quelques-uns. Après ce qui s'était passé à Redwoods, l'horreur de ce que j'avais découvert là-bas, et ces cinq années à vivre en ermite, à trop longtemps fermer les yeux, j'avais décidé qu'à ma petite échelle, je devais essayer de faire quelque chose. Mais les jolis idéaux ont souvent tendance à se fracasser la gueule contre le mur du réel.

Un type à la voix éreintée raconte qu'il est fier de ne pas avoir replongé depuis six mois. Dans l'assistance, deux, trois autres détournent les yeux. Ils savent, eux, comme moi, ils reconnaissent les signes. Non, vieux, tu n'as pas décroché. À voir ton allure, ton regard morne, ton phrasé monotone, tu es encore en plein dedans. Tu es certainement là parce que ton agent de probation te l'a imposé. Ses mots s'emmêlent, son hésitation est de plus en plus évidente. Josh lui fait un grand sourire de ses dents éclatantes. Il me demande si je veux intervenir. Je lui réponds que c'est encore un peu tôt, je préfère écouter. Il n'insiste pas. Pourtant, j'en aurais des choses à raconter…

Plus je fraie avec les proches des disparus, moins je parviens à rester étanche à leur tristesse. C'est comme si elle suintait, qu'elle me pénétrait lentement. Je me sens de plus en plus maussade. Sans compter que je suis à sec. Je demande simplement aux familles de rembourser mes pleins d'essence, de me donner quelques dollars par jour pour nous permettre de nous nourrir, le chien et moi. Il n'y a pas de contrat, rien. Si je retrouve la personne, ils me versent une prime. Ce qui n'est jamais arrivé… Il ne me reste presque plus rien. Dans les cent dollars. Combien de temps puis-je tenir avec ça ? Une dizaine de jours ? Peut-être moins.

Et ensuite, quoi ? Retourner à Redwoods, la queue entre les jambes ? Non… Pas sans avoir retrouvé Linda. Ce fantôme, que je poursuis depuis des semaines. Toujours là, dans un coin de ma tête, en périphérie de mon regard. Comme son portrait que j'ai scotché sur le tableau de bord de ma voiture pour me rappeler que je ne peux pas laisser tomber, que je n'en ai pas le droit.

Sur la photo, elle a le menton un peu relevé, un air de défi, des cheveux courts avec une longue mèche sur le front. Des yeux noirs, profonds. Linda Richardson, vingt-deux ans, a disparu depuis dix mois. Elle est originaire de Carlsbad, un bled paumé du Nouveau-Mexique. Un coin où les rêves ne volent jamais loin, écrasés par le soleil. C'est peut-être pour ça que la gamine a lentement glissé, sans que ses parents, un gentil couple, ne voient rien venir. Trop de mauvaises fréquentations, trop de mauvaises décisions… et une pente qui n'en finit plus. Un matin, elle est partie. Et ses parents n'ont plus jamais eu de nouvelles.

J'ai remonté sa piste et celle-ci m'a mené auprès des hobos, ces jeunes vagabonds qui sillonnent le pays en grimpant dans des wagons de marchandises. Ils se revendiquent des mouvements alternatifs, défendent leur liberté, leur souhait d'être en marge. Fuir une vie, en rêver une autre. En transit permanent. C'est un entre-deux qui arrange bien. J'ai appris à les reconnaître, ces gosses. Sacs en plastique sur l'épaule, cheveux gras coupés court, fringues déchirées, visages noircis par la suie, cœurs griffés. Linda a passé plusieurs mois à leurs côtés, à progresser au gré des trains qu'elle attrapait au vol. Elle a atterri en Californie, comme beaucoup d'autres. Un de ses anciens compagnons de route m'a dit qu'à la sortie d'une gare de triage, un type d'une association appelée Une main tendue lui avait proposé de rejoindre son groupe de réinsertion. Depuis, plus rien. Je cours les différents centres de l'association. Seul hic, il en existe plus de trente en Californie. C'est comme chercher une aiguille dans une botte de foin. La mère de Linda, Rachel, une femme formidable, me soutient. Son père, Philip, moins… Je sens bien qu'il voudrait qu'on s'arrête là. Pour tourner la page, laisser enfin cicatriser cette plaie béante. Tant que je suis dans les parages, ça leur laisse espérer que Linda pourrait revenir. Et ce n'est pas facile à vivre.

La session se termine. Les participants discutent autour d'un café. C'est le moment que j'attendais, l'occasion pour moi de partir à la pêche aux informations. Après avoir papoté avec quelques gars, je tente auprès de l'animateur. Le même mensonge déjà déblatéré une dizaine de fois, en d'autres lieux.

— Je suis content de cette première réunion, Josh. Si je suis ici, vous savez, c'est grâce à une amie. C'est elle qui m'a parlé d'Une main tendue. Linda… Linda Richardson, vous connaissez ?

— Très bien, c'est une fille formidable !

J'ai du mal à cacher ma surprise et manque de recracher mon café. Bon sang. Enfin.

— C'est dans ce centre qu'elle s'est fait aider, c'est ça ?

— Oui, tout à fait, me confirme Josh. C'est même moi qui suis venu à sa rencontre. Elle était au bout de sa route, elle avait besoin de prendre un nouveau chemin. J'étais là au bon moment pour elle.

— Vous avez des nouvelles ?

— Évidemment. Nous l'avons accompagnée durant plusieurs semaines. Il n'y a rien de pire que de savoir qu'il y a des jeunes en perdition, comme elle, dehors. J'ai failli emprunter cette voie, moi aussi. Mais heureusement, j'ai rencontré les bonnes personnes. On peut tous changer quelque chose, Bob.

Il recrache des phrases toutes faites, un discours préfabriqué.

— Moi, c'est Paul… Vous savez où je peux trouver Linda ? Ça me ferait plaisir de la voir.

— Oui. Linda, c'est un peu ma fierté. Elle a fait des progrès phénoménaux. Depuis deux mois, sur mes conseils, elle a intégré L'Enceinte.

— L'Enceinte ?

— Venez voir.

Il m'emmène jusqu'à un grand tableau couvert de photos d'événements de l'association et pointe du doigt un cliché. On y voit une vingtaine de personnes, toutes vêtues de blanc, de beige, devant un imposant portail en fer forgé. Elles ont les bras grands ouverts, comme si elles s'apprêtaient à accueillir quelqu'un. Derrière la troupe, on distingue une large demeure et d'autres bâtiments. Je remarque rapidement Linda. Un beau sourire éclaire son visage. Elle a l'air resplendissante. C'est quoi ce bordel ?

— L'Enceinte est la plus ancienne communauté de La Voie. Vous en avez déjà entendu parler, j'imagine ?

— Oui, bien sûr.

Tout le monde connaît La Voie, l'un des plus puissants groupes religieux des États-Unis. Fondé dans les années 1980, il compte plusieurs dizaines de milliers de membres à travers le pays. Chaque année, La Voie affiche des chiffres records de nouveaux adeptes. Le groupe prodigue des formations de développement personnel, possède une clinique de remise en forme pour les plus fortunés, des centres de désintoxication et plusieurs communautés dans différents États… Parmi ses membres, des célébrités de Hollywood, et le plus connu des présentateurs télé du pays, Ted Leery, défenseur des causes perdues.

Josh reprend :

— Vous ne le saviez peut-être pas, mais c'est La Voie qui a créé et finance Une main tendue. C'est comme une famille. La plus belle et la plus grande des familles. Et L'Enceinte est son cœur. J'ai eu moi-même la chance d'y passer quelques mois. J'en suis revenu changé à jamais.

Il me lâche un sourire éclatant. Ses dents limées, blanchies, sont à la limite de m'aveugler.

— Je vous crois… vous rayonnez… littéralement. Et où se trouve cette Enceinte ?

— À Ojai… un lieu unique. Il y a quelque chose, là-bas, une spiritualité. C'est comme…

Je ne le laisse pas finir. Pas envie de me farcir son bla-bla New Age.

— Vous pensez que je pourrais y voir Linda ?

— Non. Les membres de L'Enceinte ne reçoivent aucun visiteur. C'est un espace de retraite, de méditation qui fonctionne avec ses propres règles, à son propre rythme. Le monde du dehors ne doit pas interférer avec celui du dedans.

J'attends que l'animateur soit happé dans une autre discussion, puis, d'un geste rapide, j'arrache la photo du tableau et la glisse dans ma poche.

Alors que je vais m'éclipser, Josh me retient.

— On vous reverra, Paul ?

— Ça ne sera pas la peine… Vous y êtes arrivé, Josh. C'est fou. En une seule session. Je vais décrocher. Je sais comment aller mieux.

— Merveilleux. Je vous écoute !

— Je vais faire comme vous. Me blanchir les dents et faire un peu de gonflette.

Il me regarde m'éloigner, interdit.

Sur le parking, je rejoins ma voiture, sors mon chien pour qu'il fasse ses besoins. Flash urine ostensiblement sur la roue de ma Country Squire. Son moyen de me faire comprendre qu'il en a marre de cette vie de vagabond… Tu pourrais me soutenir un peu, vieille carne. J'appelle la mère de Linda avec le téléphone portable que j'ai été obligé d'acheter. Elle décroche rapidement.

— Rachel, c'est Paul. J'ai enfin une piste. Linda est vivante et en bonne santé.

Un silence au bout de la ligne…

— Ce n'est pas possible…

Je lui résume ce que je viens d'apprendre. Un sanglot.

— Je le savais. Je l'ai toujours su. Merci, Paul. Merci du fond du cœur.

— Vous me remercierez quand je vous l'aurai ramenée.

— Je suis si heureuse.

— Moi aussi…

— Par contre, je voulais vous dire…

Elle baisse d'un ton, comme si elle avait peur qu'on l'entende.

— C'est de pire en pire, Paul. Il se passe des choses. Chaque nuit, notre téléphone sonne sans relâche. Dès que je réponds, ça raccroche. Et j'ai parfois l'impression qu'un véhicule noir me suit.

— Vous vous faites des idées. Personne ne sait que nous recherchons Linda. Décrochez votre téléphone et passez une bonne nuit de sommeil. Linda va bien. Il n'y a que ça qui importe.

— Vous avez raison… J'ai hâte de la voir. Dites-lui qu'on l'aime. Qu'on l'attend. Ici, à la maison.

— On y est presque, Rachel… Je vous tiens au courant.

Je raccroche. Pour fêter ça, j'attrape une canette de bière, en bois quelques gorgées, assis sur le capot. C'est tiédasse, mais ça fait du bien. Derrière moi, Flash se met à aboyer. Quand je tourne la tête, un énorme SUV noir stationné en retrait du parking démarre en trombe. J'ai déjà remarqué cette voiture, ces derniers jours. Et si Rachel avait raison ? Et si on nous surveillait ?

# 4

## Sarah
### 7 juillet 2012
### Los Angeles

Jane Doe. C'est ainsi que s'appellera la jeune femme retrouvée à l'arrière de la camionnette. Un nom qui n'en est pas un, un aveu d'échec. Jane Doe est le patronyme habituellement donné par les services de police aux victimes que l'on ne parvient pas à identifier. Cette fille se résume à une page blanche. Et ça me rend folle.

Voilà près d'une heure que je m'impatiente, assise sur la volée de marches qui mènent au bâtiment de médecine légale, dans le quartier de Mission Road. À l'intérieur, au premier sous-sol, Theo Hodges, le légiste en chef, finalise l'autopsie. Tout se fait sur place en un temps record. Mais ce n'est jamais assez rapide pour moi. Hodges sait qu'il vaut mieux faire passer mes requêtes en priorité. Sans quoi, je ferais le pied de grue devant son bureau jusqu'à les obtenir. De son côté, Riley suit notre seule piste : des empreintes retrouvées sur la poignée côté conducteur de la camionnette. Mark est en train de vérifier si le NCIC, la base de données du FBI utilisée par toutes les unités de police du pays, affiche une correspondance parmi ses douze millions de profils.

Il est près de 11 heures du matin. Le soleil commence à cogner. Je cherche un coin d'ombre. Le grand bâtiment en briques de la scientifique me fait face. Son architecture de style Queen Anne, ses ornements travaillés, ses colonnes en fronton, le petit dôme qui le surplombe lui donnent un aspect vieillot. On s'attendrait presque à y trouver un hôtel de charme. Pourtant, cet ancien hôpital abrite les équipes forensiques depuis le milieu des années 1970. Les laboratoires et salles d'autopsie sont équipés des dernières technologies en balistique et en matière de recherche ADN. Seule une poignée de villes aux États-Unis en compte de similaires. Ici, au Los Angeles Police Department, on se donne les moyens. Peut-être parce que la criminalité n'a jamais été aussi élevée dans la ville.

Façades et faux-semblants. Les choses ne sont jamais ce qu'elles paraissent à LA. Ainsi, quand on déambule dans l'ancien hôpital, on est d'abord étonné par les étranges notes de légèreté, d'humour, croisées çà et là, à l'instar de ce panneau : « Si vous vous demandez ce que vous faites ici, c'est que vous êtes mort. » On trouve même une petite boutique de souvenirs appelée « Des squelettes dans le placard », où se vendent des objets improbables : serviettes de bain siglées d'un cadavre détouré, squelettes en peluche… Pourtant, ici, chaque année, les légistes se prêtent à plus de 8 500 autopsies. Entre ces murs, il y a plus de morts que de vivants.

Hodges m'appelle pour que je le rejoigne. Je pousse la large porte battante, traverse le couloir affichant des pochettes de vinyles de Grateful Dead et entre dans le bureau du légiste. L'homme, âgé d'une soixantaine d'années, fait un peu partie des murs à la scientifique. Il travaille dans le service depuis vingt-huit ans et le dirige depuis une dizaine d'années. Theo Hodges est un paradoxe ambulant. D'un côté, un visage sec, fermé, un crâne rasé de près et de larges rides lui donnant l'air toujours un peu contrarié, et, de l'autre, cette drôle d'habitude de porter, sous sa blouse, des chemises bariolées aux motifs décalés. Aujourd'hui, il arbore des têtes de mort rigolardes. Sa personnalité est au diapason. Derrière sa froideur, se cache un humour pince-sans-rire bien à lui.

— Bien… Parlons un peu de notre Jane Doe. En premier lieu, j'ai comptabilisé quarante-deux lacérations sur l'ensemble du corps. Les blessures ont été exécutées avec une arme tranchante, je pencherais pour un couteau doté d'une lame d'une quinzaine de centimètres. Il ne s'agit pas de coups perforants, mais de plaies superficielles qui ont simplement entaillé l'épiderme. J'ai noté des blessures plus importantes et plus profondes dans les zones du visage, des mains, mais également au niveau des avant-bras. Pour autant, je ne pense pas qu'il s'agisse de la cause de la mort. Il est fort probable que ces lacérations aient été effectuées post mortem. Concernant les marques de brûlures autour du crâne, elles sont étrangement symétriques, comme si on avait positionné quelque chose autour de sa tête.

— Et vous comptez m'apprendre une information que je ne savais pas déjà ?

— Toujours aussi agréable, Shelley… Oui, le corps a été récuré à l'aide d'un détergent puissant, de type cationique.

— Ça pourrait être une piste à suivre ?

— Non, c'est un produit industriel en vente à peu près partout. J'en ai même ici, dans mon bureau. Pourtant, ce n'est pas moi l'assassin. À moins que…

— Hodges, restez concentré. On l'aurait donc nettoyée pour effacer de possibles traces. Et sous ses ongles ?

— De petits éclats de bois. Certaines échardes s'étaient enchâssées sous la peau.

— Quelle essence de bois ?

— J'attends des résultats plus approfondis, mais sans doute du sapin douglas standard, qu'on utilise pour construire la plupart des habitations en bois de toute la côte ouest…

Mentalement, j'enregistre le moindre détail. Hodges me connaît. Il sait bien que je ne prends jamais de notes. La Machine emmagasine tout, tout le temps.

— Concernant le profil de la victime, les analyses confirment mes premières constatations. Notre Jane Doe est une jeune femme, âgée d'une vingtaine d'années, je dirais entre vingt et vingt-quatre ans. D'origine caucasienne. Un mètre soixante-dix pour cinquante kilos. Jane est anormalement maigre. Elle n'avait pas mangé grand-chose dans les vingt-quatre heures précédant sa mort. Et il y a ce petit tatouage que j'ai découvert au niveau de la cheville gauche en nettoyant. En voici quelques photos.

Il me tend trois clichés. Le tatouage ne fait pas plus de trois centimètres de diamètre. Il représente un serpent qui s'enroule sur lui-même, formant une sorte de spirale. Je n'ai jamais vu ce symbole auparavant. Il faudra que je creuse…

— Les prélèvements effectués dans la camionnette prouvent que Jane était déjà morte quand on l'y a déposée. Les analyses sanguines corroborent l'examen anatomique. Aucune trace de drogue, de poison ou d'alcool décelée. Il y a pourtant quelque chose qui me titille.

— Je vous écoute.

— Il semble quasi certain que Jane Doe ait succombé à une anémie. Elle a perdu beaucoup de sang. Si le corps humain en contient en moyenne 5 litres, il en restait à peine 2,6 chez notre victime.

— Elle serait décédée des pertes de sang causées par ses blessures ?

— C'est là que ça cloche. D'abord, parce que les écorchures et lacérations n'ont pas entraîné les saignements habituels. Comme si Jane en avait déjà trop perdu au moment de sa mise à mort. Le plasma était chargé d'eau. Pour combattre une perte de sang, l'organisme rappelle l'eau des tissus afin de maintenir le niveau de circulation.

— On l'aurait laissée mourir, à petit feu, d'un écoulement sanguin ?

— C'est possible. Je vais encore réfléchir à la question, faire des simulations. Ça m'aidera à modéliser ce qui s'est passé.

— Et l'identification de la victime ? Le profil ADN n'a rien donné ?

— Non, aucun recoupement dans la base de données. Pareil pour les empreintes, impossible d'en tirer quoi que ce soit. La pulpe des doigts a été trop esquintée. Il y a un dernier élément, troublant, dont je voulais vous parler… En étudiant ses yeux, j'ai remarqué quelque chose. La victime a une rétinopathie photique marquée.

— Traduction ?

— La rétine de ses yeux est brûlée. Cela se produit quand on reste trop longtemps à fixer une forte source lumineuse, par exemple le soleil ou de puissants projecteurs.

— Ça pourrait être important… Quelles sont vos conclusions, Hodges ?

— Mes conclusions ? Ne jamais monter à l'arrière de la camionnette d'un inconnu.

— Theo…

— Un jour, je vous arracherai un sourire, Sarah. Bon… d'après moi, l'assassin était en contrôle. Il y a un acharnement, certes, mais l'exécution des coups est précise, maîtrisée. Et ce soin à faire disparaître les moyens d'identification nous confirme que le tueur savait ce qu'il faisait.

— Il n'en serait pas à son premier meurtre ?

— Ça m'étonnerait…

Je pensais en apprendre plus. Hodges note mon mécontentement.

— La victime a de la chance d'être tombée sur vous. S'il y a deux flics aux Homicides qui peuvent aider cette gamine à retrouver son identité, c'est bien vous et votre partenaire.

— On fera tout pour.

— J'en suis certain.

De retour à mon véhicule, mon téléphone sonne, c'est Riley.

— Bonne nouvelle, Sarah. On a quelque chose dans le NCIC. Les empreintes appartiendraient à un dénommé Richie Costa. Un repris de justice de quarante-deux ans. Il serait membre de La Sombra.

La Sombra… L'un des pires gangs de la ville. Depuis sa création au début des années 1990, il s'est développé comme une putain de gangrène à travers tout le sud de la Californie. La Sombra compte aujourd'hui plusieurs milliers de membres. De quoi venir concurrencer les gangs historiques de LA, la MS-13 et le 18th Street Gang. Une terrible guerre de territoires fait rage depuis maintenant six ans. Chaque semaine, on ramasse un nouveau cadavre dans les quartiers chauds, sur Pico, South Gate ou Echo Park.

Mark reprend :

— Costa est un habitué de nos services. Il a fait sept ans à la prison de Corcoran pour une série de cambriolages. C'est une petite frappe, un toxico, mais pas un assassin. Le profil ne colle pas avec celui qui a massacré la fille. Quoi qu'il en soit, on doit le retrouver. Je suis en train de contacter tous mes canaris… Peut-être l'ont-ils repéré.

Les canaris, c'est le réseau d'indics de Riley. Il les appelle ainsi, car il trouve toujours le moyen de les faire chanter.

Richie Costa. Si c'est toi qui as fait ça à cette gamine, je te le ferai payer.

# 5

## Rafa
8 juillet 2012
Los Angeles

Mon flingue qui se lève vers son visage. Cet instant où il comprend. Sa bouche qui s'entrouvre, sa cigarette pendue à ses lèvres, et le briquet qu'il laisse allumé. La flamme qui danse. Mon doigt sur la détente, la sensation du métal, lourd et froid, dans ma main. Son regard, à jamais gravé dans ma tête. Je tire. Bang-bang.

Je me soulève du vieux canapé défoncé de l'appartement où je me suis planqué. Je suis en sueur. C'est le milieu de la nuit. Putain de cauchemar.

Mon téléphone sonne… C'est mon oncle, Richie. Je décroche sans hésiter.

— Rafa… Je vais venir te chercher.

— Tu as pu voir Mejia et les gars de La Sombra ?

— Je… je suis avec eux… Dis-moi où tu es, Rafa. On va régler ça.

Il parle vite, trop vite. Sa voix est cassée, il a le souffle coupé. Un truc déconne. Je réfléchis, jette un œil par la fenêtre.

— Je suis planqué dans un immeuble abandonné, au 833 South Broadway. C'est au deuxième étage. Tu es sûr que ça va, Richie ?

— Ne bouge surtout pas. Je vais tout arranger. La neta verdad.

Il raccroche. La neta verdad. Je connais bien cette expression. Richie aussi. C'est moi qui lui en ai parlé. « La pure vérité. » C'est ce que rabâchait mon père quand il nous faisait des promesses qu'il ne pourrait jamais tenir. « Je recommencerai plus, chérie, la neta verdad. » « Si je gagne ce soir au poker, je t'emmène à Disneyland, Rafa, la neta verdad »… Richie sait que je hais ces trois mots, ils réveillent des souvenirs que je préfère oublier. Ils font monter le feu en moi. S'il les a prononcés, c'est pour me mettre en garde. Je vais vite en avoir le cœur net. Je prépare mes affaires et commence à faire le guet.

5 heures du mat'. Le boulevard est calme. De rares taxis circulent. Un peu plus loin, un camion poubelle avance au pas. Je reste comme ça, le regard braqué sur la rue pendant une petite demi-heure. Enfin, un gros SUV déboule d'un croisement, passe une première fois, fait un tour du bloc, repasse, puis finit par se garer un peu en retrait. Une silhouette en émerge. C'est un homme, de grande taille, très maigre. Complètement vêtu de noir, avec un long manteau, trop épais pour la saison, et une capuche sur la tête. Il scrute à droite, à gauche, puis s'engouffre dans l'immeuble face à celui où je me terre, à l'adresse que j'ai indiquée à Richie.

Heureusement que j'ai eu l'idée, in extremis, de cette ruse. Ils ont dû forcer mon oncle à m'appeler. Bordel… Et si c'était ce type ? Le Maudit…

Une sirène stridente me fait sursauter. C'est la benne à ordures qui se trouve à une vingtaine de mètres. Je surveille l'appartement vide du deuxième étage qui donne sur ma planque. Le building du 833 est en travaux, en partie couvert d'échafaudages. Le faisceau d'une lampe. L'homme entre et commence à me chercher. La torche glisse parmi les tas de planches, les outils, les rouleaux de câbles électriques. Au bout d'une longue minute, il s'approche de la baie vitrée et inspecte les environs. Il semble comprendre que je ne suis pas là. Je m'enfonce dans les ombres. Ojete, si seulement j'avais une arme, je n'hésiterais pas. Une balle, pleine tête. Je ne parviens pas à distinguer son visage, dissimulé sous sa capuche. Il passe sa main le long de son cou et se gratte de manière frénétique, à s'en arracher la peau. D'ici, on dirait qu'il a des cicatrices sur le menton et le cou. J'aimerais mieux y voir, si seulement il avançait encore un peu. Montre ta tronche, bastardo.

L'homme sort son téléphone. Qui appelle-t-il ? Les gars de La Sombra ? La seconde suivante, mon portable retentit. En quatrième vitesse, je retire mon sac à dos, farfouille à l'intérieur et décroche. C'est lui… il ne parle pas. Je n'entends que son souffle, un peu sifflant. Terrorisé, je raccroche. Sait-il que je suis là, juste en face de lui ? Il ne peut pas m'avoir entendu. Un boulevard nous sépare. Il y a les bruits de la rue, le moteur de la benne. Pourtant, Le Maudit est là, immobile, à scruter dans ma direction. Mon esprit me hurle de m'arracher, mais mon corps reste là, paralysé.

À ce moment, le camion à ordures arrive à notre hauteur et freine dans un crissement aigu. Fracas des containers qu'on charge dans la benne. Ses gyrophares renvoient leurs éclats tournoyants, jaunes et orangés. La lumière explose dans son appartement. L'espace d'un court instant, je distingue son visage, mais il n'y a rien. Rien de plus que deux yeux noirs, une bouche pincée, une peau étrangement rougie. Pas de sourcils, pas de nez. Aucun trait. Cet homme n'est personne.

Maldita mierda, lui aussi m'a vu ! Je me jette au sol. Une déflagration, la vitre se brise. Des éclats de verre me tombent dans les cheveux. Je tente de les enlever. Quasi instantanément, deux autres balles s'encastrent dans le papier peint déchiré du mur derrière moi. Je me plaque contre le parquet défoncé. Aucune détonation. Le tueur doit se servir d'un silencieux. Il va venir, c'est certain. Je ne peux pas prendre le risque de passer par l'entrée principale. Je dois tenter l'issue de secours. En arrivant au niveau de la cage d'escalier, je jette un œil en bas. J'entends des bruits de pas et… une mélodie, comme si quelqu'un sifflait sans fin les trois mêmes notes. Deux aiguës, puis une autre plus grave. El Silbón. J'aperçois une main se poser sur la rampe. Sa peau est blanche, écaillée. Puta.

Je cours comme un dératé jusqu'à la porte qui mène à l'escalier métallique accroché le long de l'immeuble. Elle est fermée. Après deux coups de pied, elle finit par céder. La plateforme couverte de rouille grince sous mon poids. J'ai l'impression que la structure n'est plus solidement arrimée à la paroi. Pourtant, je me lance et dévale un étage. Ça tremble et ça crisse de partout. J'espère qu'il ne m'a pas entendu. Pour rejoindre la terre ferme, il y a une échelle de secours. Je la saisis et me laisse glisser jusqu'au sol. Des pas au-dessus et cette étrange complainte. De quel côté fuir ? Vers le boulevard ou vers le réseau de ruelles qui quadrille les immeubles du bloc ?

Brusquement, une étincelle, là, à mes pieds. Un trou dans le bitume. Et ce son étouffé et sec, comme celui des amorces de nos faux pistolets quand je jouais, gamin, à la guerre des gangs, avec mes potes du quartier… C'est lui. Il m'a tiré dessus de l'escalier de secours. Je fonce vers le cœur d'une ruelle. Plus loin, de mémoire, il y a un embranchement vers deux contre-allées. Si j'arrive là-bas, je peux le semer. En courant, je trébuche sur un tas de cartons posé contre une grosse benne qui dégueule. Je me rattrape à un caddie défoncé. Soudain, une main me saisit le poignet. Un clochard émerge des ombres et commence à baragouiner. J'essaie de me dégager. « Lâche-moi, lâche-moi, merde… » Un léger déplacement d'air… le crâne du pauvre type éclate à quelques centimètres de mon visage. J'ai le goût de son sang dans ma bouche. Envie de vomir. Son corps sans vie s'écroule, inerte. Je crache, lève la tête vers l'autre bout de la rue. Le Maudit est là-bas, au pied de l'escalier, l'arme braquée sur moi. Il tire à nouveau, au moment où je pousse le caddie au milieu de la rue pour me protéger. La balle ricoche contre l'armature en métal du chariot. Je reprends ma course. Mes vieilles baskets dérapent sur le caniveau trempé. J'étais le meilleur en athlétisme au collège. Personne ne me rattrapait jamais. C'était ma victoire, ma fierté. Un sifflement tout près de mon oreille, puis une douleur qui me vrille la tempe.

Une balle m'a éraflé. Il y a de l'agitation plus loin, des rires, des voix. J'accélère encore.

À la sortie d'une boîte de strip-tease, le Starlight, quelques gars éméchés fument une cigarette et discutent autour d'un gros pick-up. Je n'hésite pas, me jette sur l'un d'eux, le plus balèze, le bouscule en le traitant de gabacho, de sale Blanc… Les mots se déversent de ma bouche en un flot ininterrompu d'insultes, de cris. Je suis en transe. Le type me jauge, puis me colle un énorme coup de poing. Je suis projeté au sol. Les videurs de la boîte interviennent pour nous séparer. Ça hurle et ça s'excite. D'autres clients émergent à leur tour du club. Bientôt, les curieux forment un barrage naturel. J'ai la pommette en feu. Le balèze continue à frapper dans le vide, les vigiles le retiennent. Au bout de la ruelle, Le Maudit reste, dans les ombres, à la limite du halo d'un réverbère. Il me fixe, puis, enfin, range son arme et disparaît. Je souffle, n'écoute pas ces connards qui me beuglent dessus. « Sale enculé de métèque, chicano de merde. » Leurs insultes glissent sur moi. Je les ai tant entendues qu'elles ne me font plus rien. Je me redresse, me prends une ou deux autres beignes au passage. Les videurs me hurlent de me barrer. Je me remets à courir, malgré mon état pitoyable.

Je suis vivant… Mais Le Maudit est sur mes traces.

# 6

## Paul
### 8 juillet 2012
### Ojai

« Je suis désolé, monsieur, mais il est interdit de pénétrer dans L'Enceinte. »

Retranché derrière l'énorme portail en fer forgé, le gardien me fixe, les bras croisés. L'Enceinte est là, à portée de main. De l'autre côté de la grille, un chemin pavé gravit une colline jusqu'à une imposante villa de style espagnol, toute blanche et surmontée d'un toit de tuiles rouges. Le long de l'allée, de beaux orangers chargés de fruits. J'aperçois, en contrebas, d'autres bâtiments, tout en longueur. Linda se trouve peut-être dans l'un d'eux, à quelques mètres. Arrive un deuxième homme en train de parler dans son talkie-walkie. Il s'arrête pour murmurer quelque chose à son camarade. La grille nous sépare, telle une frontière infranchissable. Ils sont vêtus du même uniforme : un polo et un pantalon beige clair de coupe militaire, avec de larges poches sur les côtés. Sur le torse, ils arborent un symbole que je reconnais. Celui de La Voie, un soleil placé dans une pyramide inversée. Plusieurs rayons émanent de l'astre, mais l'un, vertical, plus large, semble figurer un chemin.

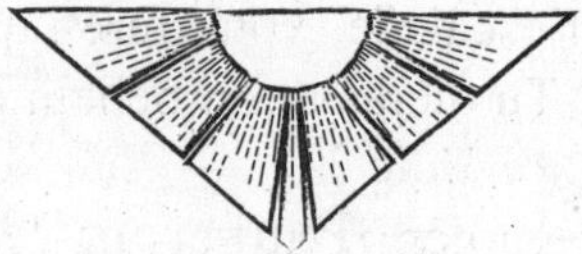

Le nouveau venu prend la pose, main sur le holster. Il veut jouer les cow-boys. Le bonhomme, d'une cinquantaine d'années, est un sacré gaillard, tout en muscles, des cheveux blancs coupés ras, une barbe parfaitement taillée. Sur sa main droite, je remarque un tatouage, cinq points en quinconce. Un signe que j'ai déjà repéré chez les anciens détenus. Je peux lire sur son badge « Craig Balden, chef de la sécurité ». Il porte des lunettes de soleil sur le front.

— Ce monsieur pose un problème, Ned ? demande Balden à son camarade.

Je tente de calmer le jeu.

— Monsieur Balden, je veux juste parler à une jeune femme qui vit dans votre communauté, elle s'appelle Linda Richardson.

Je lui montre sa photo. Le chef de la sécurité ne daigne même pas y jeter un œil et me fusille du regard.

— Personne n'entre ici sans avoir été invité, monsieur. Celles et ceux qui décident d'intégrer L'Enceinte acceptent les règles de notre communauté. C'est un lieu de recueillement et de reconstruction. Nous évitons tout contact avec le monde extérieur.

J'observe le portail, haut de plus de quatre mètres. La ferronnerie représente un immense soleil. La structure, massive, est coiffée d'une frise. Il y est écrit, gravé dans le fer forgé : « Bienvenue à La Voie »… J'ai connu accueil plus chaleureux.

— Et si je l'escalade, vous ferez quoi ? Vous me tirerez dessus ? Tu tueras ton prochain est aussi un des préceptes de votre Voie ?

— À vous regarder, je ne suis pas certain que vous passiez le premier barreau…

Le gars n'a pas tort. Avec mes vingt kilos en trop, je me retrouverais bloqué à califourchon.

— Mais si vous insistez, il s'agira d'une atteinte à la propriété privée. Je serai obligé d'avoir recours à la force, monsieur.

Il tapote sur l'étui de son pistolet.

— Maintenant, veuillez circuler ou j'appelle la police d'Ojai.

— Mais je ne fais rien de mal. Écoutez, Craig… essayons de rester calmes. Cette jeune femme a disparu depuis près d'un an. Ses parents sont dévastés. Je suis venu pour m'assurer qu'elle va bien. Ça fait des mois que je la cherche. Dites-moi au moins si elle est là. Linda… Linda Rich…

Il ne me laisse pas terminer.

— Nous ne communiquons pas les noms des Marcheurs.

— Pardon ?

— C'est ainsi qu'on appelle les membres de L'Enceinte. Nous sommes tous sur un même chemin. Une même voie. Vers la lumière.

— Vers la lumière, reprend l'autre gardien en écho.

— Bon, ça a assez duré, monsieur, s'agace Balden. Ned, va prévenir les flics.

— OK, vous avez gagné, je m'en vais.

Je m'éloigne, mais Flash se met à brouter un massif de fleurs jaunes, des layias, qui bordent l'entrée. Le chef de la sécurité m'interpelle.

— Votre clébard, là, faudrait le tenir en laisse ! Il ravage nos fleurs.

— Votre propriété s'arrête à votre portail. Mon chien bouffe ce qu'il veut. C'est son chemin. C'est sa voie. Amen.

L'animal finit par revenir vers moi. Un peu à l'écart, un couple de touristes filme la prise de bec. Ils n'ont pas mieux à faire ?

Je savais que ça serait difficile. Mais il fallait tenter le coup. Ces derniers jours, je me suis renseigné sur La Voie. L'organisation fait tout pour entretenir le secret sur ce qui se passe entre ses murs. J'ai contacté Richard Gladstone, un arboriculteur qui détient le terrain mitoyen et bataille depuis des années contre L'Enceinte et son essor dans la vallée d'Ojai. L'agriculteur a accepté de me parler. En voiture, je longe l'impressionnant mur blanc qui délimite le domaine de la communauté. Combien d'hectares La Voie possède-t-elle ? Tous les dix mètres, des caméras de surveillance sont scellées au mur.

Je me gare devant chez Gladstone. Le portail, en bois vermoulu, est ouvert. Je prends une allée à travers un verger de pêchers. Flash me suit, traînant la patte dans le chemin sableux. Quelques ouvriers latinos se brisent l'échine à cueillir les fruits les plus mûrs. J'arrive au pied d'une vaste villa accrochée à la colline. Le même style architectural que celle de L'Enceinte, sauf qu'ici, la demeure part en lambeaux. Une partie du toit est couverte de plaques de tôle, la façade parcourue de lézardes. Les affaires ne doivent pas être florissantes. Gladstone, un sexagénaire robuste, vient à ma rencontre et m'invite à l'accompagner jusqu'au sommet. Le meilleur endroit selon lui pour prendre conscience de l'emprise de L'Enceinte sur la vallée. Après une courte montée, l'arboriculteur commence à m'expliquer.

— Alors, vous voyez, avant que La Voie ne rachète cette terre, il s'agissait de l'un des plus anciens domaines agricoles de la région. Certains bâtiments datent de 1880. Cette hacienda, tout en haut de cette butte, ils l'appellent Le Cœur. C'est là que vit leur gourou, Douglas Fairview. En contrebas, ils ont construit un tas de baraquements pour les membres de leur fichue communauté. Tout le versant sud est réservé aux vergers. La partie pentue, plus à l'ouest, le long de ces coteaux, abrite le vignoble et le chai. Ils ont une boutique dans le centre d'Ojai, où ils vendent leurs produits bio, sans additifs. Conneries…

Si son seul argument contre les membres de L'Enceinte est qu'ils n'utilisent pas de pesticides, on ne va pas aller loin. Je le laisse continuer.

— Ils vendent leurs récoltes à prix d'or. Et les touristes se les arrachent. Ils ont complètement cassé le marché. Plus personne ne veut de mes fruits ici. Mes gars et moi, on est obligés de faire des heures de route pour aller les écouler sur la côte. Mais leur vrai projet, à ces illuminés, c'est de nous virer tous… que la vallée leur appartienne. Ces collines appartenaient autrefois à d'autres familles d'agriculteurs. Des gens du coin, comme moi, il y avait les Rondstadt, les Barnes… Des familles installées là depuis des générations. Mais La Voie a mis la pression et fini par racheter leur terrain pour une bouchée de pain. Ces salauds ont tout le monde dans leur poche. La police, la mairie… Ils ont même placé des gars à eux au conseil du comté de Ventura. Rien ni personne ne leur résiste, sauf moi. Tiens, regardez là-bas…

Il m'indique, sur la gauche, le long de la route, un large bâtiment ultramoderne, tout de verre et d'acier, bordé d'un immense jardin paysager, une pelouse verte, resplendissante, tondue au cordeau. Une haie de bambous semble le séparer du reste.

— C'est leur fameuse clinique. Ils y prodiguent leurs soins réservés à l'élite. Que le gratin. Si on n'est pas millionnaire, on foutra jamais un pied là-dedans. Vous voyez ce putain de gazon éclatant ? Moi, mes vergers crèvent à cause des restrictions d'eau dues à la sécheresse. Eux n'obéissent pas aux mêmes règles. Ils ont des passe-droits pour tout.

Il me tend une paire de jumelles. Je repère, en retrait, dans un sous-bois, un bâtiment assez ancien, de plain-pied, avec une sorte de cloître en son centre…

— Et ça, qu'est-ce que c'est ? On dirait un couvent…

— Il s'agit des vestiges du monastère de Santa Anna. Ils l'ont retapé il y a une dizaine d'années. Je ne sais foutre pas ce qu'ils y fabriquent. Ces gars sont louches, croyez-moi…

— Bon, à part le fait qu'ils fassent des fruits bio et qu'ils arrosent trop la pelouse, qu'est-ce que vous leur reprochez vraiment ?

— Déjà, ça ne nous a jamais plu, à nous les locaux, de savoir que tout un tas de toxicomanes, de clochards venaient habiter à deux pas de chez nous. Surtout qu'on va pas se le cacher… y en a pas mal qu'ont pas la bonne couleur de peau, si vous voyez ce que je veux dire.

Allons bon… On commence à glisser vers la xénophobie primaire. Je change de sujet.

— Et vous connaissez un passage pour accéder au domaine ?

— Vous voulez rire ? Leur Enceinte, c'est une putain de place forte. Ils ont bien aménagé des tunnels pour les animaux sauvages. Mais trop étroits pour un humain… Et quand bien même vous passeriez de l'autre côté sans vous faire repérer par leurs caméras, sans vous prendre un coup de jus par leurs grillages électrifiés, vous auriez un sacré comité d'accueil. Regardez par là.

J'observe avec les jumelles. Deux hommes, pistolet à la ceinture et vêtus du même uniforme beige que les deux gorilles qui m'ont rembarré, marchent le long d'un sentier.

— Ils ont créé leur propre milice. C'est de pire en pire… Cette vallée est à eux, maintenant. Ils sont près de trois cents à vivre dans L'Enceinte. Et il y en a quasi autant qui ont emménagé dans les environs. Vous savez, ça fait des années qu'ils me harcèlent pour acheter mon terrain. Mais hors de question de vendre à ces tarés, malgré les menaces, les coups de fil au milieu de la nuit.

À ces mots, je repense à Rachel, la mère de Linda, qui s'est plainte d'appels anonymes…

— Et il y a un an, encore en pleine nuit, quelqu'un a foutu le feu à mes vergers. J'ai perdu deux cents arbres en quelques heures. Je suis sûr que c'était eux. Mais je lâcherai pas. C'est ma terre, ma vie.

— Je comprends.

— Et je ne vous ai pas tout dit. Il y a les animaux crevés, aussi… Depuis cinq à six ans, j'arrête pas d'en trouver autour de leur propriété. Des blaireaux, des ratons laveurs, renards, écureuils, que je découvre, à l'agonie, avec de la bave blanche aux lèvres. À coup sûr, ce sont eux qui les empoisonnent.

— Vous avez essayé de faire venir des experts ?

— J'en ai parlé au gars de la préservation des espèces sauvages à la mairie, mais il n'a jamais rien fait… Dites, vous allez faire bouger les choses, hein ? Vous êtes journaliste, c'est ça ?

J'ai été obligé de mentir pour obtenir une entrevue avec lui.

— Oui, journaliste freelance…

— Ça me fait penser… Un de vos confrères était venu me voir il y a trois ans. Il travaillait sur La Voie… Il s'appelait Stanley Burkle. Mais j'ai jamais eu de nouvelles depuis. Et jamais lu son article, d'ailleurs.

Je note le nom dans mon carnet, remercie Gladstone et prends congé. Cette discussion me laisse un sentiment partagé. Est-ce que cet homme se fait des idées ? Est-ce juste un de ces types intolérants qui voient tout changement comme une menace ? Qui trouverait en ces voisins étranges les coupables parfaits pour justifier la déroute de son exploitation agricole. Pourtant, il y a ces menaces, cet incendie sur son terrain et ces gars armés qui patrouillent dans L'Enceinte…

# 7

## Sarah
8 juillet 2012
Los Angeles

Les derniers rayons du soleil filtrent à travers les stores du bureau des homicides. Une journée de plus… Les heures filent et on stagne. Jane Doe reste désespérément muette. Même si je déteste bosser de jour, j'ai dû prendre sur moi pour avancer sur le dossier. J'étudie, pour la énième fois, les photos prises par le légiste du tatouage de la victime, cet étrange serpent en spirale sur sa cheville. J'ai fait des recherches, je me suis renseignée auprès des collègues de l'antigang, et d'autres flics familiers des tatouages faits en prison. Mais ce symbole ne parle à personne. J'ai aussi épluché les fichiers du ViCAP, une base de données du FBI compilant des infos sur des milliers de crimes élucidés ou non à travers le pays, espérant trouver des similitudes avec d'autres affaires, mais je n'ai rien découvert de déterminant.

À l'autre bout du bureau, Knowles, l'un des inspecteurs, ouvre grand les stores que j'avais tirés plus tôt. « Un peu de lumière ici, on n'est pas des vampires, bordel. » Une clarté aveuglante envahit l'open space. Je ne relève pas et repositionne mes lunettes de soleil. Je sais comment ils m'appellent ici : la Vampire… Einstein… Pare-balles… Autant de surnoms qu'on m'a donnés au gré des années. Au Cube, le bâtiment de l'administration de la police, qui abrite notamment mon unité, la brigade des homicides, mes collègues ne m'apprécient pas et ne s'en cachent pas. De mon côté, je n'ai jamais vraiment fait d'efforts non plus. Il n'y a que Mark qui me supporte. Et encore…

Depuis que je suis gamine, je suis « différente ». Je suis atteinte d'une maladie, l'hypermnésie. Moi, j'appelle ça la Machine. Je retiens tout ce qui se passe autour de moi, en permanence. Il n'y a pas de hiérarchie dans mon cerveau. Tout est important. C'est un chaos sans nom. Chaque matin, de retour chez moi, il me faut plusieurs heures avant de trouver le sommeil. Je dois d'abord trier les centaines de données accumulées durant mon service. C'est pour cela que je travaille la nuit, que je porte ces putains de lunettes… Pour limiter au maximum l'afflux de messages que reçoit mon maudit cerveau. Moins il y a de monde dans les rues, de circulation, bref, de vie, moins j'ai de sollicitations et plus je peux me concentrer sur l'essentiel. Étonnamment, cette mémoire folle, démentielle, se fait au détriment de mes souvenirs personnels. Je ne conserve que très peu de réminiscences de mon passé. Et celles que je garde, je les ressasse sans cesse. Ma maladie n'a pas de cause connue, d'origine précise. Pas de trauma à effacer. Je suis née comme ça, c'est tout.

Gamine, j'ai cru voir des frères d'âme dans les grands enquêteurs : les Sherlock Holmes, les Sam Spade, les

Miss Marple, les Hercule Poirot, les Columbo. Leur obsession du détail, ce qu'ils décrivaient semblait si proche de ce que je vivais. Ou peut-être ai-je simplement cherché à m'en convaincre ? Très tôt, j'ai voulu devenir flic. Ce que je ne savais pas, c'est que ces personnages n'étaient que fiction. Dans la réalité, mon aptitude est, le plus souvent, un frein. Certes, j'appréhende les scènes de crime de manière cristalline, j'enregistre le moindre élément, je sais lire la plus infime expression sur un visage durant un interrogatoire. Mais j'engrange aussi tellement de déchets. Parfois, j'ai peur de devenir folle. Je voudrais me taper le crâne et en extraire ce foutu cerveau qui, toute ma vie, m'a isolée des autres.

Je suis la Vampire, car je bosse la nuit, toujours... Einstein, car je suis plus intelligente que la plupart de mes collègues, inspecteurs de l'HSS... Et Pare-balles... eh bien, parce que je ne me lie jamais. À personne. Je ne laisse rien entrer ni sortir, aucune émotion. C'est peut-être le seul surnom qui me blesse vraiment... À cause de ma maladie, je me suis, au fil du temps, détachée des autres. De mes deux frères, d'abord, de mes parents, ensuite... Je leur faisais peur. Ils avaient l'impression que je les analysais en permanence. Ce qui, en soi, était vrai. Ils m'ont traînée chez des spécialistes, pour me soigner, « traiter le mal », pour que je devienne enfin cette fille normale dont ils rêvaient. Ne plus craindre chacune de mes réactions quand on allait faire un barbecue chez les voisins. Ne plus me voir m'arracher les cheveux devant tout le monde parce que j'avais trop de choses dans ma tête. Ne plus vivre aux côtés d'une étrangère dans leur propre maison. Mais aucun de ces rendez-vous, de ces traitements n'a marché. J'étais comme ça et je ne pourrais jamais changer. Plutôt que de m'accepter, ils ont préféré me mettre de côté. Je suis devenue invisible pour eux. Là sans être là. Une inconnue. Ils ont été bien soulagés quand j'ai quitté notre villa du comté d'Orange pour rejoindre l'école de formation du LAPD, au centre Ahmanson. Renfermée sur moi-même, au plus profond. Isolée de tous. Un putain de gilet pare-balles, pour sûr.

Mon téléphone sonne. C'est Riley.

— Sarah, j'ai peut-être quelque chose. Gordy, l'un de mes indics, croit avoir repéré Richie Costa hier vers le parc MacArthur. Il l'aurait vu entrer dans un squat.

— Où ça ?

— Dans une salle de cinéma abandonnée. Le Westmore Theater. C'est pas loin du Cube, sur San Alvarado.

Et dire que Costa se terrait à quelques minutes de chez nous.

— Par contre, ça risque d'être coton là-dedans. Le squat serait aux mains de La Sombra.

— Merde…

— Et ce n'est pas tout… Il serait dirigé par l'un des lieutenants de Mejia, un type appelé Canales.

J'ai déjà entendu parler de Canales. Une brute épaisse accusée d'avoir buté un flic dans le dos, il y a cinq ans, et finalement acquittée faute de preuves. La nouvelle avait fait grand bruit dans l'administration policière. Une pétition avait même circulé dans nos bureaux.

— Mark, prépare ton équipement. Je te rejoins là-bas.

— Sarah, on devrait peut-être demander des renforts ? Je ne suis pas certain qu'on soit très bien accueillis. Je ne le sens pas…

— Pas le temps. Si on doit valider la descente avec le central, s'organiser avec le SWAT, on va perdre au moins douze heures. On ne peut pas courir le risque que Costa se barre. Écoute, on se rend sur place et on avise.

Je me gare en amont de l'adresse du cinéma abandonné, enfile un gilet pare-balles, attrape une paire de menottes, une lampe torche. Je vérifie que mon Glock 26 est bien chargé, fais jouer la glissière. J'ai opté pour cette arme de service, car c'est un des flingues les plus compacts qui soient. Parfait pour une intervention discrète. Je le passe à ma ceinture et replace mon sweat-shirt noir par-dessus. Les rues commencent à se vider. Le coin est tout sauf résidentiel. Ça m'arrange. J'observe la salle du trottoir d'en face. Avec ses hautes colonnes rectangulaires, son imposante tour de métal oxydé qui s'élève à une vingtaine de mètres, la façade Art déco disloquée et grisée par les années dégage quelque chose d'angoissant. Le bâtiment est dans un triste état.

Côté rue, le rez-de-chaussée est condamné par un rideau métallique couvert de tags. J'appelle Riley. Il me dit avoir trouvé un accès par l'arrière. Après avoir fait le tour du bloc d'immeubles, j'arrive à l'entrée d'un parking. Je repère mon collègue, caché entre deux caisses. Il arbore sa casquette des Clippers et sa veste en cuir usée. Il s'est convaincu que cette tenue le rendait plus discret quand nous sommes en planque. Pour moi, son accoutrement résonne comme une alarme qui hurlerait : « Flic ! » Il comprend mes pensées à mon regard et soupire ostensiblement. Riley n'est pas fait pour le terrain. En cela, notre binôme se complète bien.

— Sur la gauche du parking, il y a une porte en métal noire, m'explique-t-il. C'est l'entrée officielle du squat, mais elle est gardée par deux gars de La Sombra.

J'observe à travers les pare-brise des voitures. En effet, à une trentaine de mètres, deux types jouent aux cartes sur une table en plastique jonchée de canettes de bière.

— On ne passera pas par ici. Par contre, j'ai vu une fenêtre dans la contre-allée.

L'ouverture, un peu en hauteur, est obstruée par quelques cartons et bordée par un container à ordures.

— Beau boulot, Mark. On va aller vérifier la fenêtre. Tu me suis ?

— Tu n'es pas en train de me faire un de tes coups tordus, Shelley ? Je ne rentre pas là-dedans sans la cavalerie, moi. On ne sait pas combien il y a de gars de La Sombra à l'intérieur.

— Je veux juste boucler le repérage. Ensuite, on verra comment on s'organise.

Je n'aime pas mentir à mon partenaire… mais je n'ai pas le choix.

Je me plaque contre le mur en briques d'un immeuble. Nous progressons jusqu'au container. Pour y grimper, il va falloir s'exposer. Si les vigiles de La Sombra jettent un œil par ici, on est foutus. Mark, derrière moi, s'accroupit. Pendant quelques minutes, nous restons ainsi, recroquevillés. Il fait encore lourd, malgré la nuit qui commence à tomber. J'ai la bouche brûlante, comme si je respirais un air chargé de sable. Riley a, lui, le front en sueur. Ses traits sont tirés. Son genou, opéré il y a deux ans, doit le faire souffrir. Au bout d'un moment, une silhouette voûtée s'approche des deux membres du gang, qui se lèvent, sur leurs gardes. Ils ont l'air de lui parler, puis se mettent à la bousculer. C'est maintenant. Je fais un signe de tête à Mark et saute sur le container. Par chance, l'un des carreaux de la fenêtre est brisé. Je pousse le carton qui la protège, trouve rapidement le loquet et la soulève. Riley m'aide à ouvrir. Sans hésiter, je pénètre dans le cinéma abandonné.

Mark a le visage qui se fige. Il a envie de me hurler dessus, je le sais, mais me rejoint. Une fois à l'intérieur, il me traite d'inconsciente, de tarée.

— J'en ai marre de tes conneries, Shelley. Marre que tu me balades sans cesse. Bon sang, ça fait quatre ans qu'on bosse ensemble, et tu continues à me faire ce genre de coups. Merde, on ne sait pas ce qui nous attend dans ce squat !

— Calme-toi, Mark, et parle moins fort. On fait juste un tour. Reste vigilant. Pas de risque inutile.

— Te fous pas de moi, Shelley. J'ai compris ton petit jeu. Tu ne sortiras pas d'ici tant que tu n'auras pas récupéré Costa…

Mark dégaine son arme, retire le cran de sûreté.

Je ne réponds pas, sors mon flingue à mon tour. J'allume ma lampe. Nous sommes dans un couloir plongé dans l'obscurité, où règne un capharnaüm sans nom. Partout, des cartons éventrés, des montagnes de détritus. Sans doute la décharge du squat. Il y flotte une odeur de renfermé, d'ordures et autre chose aussi… Une odeur de mort.

# 8

## Paul
## 8 juillet 2012
## Ojai

Retour à la case départ. J'enrage. Comme d'habitude, tout se complique… Comment contacter Linda ?

Tout en roulant vers le centre-ville d'Ojai, je repense à l'année qui vient de s'écouler. Je suis parti sur les routes un peu au débotté, avec en poche une liste des familles de disparus des États de la côte ouest fournie par Lauren, la shérif de Redwoods. Il y a eu des impasses, d'abord. Des portes qui se refermaient sur mon nez quand je proposais mes services. En débarquant avec ma tronche cabossée, mon vieux clébard boiteux et ma tire déglinguée, je n'offrais pas un premier contact des plus engageants. Puis, certains m'ont laissé entrer, ceux qui n'avaient pas baissé les bras et voulaient encore espérer. Ceux que, bien malgré moi, j'ai déçus. Parce qu'il m'a bien fallu leur dire, après des jours entiers, des semaines à chercher : « Non, je ne retrouverai pas votre femme, votre fille, votre fils… »

Cette longue année n'a fait que me confronter à mon impuissance.

Même mon Flash en a ras le bol. Le soir, quand il est temps de se coucher, qu'il sait qu'il va devoir passer encore une nuit dans notre voiture, mon chien rechigne à y entrer et s'assoit, bien campé dans le sol. Avec sa tronche en biais qui semble me dire : « C'est pas bientôt fini les conneries, Green ? » Si, au moins, j'avais résolu davantage de ces affaires. Si, au moins, ce que j'avais découvert n'avait pas un peu plus ébréché le peu de considération qu'il me restait pour l'espèce humaine. Car, parmi ces disparus, j'ai rapidement compris que certains y trouvaient leur compte. Il y a eu ce type, James Penfield, qui s'est volatilisé du jour au lendemain, laissant seuls sa femme et ses trois gamins. Son compte bancaire avait été siphonné deux jours plus tard. Ç'aurait dû me mettre la puce à l'oreille. Mais son épouse était tellement persuadée qu'il lui était arrivé quelque chose que, moi aussi, j'ai fini par le croire. Je l'ai retrouvé deux mois plus tard. Penfield s'était fait renommer James Bennett et vivait à Provo, dans l'Utah, avec sa maîtresse. Il avait juste claqué la porte. Mis un coup d'effaceur sur sa vie d'avant. Trop d'engueulades avec sa femme, trop d'emmerdes avec ses enfants, trop de dettes avec sa boîte de construction. La lâcheté à l'état pur.

Sous la lumière du soleil couchant, les monts Topatopa voient leurs falaises se teinter d'or. Ojai n'a pas volé son surnom de joyau de la Californie… Enchâssée dans la chaîne montagneuse des Transverse Ranges, c'est une vallée étonnamment verdoyante, préservée de la frénésie urbanistique de Santa Barbara à l'ouest et de Los Angeles au sud. J'entre dans la ville. Ici, pas d'énorme building, d'échangeur autoroutier ou de vaste centre commercial pour défigurer le paysage. Quand on déambule dans ses rues, on a l'impression qu'elle n'a pas bougé depuis sa création dans les années 1870.

À Ojai, tout est parfait, un peu trop peut-être... Son centre a été construit dans le style espagnol qu'on retrouve partout dans le sud de la Californie. Je me gare à côté d'un parc. Des gamins jouent à s'arroser autour de larges fontaines. Je passe devant un magnifique édifice religieux. J'entends un guide expliquer à des touristes que « la chapelle Saint-Thomas-d'Aquin a été remise à neuf avec le soutien financier de La Voie ». Bien entendu... Je traverse l'avenue, continue sous une allée couverte et détaille les vitrines : antiquaires, galeries d'art, restaurants bio... Mon cynisme reprend le dessus. Oublié le charme désuet d'Ojai, je ne vois plus que ce qui cloche dans la bourgade, son aspect artificiel, ses façades en carton-pâte. Cette attitude surjouée que les habitants du coin veulent défendre coûte que coûte. Il faut être cool, accueillant, souriant et jeune... de préférence.

Dans une bijouterie, un vendeur au sourire éclatant, cheveux longs et chemise ouverte sur un torse chargé de colliers, propose une bague hors de prix à une touriste asiatique. Ojai a longtemps été l'un des derniers bastions de la culture hippie. Aujourd'hui, il n'en demeure plus grand-chose, un vague souvenir. Les frusques plutôt que l'âme. Que sont devenus ces rêves de paix, ces envies de révolution, ces musiques qui chavirent le cœur ? Où êtes-vous, Neil Young, Stephen

Stills, Joni Mitchell ? Qu'ont-ils fait de votre mémoire ? On a repassé vos vêtements, mis une étiquette dessus et revendu le tout à prix d'or.

J'arrive enfin dans la boutique de L'Enceinte, appelée Le Nid, aménagée dans l'ancienne gare de la ville. Une odeur d'encens baigne le lieu. Les employés, vêtus d'une même tunique en lin blanche, accueillent le chaland, avec des manières un peu obséquieuses. Les étagères sont en bois brut, les murs peints de couleur ocre, avec quelques alcôves de-ci de-là qui abritent des bougies. Tout est fait pour entretenir cette image de bien-être… Je jette un coup d'œil à leur camelote : bracelets, bijoux, tee-shirts affublés du logo de La Voie. Ces produits, on les retrouve dans le monde entier. Le Nid est une chaîne de boutiques « nature » qui existe dans une vingtaine de pays : France, Italie, Espagne, Japon… Une promesse de commerce équitable, respectueux des cultures et des hommes. En tout cas, c'est l'argumentaire que déploient les vendeurs aux clients.

Après un étal proposant les récoltes de L'Enceinte, pêches, oranges, fraises luisantes et charnues, on passe aux vins du domaine, dont la gamme la plus connue a été baptisée Nectar. Pas une bouteille en dessous de cent cinquante dollars. Plus loin, un large carré de la boutique est réservé à la librairie qui vend exclusivement les ouvrages de La Voie. J'en lis quelques titres : *Une autre histoire de l'humanité*, *La Voie, une nouvelle science pour l'âme*, *En paix : survivre dans un monde troublé*. Un livre en particulier a droit à une place de choix. La référence de la communauté religieuse : *La Voie, le chemin vers vous-même*, écrit par Douglas Fairview dans les années 1980. Entourant le bouquin, un bandeau rouge : « Best-seller du *New York Times*, déjà 1 million d'exemplaires vendus ». Sur la couverture, Fairview, le fondateur de la communauté, un peu en contre-plongée, tourne le regard vers l'horizon. L'homme arbore son style et sa tenue iconiques. Une barbe blanche bien taillée, les cheveux vif argent qui retombent sur sa nuque. Sa sempiternelle chemise blanche, un pantalon simple et une écharpe bleu clair. Celui que les membres de La Voie appellent Le Guide dégage quelque chose, un magnétisme unique. J'attrape un exemplaire, en lis un extrait : « Votre dépendance, vos doutes, votre dépression, vos accès de colère, votre violence… tous vos maux proviennent de là, de ces ombres qui se terrent en vous. Vous êtes des écorchés que l'on n'a jamais su soigner… » Pour le coup, j'en suis un sacré, d'écorché. Pas assez de tous les pansements du monde pour me rafistoler. Vaguement curieux, je l'achète. Ça pourrait être utile de me plonger dans l'idéologie du bonhomme. Savoir dans quoi je mets les pieds…

En quittant la boutique, je remarque le même couple de touristes aperçu plus tôt devant le portail de L'Enceinte. Lui, dégarni, porte des lunettes épaisses, un gilet gris et un pantalon trop large. Elle, cheveux blonds coupés au carré, est vêtue d'un chemisier jaune sur une longue jupe foncée. A priori, rien de notable chez eux. Ils ressemblent à un couple d'Américains moyens. Mais quelque chose m'interpelle, un je-ne-sais-quoi de factice dans leur posture, dans leur accoutrement même. Ils semblent déguisés. Comme tout à l'heure, l'homme filme dans ma direction. Je m'éloigne et les suis du regard. Le type fait pivoter l'axe de son appareil vers moi. C'est une blague ? Il faut que j'en aie le cœur net.

— C’est moi que vous filmez, là ?

Pas de réponse. Le couple m’observe avec un étrange sourire figé sur le visage. J’insiste.

— Hé, je vous parle ! À quoi vous jouez ? Pourquoi vous me filmez, qui vous envoie ?

J’avance vers eux, ils reculent tout en laissant tourner la caméra.

— Vous êtes malades ou quoi ? C’est quoi ces conneries ? Putain, répondez-moi !

Aucune réaction. Je ne me ferai pas avoir par leur petit jeu. Je me détourne et accélère le pas. Ils me suivent, quelques mètres en retrait, de leur démarche guindée, la caméra greffée à bout de bras. Et leurs putains de sourires vissés sur leurs visages de cire. Tel un signe, provenant d’un magasin, j’entends un morceau de musique que je reconnais immédiatement : *For What it’s Worth*, de Buffalo Springfield. « *There’s something happening here. But what it is ain’t exactly clear.* » Il se passe quelque chose ici. Mais de quoi s’agit-il ? Ce n’est pas très clair…

# 9

## Sarah
8 juillet 2012
Los Angeles

Sur le qui-vive, Riley et moi progressons dans le cinéma abandonné. Au loin, on peut entendre des voix diffuses, des toussotements. Un escalier. Je me retourne, interroge Mark du regard. Il me dit d'y aller. Nous descendons quelques marches. La peinture craquelée tisse un réseau de veinules qui court le long des murs. Nous arrivons en bas. Je pousse une porte battante, qui tient à peine sur son montant. C'est la salle de projection. J'éteins ma lampe. La pièce est vaste, avec une grande hauteur sous plafond et un balcon en partie effondré. Toutes les rangées de fauteuils ont depuis longtemps été arrachées. On discerne encore des appliques métalliques en forme de fleurs, des frises. Mais ce n'est plus un cinéma. C'est une salle de shoot, un mouroir…

Il y a ici, au cœur des ténèbres, un nombre indéfini d'individus. Une trentaine, peut-être plus. Moins des humains que des ombres, silhouettes chétives recroquevillées dans leur solitude. Partout des matelas, disséminés de manière hasardeuse. Quelques lampes à gaz éclairent de petits groupes se préparant leur fixe. Qui, une fois la dose injectée, replongent dans la pénombre. On perçoit des psalmodies inarticulées, qui ne s'adressent à personne. Comme un pied de nez à toute cette misère, une ancienne fresque représente un ciel bleu parcouru de nuages dodus. Ce lieu, autrefois synonyme de rêve, accueille à présent des histoires brisées, sans happy end.

Nous dissimulons nos armes, faisons le tour de la salle, et, discrètement, approchons des pauvres hères allongés par terre. Je tente de les identifier, d'un rapide flash de lampe. Chaque fois, c'est la même réaction. Des yeux écarquillés, injectés de sang. Une main sur le visage, quelques bafouillis. Aucune trace de Costa. Nous croisons un type qui traîne sa carcasse, une épaisse parka sur le dos. Je l'attrape par le col, lui tends une photo de Richie Costa et lui demande s'il sait où le trouver. Il lève un regard éteint vers moi. Je resserre mon emprise. Pas le temps d'y mettre les formes. Je sors un billet de dix dollars. Il articule « À l'étage, dans les bureaux, je crois », se saisit du bifton et disparaît. Pour le moment, pas un homme de La Sombra. Peut-être se contentent-ils de surveiller l'entrée. Je l'espère.

Nous arrivons dans ce qui devait être le hall du cinéma. On voit encore, sur certains murs, des affiches de films des années 1980, partiellement arrachées. Il fait très sombre. Pas d'autre choix que de rallumer nos lampes. Là, nous découvrons d'autres toxicos gisant au sol. J'ai l'impression que plus on avance, plus on s'enfonce. Les traits sont de plus en plus creusés, les cernes de plus en plus noirs. Ça sent la merde et le vomi, le tabac froid et l'alcool. Certains n'ont pas dû sortir d'ici depuis des jours, des semaines. Des êtres piégés dans ce purgatoire, cet entre-deux terrible. Nous passons à côté d'un corps immobile. Des mouches volettent autour de lui. Je touche son dos du bout du pied. *Rigor mortis*. Le pauvre homme est mort et tout le monde s'en fout. Pas possible que l'héroïne fasse de tels ravages. Ils doivent tourner au fentanyl, la dernière saloperie en date, cinquante fois plus puissante, et qui s'échange à un tarif défiant toute concurrence : dans les deux dollars la dose. Pire que le crystal meth, pire que le crack… Pire que tout. Au Canada, où sa consommation a explosé, les cadavres se ramassent à la pelle. Et elle se répand désormais dans nos rues, épidémie implacable et silencieuse.

Tandis que nous gravissons un autre escalier, je pense à ces visages que je voudrais effacer, tous sont déjà ancrés dans ma tête et reviendront me hanter. Car la Machine me rappellera ce moment, je le sais. Et me susurrera sans cesse que je n'ai rien pu faire. Nous traversons l'ancienne cabine de projection, arrivons à un angle. Il y a une lumière qui tremblote, là-bas. Face à nous, une vision insensée : un vieillard, en slip, les côtes saillantes, la peau pleine de crasse, une barbe qui se mêle à ses cheveux gris-blond, est assis sur un tas de vêtements. Le bonhomme, un casque audio vissé sur les oreilles, bouge sa tête de droite à gauche, comme un automate, en faisant passer sa lampe sur son visage. Par intermittence, on aperçoit son sourire dément, gencives noires, dents canées. Mark approche, stupéfait. Je reste quelques pas en arrière. Soudain, un halo de torche se plante sur mon partenaire et une voix sèche provenant de l'angle du couloir se fait entendre. « Qu'est-ce que tu fous ici ? T'es qui ? Lève les mains. »

Je me plaque contre la paroi. Riley me jette un rapide coup d'œil. Ne joue pas aux cons, Mark, ne dégaine pas. Laisse-moi faire. Des pas. Un type, flingue braqué sur Riley, bras tendu, apparaît alors. Il se dirige, méfiant, vers lui. Il ne m'a pas vue. Il a le crâne rasé, des tatouages dans le cou. Il est assez fluet et porte un ample débardeur blanc. J'attends encore quelques secondes. Le gars réitère sa demande : « T'es qui ? Un flic ? Un putain de puerco ? » Je fonds sur lui. J'exécute mes mouvements comme une suite d'automatismes. Un geste en appelle un autre. Aucune réflexion, aucun temps mort. Je plaque ma main gauche sur son arme, referme mon emprise sur la culasse, pousse son bras vers le bas, afin de me dégager de l'angle de tir. Il fait feu, me rate. Je suis au plus près de lui. Je lui assène un coup de poing marteau dans la mâchoire, un second dans la gorge. Sa tête part en arrière. Il ne comprend toujours pas ce qu'il lui arrive. Immédiatement, je ramène ma main droite sous ma gauche et serre. Cet imbécile, par réflexe, s'agrippe à son flingue. Il pense que son pistolet peut encore le sauver. J'en profite pour lui balancer un coup de pied dans les parties et lui tordre l'index dans la détente pour lui faire lâcher prise. L'homme s'écroule dans un râle et abandonne son calibre. Après un pas de recul, je réarme son pistolet et lui braque sur le front. Je relève le type, sonné, et lui demande s'il sait où trouver Costa. Il crache par terre et me lance un « Chupame la polla, puta ». Je n'en tirerai rien. Avec la crosse, je le frappe sur la tempe. Il tombe dans les vapes. Je l'entrave, les bras dans le dos, à l'aide des menottes que Mark vient de me tendre. On écoute, immobiles. Est-ce que la détonation a attiré les autres ? Pas un bruit… nous ne sommes pas repérés.

Enfin, je reprends ma respiration après cet assaut semblable à une longue apnée. La Machine, encore une fois, m'a sauvé la vie. Depuis deux ans maintenant, je pratique le krav-maga. Je viens de passer ceinture noire, première darga, qui s'obtient pourtant, en général, après cinq années de pratique intensive. Pour Elias, mon coach, une telle progression, c'est du jamais-vu, même quand il enseignait aux forces spéciales israéliennes. Mes compétences lui ont même un peu posé problème, à ce vieil Elias. Ainsi, il n'a eu d'autre choix que de me proposer des cours en solo, parce que les autres élèves, frustrés, abandonnaient les uns après les autres en me voyant m'entraîner. Ma maladie peut, ainsi, avoir de rares avantages, comme celui d'enregistrer à la perfection des combinaisons de mouvements complexes. Il ne me reste plus, ensuite, qu'à m'exercer sans relâche. Car le krav-maga est, avec le sexe, le seul moyen que j'ai trouvé pour me vider le cerveau. Gaver la matière grise de ces gestes afin qu'il n'y ait de place pour rien d'autre. Recommencer encore et encore jusqu'à ce que mon corps ne me porte plus. Rentrer chez moi et m'effondrer de sommeil, enfin. Dans les rares occasions où j'ai dû me servir de mes connaissances en autodéfense, Mark a toujours été un peu mal à l'aise. Certainement emmerdé qu'une femme se batte mieux que lui.

— On continue, Mark… on y est presque. Costa ne doit plus être bien loin.

Riley m'aide à déplacer le membre de La Sombra dans un coin et à le camoufler sous des cartons. Il faut continuer, et vite. Le type reprendra conscience dans quelques minutes et lancera l'alerte. Nous arrivons dans un couloir interminable. Le long d'un mur, une petite dizaine de toxicos sont assis à même le sol, semblant attendre quelque chose. Ils ont les yeux rivés sur la porte du fond, peinte en rouge.

Je m'approche de l'un d'eux et demande :

— Qu'est-ce qu'il y a là-bas ?

— C'est le Prince du Westmore, Canales. Il nous reçoit et, s'il nous fait confiance, nous donne du boulot. Mais si on salope le travail, ça sera comme les autres, dans un sac et à la benne. Faut faire la queue. Canales aime pas le bazar.

Contre de la défonce, Canales doit demander à ces paumés de jouer aux convoyeurs ou de faire les guetteurs… Il y aura toujours des ordures pour profiter des damnés de nos sociétés. La porte rouge s'entrouvre. En moins d'une seconde, je force Mark à s'asseoir à mes côtés. J'enfonce ma tête dans mes épaules. Riley se moule contre moi. Sort de la pièce un homme de grande taille, portant un long manteau noir, le visage dissimulé sous une capuche. Ce n'est pas Canales. Il n'a pas la même corpulence. Il y a quelque chose d'étrange en lui, de rigide dans sa démarche, les bras plaqués le long du corps, le buste immobile. J'entends sa respiration sifflante. L'individu s'arrête quelques secondes, se tourne légèrement dans notre direction. Je me coule dans les ombres. S'il nous repère… Je sens Mark bouger un peu. Il a dégainé son flingue, c'est sûr. Je lui fais non de la tête. Enfin, l'homme repart. À peine a-t-il quitté le couloir que nous nous dirigeons vers la porte, sous les plaintes des toxicos. Je regarde mon équipier. Il a compris. Je sors mon arme et ouvre. Riley s'engouffre à ma suite. Nous fermons derrière nous le verrou.

Un appartement rudimentaire. Sur la gauche, une cuisine, plus loin, une autre pièce séparée par un rideau tiré. À droite, deux canapés défoncés. Les fenêtres ont été couvertes de papier journal. Une télé diffuse un clip de hip-hop. Le son est assourdissant. Au centre du salon, un type est attaché à une chaise, le buste entravé par des câbles électriques. Sa tête tombe en avant, il a l'air dans les vapes. Un filet de bave mêlé à du sang s'échappe de sa bouche entrouverte. C'est Costa. Pourvu qu'il ne soit pas trop tard. Je m'avance vers lui pendant que Riley vérifie la cuisine. Je m'abaisse devant l'homme que nous recherchons. Son visage n'est plus qu'une vaste plaie sanguinolente. Il a une dizaine d'entailles sur les joues, le front, le nez, le menton. Le même genre de blessures que celles retrouvées sur le corps de Jane Doe… On lui a arraché sa chemise et, sur son torse, je repère de nouvelles écorchures. Il a deux lacérations, plus profondes, au niveau du ventre, qui laissent son sang se déverser en un flux noirâtre. Costa n'en a plus pour longtemps. Sa respiration est saccadée. Il soulève une paupière. D'un geste, je lui demande de garder le silence.

Un bruit sur notre gauche. Une ombre massive traverse le rideau. La seconde suivante, une boule de graisse et de muscles armée d'une batte me fait voltiger. Mon flingue m'échappe des mains et vient glisser sous un canapé. Sans s'arrêter, le taureau enragé se rue sur Riley et lui balance un coup dans le torse.

Mon partenaire s'effondre. Le gilet pare-balles a dû encaisser le gros du choc, mais Mark a le souffle coupé. L'homme brandit sa batte, prêt à lui fracasser le crâne. Réfléchir. Vite. Je vois la crosse de mon arme, là-bas, mais elle est trop loin. Pas le choix. Je fonce sur notre assaillant. Un coup de pied bien placé, là, sur le bas de la colonne, au niveau du sacrum, le déséquilibre. Le colosse se retourne. C'est Canales. Il me fait face, arme une nouvelle frappe de sa batte. Ce chien vise ma tête. Je n'ai pas le temps de l'esquiver, je fais un pas en avant et place mes bras devant moi, les poignets tournés vers l'extérieur, afin que les muscles, et non la partie osseuse, encaissent l'onde de choc. Je suis projetée un mètre en arrière, contre un mur. Une décharge de douleur me traverse le corps. Canales fulmine. « Vous êtes des flics, hein… Je vais te faire la peau, sale pute. Personne ne s'en prend à La Sombra. » Je le laisse faire des moulinets avec sa batte. Il faut qu'il se fatigue. Tandis qu'il tape à nouveau, soufflant comme un buffle, je recule. Il me frôle la figure. Je me rappelle alors que les personnes en surpoids ont souvent les articulations fragilisées. Je lui envoie un coup de pied fouetté sur le genou droit. Son visage se déforme sous la douleur. Il lâche son arme et s'affaisse. Mais avant que je n'aie le temps de réagir, il se jette sur moi et me plaque au sol. Il pue la sueur et l'alcool. Ses yeux fous me fixent. Il tente de me garder paralysée tout en essayant d'attraper sa batte. Je dois me dégager. Ma main tendue comme une lame, je lui assène une frappe à la gorge, mais Canales ne lâche rien et commence à s'attaquer à mon visage. Je me défends comme je peux. J'en suis réduite à jouer les putains de punching-balls. Les coups pleuvent sur moi. J'ai les pommettes en feu. Alors qu'il attaque, j'enfonce mes doigts dans ses yeux. Il se redresse en hurlant. Je m'apprête à le renverser, quand deux détonations retentissent. Une première vient lui perforer le bide, la seconde le touche en pleine joue. Le mastodonte tombe sur moi, parcouru de tremblements. Je le repousse et me relève. J'ai mal partout. Je me retourne. Mark a le bras tendu, son arme en l'air. C'est lui qui a tiré.

— Je gérais la situation, Riley.

— C'est pas l'impression que j'ai eue.

— Garde un œil sur l'entrée. Appelle des renforts. Je m'occupe de Costa.

Je récupère mon flingue sous le canapé. Costa respire de plus en plus vite. Trop vite. J'essaie de retirer les câbles qui l'enserrent. Il veut parler, mais une quinte de toux lui fait cracher un caillot de sang.

— Calme-toi, Costa. On va appeler les secours.

— Mon neveu, Rafa. Vous devez l'aider… le… le retrouver. Pas eu le choix. Ils m'ont forcé à le piéger… Je ne voulais pas, mais j'avais si mal. Le Maudit le cherche. Trouvez Rafa.

— Dis-moi d'abord ce qui s'est passé le soir de l'accident. C'est toi qui as tué cette fille ?

— Non, pas moi… pas nous… Rafa et moi, on n'était que des coursiers. Rien de plus. Trouvez Rafa. C'est qu'un gamin. Il est en dan… danger, je… je vous en supplie.

Un nouveau hoquet, puis son visage se crispe. Ses yeux s'éteignent. C'est fini. Deux cadavres sur les bras. Et nous avons perdu notre unique piste.

# DEUXIÈME PARTIE

## Le chant des ténèbres

*« Nous sommes bercés par le chant des ténèbres. Autour de nous, tout n'est que peur, violence, solitude, mensonge et conflit... Les ombres sont partout. En nous, mêlées à notre sang. Comme un virus que rien n'arrêterait. Vous avez toujours recherché un havre, un refuge où vous soigner de ce mal qui vous dévore ? Acceptez de baisser la garde. Vous n'aurez plus à douter. Nous sommes en marche, tous ensemble, vers un même but. N'ayez plus peur. Ouvrez-vous. »*

Douglas Fairview,
*La Voie, le chemin vers vous-même.* 1987

# 10

## Paul
### 9 juillet 2012
### Santa Barbara

Je soulève le rideau et regarde par la fenêtre. Dans la petite rue calme, aucun mouvement. Ils n'ont pas l'air d'être là…

— Ça y est… ça a commencé ?

— Pardon ?

Je me retourne vers Stanley Burkle, le journaliste qui a enquêté sur La Voie.

— Vous avez l'impression qu'on vous suit, c'est ça ?

— Oui… il y a ce couple qui semble me filmer partout où je vais. Je ne sais pas si je déraille…

— Le coup de la caméra… C'est à partir de ce moment que j'ai commencé à avoir des problèmes. Ça veut dire qu'ils vous prennent au sérieux… Au départ, ce n'était qu'un véhicule qui me surveillait. Puis deux gars qui me filmaient en permanence. Ensuite vinrent les menaces et les appels à ma famille pour me conspuer. Ça ne va pas s'arranger, Paul. Un autre café ?

— Non, merci, Stanley.

Tandis que Burkle va se resservir dans la cafetière de sa cuisine, j'observe son salon. Le papier peint a pris des teintes jaunâtres, les rideaux, les meubles sont couverts d'un épais voile de poussière. L'air, lourd, sent le tabac froid et la solitude. Stanley me rejoint en slalomant entre un chaos de dossiers, cartons, livres, qui ne semble pas le gêner le moins du monde. Il se rallume une cigarette, la troisième depuis mon arrivée. L'homme, maigre, flotte dans sa chemise kaki froissée et sa pomme d'Adam joue au ping-pong le long de sa trachée. Ses cheveux frisés laissent échapper quelques mèches blanches. Dans la toison emmêlée, une paire de lunettes. Pas certain qu'il sache même qu'elles sont là. Le bonhomme a un côté hurluberlu qui m'a immédiatement plu. Quand je l'ai contacté, Stanley Burkle a accepté de me recevoir le jour même. À croire qu'il désespérait d'avoir un peu de compagnie.

— Ce qui vous arrive, c'est typique des méthodes utilisées par La Voie pour décourager ceux qui s'intéressent de trop près à eux. Et ça marche. Impossible de tenir longtemps comme ça. Moi, ils m'ont poussé à bout. Vous allez au-devant de belles emmerdes, Paul.

— Les emmerdes, j'en ai déjà plein le coffre, mais faut croire qu'il reste encore de la place.

— Dans ce cas, je vais tenter de vous résumer ce que j'ai pu apprendre.

Une nouvelle cigarette plantée dans le bec, comme une extension de sa main. Il la consume en quelques longues bouffées.

— Tout est ici. Quatre ans d'enquête. Pour rien… nada. J'étais journaliste au *Santa Barbara News-Press*.

J'avais négocié avec mon rédacteur en chef de bosser quelques semaines sur le sujet de La Voie. C'était il y a six ans. J'avais rencontré un homme, Kyle Rotten, un ancien adepte, qui intentait une action en justice pour abus de faiblesse contre l'association. Le type aurait cédé plus de deux cent mille dollars au culte. Rotten n'a jamais eu gain de cause, évidemment. La Voie possède une armée d'avocats pour se défendre. Ça a été ma porte d'entrée. En chemin, j'ai perdu mon boulot, ma copine, mais je n'ai pas lâché.

Dans un cendrier, il écrase sa cigarette au sommet d'une montagne de mégots et reprend.

— Bon, commençons par le commencement. La Voie, c'est avant tout l'histoire de son intrigant fondateur Douglas Fairview. Il est compliqué de savoir qui est vraiment cet homme, tant il s'est forgé, année après année, sa propre légende. Ce qui est à peu près certain, c'est que Fairview était un comédien raté dans le Hollywood des années 1970, qui aurait sombré dans la drogue. Après une énième rechute, il aurait fait l'overdose de trop. Il se serait alors isolé pendant cinquante jours dans une pièce vide aux fenêtres barricadées, méditant sans relâche, ne mangeant qu'une fois tous les deux jours. Il en serait ressorti transformé. Durant ces quelques semaines, il aurait eu une révélation : il devait désormais aider les autres, encourager les humains à rejoindre La Voie, un chemin de rédemption et de plénitude. Ils appellent ça la lumière. C'est devenu son sacerdoce. Voilà la biographie que l'on peut lire dans la plupart des ouvrages de La Voie. Mais où est la vérité ? J'ai trouvé des traces de Fairview au générique de séries Z au cours des années 1970, 1980. J'ai aussi la preuve qu'il a suivi au moins une cure de désintoxication en 1976. Ensuite, tout devient trouble.

— Vous avez pu le rencontrer ?

— Non, il refuse toute interview. Il vit retranché dans L'Enceinte, à Ojai. C'est un personnage insaisissable. On ne sait pratiquement rien de sa vie privée, de sa vraie identité, même. Car Douglas Fairview est clairement un pseudonyme.

Je prends des notes tandis que Flash s'étire à mes pieds. Encore une discussion qui le passionne.

— Comment Fairview a-t-il pu créer un tel empire en si peu de temps ?

— À partir du début des années 1980, Fairview a ouvert ses fameux centres d'accueil Une main tendue, qui ont fleuri le long de la côte ouest. Il appliquait ses méthodes sur des personnes en dépendance, avec un certain succès, il faut le reconnaître. Aujourd'hui, il claironne avoir sauvé plus de 25 000 âmes. Dans les années 1990, La Voie a ensuite développé les centres Deuxième Chance, spécialisés, eux, dans la réinsertion d'anciens prisonniers. Une réussite également.

— Vue sous cet angle, La Voie m'a tout l'air d'une association hors de tout soupçon…

— Oui, et c'est là le problème quand on veut s'attaquer à eux. La Voie a cette image exemplaire. Ils ont bâti une première ligne de défense infranchissable. Leurs centres d'aide sont comme des certificats de bonne conduite. Sans compter les millions de dollars que le groupe reverse, chaque année, toujours devant les caméras, à des associations caritatives. Et, en plus de Fairview, La Voie a trouvé depuis 2007 un apôtre parfait en la personne de Ted Leery, le fameux présentateur télé, monsieur justice de l'Amérique, défenseur de la veuve et de l'orphelin dans son talk-show quotidien sur CBS *Ensemble*. Bref, personne ne veut s'en prendre à La Voie… Mais ce n'est pas pour autant qu'ils n'ont rien à se reprocher.

— Mais comment La Voie a pu fructifier aussi rapidement ?

— Vous allez comprendre. En 1992, La Voie rachète un pan de colline à Ojai et crée sa première communauté, L'Enceinte, où vivent certains adeptes les plus fidèles… En gros, celles et ceux que Fairview a aidés forment à présent sa main-d'œuvre. La communication officielle de La Voie est la suivante : le groupe religieux vient au secours des sans-abri, toxicomanes et anciens détenus. Et tout l'argent engrangé est réinvesti pour les frais de fonctionnement de la communauté… Ça, c'est sur le papier. Début 2000, à force de lobbying auprès des cercles politiques de Washington, La Voie est reconnue comme une communauté religieuse. L'association peut alors bénéficier d'importantes exonérations fiscales, et devient difficile à poursuivre pénalement. C'est le début de son essor. D'abord, de larges contributions financières sont demandées aux adeptes. Car, au-delà des déshérités, La Voie va rapidement recruter dans les rangs des classes moyennes et supérieures, voire parmi les élites, notamment à Los Angeles. Selon l'idéologie que développe Fairview, tout le monde est perdu et a besoin de retrouver sa voie. J'ai quelques exemples de familles qui ont dilapidé tout leur patrimoine. Pour la seule année 2009, La Voie aurait récolté plus de vingt-sept millions de dollars en dons, assurances-vie, héritages, patrimoine immobilier… Plus largement, il faut imaginer comment fonctionnent les communautés de La Voie. Car celle d'Ojai n'est pas la seule. Il y en a une dizaine d'autres à travers les États-Unis… Dans chacune d'elles, les adeptes travaillent bénévolement, en échange du gîte et du couvert. Ils cultivent, vendangent, créent des vêtements, des bijoux, et ne gagnent pas un cent. Ces biens, eux, seront revendus, ensuite, à prix d'or dans l'une des boutiques du Nid que l'on trouve partout dans le monde.

— J'ai pu visiter celle d'Ojai. En effet, à cent cinquante dollars la bouteille, leur vin a intérêt à être bon.

— Pas meilleur qu'un autre… Mais il y a l'étiquette, le marketing de La Voie… et ça fait la différence. Bref, entre les dividendes générés par les communautés, les multiples dons, on parle de beaucoup, beaucoup d'argent.

— C'est un business, mais comme toutes les Églises évangéliques d'Amérique, non ?

— Peut-être. Mais si Fairview et sa clique n'avaient rien à se reprocher, pourquoi alors ont-ils placé leur siège social en Suisse et rapatrié la plupart de leurs comptes bancaires là-bas ? Par un habile jeu de sociétés-écrans, de subdivisions, de prête-noms, il devient difficile de tracer l'argent gagné par le groupe religieux. Malgré ma longue enquête, je n'ai pas réussi à clairement établir les revenus de La Voie. Tout est opaque. Ce dont je suis certain, c'est qu'au fil du temps, Douglas Fairview s'est constitué une jolie fortune. Cinquante millions de dollars, au bas mot.

— Et cette clinique, Via ? De quoi s'agit-il ?

— Ah, c'est vrai… quand on parle de bénéfices… Via, qui signifie « voie » en latin, est un centre de soins pour extra-riches. Ils ont une approche mélangeant médecine alternative et techniques de pointe. Donnez-moi une minute.

Après avoir farfouillé dans un carton, Burkle me tend un dossier de présentation de la clinique. On y voit des photos des installations : piscines, saunas, jacuzzis, salles de méditation… et le détail de quelques-uns des remèdes miraculeux. On y mentionne des technologies dont je n'avais jamais entendu parler. Le microneedling, où de minuscules aiguilles viennent frapper la peau huit mille fois par minute et injecter différents types de sérums, la luminothérapie, où le patient reste allongé sous neuf cents LED éclatantes. Tout ça enrobé dans un charabia New Age : Via promet de « revivifier votre corps », de vous offrir une « beauté intégrative », dans un lieu pour « vous ressourcer, vous retrouver ».

Après une nouvelle décharge de nicotine, Stanley enchaîne :

— En plus de leurs traitements « futuristes », ils proposent deux, trois massages ayurvédiques, un poil de méditation, une alimentation à base de plantes adaptogènes et facturent le tout quinze mille dollars la semaine. Et encore, là, je vous parle des soins les moins onéreux.

— Bon, La Voie est peut-être une société qui profite de la candeur des gens, mais on ne peut pas véritablement parler d'une secte…

— Vous ne savez pas tout. J'ai constaté un nombre étonnamment élevé de suicides de fidèles après leur départ de L'Enceinte. Comme si revenir dans le monde normal les avait rendus totalement désespérés. Ils abîment ces personnes, tant psychologiquement que physiquement. J'ai pu récupérer les photos d'une jeune femme qui avait fui la communauté il y a quatre ans et s'était réfugiée dans le commissariat d'Ojai, affirmant qu'on la maltraitait. Elle avait des marques de brûlures profondes tout autour du crâne.

— Que lui est-il arrivé ensuite ?

— Elle est retournée dans L'Enceinte. Ses parents, des adeptes, sont venus la chercher, prétextant qu'elle s'infligeait ça elle-même, qu'elle était perturbée... On ne l'a jamais revue. Voilà, je crois vous avoir tout dit...

— Il y a quelque chose que je ne comprends pas, Stanley. Avec tout ce que vous avez recueilli sur La Voie, vous auriez pu écrire un sacré paquet de bons articles, voire un livre...

— Pourquoi je ne l'ai pas fait ? Il y a une première raison, évidente. On ne touche pas à la liberté de culte aux États-Unis. C'est un sujet épineux. Personne ne s'y risque. Il existe au moins trois mille sectes dans notre pays et plus de quinze millions d'Américains auraient un jour été affiliés à un de ces cultes. Plus largement, La Voie est un cas à part. Mon journal ne m'a jamais permis de publier mon papier. Du jour au lendemain, ça ne les intéressait plus. J'ai essayé d'aller voir d'autres magazines, des titres prestigieux, mais aucun n'a donné suite. Au même moment, La Voie m'a attaqué, c'est la meilleure, pour harcèlement... Ils ont diffusé des vidéos où je m'emportais contre les types qui me suivaient partout. Ça a suffi pour me griller dans la profession. Peu après, je me suis fait virer du *Santa Barbara News-Press*. J'ai appris ensuite que la direction du groupe qui possède le journal aurait fait pression pour me foutre dehors. La Voie a des connexions partout. Depuis, je fais quelques piges pour des canards locaux. Mais ce n'est plus pareil.

Un long silence. Burkle récupère le dossier sur la clinique et le balance dans un carton.

— Paul, vous ne vous attaquez pas à une petite communauté religieuse, mais à un véritable empire, l'une des plus puissantes sectes des États-Unis. Votre combat, c'est David contre Goliath.

— C'est pas la première fois. Je dois être un peu maso…

— J'ai une question, Paul. Vous faites quoi, au juste ? Vous êtes détective, journaliste, chasseur de primes ?

— Un peu tout ça. J'essaie de retrouver des personnes disparues et les ramener à leur famille.

— Et vous en avez déjà retrouvé beaucoup ?

— Pas des masses…

— Votre chien a pourtant l'air d'être un sacré pisteur, ajoute Burkle, sourire en coin.

Flash, affalé par terre, ronfle la langue pendante. Je me marre.

— Lui, il est là pour me protéger. On ne dirait pas, mais il m'a sauvé la vie plus d'une fois.

— Vous êtes sérieux ?

— Peut-être…

Je quitte Stanley. Il me fait un grand signe de main de son perron, puis s'en retourne dans sa poussière, ses archives, sa vie en pointillé. En revenant vers ma voiture, je repère le gros SUV noir qui me suit depuis des jours. À l'intérieur, M. et Mme Parfaits. L'homme me filme à travers le pare-brise. Je ne peux me retenir et m'approche, tape au carreau. M. Parfait, derrière le volant, braque sa caméra vers moi avec cet éternel sourire glacial.

— Ça va durer longtemps, vos conneries ? Vous ne me faites pas peur, vous m'entendez ?

Je frappe plus fort. Pas de réaction.

— Je ne baisserai pas les bras. Allez dire à celui qui vous embauche que je ne vais pas m'arrêter là !

À cet instant, la femme sort plusieurs cartes postales de la boîte à gants, et se met à les déchirer. J'essaie de mieux voir. Ce sont des cartes de Redwoods, un message pour me signifier qu'ils savent, qu'ils connaissent tout de moi. Ils veulent m'effrayer. Me faire comprendre qu'ils pourraient s'en prendre aux seules personnes qui me sont chères : Charlie et Lauren. Une ado au moins aussi paumée que moi, et la shérif de Redwoods, deux femmes auxquelles je me suis lié durant cette affaire de forêt des disparus. Avec les épreuves traversées ensemble, elles sont devenues ma seule famille.

Mme Parfaite continue ses découpages, avec son rictus terrifiant. J'enrage et martèle désormais la vitre de mes poings. Saletés.

— Putain… Je vais vous montrer.

Je saisis une pierre dans le caniveau. Alors que je la soulève pour exploser le carreau, je vois mon reflet déformé dans l'objectif de la caméra. Je repense aux propos de Stanley : « Ils m'ont poussé à bout. » C'est ce qu'ils veulent, me faire craquer… Je lâche la pierre et m'éloigne. Je ne me ferai pas avoir. En retournant dans ma Country Squire, j'appelle Lauren.

— Lauren, je voudrais vous demander de rester sur vos gardes ces prochains jours et de bien veiller sur Charlie.

— Que se passe-t-il, Paul, vous avez des ennuis ?

— Faites attention, c'est tout.

— Vous rentrez bientôt à Redwoods ? Vous manquez beaucoup à Charlie.

— Bientôt, je l'espère. Elle me manque aussi.

Ce que je ne peux pas lui dire, c'est que je ne rentrerai pas tant que Linda ne sera pas en sécurité. C'est de la folie, peut-être, de l'obsession, certainement. Mais je suis comme ça. Plus on m'enfonce et plus je creuse.

# 11

## Rafa

9 juillet 2012

Los Angeles

Il va bien falloir y aller… À travers les grilles du cimetière Rosedale, j'observe notre minuscule maison, de l'autre côté de Normandie Avenue. Ma mère est certainement dans le salon, comme toujours, affalée dans son vieux fauteuil gris. J'aimerais me convaincre que je m'en fous, mais, au fond, j'espère qu'il ne lui est rien arrivé. Qu'il n'est pas venu pour elle. El Silbón. Malgré tout ce qu'elle est, tout ce qu'elle a fait… tous ces mots qu'elle a eus. « Je ne veux plus te voir chez moi. T'as tout pris de ton père. Dégage. » Elle ne mérite pas ça.

Caché dans l'une des vieilles cryptes défoncées du cimetière, j'ai passé les vingt-quatre dernières heures à surveiller les allées et venues autour de chez nous. Avec les quelques dollars qu'il me restait, j'ai pu acheter trois paquets de chips, un sandwich, deux bouteilles d'eau. Je n'en peux plus d'attendre là, entre ces murs couverts de tags, à suer comme un porc. Ça pue l'urine, le vomi, et on crève de chaud là-dedans. Et puis me dire que, sous mes pieds, il y a ces cadavres en train de pourrir… Je vide les dernières gouttes d'eau dans ma bouche, sur ma langue sèche. Putain, j'ai si soif. Je dois y aller. Là-bas, à moins de trois cents mètres, il y a mon salut. Dans ma chambre, sous une latte branlante du parquet, j'ai planqué un peu d'argent. Dans les cinq cents dollars. De quoi me barrer dans l'Est, là où La Sombra a moins de connexions. Le premier bus que je trouverai à la gare routière Greyhound fera l'affaire. Juste partir, le plus loin possible de cette La La Land, cette machine à broyer les rêves. Penser à moi et à personne d'autre.

La Sombra me cherche, c'est sûr. Le Maudit, l'homme qu'ils ont envoyé pour me traquer, n'abandonnera pas. Ils ont déjà dû en finir avec Richie. Je pensais que le gang nous laisserait une deuxième chance. Mais, je m'en rends compte maintenant, pour eux, Richie et moi, nous ne sommes personne. Que des larbins. Ils nous remplaceront en claquant des doigts. C'est pas les candidats qui manquent. Tous ces gamins, comme moi autrefois, qui rêvent qu'il se passe quelque chose dans leur putain de vie. La Sombra n'a qu'à tendre la main pour en ramasser un autre dans le caniveau. Bordel, je voulais tant y croire. Je t'en veux, Richie, d'avoir tout fait foirer, comme d'habitude. Toi et tes histoires de défonce, à jamais rien prendre au sérieux. Je t'en veux, mais tu me manques, Tío.

J'enfile ma capuche, progresse parmi les tombes sur la pelouse cramoisie par le soleil. En quelques secondes, j'ai le front en sueur. Je regarde autour de moi, sur le qui-vive en franchissant la grille du cimetière.

On a été relogés il y a trois ans dans cette maison, quatre murs et un toit qui tiennent à peine debout, après la destruction de notre ancien immeuble. Ça devait être un nouveau départ, m'avait promis ma mère. Elle pensait que s'éloigner de Downtown et de ses mauvaises fréquentations lui permettrait d'aller mieux, de remonter la pente. Elle se trompait. Alors, oui, elle n'a plus touché à la drogue depuis 2009. Mais le remède est parfois pire que le mal. Maintenant, ma mère se déchire aux médicaments. Des cachets de Percocet et d'OxyContin qu'elle s'enfile comme des Smarties, à longueur de journée. Elle vit dans son propre univers, flotte d'une pièce à l'autre, toujours dans le brouillard. Heureusement, notre cousine, Isabella, qui habite à côté, vient lui apporter à manger, vérifier qu'elle va bien, faire un peu le ménage. C'est elle qui touche les allocs pour ma mère. Je la soupçonne de s'en garder un bon paquet. Mais au moins, elle aide. Car on ne peut pas compter sur moi, évidemment… « Si ta mère est comme ça, c'est ta faute, Rafa. Tu lui as causé tellement de soucis qu'elle a fini par craquer. » C'est peut-être vrai. Je lui ai piqué si souvent du pognon, dans son portefeuille. Pour m'acheter de l'alcool, de la mota, de l'herbe, un peu de speed… Et toutes ces fois où je me suis fait choper par ces cuerpos de flics. Des conneries, de plus en plus graves. Je faisais ça pour qu'elle réagisse, c'était comme un cri. Putain, je suis là, maman ! Je suis là, sous tes yeux, et je m'enfonce. Ou peut-être que je faisais ça parce que je m'en fous, de tout et de tout le monde. Même d'elle.

Le seul moment où ma mère trouve le courage de sortir, c'est pour aller chercher ses médicaments. Elle se rend dans l'une de ces cliniques antidouleurs, comme il s'en est tant développé dans les coins les plus pauvres de LA. Là-bas, en échange d'un bon billet, une secrétaire note sa prescription sans lui poser de question. Pas un médecin ne l'ausculte. On lui file une ordonnance, un tampon, et c'est plié. Dans nos quartiers, les nouveaux dealers se baladent en blouse blanche.

Je traverse l'avenue. 17 heures. En fin de journée, il y a toujours un peu d'animation. Ça traîne. Les gars du barrio, les homies, passent d'un groupe à l'autre. On a sorti quelques packs de bières, on s'installe dans des chaises en plastique, on regarde la circulation en râlant sur ce qu'on n'aura jamais. C'est le moment idéal pour passer inaperçu.

Je contourne la maison et entre par l'arrière. J'écoute. Le brouhaha de la télé. Ça a l'air d'aller. Je pousse le portillon rouillé, tire la porte de la cuisine, elle est ouverte. Ma mère est dans le salon, scotchée devant son écran. Je m'avance vers elle. Elle est là, immobile dans son fauteuil. Sa poitrine se soulève sous sa robe de chambre violette. Elle détourne un œil éteint vers moi, un léger sourire passe sur ses lèvres puis s'efface aussitôt. Elle est à nouveau happée par l'émission. C'est le talk-show du présentateur vedette Ted Leery, *Ensemble*. Je m'assois à ses côtés, pose ma main sur son bras, reste ainsi quelques instants. Leery reçoit des victimes de harcèlement au travail. Ce bolillo me débecte. Il a toujours ce ton appuyé, ces yeux qui dégoulinent de pitié. Je m'apprête à partir, mais ma mère m'attrape la main et la caresse, comme ça, sans rien dire, en continuant à regarder la télévision. Je me mets à lui parler. Les mots sortent de ma bouche, un peu en désordre.

« Je vais essayer, m'man. Essayer de recommencer ma vie, ailleurs. Je n'y arrive plus ici. Y a que des impasses dans cette satanée ville. On ne peut pas tirer le mauvais numéro toute sa vie. Y a bien un moment où la roue va tourner, où je finirai par avoir un peu de chance. Je demande rien. Juste m'en sortir. J'essaierai de t'envoyer de l'argent. Je suis désolé. Pour tout. »

Je repose sa main. Elle n'a pas un regard pour moi, pas un mouvement. Quand je la vois comme ça, j'ai l'impression qu'elle disparaît, jour après jour, dans le tissu molletonné de son vieux siège moulé autour de son corps. Peut-être qu'un matin, Isabella débarquera et qu'il n'y aura plus personne ici. Son fauteuil aura fini par la dévorer. Il ne restera d'elle qu'un cendrier avec une cigarette fumante et une télécommande sur l'accoudoir.

Je repasse par la cuisine, chope quelques trucs à manger dans les placards, puis récupère mon fric sous le parquet de ma chambre. J'y suis presque. Mais alors que je me relève, une silhouette se dessine, recourbée sur elle-même, à l'extérieur de la maison. Je m'allonge à plat ventre. Et si c'était lui ? Et s'il m'avait tendu un piège ? Je reviens vers l'avant de la baraque, en rampant. Une deuxième silhouette surgit derrière la moustiquaire de l'entrée. Je me redresse et fonce, j'envoie un coup de pied dans la porte qui, en s'ouvrant, projette le type au sol. Je ne me retourne pas et prends la fuite. Courir…

# 12

## Sarah
9 juillet 2012
Los Angeles

L'après-midi s'étire tandis que Mark et moi sommes en planque non loin du domicile de Rafael Costa, dans le quartier de Harvard Heights. Nous n'avons même pas pris la peine d'interroger sa mère. Mark, ce matin, est allé sonner chez elle en se faisant passer pour un VRP. Il a bien repéré Sofia Costa, mais elle était plantée devant la télé et n'a pas daigné ouvrir. D'après les informations qu'on a pu recueillir, elle vivote dans un état semi-végétatif depuis quelques années. Plutôt que de risquer d'éveiller les soupçons, on surveille les allées et venues en espérant que le gamin finisse par se pointer ici. Mark a imprimé un portrait du gamin qu'il garde sur ses genoux. Moi, je n'en ai pas besoin. La Machine a bien fait son boulot. Son visage s'est fixé dans ma tête, ainsi que l'intégralité de son dossier.

Costa est le profil type du petit délinquant en roue libre. Dix-neuf ans et un casier déjà bien rempli. Sur la photo, prise lors d'une interpellation pour conduite en état d'ébriété, il y a un an, il a les cheveux plaqués en arrière, rasés sur les côtés. Deux yeux noirs qui vous transpercent, des cicatrices au-dessus des lèvres, sur l'arcade sourcilière, qui racontent les coups qu'il a pris et ceux donnés en retour. Le menton levé, les mâchoires serrées. Parce qu'on lui a appris à ne jamais courber l'échine et surtout pas devant la placa, les flics. Ça se prend pour un dur, ça rêve de devenir un gangster. J'en ai tellement vu, des comme lui. Des petites mains de La Sombra qui jouent d'abord les guetteurs, découpeurs ou rabatteurs pour les trafics de dope sur Eastside. Puis, avec un peu de chance, sont promus pointeurs. Ces gamins pensent gravir les échelons d'un empire qui se fout éperdument d'eux. On finit par les retrouver dans une impasse glauque, le corps criblé de balles. Toujours la même histoire. Sa route était toute tracée. Jusqu'à cet accident avec son oncle et la découverte d'un cadavre dans leur coffre. Un accident qui risque d'encore faire fondre son espérance de vie. Rafa Costa est un feu follet qui brûle par tous les bouts. La Sombra est sur sa piste. Il faut qu'on le retrouve avant eux, qu'on le fasse parler. Ensuite, seulement, on pourra lancer une perquisition chez Jose Mejia, le chef du gang. Pour le moment, on n'a pas de quoi obtenir de mandat. Le procureur général Wilkes ne lâchera rien. Il nous faut des aveux, du concret.

Les visages se succèdent, se superposent... Ce type qui fume une cigarette adossé contre une fresque murale représentant la Vierge Marie. Fine moustache, tatouage sur le torse, marcel blanc et casquette aux couleurs des Clippers. Ce vieil homme avec un panama jauni et une chemisette orange, dont les grosses lunettes de soleil lui bouffent la figure… Me forcer à observer tous ces faciès… c'est un exercice pénible. Car ils resteront là, ensuite, au fond de mon crâne, et il me faudra des semaines, des mois peut-être, pour les digérer.

Plus les heures passent, plus je m'impatiente. Bordel… Nous perdons notre temps. Ce gamin a dû prendre la fuite, ou peut-être est-il déjà mort, au fond d'une benne. Et ce soleil… Ce soleil qui chauffe, qui tape et se reflète sur mon capot noir en un millier d'éclats. Qui m'éclabousse la gueule et m'oblige à plisser les yeux derrière mes lunettes. Cette fournaise qui décuple les odeurs de la ville. Relents de poubelles, de caniveaux. Comme si on foulait une charogne gigantesque. Je ne suis pas faite pour le jour. Non… J'attrape le sac en plastique que j'avais placé à l'arrière de ma voiture et le tends à Riley.

— Qu'est-ce que c'est ?

— Un cadeau pour l'anniversaire de tes filles.

— C'est gentil d'y avoir pensé.

— Je n'oublie jamais les dates d'anniversaire.

— Je m'en doutais. C'est quoi ?

— Aucune idée. J'ai demandé à un libraire de me choisir deux bouquins pour des gamines de l'âge de tes jumelles. Je ne lis pas, moi, tu le sais bien.

— Merci pour elles. J'y pense… J'organise une fête pour les filles ce week-end. Il y aura quelques collègues, des voisins. On va se faire un barbecue dehors, ça me ferait plaisir que tu sois là… et ça te ferait du bien de voir un peu de monde.

— Désolée, Mark, tu me connais. Les fêtes, c'est pas mon truc. Je risquerais de mettre les gens mal à l'aise.

Il n'insiste pas. Les minutes filent, une nouvelle demi-heure passe. Soudain, j'aperçois dans mon rétroviseur une silhouette voûtée traverser l'avenue et se diriger vers la maison. Le bonhomme porte un sweat à capuche, il semble tendu. Son visage m'apparaît une fraction de seconde. C'est lui. Rafa s'engouffre dans l'allée le long de la petite bâtisse décrépie. Je préviens Mark et lui demande de passer par-devant pendant que je fais le tour par l'arrière.

Au moment où j'arrive à la porte de la cuisine, j'entends un cri à l'avant. Je contourne la maison en trombe. Riley est au sol, le nez en sang.

— Il m'a surpris. Il a pris la fuite vers le cimetière.

— Je le suis. Fais le tour du cimetière pour lui couper la route. Ça va aller ?

— Oui, vas-y !

Je repère Costa qui traverse, comme un dératé, l'avenue. Je pourrais dégainer mon arme, mais ce n'est qu'un gamin apeuré… Il a une sacrée foulée. Ça ne me fait pas peur. Je passe le plus clair de mon temps libre dans des salles de sport. Je franchis, d'un bond, le petit muret du cimetière. Le jeune slalome entre les pierres tombales, grimpe sur une chapelle funéraire, puis retombe par terre d'un bond. Il lance des regards en arrière. À ce rythme, il va se fatiguer vite. Respiration de ventre, longues enjambées. Bien faire attention où je mets les pieds. Je grignote quelques mètres et lui hurle : « Rafael, police. Rends-toi où je serai obligée de tirer. » Mais au simple son de ma voix, le gamin repart de plus belle. Nous traversons le cimetière… Je passe devant des sépultures en forme de pyramide, d'autres de temples gréco-romains, plus loin, une statue d'archange impressionnante.

Nous arrivons au bout du cimetière Rosedale. D'un mouvement souple, Rafael enjambe le grillage et se réceptionne de l'autre côté. Je suis tombée sur un athlète… Je saute à mon tour. Je me fais mal à la cheville, mais je peux continuer. Nous nous retrouvons sur Washington Boulevard. Entre la circulation et les passants, ça va être compliqué de ne pas perdre le gamin de vue. Et où est passé Riley ? Ça fait des mois que je lui répète de reprendre l'exercice. Costa est à moins de cinq mètres. Le feu est rouge, mais un bref coup d'œil en arrière le convainc de se lancer. Il se faufile entre les voitures, s'engouffre dans une boutique en travaux. Je le suis. Les ouvriers nous regardent, médusés. Je m'apprête à le plaquer au sol, quand il pousse un tas de palettes, qui se renverse derrière lui. Je les évite de justesse en me collant contre un mur. De précieuses secondes de perdues…

Mon cœur se met à marteler ma poitrine. Tu ne m'échapperas pas, Rafael. Je soulève une bâche en plastique et me retrouve à l'extérieur. Où est-il ? Je dois analyser mon environnement, vite… Deux bâtiments d'habitation de couleur rouille se font face, séparés par un parking. Sur la gauche, des containers couverts de tags, des bennes à ordures qui dégueulent. S'est-il planqué entre les voitures ? Là-bas, plus loin, une forme disparaît par-dessus la palissade d'une maison. C'est lui. Je fonce jusqu'à la barrière. La porte du pavillon s'entrouvre. Une femme, bigoudis sur la tête, surgit et me demande ce qui se passe, je ne lui réponds pas et traverse son jardin. Rafael est déjà en train de sauter par-dessus la grille à l'arrière du terrain. Mes jambes commencent à tirer. Tu m'auras fait courir, gamin…

Je tombe, relève la tête. Soudain, je vois Costa s'immobiliser. Les bras écartés. Un grognement sur la gauche. Un rottweiler massif s'avance vers le jeune homme, les poils hérissés, la bave aux lèvres, prêt à lui sauter à la gueule. Rafael tente de prendre la fuite. Le molosse, en un éclair, lui saisit la cheville et remue la mâchoire… Le gamin laisse échapper un cri de douleur. Pas le choix, j'attrape mon Smith & Wesson et le braque sur l'animal. Tel un instantané, la scène se fige sous mes yeux. Le visage de Costa déformé par la peur, ses mains qui tirent sur sa jambe entravée, tandis que le chien, muscles bandés, œil fou, un éclat de canines acérées, mord toujours plus fort… Je vise. Tant que possible, essayer de simplement le blesser. Je fais feu. La balle lui effleure la peau, comme je le souhaitais. Dans un couinement, la bête lâche sa prise et montre les dents. Costa s'éloigne en boitillant. Je prends ma respiration, ajuste ma visée. Le chien se jette sur moi. J'ai fait irruption sur son territoire. Il ne fait qu'obéir, on ne lui a appris que ça. La haine, la rage. Défendre, coûte que coûte. Les traces de cicatrices sur son corps. La chaîne au sol, la niche défoncée, les marques de griffures le long des palissades… Tout raconte une vie d'oppression, d'isolement, de douleur. L'animal n'est plus qu'à un mètre de moi. Je suis désolée, mon vieux. Je tire une balle. Patte avant. Le chien s'écroule dans un glapissement. Je lui caresse le flanc une seconde. Pauvre bête… J'espère que tu t'en sortiras. Costa, clopin-clopant, le bas du jean déchiré et taché de sang, a déjà franchi le portail de la maison et grimpe sur une petite butte couverte de détritus. Tu n'en as pas assez, bordel ?

Je range mon arme et gravis à mon tour le talus. Vrombissements de moteurs, bruits de klaxons… J'arrive en haut et comprends. Nous sommes face à l'autoroute I-10. Voitures et camions filent à toute allure sur huit voies. Quatre dans chaque sens… Costa se retourne, et avec un drôle d'air, presque désolé, se lance dans sa traversée. Je crie « non », mais c'est trop tard. Le gamin progresse entre le flot de véhicules, comme un équilibriste. J'ai les poings serrés, je retiens ma respiration. Il passe une première voie, une autre. Les klaxons hurlent. Rafael disparaît derrière un camion. Au bout d'une seconde qui semble interminable, il réapparaît enfin et chevauche la bande de sécurité qui sépare les deux sens de circulation. Il a fait la moitié du chemin. Je regarde à droite, à gauche. Y a-t-il un moyen de faire le tour de ce fleuve de métal et de verre ?

Je pourrais m'arrêter là. Appeler des unités pour qu'elles l'attrapent de l'autre côté. Ou simplement accepter qu'il m'échappe. Mais ce n'est pas mon genre. Je me jette à mon tour parmi le flot de voitures. À cette heure, la circulation est assez dense. Les véhicules ne roulent pas à plus de 70 km/h… Je peux y arriver. Je passe une première voie. La Machine, malgré moi, se met en branle. Beaucoup trop d'informations. Un sac en plastique blanc qui virevolte, un autocollant Universal Studios sur un coffre. Des plaques d'immatriculation. 5YYE670, 4BEX972… Les traces noires de chewing-gums amalgamées au bitume. Ne pas me laisser parasiter. Une camionnette passe devant moi, je sens le souffle chaud du vent soulevé par le véhicule.

J'avance. Une nouvelle voie. Une Prius grise approche. J'ai le temps, je franchis le Rubicon. La voiture dans mon dos. Mon échine se tend, par réflexe. Costa est déjà de l'autre côté. Il a réussi. Une part de moi est soulagée… Je dois rester concentrée… Je laisse filer quelques véhicules, immobile sur un trait blanc au sol. Des visages me fixent, stupéfaits. Je regarde sur la gauche, deux voitures en décalé, à environ vingt-cinq mètres de distance. J'ai un créneau. Pas d'hésitation. Je franchis les deux voies en une seule foulée. J'ai fait la moitié. Les battements de mon cœur font vibrer mon corps entier. Mes jambes tremblent. Je souffle quelques secondes sur la bande de sécurité. Continuer…

Je passe par-dessus le muret en béton. Les véhicules arrivent, cette fois, par la droite. Des appels de phares, des klaxons qui se répercutent d'engin en engin. Je regarde, par-delà les carcasses de métal, la silhouette des arbres, comme un salut inatteignable. Plus que quatre voies ! J'analyse la situation. La première est libre. J'y vais… mais je n'avais pas vu cette moto qui déboule à toute allure. Je me jette en arrière. Tombe. Le béton brûlant sous mes paumes. Sur la droite, un capot bleu fond sur moi, ses roues avant patinent. Une femme, les mains crispées sur son volant, son faciès qui se délite. Le SUV est si proche que je distingue les impacts d'insectes sur son pare-chocs. Sans réfléchir, je me propulse en avant. La voiture me dépasse dans une fulgurance de tôle. Je me relève. Un semi-remorque sur la dernière voie. Je suis épuisée. Dévorée par l'adrénaline, la peur. Je manque de perdre l'équilibre, mais cours jusqu'à la bande d'arrêt d'urgence, où je m'écroule. Les énormes roues du camion me frôlent dans un râle brûlant. Je n'en peux plus. Après une longue minute, je me traîne jusqu'au bosquet. Costa est là, effondré contre le tronc d'un arbre famélique. À bout de force, comme moi. Il s'apprête à se relever, malgré la fatigue, je le vois. Je braque mon arme, sans conviction.

— Costa, plus un geste !

— J'ai rien à me reprocher, merde…

— Je sais que tu étais dans la camionnette qui a eu un accident sur West Pico. J'ai parlé à ton oncle, Richie. Il nous a demandé de te trouver, de te mettre en sécurité.

— Richie… il est vivant ?

— Non… Je m'appelle Sarah Shelley, je suis inspectrice aux Homicides. Je pense qu'on a beaucoup de choses à se dire, tous les deux.

— Si je parle, ils me tueront.

— Même si tu te tais, La Sombra ne te laissera pas en vie. Je peux garantir ta sécurité, te placer dans un programme de protection de témoins.

— J'aime pas les flics… je ne peux pas vous faire confiance.

— Parce que tu penses que tu as le choix ?

— Putain, je ne savais pas ce qu'on transportait, je vous le jure. Je ne le sais toujours pas, d'ailleurs. C'est Richie qui gérait tout. Moi, j'étais juste là pour lui prêter main-forte. On ne faisait que livrer la marchandise. Rien de plus.

— Tu veux savoir ce qu'il y avait dans le coffre, Rafa ? Je vais te le dire : une jeune femme, morte. Son corps nu, couvert de lacérations faites au couteau. On s'est tellement acharné sur elle qu'il est impossible de l'identifier. Bref, tu es dans la merde, Costa.

Complice d'un homicide. Mais si tu te décides à nous aider, on pourra te protéger.

Le gamin semble réfléchir… Il se serre la jambe.

— Comment ça va, ta blessure ?

— J'en ai vu d'autres…

Du bout des lèvres, il me lâche :

— Merci pour le chien, saloperie de chucho…

— J'aurais préféré qu'on évite un tel merdier. Alors, tu es d'accord pour coopérer ?

— OK.

— Dans ce cas, je t'emmène d'abord à l'hôpital. Je ne voudrais pas que tu chopes la rage.

— La rage, je suis né avec…

# 13

## Paul
10 juillet 2012
Carlsbad

— Il vous faudrait combien, Paul ?

— De quoi tenir le coup encore quelques semaines. Disons deux cents dollars.

— Je vais voir ce que je peux trouver. C'est pas facile pour nous, en ce moment.

Rachel, la mère de Linda, fouille dans son portefeuille, va ouvrir le tiroir d'une desserte près de l'entrée. Après un instant, elle revient et me tend cent cinquante dollars.

— C'est tout ce que je peux vous donner, Paul.

— C'est déjà très bien. Merci, Rachel.

Je fourre les billets dans ma poche. Je me sens toujours un peu mal à l'aise quand je demande de l'argent aux familles. J'ai beau savoir qu'en un an, mes recherches ne m'ont jamais rapporté un seul cent, je ne sais pas… L'impression d'abuser de leur peine. Dans le salon, Philip, le mari de Rachel, est planté devant la télévision. Quand je suis arrivé, il n'a même pas daigné me saluer. Il ne croit plus au retour de sa fille et fait tout pour convaincre son épouse d'arrêter de poursuivre des chimères. Il me tient pour responsable. Peut-être a-t-il raison ? Maintenant que l'on sait où est Linda, qu'a priori, elle est saine et sauve, ne devrions-nous pas la laisser tranquille ? Pour elle, comme pour ses parents. Rachel a l'air éreintée. Elle a de gros cernes sous les yeux, qu'elle tente de dissimuler sous un fond de teint orange. J'ai vu aussi, dans un coin de la cuisine, les boîtes de médicaments. Elle tourne aux antidépresseurs…

Elle se ressert un verre de vin blanc, m'en propose, je refuse.

— Si Linda est enfermée dans cet endroit, comment allez-vous la récupérer ?

— Je vais essayer de m'infiltrer dans L'Enceinte. Tous les deux mois, la communauté envoie une équipe parmi les sans-abri de Los Angeles et San Diego pour leur proposer d'intégrer La Voie. C'est peut-être ma chance.

— Non, ça suffit !

Philip vient de faire intrusion dans la cuisine.

— Ça a assez duré, Rachel. Tu ne comprends pas ? Green nous balade. Ça s'arrêtera quand ? Quand il aura siphonné tout notre argent ?

Il ouvre le frigidaire, attrape une bière et la boit en quelques gorgées.

— Philip, je comprends votre lassitude… Mais vous ne vous rendez pas compte. Ça fait six mois que je dors dans ma voiture. J'ai fait aussi de mon côté beaucoup de sacrifices. L'argent que je vous demande couvre à peine mes frais. J'ai remué ciel et terre pour ramener Linda.

— Mais Green, regardez dans quel état cette histoire met Rachel.

À cet instant, le téléphone de la maison retentit. Il est plus de 21 heures. Rachel, surprise, se saisit du combiné. En une seconde, son visage se décompose. Elle articule quelques mots, les larmes aux yeux :

— Linda, c'est toi ?

Son mari s'approche d'elle, active le haut-parleur.

— Maman… Il est là, n'est-ce pas ? Ce type, Paul Green, celui que vous payez pour me traquer depuis des mois. Je n'en peux plus qu'il me harcèle. Qu'avez-vous cru ? Que je vous appartenais, que j'étais un gentil chien-chien qui allait revenir à la niche ? Mais vous n'avez toujours pas compris ? Je ne reviendrai jamais. Pour rien au monde, je ne refoutrai les pieds à Carlsbad. Cette vie, cette maison, tout ce que vous avez fait…

— Qu'est-ce que tu racontes, ma fille ? Nous avons tout fait pour que tu sois heureuse.

— Arrête… J'ai ouvert les yeux, maman. C'est à cause de vous que je suis devenue comme ça. Pour la première fois, j'ai l'impression d'être heureuse, ici. Il y a de la lumière, de l'espoir dans ma vie. Le Guide a fait ressortir ces souvenirs que j'avais enterrés. Je sais ce que papa m'a fait. Il a abusé de moi. Toutes ces années quand j'étais gamine. Il m'a souillée et a placé son ombre sur moi. C'est pour ça que je suis si mal depuis toute petite. Et toi, tu le savais et tu n'as rien dit. Jamais.

Philip nous regarde, sidéré. Rachel tente de calmer sa fille :

— Ma princesse. On ne veut que ton bien. On…

Linda ne la laisse pas finir et se met à crier :

— Vous êtes des monstres, des hostiles ! Vous avez voulu me garder pour vous, dans votre vie médiocre, si grise, si vide. Mais j'ai pris un autre chemin. Je vis en couleurs. De grandes choses nous attendent. Une route pavée de lumière. Je suis devenue une Pure. Je ne veux plus jamais vous voir. Plus jamais !

Elle a raccroché. Rachel reste de longues secondes, bouche bée, le téléphone contre l'oreille. Son mari fait les cent pas.

— Philip, tu as quelque chose à me dire ?

— Je n'ai jamais rien fait à Linda. Je te jure.

J'en ai vu, des gens mentir. En cet instant, Philip a l'air sous le choc, parfaitement sincère.

— On en reparlera plus tard.

Rachel, les yeux embués, détourne son attention vers moi. Je sens que ça bout en elle.

— Vous. Sortez de chez moi. Mon mari a raison. Nous n'avons plus besoin de vos services. Je ne veux plus rien avoir à faire avec vous. À force de la harceler, vous nous avez privés de notre Linda.

Je me dirige vers la sortie, sans rien ajouter. Ça ne servirait à rien. Avant de partir, je laisse les cent cinquante dollars sur la desserte.

Nuit sans lune, ciel d'encre. Je roule le long des étendues désertiques du Nouveau-Mexique. L'autoroute 285 m'éloigne lentement de Carlsbad. Le plat à perte de vue, à perte de vie. Pour casser la monotonie du paysage, il n'y a que ces poteaux électriques, qui se dressent tels d'immenses crucifix, devant les phares de ma voiture. Je me sens si las. Flash, assis sur le siège passager, émet un léger râle, comme pour me dire « reprends-toi, vieux ». Et si Linda avait bien fait de partir, de recommencer à zéro ailleurs ? Peut-être est-elle vraiment heureuse au sein de La Voie ? Je ne me suis jamais vraiment posé la question, en fait. Obsédé par le simple besoin de la retrouver. Durant ces longs mois, je ne l'ai cherchée que pour me rassurer, me dire que j'en étais capable. Sans me soucier le moins du monde des conséquences sur elle et sa famille. J'attrape un CD et l'insère dans le lecteur de ma voiture. C'est le morceau *Everybody's Talking*, de Harry Nilsson.

« Tout le monde me parle.
Je n'entends pas un mot de ce qu'ils disent,
Seulement les échos de mon esprit. »

Moi non plus, je n'ai pas voulu entendre. Je me suis bouché les oreilles, je suis parti trop loin pour faire marche arrière. Comme cette route qui semble ne jamais prendre fin. Tant que je roule, que j'enquête, ça doit vouloir dire que ma vie n'est pas vaine. Et maintenant, qu'est-ce que je fais ? Rentrer à Redwoods ? Comment me regarderont Lauren, Charlie ? Un an de perdu… un an… Je suis si fatigué.

Derrière moi, des phares approchent et m'aveuglent dans le rétroviseur. Un énorme 4 × 4 vient se coller à mon pare-chocs. Le conducteur a installé un pare-buffle en acier chromé sur la calandre. Qu'est-ce qu'il me veut, celui-là ? Encore un de ces rednecks excités du volant. C'est pas le moment. Le type se met à klaxonner. Il fait rugir son moteur. La double voie de l'autoroute est bien assez large pour qu'il me double. J'ouvre ma vitre et lui fais signe de me dépasser. Trace ta route, abruti… Soudain, dans un vrombissement, le véhicule accélère et se positionne en parallèle de ma Country Squire, sur la voie de gauche. C'est un tout-terrain surélevé, aux vitres teintées, dont les roues arrivent quasiment au niveau du capot de ma vieille guimbarde. Il commence à donner des petits coups de volant vers la droite. Mais putain, à quoi tu joues ? Je suis obligé de me décaler sur la bordure extérieure de la voie et de frôler la glissière de sécurité en acier. L'instant suivant, le chauffard me rentre dedans et me pousse contre la barrière. Mon rétroviseur explose. Je tente de maintenir la direction. Au contact du métal, mon aile projette des étincelles. Un hurlement d'acier résonne dans l'habitacle. J'accélère, tant bien que mal. Flash, flairant le danger, se met en boule. Un nouveau choc. Ma vieille Ford est encore comprimée. Un enjoliveur est arraché et roule sur quelques mètres. J'essaie de conserver ma vitesse, mais le compteur bloque à 90 km/h. J'ai mes deux mains serrées sur le volant. La direction se met à trembler. Je suis piégé. Le 4 × 4 part alors à l'autre bout de la voie, mord sur le sable du bas-côté, puis fonce sur ma voiture. Je manque de perdre le contrôle. Ma pauvre caisse grince dans tous les sens. Ne me lâche pas… pas maintenant. Dans la lueur des phares, je réalise que la glissière de sécurité s'arrête sur une plaine désertique, trente mètres plus loin. Le chauffard martèle ma voiture de plus belle. Ma coquille de noix ne fait pas le poids. Déporté, je file droit sur un panneau publicitaire éclairé le long de la route : « Le Nouveau-Mexique, on ne le quitte jamais vraiment ! » On ne pouvait rêver plus ironique… J'appuie sur les freins. Dans un crissement insupportable, ma voiture ralentit mais dérape sur la piste sableuse. Je tends ma jambe contre la pédale, tire le frein à main. La Country Squire part en tête-à-queue, mais finit par s'immobiliser de biais, à seulement deux mètres des énormes pylônes. Mon crâne vient heurter le volant. Je suis un peu sonné.

Du mouillé sur ma joue. Flash est en train de me lécher le visage. Je le repousse. Ça va, ça va... Le chien jappe. Je vois flou, mais scrute autour de moi. J'aperçois le 4 × 4 faire demi-tour. Son moteur rugit, ses phares m'aveuglent. Il va nous percuter... En finir. Fébrile, je cherche dans le fatras de ma boîte à gants. Ça y est. Je l'ai. J'attrape mon arme et embarque Flash. Nous sortons de la Ford, dont le capot fume. Je braque mon flingue sur le 4 × 4. Je hurle :

— C'est ça que vous voulez, hein ?

Puis je tire dans le vide, une balle, deux balles, sans même essayer de viser, désespéré.

Dans un dérapage, le SUV s'éloigne, ses phares disparaissent. Je m'effondre. J'ai du sang qui coule le long de mon oreille, une plaie poisseuse dans les cheveux. Putain, je me suis ouvert le crâne. Flash s'allonge sur mes genoux, cherche ma main du museau. Je sens que lui aussi est terrorisé. Je lui caresse le flanc. Moi aussi j'en ai assez, vieux frère... moi aussi, j'aimerais rentrer. C'était eux, c'est certain. Les types de La Voie. J'imagine que derrière les vitres teintées du 4 × 4, il y avait M. et Mme Parfaits et leur foutue caméra. Linda a répété à sa mère que tout allait bien pour elle... Si c'est le cas, pourquoi La Voie cherche-t-elle tant à me décourager d'enquêter ?

# 14

## Sarah
### 11 juillet 2012
### Los Angeles

5 h 55. Le fourgon du SWAT, le groupe d'intervention, roule dans un Los Angeles entre chien et loup. Les rues sont vides, à l'exception de quelques sans-abri qui poussent leurs caddies d'un pas traînant. Nous arrivons dans le quartier de Boyle Heights, royaume de La Sombra. À cette heure-ci, il ne devrait pas y avoir de guetteurs du gang, ces gamins qui passent leurs journées sur des chaises en plastique clouées sur les toits, afin de surveiller l'accès au secteur. On a une chance de garder l'effet de surprise.

Nous passons devant une église fraîchement repeinte. Quelques mètres plus loin, ce sont des immeubles désaffectés, dont les ouvertures sont condamnées par des parpaings. L'engin fait des cahots sur le bitume défoncé. Apparaissent de petits pavillons aux façades délavées. Il y a des barreaux aux fenêtres, des rouleaux de fil de fer barbelé au-dessus des grillages. Quand on vit ici, c'est qu'on ne peut plus aller nulle part, alors on se protège avec les moyens du bord. Les jardins sont laissés à l'abandon. À Boyle Heights, on ne permet pas à ses gosses de jouer dehors. Trop de balles perdues, trop de victimes d'une guerre de territoire qui ne cessera jamais.

5 h 57. On étouffe là-dedans. Riley et moi sommes ballottés à l'arrière depuis une vingtaine de minutes. Les types du SWAT sont, eux, d'un calme olympien. Assis sur les bancs le long de la carrosserie blindée, ils mâchent ostensiblement leur chewing-gum en contrôlant leur équipement, resserrent leur casque, leur gilet pare-balles. Mark tente de donner le change et vérifie la glissière du canon de son arme. Il est terrorisé, je le sais. J'ai bien essayé de le décourager de venir, mais il a insisté.

5 h 58. Deux minutes avant l'intervention. Nous n'allons plus tarder à arriver devant le domicile de Jose Mejia, le chef de La Sombra, pour procéder à la perquisition. Un soleil timide perce au-dessus des toits, des antennes, des poteaux électriques. Le fourgon tourne sur South Evergreen Avenue. Sur un pan de mur, un tag représente une silhouette noire qui brandit un flingue, le symbole du gang. Nous y sommes.

Rafa Costa a été placé sous protection et caché dans une planque en périphérie de Los Angeles, non loin du réservoir d'eau Van Norman. Là-bas, deux hommes veillent sur lui en permanence. La maison de sa mère est également sous surveillance. C'était le contrat. J'ai eu du mal à le convaincre, mais Rafa a fini par parler : c'est bien Mejia qui les a mandatés, lui et son oncle, pour déplacer le corps de Jane Doe. Et, selon Rafa, il y aurait eu d'autres « livraisons » dans les mois précédents. Toujours le même trajet. Du centre-ville de Los Angeles vers le quartier de Claremont à l'est, où Mejia lui-même prenait le relais. D'autres corps d'écorchés attendent certainement d'être découverts quelque part dans ces collines. Avec les déclarations du gamin, nous avions notre sésame pour lancer une perquise chez Mejia.

Nous avons été obligés de demander des renforts. Une brigade du SWAT ainsi que quelques hommes de l'antigang sont là pour nous épauler. Le but de notre intervention, choper Mejia, bien entendu, mais aussi et surtout trouver des indices qui l'impliqueraient, lui et son gang, dans la mort de Jane Doe. Rafa connaît bien sa maison. Il a pu nous en dessiner un plan, nous a indiqué l'endroit où étaient planquées armes et drogues. Il y aurait ainsi deux armoires fortes remplies de flingues et de AK-47, une cache sous le parquet de la cuisine abritant plusieurs pains de cocaïne, afin d'approvisionner les dealers aux quatre coins du barrio. Bref, on s'apprête à lancer l'assaut dans une poudrière. Si, par malheur, les gars de La Sombra veulent jouer les guerriers, ça pourrait vite déraper. Mais on ne peut pas se rater. Spetzer, qui dirige la police de LA, nous a dans le collimateur sur ce coup. Celui que l'on surnomme le Saint-Père aux Homicides a été clair : « Votre témoin, ce chicano, est trop fragile. Vous foncez dans le mur. Si ça dégénère, je ne vous couvrirai pas. » Il a fallu que ma boss insiste lourdement pour qu'il valide l'opération. Encore une fois, Corwin prend des risques pour me soutenir.

5 h 59. Dougherty, le responsable du SWAT, tape sur l'épaule de ses hommes, s'avance vers la porte

coulissante et place sa main sur son oreillette. Il attend le signal de la seconde unité, qui, en ce moment même, doit se garer dans la contre-allée derrière la maison de Mejia. Notre fourgon s'arrête en plein milieu de la rue. C'est parti. Dougherty et ses hommes surgissent du véhicule. Ils se mettent à courir, les uns derrière les autres. Nous les suivons sur nos gardes et progressons parmi des monceaux de détritus jonchant le jardinet.

6 h 00. Tout va très vite. Un agent défonce la porte d'entrée au bélier. Un deuxième envoie une grenade aveuglante. J'entends des cris, des insultes, mais pas de coup de feu. Riley et moi entrons à notre tour. Dans la pénombre, les faisceaux des lampes glissent sur un mobilier clinquant. Grands canapés en cuir, énorme télé, table basse en verre, frigo dernier cri. Quatre chicanos endormis lèvent mollement les bras en hurlant « calma, calma ! ». Des bouteilles d'alcool parsèment le sol. Il y a eu une fête ici. Mejia n'est pas dans le salon. J'accompagne Dougherty et trois hommes à travers les couloirs. En file indienne, chacun a une main posée sur l'épaule du flic devant lui, les gars du SWAT contrôlent chaque pièce. Une première chambre vide, une autre. Enfin, nous pénétrons dans la dernière salle du fond. Mejia nous apparaît, alangui au milieu d'un grand lit, sur un drap en satin violet. À ses côtés, deux femmes dénudées. De la musique métal hurle et vrille les oreilles. Lorsque les agents braquent leurs fusils d'assaut HK416 sur lui, le chef de La Sombra place ses mains derrière la tête, sourire aux lèvres. Les hommes du SWAT, méthodiques, le forcent à se mettre à genoux et lui passent les menottes. Les femmes restent sur le lit, tremblantes. Mejia est en slip. De carrure

musculeuse, il est recouvert de tatouages. Son visage est un chaos de symboles et d'écritures. De lui, on ne distingue plus qu'une épaisse moustache et deux yeux noirs, fous, striés de veines rouges, qui nous détaillent les uns après les autres. Je l'observe. Sur son corps, je recherche le motif trouvé sur le cadavre de Jane Doe. Je note diverses inscriptions en lettrines travaillées : « Puro Ocho », « La vida loca », les lettres « LS » sur sa nuque, et remarque le personnage d'ombre le long de son cou, signature du gang. Mais aucun serpent s'enroulant sur lui-même. Mejia croise mon regard, son sourire s'étire. Quelque chose cloche…

Le SWAT regroupe tout le monde dans le salon tandis que les gars de l'antigang, Riley et moi-même commençons à fouiller la bâtisse. Au bout d'une heure, le constat est clair. Il n'y a rien ici. Nous avons fait sauter les serrures des armoires, mais les racks d'armes étaient vides. Pareil avec la planque sous la table de la cuisine, rien à l'intérieur. Nous avons retourné les chambres, le moindre placard, et même fait intervenir la brigade cynophile, pour que leur chien renifle les cloisons, la moquette. Mais pas de trace fraîche de dope. Et avec Mejia qui fanfaronne, je suis de plus en plus à cran. À genoux sur la moquette du salon, il interpelle chaque agent, entre deux éclats de rire : « Vous avez trouvé quelque chose ? La placa, vous ne savez pas chercher… Vous refroidissez, là. » Mejia parade, roule des mécaniques. Je le sens, quelqu'un les a prévenus de notre arrivée. Pourtant, peu de personnes étaient au courant de notre intervention. Sachant que La Sombra arrose des membres de la police, nous avons tout fait pour lancer une attaque éclair afin que ça ne s'ébruite pas. Mais c'est raté… Il y a une balance parmi nous, aucun doute. J'observe du coin de l'œil mon partenaire qui finit de vider des tiroirs dans la cuisine. Je sais que, par le passé, Mark a fait des petits arrangements, laissé passer des choses en échange d'un billet. Rien de méchant, mais tout de même. Ça fait trop longtemps que Riley arpente le bitume pour être resté pur. Cette ville salit tout et tout le monde. Et si c'était lui ?

Dougherty s'impatiente. Le chef du SWAT voudrait qu'on déguerpisse. Pendant une intervention dans un quartier chaud, on évite de trop traîner… Ça fait bientôt deux heures que nous sommes sur zone. Comme pour confirmer son appréhension, un attroupement s'est formé autour de la maison. Des voitures lowriders se sont garées au milieu de la voie. Une dizaine de membres de La Sombra insultent les agents en faction à l'extérieur. Péniblement, quelques gars de l'antigang tentent de calmer les esprits. À l'intérieur, ça commence aussi à s'échauffer. Mejia est de plus en plus provocateur. Je pourrais l'embarquer pour l'interroger, mais dès qu'il dégainera ses avocats, on ne pourra le garder longtemps. Il faudrait qu'on trouve quelque chose dans cette foutue baraque. Et vite. J'ai demandé aux équipes de la scientifique de passer du luminol, le développeur chimique, dans les chambres, salles de bains. Ils viennent de terminer. Mais encore une fois, ils ont fait chou blanc. Ils ont bien détecté des traces de fluides, mais pas de marques de sang récentes. Bordel…

Mejia continue de parader. « On a rien à se reprocher, nous ! On est des bons citoyens… toujours là pour honorer les policiers. Enfin, surtout vos femmes… » Ses acolytes se marrent comme des hyènes. Il fait une chaleur à crever dans la maison, avec toute cette agitation. Une lumière épaisse filtre à travers les rideaux. J'ai besoin de prendre l'air. Je sors dans le jardinet à l'arrière de la baraque. Il y a là deux canapés défoncés, une palette faisant office de table basse et un abri en tôle. Quelque chose attire mon attention. Ou plutôt une absence. Cette partie est étonnamment propre, nette. Pas de déchets, de capharnaüm, comme j'ai pu en voir à l'avant de la maison. La Machine se met immédiatement en marche. En observant mieux, je constate qu'il y a des traces au sol. Là, le long du grillage, la terre est tassée et fait apparaître des marques circulaires. Plus loin, contre une cloison du cabanon, une zone est plus humide, comme si elle n'avait pas été exposée à la lumière. On a déplacé tout ce qui traînait ici.

Je m'approche. Un lourd cadenas barre l'entrée de l'abri de jardin. Je demande à un des gars du SWAT de le faire sauter avec une pince. Dans l'espace exigu, de quatre mètres carrés tout au plus, un entassement de planches, palettes, portières de voiture, pneus, forme un bric-à-brac chaotique jusqu'au plafond. Tout le bazar qui devait traîner dehors a été amoncelé en cet endroit. Pourquoi ranger si soudainement ? Mes chaussures collent à une matière poisseuse, de l'huile… Je sors ma lampe et éclaire des traces de pas fraîches dans la graisse, nombreuses. On a fait des va-et-vient, il n'y a pas longtemps. L'agent m'aide à virer tout ce bordel. Nous faisons place nette et, après quelques minutes, dévoilons une trappe circulaire en métal ancrée dans le sol, munie d'une manivelle. L'acier rouillé est percé d'une vingtaine de trous. Quand je passe ma lampe à l'intérieur, je crois entendre du bruit.

J'appelle Dougherty, qui arrive avec deux de ses hommes. Sur le qui-vive, il tourne la manivelle et soulève la trappe, qui bascule dans un grincement. Une échelle rouillée s'enfonce dans l'obscurité. Je crois percevoir des sanglots, des geignements. Dougherty veut contacter ses supérieurs. Je lui explique que nous n'avons pas le temps. D'un signe, il envoie ses deux agents, qui lâchent une grenade fumigène dans le trou, puis descendent le long des barreaux. On entend des toussotements et des voix mêlées qui répètent « Ayuda ! Ayuda ! ». À l'aide ! Les secondes suivantes sont une interminable attente. L'abri de tôle est une étuve. J'ai de la sueur qui coule le long de ma colonne vertébrale. Puis, enfin, l'un des gars du SWAT intervient : « Chef, il y a cinq personnes ici. Des civils. C'est une sorte de container. Putain, il faut que vous voyiez ça. » Je demande à Dougherty si je peux y aller. Il refuse : « C'est le protocole. On sécurise d'abord. » Je lui réponds « J'emmerde le protocole », et me laisse glisser à l'échelle. Arrivée en bas, j'allume ma torche. La fumée est encore dense. Je suis à l'intérieur d'une citerne souterraine large d'à peine deux mètres. Il fait au moins quarante degrés là-dedans. Les parois sont émaillées de rouille et de traces verticales… des griffures. Je crois discerner des inscriptions, des prénoms, des dates… Par terre, quelques écuelles abîmées, un jerrycan vide, un seau qui déborde d'une matière noirâtre autour duquel volettent des moucherons. L'odeur est insupportable, acide. J'avance vers le fond. Sous le halo des torches des agents, des silhouettes voûtées sur elles-mêmes, terrorisées, m'apparaissent. Trois hommes et deux femmes, en sous-vêtements, les pommettes saillantes, les yeux enfoncés, la peau couverte de crasse.

Ils tremblent de tout leur corps. Ils ne savent pas si nous sommes là pour leur venir en aide ou pour en finir… Je dis quelques mots en espagnol : « Somos de la polícia. No tiengan miedo. » Une femme, au bras rachitique, pointe un doigt tremblant vers l'autre bout de la citerne, « mi hijo… Mi bebé. Mi bebé », et fond en larmes.

Je fais volte-face et m'enfonce de l'autre côté. Contre la paroi, je découvre un petit corps rabougri. Si minuscule, si fragile. Il est emmailloté dans une couverture râpeuse. Il est gris, desséché. Des mouches constellent ses yeux ouverts, sortent de sa bouche. Je tombe à genoux et attrape la dépouille. C'est un bébé, âgé d'à peine quelques mois. Il est mort depuis plusieurs jours. Quelque chose grandit en moi. J'ai envie de pleurer, de hurler. Une rage contre cette ville, cette folie, tout ce que j'ai vu durant ces années, tout ce que je n'oublie pas, comme si je traînais la misère de cette cité entière derrière moi. Tout ce que la Machine me rabâche chaque nuit. L'horreur des hommes. Leur monstruosité.

Je remonte l'échelle, traverse le jardin, dégaine mon arme. J'arrive dans le salon, repousse Riley qui, en voyant mon regard fou, comprend et essaie de me retenir. Je me plante devant Mejia et braque mon flingue sur lui. Le chef de La Sombra m'observe, immobile. Il ne rit plus. Il sait que nous avons trouvé la citerne. J'appuie mon canon sur son front. Je vais lui exploser le crâne. Pour que ces images s'arrêtent. Mon doigt sur la détente. Deux hommes du SWAT parviennent à me maîtriser. Il me faut quelques minutes pour reprendre mes esprits. Riley tente de me calmer. Sa voix douce, sa main qui me masse le dos. Je confie mon arme à mon partenaire et le convaincs de me laisser parler à Mejia. Après une grande respiration, je m'avance vers le chef de La Sombra.

— On est un peu à cran, perra ?

— Ces hommes et ces femmes en bas, c'est quoi ?

— Rien. Du business. On s'en occupe bien.

— Il y a un bébé mort là-dedans. Depuis plusieurs jours. Comment avez-vous pu ?

— On ne descend pas tous les matins… les locataires n'ont pas pris le forfait ménage.

J'ai envie de lui balancer mon poing dans la gueule. Riley me dit non de la tête. Il a raison. Il faut que je garde la tête froide. Mejia fait exprès de nous chercher. Si on le frappe, il pourra s'en servir comme prétexte pour obtenir une libération plus rapide.

— Je vais te dire, fliquette, on l'avait prévenue, la mère, que le petit était trop jeune. Elle a voulu le garder quand même, quand elle a passé la frontière. C'est sa putain de responsabilité.

— Parle-moi, Mejia. Ces gens, c'est quoi ? Des immigrés clandestins ? Tu les caches là, pourquoi ?

— Disons qu'ils ont payé leur passage aux États-Unis, mais qu'on demande un petit bonus à leur famille au Mexique pour les laisser profiter de notre charmant pays. Tu crois quoi ? Tous les gangs font ça. C'est le prix pour devenir américain.

J'ai la gorge sèche. Je continue.

— Il y a cinq jours, on a trouvé une femme morte, écorchée, à l'arrière d'une camionnette. On sait que c'est toi qui as envoyé tes hommes pour transporter le corps. C'est lié à ce trafic ?

— Vous avez mis la main sur Rafa, hein ?… Je l'aimais bien, ce gamin, Volatín… Je ne pensais pas que ça serait une putain de balance.

— Parle, Mejia.

— Parler, je veux bien. Parce que maintenant que vous avez découvert ma petite affaire, je suis dans la merde. Mais il me faut des garanties.

— Tu n'es pas en position de force, là.

— Tu n'imagines pas, la flic… Mon petit trafic avec ces paisanos, c'est rien. On finit toujours par les libérer. On n'est pas des monstres. Pas comme ceux qui se sont occupés de cette fille.

— Parle…

— Pas avant d'être sûr d'être protégé. Jour et nuit. Je veux intégrer le programme de protection des témoins. Et je veux aussi un aménagement de peine si je coopère.

— Il faut que tu me donnes quelque chose pour me prouver ta bonne foi.

— Je vous dirai où sont les autres corps.

— Les autres corps ? Il y en a eu combien avant ?

— Trois… Tu ne sais pas dans quoi tu as mis les pieds, güera.

Je détourne les yeux. Il enchaîne.

— Je te dégoûte, c'est ça ? Regardez-vous, les justiciers qui débarquent dans notre barrio. Regardez-vous, puta ! Vous nous prenez pour des sauvages, nous les basanés ? Mais ce qu'on fait là, c'est pour la bola. Le trafic de clandestins, la drogue… ce sont les affaires. Point barre. Les vrais monstres, ce sont eux. Ce qu'ils font, c'est la locura. De la folie. Je les ai vus, les corps, moi, ces écorchés, avant de les enterrer. Putain, jamais je ferais ça à quelqu'un… Ce type, Le Maudit, il ne craint rien… Et il viendra te chercher toi aussi, fliquette, si tu leur tournes trop autour.

— Arrête ton char, Mejia. Tu voudrais que j'aie pitié de toi ?

— Ta pitié, j'en veux pas. Vous, les Blancs, il vous faut toujours quelqu'un pour nettoyer derrière. Ici, comme partout dans ce foutu pays, on ne fait que laver votre linge sale, débarrasser vos assiettes, faire disparaître vos cadavres… Vous ne nous voyez même plus, tellement vous vous êtes convaincus que c'est normal. Tous les hôtels, toutes les cuisines de restaurants dégueulent de gens comme nous. On est les ombres. La Sombra. Durant toutes ces années, avec mon gang, j'ai pris ma revanche. Mais j'ai trouvé plus fort que moi. Tu crois qu'ils te laisseront aller au bout ? Tu ne sais pas à qui tu t'attaques, tu ne sais rien. Ceux après qui tu cours… Ce sont les maîtres. Les seigneurs de cette ville, de ce putain de monde.

## 15

## Dorothy
8 janvier 1982
Los Angeles

C'est ce soir… Ce soir que ma vie va changer. Le gardien à l'entrée des studios Warner m'a laissée passer quand je me suis présentée. J'ai juste eu à donner mon nom, Dorothy Lane, et dire que j'avais rendez-vous avec l'acteur Gary Gallows. Il a répondu par un « Je vois » et a ouvert le portail d'accès. J'ai senti quelque chose dans son regard, comme du dégoût… mais ça doit sûrement être de la jalousie.

De nuit, les studios semblent bien différents. Là où la journée, c'est un ballet incessant de voiturettes, de camionnettes, de figurants qui valsent d'un plateau à un autre, il n'y a, à cette heure, que le silence. Les hautes silhouettes des décors et de l'énorme château d'eau, symbole des lieux, se découpent dans la nuit claire. Une voiturette approche. Bon sang, c'est lui… Gary Gallows. L'un des acteurs préférés de ma mère. Ses films sont légendaires : *La Canonnière rouge*,

*Le Dernier Refuge*, *Mark et ses sœurs*… Il vient pour moi. Il m'a expliqué qu'il organisait un apéritif avec quelques amis producteurs, comédiens et gens influents de la ville. C'est le tremplin, l'occasion dont je rêvais. Gallows se gare devant moi et m'invite d'un geste à le rejoindre. Il replace ses cheveux blanchissants en arrière et me passe une main dans le dos : « Je suis content que tu sois là. » « Moi aussi. » Je serre mes mains entre mes jambes pour qu'il ne remarque pas que je tremble. Mes bas sont un peu filés. C'est Brooke, ma colocataire, qui me les a prêtés, avec sa plus jolie robe, la vert pomme.

Avant de démarrer, Gary m'observe et me glisse à l'oreille : « On t'a déjà dit que tu avais de faux airs d'Audrey Hepburn ? Tu as, comme elle, ce côté ingénu, trop rare ici. »

J'ai fait la rencontre de Gary Gallows il y a quelques jours. J'étais figurante sur un film en costumes, une grande saga se déroulant dans le New York du début du XXe siècle. On tournait une scène de bal. Entre deux prises, Gary m'a posé plein de questions. Durant ces quelques minutes auxquelles j'ai tant repensé, il était accessible, à l'écoute, et m'a répété deux fois : « Tu as quelque chose… » Enfin, alors que le réalisateur l'appelait sur le plateau, on a convenu de ce rendez-vous.

Je connais bien les studios maintenant, avec tous les rôles de figuration que j'ai eus depuis mon arrivée, il y a deux ans, en 1980. Pour l'instant, je ne suis encore qu'une « silhouette », comme on dit ici. On a pu me voir en arrière-plan dans plusieurs films. Dans *Superman 2*, je suis dans la foule paniquée quand Christopher Reeve rattrape in extremis le sommet de l'Empire State Building… Une ombre parmi des centaines d'autres…

Je suis allée voir le film trois fois d'affilée. Juste pour visionner encore et encore cette séquence. Mais ce soir, c'est à mon tour de passer dans la lumière.

Nous quittons French Street, traversons Hennessy Street, l'allée reproduisant l'ambiance de New York. Sur le trajet, Gary me raconte ses souvenirs de tournage. Il me cite des noms de films, de réalisateurs qui ne me disent rien. Je n'y connais pas grand-chose en cinéma, je le sais bien. Mais je hoche la tête en faisant semblant de savoir. Nous roulons à travers le studio. Je tente de saisir ce moment, de le retenir en moi. J'y suis arrivée. Enfin… J'ai débarqué à Los Angeles il y a deux ans. Deux ans de galère, de petits jobs, d'espoirs déçus, de castings à me retrouver face à tant d'autres actrices. Il y en aura toujours une plus belle ou meilleure comédienne que moi. Et cette phrase, chaque fois la même : « On vous rappellera. » Si mes parents et ma sœur me voyaient, là, ce soir. Ils se sont trompés sur toute la ligne. Je ne suis pas devenue « une traînée » à Los Angeles, comme l'avait lâché, un jour, mon paternel, à table. Bientôt, papa, maman, Tracy, vous oublierez tous ces mots jetés à mon visage. Vous vous pointerez avec un grand sourire, en disant à qui veut l'entendre qu'on est de la même famille, vous ramperez pour que je vous pardonne. Mais moi, je n'oublierai rien. Je ne vous permettrai pas d'attraper la poussière d'étoile que je laisserai derrière moi.

Les devantures des faux magasins défilent sous les phares. Nous traversons encore quelques rues, faisons le tour de la place Midwest Street, qui reproduit une petite bourgade américaine idéalisée, un square avec son kiosque, une chapelle blanche immaculée, une mairie en briques et colonnades. Ma ville, Pocatello, en Idaho, ressemblait à tout sauf à ça. Un bled sans histoire, sans avenir. Le ciel trop grand. Des maisons blanches, toutes les mêmes, à perte de vue. Personne ne faisait de vagues ou ne parlait trop fort. Il fallait être discret, respectueux. On se refusait à exister, de peur de gêner. Une vie en noir et blanc. À mon arrivée à LA, j'ai eu l'impression que le monde passait en Technicolor.

Gary se gare devant un studio en retrait des autres, dans un coin où je ne suis jamais venue. Le grand bâtiment porte le numéro 88, dans une peinture rouge écaillée. L'acteur sort une paire de clés et me fait signe d'entrer. La pièce est plongée dans le noir. J'entends un interrupteur derrière moi. Dans un lourd crépitement, de gros projecteurs au plafond s'allument. Tout autour de nous, c'est un chaos de meubles entreposés, chaises, tables, miroirs, fauteuils, canapés, bougeoirs… Ça sent le renfermé et la poussière. Et puis, au milieu de ce désordre, comme un îlot épargné, il y a un décor de palais égyptien éclairé par plusieurs spots. Des colonnes peintes en bleu, en rouge, des tentures et draperies. Le tout orné de hiéroglyphes. C'est un peu vieillot, mais il s'en dégage un charme particulier. Je passe ma main sur les reliefs gravés dans la résine. Gary m'invite à m'asseoir sur l'une des banquettes qui entourent un bassin artificiel. Il y a même de faux nénuphars à la surface.

— Ça te plaît ? C'est le décor d'un film dans lequel j'ai joué dans les années 1970, *Le Secret du pharaon*. Le studio 88 n'est plus utilisé depuis quinze ans. C'est devenu une remise où on stocke ce qu'on ne veut pas jeter. Avec mes camarades, nous sommes parvenus à négocier avec la direction pour le conserver.

— Justement, où sont vos amis ?

— Ils arrivent… un peu plus tard. Je voulais qu'on prenne le temps de discuter, qu'on apprenne à se connaître, toi et moi.

Il ouvre un frigo qui ronronne dans un coin, en extrait un seau à champagne. En deux, trois gestes, il fait sauter le bouchon d'une bouteille et me sert une coupe. Ça me déborde un peu sur les mains. J'étouffe un rire gêné.

— À toi, Dorothy… À ton avenir.

Je porte le champagne à mes lèvres. Je n'ai pas l'habitude, ça pétille fort.

— Dorothy Lane… Ça sonne bien. C'est ton vrai nom ?

— Oui. Ma mère était une grande fan de l'actrice Dorothy Dandridge. Elle disait que j'avais le même sourire qu'elle.

— Elle avait raison.

Encore quelques gorgées. Nous parlons de choses et d'autres. Je lui raconte ma jeunesse, mes envies de devenir actrice envers et contre tous, mes débuts à Los Angeles. Mon premier jour sur un plateau. Je me sens bien. J'ai la tête qui tourne un peu. J'ai dû boire trop vite. Il faudrait que je me rafraîchisse avant que ses amis nous rejoignent. Je demande à Gary où sont les toilettes. Il me montre une porte au fond du studio. Je me lève, ça tangue. Je manque de perdre l'équilibre. Gary me rattrape. Mes yeux se ferment. J'entends sa voix qui me dit : « Laisse-toi aller. »

C'est trouble… Mon corps qu'on déplace, qu'on allonge sur un lit… Ils sont plusieurs à me porter.

J'aimerais leur dire que je suis désolée, que je me sens un peu malade, mais aucun son ne sort de ma bouche. On retire mes vêtements. Je vois la jolie robe verte qui tombe au sol. Des taches de couleur me passent devant les yeux, le décor autour de moi se déforme. Des silhouettes m'entourent. J'ai envie de rire et de pleurer. Je suis désolée… C'est le champagne. Quelqu'un m'entend ? Vous me laisserez une autre chance ?

Je sens qu'on m'écarte les jambes. Je ne peux pas résister. Quelque chose en moi. Puis mon corps qui fait des mouvements d'avant en arrière. Une douleur, une déchirure. Tout au fond. La robe en boule au sol. Ma tête qui bouge sur le lit. D'avant en arrière. Et ce cri qui ne veut pas sortir de ma bouche. Un masque s'avance vers moi. Je dois rêver. Une statue sur mon corps, m'appuie fort sur le bas-ventre. Ça fait mal. Arrêtez. Laissez-moi. Par pitié. Je veux fermer les yeux. Partir. Ne plus être ici. Ne plus être nulle part.

Le temps s'efface. Je reprends enfin conscience. J'ai un mal de tête horrible. Je ne sais pas quelle heure il est, ni où je suis. Je rouvre les yeux. J'ai les membres endoloris. Je tente de soulever mes bras. Ils sont toujours retenus par quelque chose. Que se passe-t-il ?

Quelqu'un me tourne autour. Nous sommes toujours dans le vieux décor. Mais la lumière est plus tamisée. J'essaie de me relever, mais je n'y parviens pas. C'est alors, seulement, que je me rends compte que je suis nue, allongée sur le dos, les mains attachées à un lit métallique. Quelque chose de froid coule entre mes jambes. J'ai envie de vomir. La silhouette porte une longue toge noire et un masque, en métal, peut-être en bronze. On dirait un visage antique, inexpressif, ni homme ni femme. Deux serpents bordent son faciès et se rejoignent, s'entremêlent sur le front en une étrange spirale.

L'individu fait un signe de main. J'entends un cliquetis, puis un bruit de mécanisme. Sur un pan de mur blanc apparaissent alors des images. C'est moi, sur ce même lit. Un homme, de dos, vêtu d'une longue cape noire s'avance vers moi. Il sort son sexe et me le place entre les jambes. Sur la pellicule, mon visage n'exprime aucune émotion, je ne me débats pas. Je suis là sans être là. Je ne veux pas voir ça. Une voix derrière moi. Je la reconnais. C'est celle de Gary Gallows.

— Tu voulais crever l'écran... te voilà servie. Si tu ne fais pas tout ce qu'on te demande, nous enverrons ce film à ta famille, à tes amis. Le monde entier le verra. Désormais, quand je t'appellerai, tu viendras. Tu ne poseras aucune question, jamais. Tu ne parleras à personne de ce qui se passe ici. Car maintenant, sache-le, tu nous appartiens.

# TROISIÈME PARTIE

## La cité des damnés

*« Nos sociétés modernes forment une nouvelle Babel. Chacun a les yeux rivés vers le sommet de cette tour, sans se soucier de ce qui se passe à côté. On cherche à franchir ses échelons, à progresser vers un nouveau cercle, quitte à grimper sur le dos voûté de nos concitoyens. Il n'y a pas de "nous", que des "je". On ne se parle plus, on ne s'écoute plus, aveuglés par cette cité des damnés qui continue de s'élever, toujours plus haute, toujours plus fragile. Cette tour, c'est notre orgueil. Il y aura toujours un étage de plus, un désir à assouvir, un bien à posséder... Pourtant, il existe une autre Voie. »*

Douglas Fairview,
*La Voie, le chemin vers vous-même.* 1987

# 16

## Paul
### 13 juillet 2012
### Carlsbad

De la berge, la grue hisse, lentement, la carcasse de la Pontiac hors du canal. Une eau marron s'échappe du pare-brise explosé.

Rachel Richardson, la mère de Linda, a trouvé la mort ici. Un accident… Tous les policiers à qui j'ai pu parler me confirment cette hypothèse. Rachel a dû avoir un moment d'absence et perdre le contrôle de sa voiture. Philip, son mari, leur a mentionné, bien entendu, les anxiolytiques qu'elle prenait ces derniers temps. Elle se serait assoupie au volant… aurait quitté la route et percuté la fragile barrière métallique à plus de 50 km/h. Un accident… Sauf que moi, je sais de quoi ils sont capables. J'en ai fait les frais, il y a quelques jours.

J'observe les traces de pneus sur le bitume. Rachel a dû mettre un coup de volant sec pour déboîter ainsi. Ça ne colle pas avec l'hypothèse du malaise. Elle a fait ce geste consciemment, par panique ou par désespoir…

En tirant mon chien par le collier, j'avance jusqu'à l'autre bout du pont.

J'ai tenté de joindre Rachel, hier soir. Je voulais la convaincre, une dernière fois, de me soutenir dans ma quête pour retrouver Linda. Je crois qu'au fond, j'avais surtout besoin d'être rassuré. De me dire que je ne me lançais pas seul dans cette folie. J'ai appelé à plusieurs reprises sans que personne réponde. Enfin, la voix éteinte de Philip. Quand il m'a reconnu, il s'est mis à hurler, hystérique, en répétant que tout était ma faute. J'ai essayé de l'apaiser, et, enfin, il m'a annoncé la nouvelle. À peine avais-je raccroché que je fonçais vers Carlsbad.

Ma faute… peut-être Philip a-t-il raison ? C'est moi qui ai donné de faux espoirs à Rachel, moi qui lui ai sans cesse répété que je lui ramènerais sa fille. Moi qui l'ai empêchée d'aller de l'avant, de se reconstruire en acceptant que Linda ne revienne jamais. Ma faute, c'est peut-être vrai, après tout…

Il reste encore un véhicule de police à l'endroit où la voiture de Rachel a sombré. Un premier agent installe péniblement une barrière temporaire, en soufflant au moindre geste, le second, affalé dans le siège conducteur, sirote un soda, l'air ailleurs. Tout dans leur attitude laisse transparaître le désintérêt total qu'ils ont pour l'enquête. Les flics du coin ne feront aucun effort pour creuser. Un accident de la circulation, ça leur va très bien. Une affaire vite pliée, vite élucidée. Pourquoi s'emmerder ?

Nous arrivons, avec Flash, sur l'autre rive du canal. Je m'accroupis à côté du clébard, le caresse et lui dis :

— Allez, mon Flash, trouve-moi une piste. Bon chien…

À ma grande surprise, le canidé abaisse sa truffe et commence à flairer le sol. Il aurait compris ce que je lui demande ? Flash accélère le pas. Je le suis. Il s'enfonce dans un arbuste desséché et en émerge, un sachet de chips vide dans la gueule. Ça m'aurait étonné, aussi… Tu es vraiment le chien le plus stupide de la terre. Je m'apprête à repartir vers ma voiture, quand je remarque, le long du trottoir, une vingtaine de mégots. Au même niveau, des traces de pneus. Un assez gros véhicule, si j'en juge par l'espacement des roues. Un 4 × 4, peut-être. L'engin semble avoir démarré en trombe. Flash renifle les mégots et lève le museau vers moi. C'est bon, je retire ce que j'ai dit. Tu n'es pas le clébard le plus con du monde. Juste des États-Unis. Ça va, comme ça ?

Je fais volte-face et regarde vers le pont. Ça pourrait coller. Rachel disait être suivie ces derniers temps. Imaginons que ce soit vrai, qu'ils aient surveillé ses trajets, son heure de passage approximative, chaque soir, en revenant du travail. Ils se garent ici. Guettent son arrivée dans le sens inverse, lui foncent dessus. Peut-être voulaient-ils simplement lui faire peur ? Mais Rachel, plutôt que de freiner, a paniqué et terminé sa course au fond du canal… C'est crédible. Mais comment expliquer ça à la police ? On ne croira pas un traître mot de ce que je raconterai. Surtout si son mari, Philip, leur parle de moi. Il me tient tant en estime que je pourrais finir par me faire accuser. J'ai déjà connu ça…

Je dois continuer seul et m'infiltrer dans L'Enceinte.

Pour Linda… et pour Rachel.

## 17

## Sarah
14 juillet 2012
Los Angeles

Les hommes de l'équipe scientifique finissent d'évacuer les trois cadavres que nous avons découverts ce matin dans une fosse à l'est des collines de Claremont, en bordure d'une rivière asséchée. Mejia ne nous avait pas menti. Sa localisation était précise. Il les a à peine cachés sous une cinquantaine de centimètres de terre et quelques pierres. À moins de trente mètres d'un sentier où, chaque jour, des centaines de joggeurs passent. Deux femmes et un homme. D'après les premières constatations de Hodges et son équipe, il s'agirait d'individus assez jeunes, d'origine caucasienne. Comme Jane Doe, ils avaient le corps tailladé, la pulpe des doigts arrachée. Trois nouveaux anonymes. Chaque fois, malgré l'état de décomposition avancé des dépouilles, nous avons retrouvé le même tatouage sur la cheville et des brûlures similaires au niveau du crâne. Hodges doit faire des analyses plus poussées, mais il confirme que les trois corps sont enterrés là depuis plusieurs mois, un an peut-être pour le plus ancien, le jeune homme. Ce qui collerait avec les dates approximatives que nous a données Mejia.

Riley et moi devons préparer à présent l'interrogatoire de Mejia, maintenu en détention à la prison centrale de Los Angeles. En espérant qu'il tiendra sa promesse et acceptera de nous parler. La dernière fois que je l'ai vu, alors qu'il pointait l'emplacement du charnier sur une carte, j'ai senti que, derrière sa morgue, il y avait de la peur. Il nous a raconté que ses mystérieux « employeurs » attendaient de lui qu'il fasse disparaître les corps en les brûlant, mais qu'il avait décidé de les conserver, méfiant. Certain de ne pas pouvoir leur faire confiance. De qui parle-t-il ? Impossible d'en tirer davantage. Mejia s'est muré dans le silence. Répétant simplement, « une fois que vous aurez retrouvé les cadavres et que j'aurai les garanties de purger ma peine loin d'ici, sous surveillance permanente, je vous révélerai ce que je sais ». Il a également demandé un aménagement de peine pour sa coopération. Je le laisse espérer, mais je sais que Spetzer, qui dirige le LAPD, comme le procureur n'accepteront jamais de négocier avec le chef de l'un des gangs les plus terribles de la ville. Surtout avec ce qu'on a découvert dans la citerne…

Comme un flash, les visages des malheureux surgissent dans mon esprit. Leur maigreur, leurs lèvres desséchées. Leurs vêtements en guenilles. Cette étincelle de vie qui avait définitivement abandonné leurs yeux. Et le bébé. Ces pauvres gens ont été placés en foyer. Dans quelques semaines, ils seront renvoyés au Mexique. Tout ça pour ça…

Est-ce que La Sombra va disparaître, maintenant que son chef est emprisonné ? Pour l'antigang, ça risque plutôt de mettre le feu aux poudres. Ceux qui rêvaient de prendre la place de Mejia vont désormais se battre pour le trône vacant. Des rivières de sang vont couler dans les rues de Boyle Heights… Ça ne s'arrêtera jamais. Pour l'heure, l'avenir de son gang semble être le cadet des soucis de Mejia. Une seule chose l'obsède, sa propre sécurité. À plusieurs reprises, il m'a demandé si sa cellule était bien surveillée, s'il ne risquait rien, il a insisté pour qu'on le déplace ailleurs, loin de la Californie, mais je lui ai expliqué qu'à ce stade de l'enquête, ce n'était pas possible. Il est persuadé qu'un tueur insaisissable, celui qu'il nomme Le Maudit, va venir pour lui. Rafa m'en a également parlé… Ce type existe-t-il vraiment ? Ou est-ce une création du folklore, parfois étrange, des gangs ?

Je rejoins Riley, un peu en retrait de la fosse. Je lui fais part des dernières conclusions de l'équipe scientifique. Mon partenaire hoche la tête mais ne m'écoute pas vraiment. Il a le regard perdu, happé par l'impressionnante vue sur Los Angeles que l'on a du haut des collines. La Cité des Anges s'étend jusqu'à l'horizon. Des lumières orangées et blanches scintillent de partout, l'obscur tranché par les balafres verticales des gratte-ciel de Downtown, par les saillies des artères de la ville, par les blocs d'immeubles et de maisons qui créent des formes géométriques dans les ténèbres. Des millions de lampions allumés dans la nuit. Autant de signaux de détresse. Enfin, Riley prend la parole, à mi-voix, comme s'il ne voulait pas être entendu :

— Je n'en peux plus, Sarah... De tout ça, de cette nuit sans fin. Je ne réussis plus à faire le tampon. Je fais tout pour ne rien ramener à la maison, mais bon sang, ça me poursuit. Ces cadavres, cette violence. Des fois, je gueule sur les jumelles alors qu'il n'y a aucune raison. Cette ville finit par nous souiller, nous salir... Je suis fatigué.

J'aimerais être tendre, pouvoir poser ma main sur son épaule et trouver les mots, lui dire que je comprends, que moi aussi, ça me dévore, que ça m'éloigne un peu plus, jour après jour, des autres, mais qu'on n'a pas le choix. Qu'on est comme un barrage et qu'on doit encaisser toute la noirceur du monde pour qu'elle ne se déverse pas sur le reste des vivants, et ne les engloutisse. Un dernier rempart pour protéger le peu d'insouciance et de candeur qui existe encore sur cette planète cramée. Les rires des enfants, les lampes torches sous la couette, les cabanes dans les arbres... Je devrais lui dire tout ça. Me confier. Mais je ne suis pas conçue comme ça, malheureusement. Je parviens juste à lâcher :

— Tiens le coup, Riley.

J'hésite. Ce n'est certainement pas le moment, mais je dois en avoir le cœur net. Et ce n'est pas mon genre de prendre des pincettes.

— Mark... je dois savoir. Est-ce que c'est toi qui as balancé l'info de la perquisition chez Mejia aux gars de La Sombra ?

Il me dévisage, décontenancé.

— Tu déconnes ou quoi ?

— Écoute, je sais que tu as tes arrangements, que tu fais tes petits business…

— OK, mais ça n'a rien à voir. Il m'est arrivé de fermer les yeux sur des conneries, comme tous les autres flics, comme tous les habitants de cette ville, à part toi, Sarah ! Mais jamais je ne mettrais en péril une enquête pour quelques billets, et surtout pas avec ces enculés de La Sombra.

— Il y a une balance, Mark. Ce n'est pas possible autrement. J'en suis certaine, Mejia et ses hommes savaient qu'on allait débarquer. Ils ont eu le temps de virer leurs armes, planquer la drogue et l'argent ailleurs. Si nous n'avions pas trouvé la citerne avec les sans-papiers, on n'aurait jamais pu l'interpeller.

— Ce n'est pas moi, je te le jure. Et comment as-tu pu seulement penser ça ? Franchement, ça fait quatre ans qu'on bosse ensemble. Tu n'as aucune confiance en moi, ni en qui que ce soit, Shelley. Année après année, tu deviens de plus en plus froide… tu te renfermes, tu t'éloignes de tout. Parfois, je me demande ce que je fous à rester avec toi. Je pourrais changer de partenaire. Avoir une relation de travail normale avec une personne normale. Et, maintenant, tu doutes de moi ? Putain, à quoi bon ?

— À quoi bon ? On forme la meilleure paire de flics de tout Los Angeles. C'est ça le plus important. Je sais que je suis compliquée. Je fais des efforts, mais c'est dur… Tu n'es pas obligé de m'aimer, tant qu'on bosse bien ensemble. Et pour ce que ça vaut, tu es ce qui s'approche le plus d'un ami pour moi, Riley. J'ai confiance en toi, il fallait que je sache, c'est tout.

Riley donne un coup de pied dans les graviers et s'écarte sans un mot, retournant auprès du charnier… Il va se calmer, je le connais. Mais ça ne change rien au problème. Quasiment personne n'avait eu vent de notre intervention. Les gars du SWAT, comme l'antigang, ont été prévenus au dernier moment, une heure avant l'opération. Seuls Corwin, ma supérieure, Spetzer, le procureur Wilkes, le juge Hammond, Riley et moi-même savions pour l'ordre de perquisition. Si ça ne vient pas de mon partenaire, c'est que ça vient d'au-dessus… et c'est encore plus inquiétant.

# 18

## Paul
17 juillet 2012
Los Angeles

Voilà trois jours que je suis installé à Skid Row. Malgré les palmiers et le ciel bleu azur qui m'environnent, je ne suis plus vraiment à Los Angeles ici, je me croirais plutôt dans un camp de réfugiés ou dans une favela de Rio de Janeiro. Skid Row, c'est un purgatoire à ciel ouvert, un immense ghetto qui s'étend en plein cœur de la ville sur une trentaine de blocs, soit près de huit kilomètres carrés. Depuis des décennies, ce quartier est devenu le point de chute des sans-abri. Le dernier endroit où on atterrit quand on ne peut tomber plus bas. À l'entrée, un panneau annonce la couleur : « Skid Row. Population : trop nombreuse. » Au moins deux mille indigents vivotent ici sur les trottoirs, majoritairement des Afro-Américains. Au fil de leur mandat, les différentes équipes municipales ont bien tenté des actions : ouvrir des commerces, inciter des entreprises à s'installer pour que le quartier change un peu de visage. Mais les années passent et rien ne bouge vraiment. Parfois, au milieu de la nuit, une descente de flics vient faire place nette sur un pâté de maisons, et chasse quelques SDF à coups de matraque. Une équipe d'agents de nettoyage débarque ensuite pour détruire les tentes, assainir les rues… comme s'il s'agissait d'une vulgaire infection qu'on pourrait éliminer comme ça. Une tache à effacer du bitume. Mais dès le lendemain, les désœuvrés sont de retour.

Avec le temps, une forme d'organisation, une communauté d'entraide s'est mise en place. Il y a des visages connus qui essaient d'agir. Des noms qu'on respecte, Big Mama, le Général Dogon, parce qu'ils font entendre la voix de celles et ceux que personne ne veut plus écouter. Ils ont monté des associations, demandent des centres d'hébergement, des soins médicaux, plus de sécurité… mais avant tout plus d'hygiène. Car, à Skid Row, on ne trouve que neuf toilettes réparties sur toute la zone. Neuf toilettes pour des milliers de personnes…

Quand j'ai débarqué ici et que j'ai installé ma tente dans un coin de San Pedro Street, le long d'un grillage couvert de bâches déchirées, il y a bien eu deux, trois regards appuyés. Mais la plupart de mes « voisins » ne se sont même pas rendu compte de mon arrivée. Les habitants de Skid Row sont là sans être là, plus vraiment présents au monde. Ça se défonce au crack, à la meth, au fentanyl, entre deux lampées d'alcool. Mais la véritable détresse n'est pas là. Quand on circule entre ces logements de fortune, ces tentes rapiécées, ces bâches posées sur des palettes, fragiles édifices qui manquent de s'écrouler au moindre coup de vent, ce qui saute aux yeux, ce sont ces pauvres hères qui se parlent à eux-mêmes, ces femmes qui font de grands gestes dans le vide, ces jeunes qui marchent au milieu des voitures, comme s'ils ne les voyaient pas. En croisant ces faciès émaciés, ces regards voilés, on comprend qu'ils sont, pour la majorité, en situation de détresse mentale. Dépression, schizophrénie, la vie dans la rue abîme irrémédiablement. Ce n'est pas d'argent qu'ont besoin ces gens, mais d'un accompagnement psychologique, d'aide, d'écoute… Parmi ces femmes, ces hommes, certains étaient autrefois des informaticiens, des ouvriers qualifiés… des gens avec une vie normale. Un énorme tag peint en rouge sur un bâtiment le résume parfaitement : « Ce que tu vois ici, ça pourrait être toi ».

Malgré les efforts de certains pour créer une cohésion dans Skid Row, le quartier reste terriblement dangereux. Le soir venu, on évite de quitter sa tente. Chaque matin, on apprend qu'Untel s'est fait poignarder, un autre tabasser. Mes nuits ici sont pour le moins agitées. Je ne dors que d'un œil. La bonne nouvelle, c'est que depuis la mort de Rachel, pas de trace de M. et Mme Parfaits. J'ai l'impression que plus personne ne me suit. Peut-être pensent-ils que j'ai laissé tomber ? C'est bien mal me connaître. J'ai déjà pu obtenir les renseignements que je recherchais ici. J'ai ainsi eu confirmation que, tous les deux mois, un bus de La Voie faisait halte dans le quartier, ainsi que dans d'autres ghettos de la région, afin de recruter des volontaires pour intégrer L'Enceinte. Il faut passer une sorte d'entretien, montrer sa motivation, et on peut avoir une chance de gagner un séjour à Ojai. En général, les habitants de Skid Row ne se pressent pas pour embarquer vers L'Enceinte. On ne la leur fait pas, à eux. Les fausses promesses, ils connaissent et ne se font plus avoir. C'est ma chance. Pour cette raison, il me faut rester assez longtemps auprès d'eux. Afin de ne pas avoir l'air d'un imposteur… Heureusement, me fondre dans la masse, je sais faire. Du temps de l'affaire Mike Stilth, j'ai vécu des mois entiers dans les rues de LA, en dormant chaque nuit dans ma voiture. Et depuis un an, je suis sur les routes, avec quelques dollars en poche. J'ai ma place à leurs côtés. Comme eux, je suis un vagabond, un paria.

Je cherche le sommeil. Dehors, il commence à y avoir de l'agitation, des cris et des rires. Une voix hurle : « Laissez-moi, merde. J'ai rien, ici ! » Je sais bien que je devrais l'ignorer, me boucher les oreilles, mais on ne se refait pas. Je remue Flash pour qu'il se réveille, et ouvre la fermeture Éclair de mon abri. À une dizaine de mètres, un type, assez âgé, est par terre. Au-dessus de lui, trois hommes ont éventré sa tente et le martèlent de coups de pied. Je m'avance vers eux.

— Ça suffit !

Un bonhomme rachitique, à l'air mauvais, se tourne vers moi. Il a une tête toute fine, des lèvres pincées et des cheveux peroxydés qui forment une touffe sur son crâne dégarni. Une hyène.

— Qu'est-ce qu'il me veut, le petit gros ?

— Le petit gros, il veut que vous vous barriez, toi et tes copains.

Le gars sort un cran d'arrêt.

— Toi aussi, t'en as après son trésor ? Ce soir, c'est à nous que le Captain va filer son pognon. Tu crois que tu nous fais peur avec ton gros bide et ton clébard débile ?

Le gus est à moins de deux mètres de moi, Flash montre les dents.

— Mon chien n'est pas une lumière, certes. Mais s'il y a une chose qu'il ne supporte pas, c'est l'injustice. Comme mon flingue, d'ailleurs…

Sur ces paroles, je sors mon arme, que je tenais dans la poche de ma veste, et lui braque au visage. L'un des gars retient le chef de meute.

— Keith, il a un feu, viens, on se tire !

Le mec crache au sol et finit par filer avec ses deux complices. J'aide le malheureux à se relever. Il en a bavé. Il a le nez en sang et des hématomes sur le visage. Je l'ai déjà repéré dans le coin. Impossible de le rater. Il se balade toujours avec un drôle d'accoutrement, des bottes hautes, un treillis et, vissée sur la tête, une casquette de capitaine de bateau d'un bleu délavé, à la visière abîmée. D'où son surnom, le Capitaine. L'homme, âgé d'une bonne soixantaine d'années, a une barbe blanche fournie qui contraste avec sa peau noire. Je lui propose de me suivre jusqu'à ma tente pour le soigner. J'ai avec moi ma trousse de premiers secours. Après un regard soupçonneux, il accepte. Tandis que je désinfecte sa plaie, on commence à causer.

— Merci, petit. C'est quoi ton nom ?

— Moi, c'est Paul, et toi ?

— Ici, on m'appelle Boone. T'es nouveau à Skid Row ?

— Je viens de débarquer.

— C'est bien gentil de jouer les bons Samaritains, mais, conseil d'ami, si tu fais ça chaque fois que t'entends une bagarre, tu feras pas long feu. C'est pas la première fois que je me fais tabasser, et certainement pas la dernière. Ici, on encaisse.

— Tu veux que je t'emmène au poste de police ?

Il part d'un grand rire qui résonne dans la nuit.

— T'es un marrant, toi ! Personne ne porte plainte, ici. Les flics ne sont pas là pour nous aider, juste pour nous empêcher de quitter ce maudit quartier.

— Pourquoi ces gars t'ont attaqué ?

— Comme s'il leur fallait une raison... Avec ma casquette sur le crâne, tout le monde s'est persuadé que je devais cacher un trésor dans ma tente. Ils ont voulu en avoir le cœur net.

— Ça fait longtemps que tu es à Skid Row ?

— Trop...

Le type, avec sa tronche tuméfiée, me fait de la peine.

— Si tu veux, tu peux rester ici cette nuit, Boone. Tu ne vas pas dormir dehors, les autres risquent de revenir. Et ils t'ont bien amoché... Tu verrais ta tête !

— T'as vu la tienne ? T'as pas non plus une gueule de porte-bonheur ! Ça ira. Chacun vit sa vie, ici. Pas d'attache. C'est mieux pour tout le monde.

Je l'observe un peu. Je remarque, sur son tee-shirt blanc usé, le miroitement d'une plaque métallique autour de son cou. Il l'attrape et la fait tinter entre ses doigts.

— Ancien combattant. Navy. Guerre du Golfe... Et, non, j'ai pas envie d'en causer. Allez, c'est bon, merci pour ton aide, je vais retourner ranger mes affaires.

Il essaie de se lever, mais chancelle et s'écroule sur mon sac de couchage.

— Bon, finalement, je vais profiter un peu de ton hospitalité.

Pendant qu'il se repose, je vais rapidement rassembler son barda, que je rapporte auprès de ma tente. Une besace militaire usée, trois sacs plastique. Sa vie entière tient là-dedans. Je découvre un tas de journaux récents. En les feuilletant, je tombe sur une couverture du *Los Angeles Times* qui m'interpelle « Les Écorchés… guerre des gangs ou tueur fou ? Notre enquête. »

Tandis que les phrases s'enchaînent, une alarme retentit en moi. Ces corps écorchés, ces marques sur le crâne… Ça me dit quelque chose. Je repense à ma discussion avec Stanley Burkle, le journaliste, au sujet de La Voie, de cette jeune fille qui se serait enfuie de L'Enceinte. Je retrouve mes notes : « des marques de brûlures tout autour du crâne ». Je fouille dans un de mes sacs et relis un extrait du livre de Douglas Fairview, le gourou de la secte : « Vous êtes des écorchés que l'on n'a jamais su soigner… »

Et si tout était lié ?

# 19

## Sarah
18 juillet 2012
Los Angeles

« Les Écorchés… guerre des gangs ou tueur fou ? Notre enquête. »

Folle de rage, j'attrape le journal, le roule en boule et l'enfourne dans une poubelle. Quelques collègues lèvent la tête de leur bureau, intrigués, mais je m'en fous… Ça a fuité. Il fallait s'y attendre. Mais je ne pensais pas que ça arriverait si vite…

Ça fait une semaine maintenant que Mejia est incarcéré et que nous attendons les papiers officiels afin qu'il accepte de nous parler. On m'a assuré que nous devions les recevoir aujourd'hui. J'ai eu beau tenter de contacter la terre entière, le dossier de Mejia semble empêtré dans un imbroglio administratif. Et personne ne cherche, au niveau de la direction, à accélérer ma démarche. Quelle perte de temps. Je surveille mes e-mails, attends un coup de fil de ma boss, Corwin… mais rien ne vient. Cerise sur le gâteau, avec la fuite dans la presse, les

Homicides sont devenus un bureau des pleurs. Toutes les dix minutes, on reçoit un appel du standard qui nous annonce qu'un citoyen aurait des révélations à nous faire. On est obligés de les prendre en considération, évidemment, mais en deux, trois questions, on se rend compte que c'est du vent. Riley, moi-même et quelques autres inspecteurs passons nos journées à répondre au téléphone. Mes collègues me détestent encore un peu plus pour ça... C'est toujours la même rengaine : une femme accuse son mari car il est trop souvent absent, un type s'accuse lui-même, désespérant qu'on s'intéresse à lui... L'Homicide Special est devenu le point de rencontre de tous les tarés du comté. C'est souvent le cas lorsqu'une grosse affaire éclate au grand jour. Ça fascine, ça intrigue... et nous, ça nous fait perdre un temps précieux. Justement, mon téléphone retentit. Je décroche en me massant les tempes.

— Bonsoir, inspectrice Shelley, c'est Justin, à l'accueil. Il y a un type, là, un dénommé Paul Green, qui insiste pour vous voir. Bon, il ressemble un peu à un clochard, mais il aurait des informations sur les Écorchés. Il pense que les assassinats seraient liés à une secte... Attendez, j'ai noté le nom... La Voie...

Une secte, à présent. Il ne manquait plus que ça...

— Je n'ai pas le temps, Justin. Envoie-le vers un autre agent pour prendre sa déposition et dis-lui qu'on le rappellera.

— Non, non, il veut vous voir, vous et personne d'autre.

— Dans ce cas, qu'il aille se faire foutre...

Je raccroche, avale deux comprimés d'aspirine. Fichu mal de crâne. Aujourd'hui, pas d'autre choix pour moi que de venir travailler en plein jour. Ce matin, rien que le trajet en voiture de mon appartement sur Venice Beach jusqu'au Cube, les locaux de l'administration du LAPD, a relevé de la torture. Empêtrée dans les embouteillages, j'ai dû tenir le coup. J'avais beau tenter de garder les yeux rivés sur le capot de ma Firebird, ils ne pouvaient s'empêcher de papillonner à droite, à gauche, et d'attraper au vol un flot ininterrompu de stimuli. En me voyant arriver au sixième, les épaules enfoncées, les lunettes de soleil vissées sur le nez, sans lâcher un bonjour à personne, Mark s'est empressé de fermer les stores des baies vitrées, sous les regards désapprobateurs de certains collègues, qui ne supportent plus mes « caprices ». Riley sait, lui, combien il est difficile pour moi d'avoir, en périphérie, cette vue sur l'immeuble du *LA Times* et la vingtaine de gratte-ciel entassés autour de la 5e.

Toute la matinée, j'ai dû encaisser les petits commentaires des gars d'Homicide 1, Berham, Morales, Prokov et toute leur clique. « Alors, Einstein, on galère sur l'enquête des Écorchés ? Besoin d'aide ? » C'est de bonne guerre, je le sais bien. Les inspecteurs adorent se charrier. Moi, j'ai du mal. Car c'est toujours un peu plus appuyé avec moi, un peu plus humiliant. Les autres flics se sont convaincus que jusqu'alors, avec Mark, nous avions eu « de la chance » en tombant sur des affaires faciles. Ils ne veulent pas tolérer, ne peuvent accepter que je sois meilleure qu'eux. Surtout ceux de la vieille école, les croulants du H1, les rares passés entre les mailles du grand ménage fait dans le service après la débâcle de l'affaire O. J. Simpson. Ceux-là, les Pablionga, les Tippett, ne daignent même pas m'adresser la parole. Relents d'un temps révolu, ils défendent leur territoire comme de vieilles bêtes blessées. Je ne les supporte plus, avec leurs cols de chemise jaunis, leurs doubles mentons, leurs vestes élimées, leurs regards en coin et leur haleine qui empeste le tabac froid et le mauvais whiskey. Ces types, la cinquantaine et plus, n'ont jamais digéré l'arrivée d'un élément comme moi. En bref, une femme…

Historiquement, l'Homicide Special était un repaire d'hommes, blancs de préférence. Cela fait une dizaine d'années seulement que la direction de la police tente de faire évoluer l'image du service. Notamment avec l'embauche de ma supérieure à un poste à responsabilités. Mais même elle, encore aujourd'hui, après plus de sept ans, s'efforce d'être la plus exemplaire possible, comme s'il lui fallait sans cesse prouver qu'elle méritait sa place. En gommant toute trace de ce que les gros machos des Homicides attendent d'une femme, d'abord. Corwin est dure, sèche, ses cheveux blonds, courts, toujours plaqués en arrière. Ses tailleurs cintrés, impeccables. Divorcée, elle s'occupe seule de ses trois enfants, je le sais, même si elle n'en parle jamais. Car Corwin ne mélange pas. Elle ne veut pas afficher le moindre signe de faiblesse. Rien à quoi pourraient s'accrocher les vieux charognards des Homicides pour la dénigrer. C'est elle qui a soutenu mon embauche, il y a quatre ans. Elle qui, souvent, monte en première ligne pour me défendre. Malgré ce que je suis, malgré l'image que je renvoie et mon attitude qui la foutent, fréquemment, en rogne. Je respecte cette femme, son intégrité, son dévouement. Et je ne peux pas dire ça de beaucoup de personnes.

Ici, on est nostalgique de tout, tout le temps. Il se trouve même des gars qui regrettent les anciens locaux dans l'immeuble vétuste du Parker Center. Le service évolue, mais il faut prendre des pincettes. Certaines traditions perdurent. Ici, on fonctionne par rangées. Deux rangs de douze bureaux. Un lieutenant est responsable de l'aile droite, Homicide 1, un autre de la gauche, la nôtre : Homicide 2. Avec le déménagement, la direction a voulu imposer des bureaux ouverts en open space, mais cela n'a pas changé grand-chose. Il demeure une concurrence larvée entre les deux sections. D'un côté, les hommes du H1, sous les ordres de Paulson, et leur organisation à l'ancienne. Avec l'obligation de pointer chaque jour, les types passent le plus clair de leur temps ici, empêtrés dans la paperasse. Ça ronronne pas mal. De l'autre, Homicide 2, sous la direction de Corwin. Dans notre rangée, c'est l'inverse, notre lieutenant nous veut sur le terrain. Chacun gère son emploi du temps en fonction de ses enquêtes. La seule chose qui compte pour elle, c'est d'obtenir des résultats. Mes collègues du H2 sont, de ce fait, un peu plus tendres avec moi. C'est l'effet meute. Mais je détonne toujours un peu entre ces murs. Mes courbes, mes lunettes noires, mon refus de me plier à la tradition du costume. Tous mes collègues sont en pantalon à pinces et en chemise ou chemisette, les vieux de la vieille ne lâchant jamais leur veste, même sous un soleil de plomb. Moi, c'est tee-shirt noir, jean et basta. Ma boss m'a déjà suggéré de faire des efforts pour m'intégrer, mais je m'en fous.

Corwin, justement, nous interpelle. Elle nous veut dans son bureau. Je regarde ma montre. 18 h 15… Pas trop tôt… J'espère qu'on a reçu les papiers pour Mejia…

Nous nous installons. J'essaie de faire fi de la vue sur Downtown derrière. Mais mon regard est, malgré moi, happé par cette myriade d'informations… Combien y a-t-il de stores tirés sur les fenêtres de ce building ? Une quarantaine ? Moins ? Je me concentre sur Corwin… J'ai la jambe droite qui trépigne sous la table rectangulaire. Que j'aimerais porter mes lunettes de soleil. Mais je n'en ai pas le droit dans son bureau. À sa mine, je sens d'emblée que quelque chose ne va pas.

— Shelley, Riley… Je viens de recevoir un coup de fil de la prison centrale. Jose Mejia a été retrouvé mort. Il se serait pendu avec un drap dans sa cellule.

— Mais… c'est impossible ! Il y a des matons et des caméras qui contrôlent tout en permanence.

— Il s'est suicidé pendant le changement d'équipe. Quant à la vidéosurveillance… Vous savez combien la prison centrale est délabrée. Les caméras du bloc étaient HS depuis avant-hier. Rien n'a été filmé de la journée.

— Je n'y crois pas… Ça ne colle pas. Mejia était prêt à parler, à balancer tout le monde, ses propres frères du gang, tant qu'il survivait. Il ne s'est pas tué. On l'a assassiné et on a maquillé ça en suicide.

— Pas de conclusion hâtive, inspectrice. La Sombra est un gang puissant, mais pas assez pour monter un tel coup. Il faudrait imaginer que certains membres du personnel pénitentiaire aient été de la partie… c'est trop gros.

— Et si ce n'était pas La Sombra ? Et si d'autres cherchaient à étouffer l'affaire ?

— On va creuser. Avec la surmédiatisation, Spetzer veut qu'on avance le plus vite possible. Pour le moment, on peut compter sur le soutien du Septième Ciel.

Le Septième Ciel, c'est ainsi qu'on appelle le septième étage de l'immeuble, là où sont installés les huiles du LAPD et le Saint-Père lui-même, Spetzer, un ancien des Homicides.

— En attendant, tentez de faire parler votre autre témoin, Rafael Costa.

— Il m'a dit tout ce qu'il savait…

— Essayez encore.

Je ne réussis pas à me contenir et frappe du poing sur la table.

— Mais putain, vous ne vous rendez pas compte, chef ? Avec la mort de Mejia, toute l'enquête s'écroule. C'était notre unique entrée pour faire tomber les vrais responsables des meurtres des Écorchés. Mejia a bien insisté là-dessus, La Sombra et lui n'étaient que des pions, des passeurs, chargés de faire disparaître les corps. Il y a autre chose qui se joue ici. Quelque chose de plus gros.

J'aimerais que Riley intervienne mais Corwin clôt la discussion.

— Calmez-vous, Sarah. Je vous fais confiance, vous allez rebondir. Et, qui sait, peut-être que Mejia vous a baladés, qu'il cherchait juste à gagner du temps…

Je retourne à mon bureau, excédée. Riley, de son côté, vient de partir à la prison examiner le corps de Mejia. Il ne m'a même pas demandé si je voulais l'accompagner. Il me connaît. Il sait que ça me rendrait folle d'aller là-bas. Avant d'entrer dans l'ascenseur, il m'a dit : « On ne lâche rien, Sarah. S'il y a la moindre preuve qui atteste d'un coup monté, on la trouvera. » J'ai hoché la tête. Mais ils ne découvriront rien, je le sais. Je tente de me calmer, de contrôler ma respiration. Serait-il possible que Mejia se soit vraiment suicidé ? Ce type, si fier de lui, si arrogant… Je n'y crois pas… Alors, qui serait assez puissant pour envoyer un tueur au cœur de la prison de Los Angeles ?

Je compose le numéro de Hamilton, l'un des deux agents chargés de la surveillance de Rafa. Le téléphone sonne dans le vide, je tombe sur le répondeur. J'essaie celui de Pannell, le second policier. Sans succès. Ce n'est pas normal. Les deux hommes le savent, ils doivent rester joignables en toute circonstance. C'est le b.a.ba de la protection des témoins. Et si, après avoir fait taire Mejia, on cherchait à s'en prendre à Rafa ? Pas une seconde à perdre, je demande au central d'envoyer une unité en renfort sur place.

J'appelle l'ascenseur, mais il tarde à arriver. Je dévale les six étages en trombe, arrive au rez-de-chaussée, franchis le portique de sécurité. Un drôle de type vient alors à ma rencontre. Il arbore une barbe fournie, a les cheveux châtains avec quelques mèches grises, un peu dégarni. Je remarque plusieurs cicatrices. Deux sur son front, une troisième en travers d'un sourcil. Le bonhomme porte une veste élimée sur une chemise à carreaux de bûcheron, un pantalon en velours usé. Un look de trappeur complètement hors sujet à Los Angeles. Il est un peu rond, pataud, pourtant il dégage quelque chose d'autre. Dans son visage abîmé, ce regard bleu, cette façon qu'il a de se tenir un peu voûté, on sent qu'il en a bavé, qu'il est à fleur de peau. La Machine enregistre tout de lui. Il se place devant moi.

— Inspectrice Shelley, je m'appelle Paul Green, il faut que je vous parle, c'est urgent. J'ai des informations sur les Écorchés. Je mène moi-même une enquête sur la disparition d'une jeune femme et je pense que nos affaires se recoupent.

Je détaille mieux le bonhomme. Des taches de gras sur sa chemise, une forte odeur de crasse. Il continue.

— Je pense que tout est lié à la secte La Voie. J'ai lu l'ouvrage référence de son fondateur, Douglas Fairview, il parle des « écorchés ». Et ces traces sur le crâne retrouvées sur l'une des victimes… Une jeune adepte qui avait fui le mouvement présentait les mêmes stigmates. Ce n'est pas un hasard. J'ai besoin d'aide, inspectrice. Je n'y arriverai pas seul.

Il y a du désespoir dans sa voix. J'essaie de le contourner, mais il me bloque le passage. Le type est du genre à ne pas lâcher.

— Écoutez, monsieur Green, je n'ai pas le temps, là. J'ai une urgence. Repassez plus tard.

— Non, je ne pourrai pas. Dans quelques jours, je vais tenter de m'infiltrer dans L'Enceinte, leur communauté à Ojai. Il faut qu'on travaille ensemble, tout de suite. Il se passe des choses là-bas…

Il regarde à droite, à gauche, comme si on l'observait, puis baisse d'un ton.

— Je suis menacé. Ils me surveillent… La Voie est puissante. Plus qu'on ne le pense.

Encore un de ces paranoïaques qui imaginent des complots partout.

— Bon, Green. Laissez-moi passer ou je demande à mes collègues d'intervenir. Je n'ai pas le temps pour vos conneries.

Je le repousse sèchement, me retrouve dehors et cours jusqu'à ma voiture. Rafa est en danger.

# 20

## Rafa

18 juillet 2012

Los Angeles

Putain de bourdonnement… Je n'en peux plus d'être enfermé ici, dans cette baraque au milieu de nulle part. Les heures sont des siècles, les journées, une éternité. Et ce bruit qui me martèle la gueule, qui ne s'arrête jamais.

Rien à faire d'autre ici que de zapper sur la télé pourrie et ses quelques pauvres chaînes ou scotcher sur le plafond au-dessus de mon lit trop mou. M'allumer une énième cigarette et envoyer la fumée tournoyer dans le ventilo tremblotant. La police m'a caché dans un pavillon en périphérie de LA, près du réservoir Van Norman. Tout le bloc est un chantier abandonné, entouré de hautes grilles pour décourager les squatteurs. Pour entrer, les flics ont dû ouvrir un gros portail fermé par un cadenas. L'un des poulets qui me surveillent, ce connard de Hamilton, celui qui me parle comme s'il me crachait à la gueule, m'a expliqué qu'on était planqués au cœur d'un projet immobilier avorté il y a une vingtaine d'années, les Sylmar Gardens. Autour de nous, des dizaines d'autres pavillons, tous vides. Certains sont quasi terminés, d'autres se résument à un pan de mur. De la fenêtre de ma chambre, condamnée par quatre barreaux, on voit les terrains voisins. Les ouvriers avaient même commencé à creuser des fosses pour les piscines. Mais aujourd'hui, avec le temps, ce ne sont que des trous, des caveaux, qui s'enfoncent dans la terre…

La police a retapé une de ces baraques et s'en sert comme planque. Ils me répètent qu'on est en sécurité ici, que personne ne vient jamais dans le coin. Je comprends pourquoi. Le réservoir Van Norman fait un boucan insupportable en continu. Le bruit des pompes, des machineries et des énormes filtres qui brassent l'eau jour et nuit produit un souffle horrible qui rend cinglé. Après les travaux de modernisation du traitement des eaux du bassin, la construction du lotissement a stoppé net. Les gabachos ne voulaient pas être dérangés quand ils faisaient leur barbecue party au bord de leur piscine. Le bourdonnement en arrière-plan aurait gâché leur petite vie trop parfaite. Récemment, on a pas mal parlé aux infos de ce putain de réservoir. Pour empêcher le développement de parasites durant les canicules, les autorités ont décidé d'y balancer des millions de grosses boules noires en plastique qui en recouvrent la surface et évitent que l'eau ne chauffe trop.

Je ne vais pas croupir ici. Ça fait déjà plus d'une semaine que je suis là. Et, maintenant, j'en suis certain, cette flic, Shelley, se fout de moi. Malgré ses belles paroles, je sais qu'elle ne tiendra pas ses promesses.

Pour elle, je ne suis qu'un pion dont elle s'est servie pour faire progresser son enquête.

Je compte bien me barrer, rápido. Il ne m'a pas fallu longtemps pour piquer un couteau dans la cuisine. Ça a été facile, les puercos me laissent toujours y manger seul après m'avoir balancé à la tronche les mêmes sandwichs à vomir provenant de Subway ou Del Taco, tandis qu'eux se gavent de bons petits plats achetés chez les meilleurs traiteurs de la ville. « Tu mérites pas mieux que cette bouffe de chien. » Quand cet enculé de Hamilton m'a lâché ça, l'autre soir, j'ai voulu lui sauter à la gorge, prêt à lui faire avaler ses dents. La rage dégueulait par tous mes pores. Mais l'autre flic m'a retenu. Hamilton m'a collé deux coups de poing dans le bide. Si fort que j'en ai eu la respiration coupée. « Joue pas au con avec moi, Costa. Ça m'emmerde déjà assez de perdre mon temps à protéger une petite frappe de La Sombra. » J'ai serré les mâchoires mais, à l'intérieur, je pensais : « T'en fais pas, bolillo, t'auras bientôt plus à te soucier de moi. »

Depuis quatre jours, dès que j'entends mes matons allumer la télé à côté, c'est mon signal, et je gratte le mortier abîmé qui retient les barreaux de la fenêtre. J'ai déjà réussi à en dégager un. Plus qu'un autre et je pourrai filer. Le plus loin possible de cette foutue ville, de mon ancien gang. Et de ce tueur.

J'ai bien vu les journaux télévisés… Ils ont trouvé trois autres corps dans les collines de Claremont. Ils les appellent les Écorchés. Et dire que c'est nous, mon oncle et moi, qui avons transporté ces jeunes. Peut-être que ce sont eux qui se vengent aujourd'hui ? Leurs âmes damnées qui me poursuivent ? Pour tout ce que j'ai fait. Tandis que je m'acharne avec la pointe du couteau élimée contre le scellement du barreau, ce putain de bourdonnement me refait penser à lui, à son râle, avant que je lui colle une deuxième bastos, et que je le fasse taire à tout jamais…

« Une balle dans la tête et tu gagnes ton entrée à La Sombra… » Dans la bouche de Mejia, ça avait l'air facile. Lever mon arme et appuyer sur la détente. Bang-bang. Comme dans les films. Mais je me suis toujours posé trop de questions, c'est mon problème. Mon surnom, Volatín, je le dois en vérité à ma mère, qui disait que j'étais comme un funambule paralysé sur son fil de fer… Quand je me suis retrouvé à l'arrière de la maison du type, ça n'arrêtait pas dans ma tête : « Qu'a-t-il fait de si grave ? Pourquoi est-ce que je dois l'abattre ? » Son nom, je ne l'ai découvert que plus tard, quand je suis retourné dans sa rue et que je l'ai lu sur sa boîte aux lettres. Armand Sandoval… Qui était-il ? Ça me travaillait tant que j'ai fini par demander à Mejia, qui m'a répondu : « Un bon sicario ne pose pas de questions, il obéit. Si on te dit que cet enculé méritait de mourir, c'est que c'est vrai… »

J'ai appris finalement la vérité. Sandoval possédait une petite épicerie sur Whittier Boulevard, en plein territoire de La Sombra. Pris à la gorge financièrement, il avait décidé de refuser de payer « l'impôt » pour que les gars du gang assurent sa protection. Il devait trois cents dollars à La Sombra. Ça a suffi pour qu'on me donne l'ordre de le tuer. Trois cents putains de billets. Et son regard qui me poursuit. Et ce râle qui s'échappe de sa gorge. Bang-bang.

Je gratte à m'en faire mal à la main. Dehors, le soleil couchant donne des teintes de rouille aux baraques abandonnées. Un bruit de choc provenant du salon. Je me colle à la porte, fermée de l'extérieur, et observe par le trou de la serrure. La porte d'entrée est grande ouverte, la télé est allumée. Il y a de l'agitation dans le salon et quelque chose au sol, mais je ne vois pas bien. Une odeur me saisit les narines. Âcre, froide. L'odeur de la poudre. Puis c'est un murmure qui enfle. Un sifflement. Trois notes qui se succèdent. Deux aiguës, une grave. De plus en plus fort. Une mélodie horrible, lancinante, que je reconnais instantanément. Je l'ai déjà entendue… C'est lui. El Silbón. Il est revenu pour moi.

Je tire de toutes mes forces sur le deuxième barreau de la fenêtre. Après un dernier effort, il cède enfin. Une fois à l'extérieur, je ne réfléchis pas. Je fonce dans le terrain voisin, dépasse un tas de planches, me tasse derrière. Il faut que je me cache, mais où ? Je me lance parmi les pavillons. J'essaie d'ouvrir une porte, une autre, mais elles sont toutes fermées. Il commence à faire nuit. Je devrais peut-être courir vers l'avenue la plus proche ? J'entends au loin l'autoroute 5. Si je la rejoignais, je pourrais trouver de l'aide. Mais il y a ce putain de grillage à franchir. Dans ma main, je serre encore le couteau en Inox émoussé. Comme si ça pouvait changer quelque chose…

J'entends, diffuse, sa mélopée affreuse, stridente. J'accélère encore et tente de pousser toutes les poignées devant lesquelles je passe. Enfin, une porte s'ouvre sur une pièce plongée dans l'obscurité. Je m'y engouffre et referme derrière moi. Je me rends compte de mon erreur. Il n'y a aucune autre issue. Les quatre fenêtres du pavillon en construction ont été condamnées avec des panneaux en bois. Je suis piégé. Trop tard pour ressortir. J'attrape deux lourds sacs de ciment, que je cale derrière la porte. De quoi gagner un peu de temps. Un rapide tour d'horizon. Dans le coin, au fond, le sol n'a pas été entièrement terminé. Il y a un trou assez large pour que je m'y glisse. C'est ma chance. Je m'y précipite et me faufile sous la baraque. J'ai de la poussière dans la bouche, les narines. Je suis en sueur, mais il faut avancer. Le pavillon est un peu surélevé, ce qui me permet de ramper en dessous. Je dois progresser, à plat ventre, la tête de travers. Je suis presque parvenu au bord de la maison, quand résonnent les trois notes de musique. Il est là. Je vois ses chaussures, il marque un arrêt, puis fait le tour de la construction, lentement. Je retiens ma respiration, haletante. Ses pieds qui foulent la terre ocre. Le Maudit fredonne de plus belle. Il sait que je suis sous cette baraque, il va me flinguer comme un rat. Tout ce que je verrai avant de mourir, c'est son visage sans vie et le canon de son arme. La légende disait vrai, quand on l'entend murmurer sa mélodie, c'est qu'il est trop tard. C'est fini. Je n'ai même pas la force de lui hurler dessus, de l'insulter, de partir digne. Je ferme les yeux, comme quand j'étais gamin. Toutes ces fois où je me suis convaincu que si je les gardais clos, le monde du dehors s'arrêterait. Les engueulades entre mes parents, mon père qui disparaissait de plus en plus longtemps pour ne jamais revenir. Je me disais que tout finirait par redevenir normal. Comme un funambule en équilibre sur son fil, là-haut, tout là-haut. Je suis désolé, maman. J'aurais aimé être quelqu'un d'autre. Peut-être pas quelqu'un de bien, juste quelqu'un de mieux.

Un bruit de moteur. En soulevant les paupières, je vois le tueur faire le tour du bâtiment pour se cacher. Dans un grondement, des roues passent en trombe sur le chemin de terre. La bagnole se gare devant la planque, un peu plus haut. La poussière orange retombe au sol. C'est la Firebird de Shelley. Le Maudit s'approche de la voiture, en restant à couvert derrière les pavillons. C'est la diversion qu'il me fallait. Je me hisse et sors dans la direction opposée. Une hésitation… Shelley va se faire buter, là, à cause de moi. Mais si je retourne là-bas, je risque moi aussi d'y passer. Putain ! Je reste paralysé, au milieu du chemin. La flic sort de sa caisse, l'arme au poing. Dans son dos se profile la silhouette noire du tireur. J'aimerais hurler « Shelley ! », la prévenir, mais aucun son ne sort de ma bouche. Elle cherche autour d'elle, me voit, immobile. Un regard d'incompréhension. Trop tard. Le tueur lui loge deux balles dans l'abdomen. Elle s'écroule. Non…

# 21

## Sarah
### 18 juillet 2012
### Los Angeles

Mon corps qui part en arrière. Je m'effondre par terre. La gueule grande ouverte, je tente désespérément d'aspirer un peu d'air. J'ai lâché mon arme. Elle est là. Je me traîne jusqu'à elle, puis la braque autour de moi, mais la violence de l'impact m'a brouillé la vue. Je me plaque contre la Firebird, passe ma main libre sous ma veste et cherche les deux impacts. Heureusement, j'avais pensé à enfiler mon gilet pare-balles avant de partir. Celui qui m'a tiré dessus est là, derrière le bâtiment. J'ai à peine eu le temps d'apercevoir un homme vêtu de noir portant une capuche. Et il y avait Rafa, là-bas, en contrebas du terrain. Il est encore vivant.

Il faut que je reprenne ma respiration, que je retrouve mon calme. J'ai mal au niveau du thorax. Le choc a dû me fracturer des côtes. Je jette un œil par-dessus la carlingue. Une balle vient s'encastrer dans la carrosserie, à moins de dix centimètres de mon visage. Pas de détonation, le tireur a équipé son arme d'un silencieux. J'ai toujours autant de difficulté à reprendre mon souffle. Chaque aspiration me déchire le côté droit. Il me faut trouver une meilleure position, moins exposée. Soudain, j'entends une sirène de police approcher, vers l'entrée du chantier. Les renforts arrivent enfin. Après un dérapage, le véhicule se gare tête-bêche par rapport au mien. En freinant, il soulève un épais nuage de terre et de poussière. Deux agents en sortent, main sur le holster. Je dois les prévenir du danger. J'essaie de les interpeller, mais seul un filet de voix s'échappe de ma bouche. J'ai la cage thoracique trop comprimée. Ils sont en danger ! Pas le choix, je brandis mon flingue et tire trois fois en l'air. Je rampe jusqu'à l'angle du pare-chocs pour avoir une meilleure visibilité. Émergeant de la fumée, les deux collègues ont dégainé, mais visent dans la mauvaise direction. Non, de l'autre côté, les gars…

La seconde suivante, l'un des flics tombe. Une balle vient de lui perforer l'arrière du crâne. L'autre n'a pas le temps de réagir. Un tir en plein front. Son corps s'écroule. Le tueur a pensé aux gilets pare-balles. Désormais, il vise la tête. Je me relève, reste appuyée contre la tôle tiède, prends une profonde inspiration et fais feu quatre fois, au jugé. Aucun tir en réponse. Que le vrombissement du réservoir. Je me glisse jusqu'au véhicule des deux collègues, vérifie leur pouls, sans grand espoir. C'est trop tard. J'appelle à l'aide avec la radio que l'un des agents porte sur le torse. « Code 99. Je répète. Code 99. Besoin de renforts urgents dans le chantier de Sylmar Gardens, près du réservoir Van Norman. Deux agents au sol. Envoyez plusieurs unités et une ambulance. Dépêchez-vous ! » Je remarque son badge. Garriola, matricule 35269. Je me souviens de lui… Je l'avais croisé sur le lieu de l'accident lors de la découverte de Jane Doe. Il roulait des mécaniques, mais, bordel, ce n'était qu'un gamin. Il ne devait pas avoir plus de vingt-cinq ans.

J'attends, mon arme serrée dans mes mains, en m'efforçant de ne pas trembler. Les secondes s'étirent. Le sang s'échappe du crâne de Garriola et se mêle à la terre ocre dans une bouillie noirâtre. Ma faute… Je donne un coup de tête en arrière contre la carrosserie. Réfléchir. Trouver une solution. Saleté de Machine, aide-moi ! Les rouages dans ma tête se mettent enfin en marche. Le véhicule de patrouille est dans l'axe du pavillon derrière lequel le tireur s'est caché. Je suis sur une petite butte qui descend vers la maison en chantier. Ça peut fonctionner… Le plus silencieusement possible, je m'introduis dans la bagnole. Sur le tableau de bord, il y a une photo de Garriola avec un gamin dans les bras. Leurs sourires… Ça fait comme un coup de poignard dans mes tripes. Ne pas y penser. Allongée en travers des sièges, je lâche le frein à main, démarre, passe la première et appuie de toutes mes forces sur l'accélérateur. J'active la sirène qui se met à hurler. La voiture dévale la pente. Mes doigts crispés sur le volant, je maintiens comme je peux la direction. Un tir vient consteller le pare-brise, un second le fait exploser. Une fois que la bagnole a pris suffisamment de vitesse, je me projette à l'extérieur et atterrit sur le chemin sableux. L'engin percute violemment l'angle du pavillon, une partie du toit s'écroule. Malgré la douleur qui me vrille les côtes, je profite du chaos ambiant pour accéder enfin à l'autre côté de la maison. Personne. Des traces de pas qui partent vers l'est. Il a déjà filé. Il veut choper Rafa.

# 22

## Rafa

18 juillet 2012

Los Angeles

Courir. Parce qu'il ne me reste plus que ça. Fuir, le plus loin possible. J'entends une sirène de police. Peut-être que les renforts sont là, qu'ils vont s'occuper de ce fils de pute ? Et qu'ils parviendront à sauver Shelley ? J'arrive devant le haut grillage, cherche un endroit où il aurait été découpé, abîmé. Mais rien. Je dois l'escalader. Je me hisse péniblement, la morsure du clébard qui m'a bouffé la jambe me ralentit. Allez, j'y suis presque. Trois coups de feu me figent sur place. Ça venait de là-bas, vers la planque. Je ne dois pas traîner. Je prends appui et me laisse tomber de l'autre côté. Je me fais un peu mal au genou, mais ça va aller. Je grimpe jusqu'au sommet d'une colline couverte de végétation rase, les installations du réservoir m'apparaissent. Partout, des réseaux de tuyaux forment des ramifications sans fin, au milieu, une centrale hydraulique entourée de pylônes électriques. Plus loin, le fameux bassin. C'est peut-être ma chance.

Je cours vers un portail qui conduit au réservoir. Plus j'approche et plus le bourdonnement se fait puissant, martèlement de machines. La chaîne du cadenas a du jeu et me permet de me faufiler à l'intérieur. Où me cacher ? Alors que je vais chercher de l'aide vers les grands bâtiments de traitement des eaux, un mouvement attire mon attention, vers la grille. C'est lui. Sa silhouette noire, sa capuche. D'un tir précis, il fait sauter la serrure. Je pars dans l'autre sens, vers le réservoir. Je franchis une petite butte en béton et arrive au bord du lac artificiel. Pas âme qui vive. À la surface, des millions de boules noires, à perte de vue. Sur la droite, une longue passerelle rejoint une tour qui se dresse au milieu de l'eau. J'y aperçois, accroché sur un mur, un téléphone de secours dans un coffret jaune. Je me rue dans sa direction. L'océan de sphères sous mes pieds forme une immense nappe de pétrole. Je franchis le pont métallique, décroche le combiné, pas de tonalité. Rien. Il doit bien y avoir quelque chose, un interrupteur, pour le faire fonctionner ? En cherchant, je me rends compte que l'appareil est débranché. Trop tard. Le Maudit est là, à l'autre extrémité de la passerelle, me bloquant le passage, empêchant toute fuite. Sa silhouette noire, immense, qui se découpe dans le crépuscule. En plus du bourdonnement, j'entends un autre bruit, plus flippant encore, celui des millions de boules qui s'entrechoquent, glissant les unes contre les autres, mues par le vent et les mouvements de l'eau. Comme un ventre qui gargouille, comme un ventre qui a faim. Je recule. Le Maudit n'est plus qu'à quelques mètres. Un lampadaire dans son dos m'empêche de distinguer son visage. Mais je sais qu'il n'y a rien à voir, rien d'autre qu'un abîme. Ce n'est pas un humain, mais le diable qui vient me chercher pour toutes mes fautes. Je recule encore et bute contre la balustrade du bout de la passerelle. Tu ne m'auras pas, cabrón. Je choisirai ma mort. Je passe par-dessus la rambarde et saute dans le vide.

Après une chute interminable, je percute le tapis de boules. Une douleur se répand dans mes bras, mes jambes, mon torse. Je m'enfonce sous l'eau, nage pour retrouver la surface. J'émerge. Le Maudit est là-haut. Il m'observe. Braque son arme. Je prends une respiration et plonge. Autour de moi, les balles sifflent mais, par chance, aucune ne me touche. Je dois m'éloigner le plus possible. Au bout d'une vingtaine de secondes, n'en pouvant plus, je remonte à l'air libre, discrètement. Seul le haut de mon crâne dépasse de cet océan de plastique noir. Je le devine à peine. Sur le pont métallique, Le Maudit me cherche parmi les ténèbres. Je tente de rester immobile. Après de longues minutes, il range son arme à sa ceinture, puis écarte les bras et semble faire une sorte d'incantation ou de prière. Putain de taré.

Il finit par s'éloigner. J'attends qu'il disparaisse et m'efforce de revenir vers la passerelle, où une échelle permet d'accéder à la tour. Impossible de progresser. Le moindre mouvement relève du calvaire et mon élan se retrouve freiné par l'amas de boules. Si je continue comme ça, je vais me noyer… Je plonge à nouveau et ressors après quelques brasses. Mais n'y voyant rien, je suis parti dans la mauvaise direction et me suis rapproché du centre du bassin. Je retourne sous l'eau. Dès que ma tête émerge, les foutues boules noires me collent au visage. Je me fatigue vite, trop vite. Je retire mes baskets. Je me sens toujours si lourd… Mes vêtements gorgés d'eau sont comme une ancre qui me tire vers le fond. Je suis piégé dans des sables mouvants géants, plus je me débats, plus la pression des centaines de sphères autour de mon corps se fait forte. Après plusieurs essais, je rejoins le pylône qui soutient la passerelle. L'échelle est là, juste au-dessus. Mais les barreaux sont trop hauts. Mes mains trempées glissent sur le ciment. Je me hisse en maintenant mes doigts dans une anfractuosité. C'est trop dur. Mes ongles crissent sur le béton. Mon corps est englouti par l'eau noire.

J'ai du mal à rester à la surface. Je suis enseveli par toutes ces saletés de boules. Je bois la tasse, recrache, tousse. Le réservoir, tel un organisme géant, m'aspire vers les profondeurs. Je vais me faire bouffer par ce truc. Que puta pesadilla ! J'essaie de crier. « Au secours ! À l'aide ! » Mais personne, je le sais bien, ne m'entendra.

# 23

## Sarah
18 juillet 2012
Los Angeles

Les traces de pas m'ont menée jusqu'au grand réservoir. Rafa s'est sans doute planqué ici. Malgré la douleur qui me vrille le flanc droit, je cours, mon arme à bout de bras. J'ai abandonné mon gilet pare-balles, qui me compressait la poitrine. Je franchis un portail dont le cadenas a été explosé. Le tueur est passé par là. Faites que j'arrive à temps ! Je préviens les renforts pour qu'ils se rendent directement au réservoir, et me poste à l'angle d'un entrepôt. Il est difficile de distinguer quoi que ce soit avec l'obscurité. Là-bas, il me semble apercevoir une silhouette sur une passerelle. Je fonce en criant « Police, plus un geste ! ». À mon approche, l'individu prend la fuite. Le suivre ou tenter de retrouver Rafa, même s'il est certainement déjà trop tard ? Je dois savoir… et me rue sur la passerelle. Je scrute les millions de boules noires qui constellent l'immense bassin. Je m'attends à découvrir le corps du jeune homme d'une seconde à l'autre, mort, flottant à la surface. Je hurle son prénom, cherche à droite, à gauche. Rafa…

Un filet de voix, sous moi, murmure désespéré. Une main surgit de l'océan de sphères. Je trouve une bouée de secours près d'un vieux téléphone d'urgence, et la balance à l'eau. Rafa parvient à l'attraper et émerge de la nappe noire. À bout de force. Je lui dis que je suis là, que ça va aller. Au loin, deux voitures de police arrivent par le portail du réservoir. Rafa se rapproche de l'échelle, il veut que je l'aide à remonter. À cet instant, la Machine m'alerte. Non… Le tueur est peut-être encore là, dans les parages, à observer. Je dois profiter de l'occasion. Il voulait tuer Rafa. Laissons-le croire qu'il a réussi. Je demande au jeune de ne pas bouger, d'attendre mon signal. Je passe quelques coups de fil. Corwin, d'abord. Je prends le risque de l'informer. J'aurai besoin de son aval. Et si, à nouveau, ce type retrouve la trace de Rafa, ça signifiera que c'est elle qui nous a trahis. Quitte ou double.

# 24

## Paul
### 25 juillet 2012
### Ojai

Nous sommes arrivés, enfin. Le bus se gare devant le grand portail de L'Enceinte. Voilà des semaines que j'attendais ce moment. Boone est assis à mes côtés. À nos pieds, mon vieux Flash.

Le Pirate a décidé de nous accompagner. Nous avons passé les derniers jours ensemble et, quand je lui ai proposé d'intégrer L'Enceinte avec moi, sans trop lui révéler mes intentions, il a semblé intéressé. « J'ai passé trop de temps à Skid Row. J'ai besoin de vacances… » Le bonhomme a l'air de bien m'aimer et n'a plus l'habitude d'avoir de la compagnie. Boone, c'est pas le genre à vous sauter dans les bras. Ça tombe bien, moi non plus. Une drôle de complicité s'est installée entre nous. Il m'appelle le Mataf, le Moussaillon… En retour, plutôt que le Capitaine, je le surnomme le Pirate, je suis certain qu'il adore ça. Flash, quant à lui, ne le lâche plus. Ça me rassure un peu, l'animal a le don pour flairer les bonnes personnes.

Boone n'est pas un gars facile. Il peut rester des jours sans sortir un mot, piégé au fond de ses souvenirs qu'il se refuse à évoquer. Je sais juste qu'il a servi en Irak. Il en a ramené une large brûlure au bras gauche, et des images qui le hantent. Après sa démobilisation, une longue descente aux enfers a débuté. L'alcool, la défonce, pour oublier. Il répète qu'il est clean depuis trois ans, qu'il n'a pas craqué. C'est peut-être vrai, peut-être pas. Parfois, la nuit, il parle dans son sommeil. Les mêmes mots, encore et encore. « Nous brûlerons... Nous brûlerons tous. » Mon camarade a des fêlures en lui qu'il ne parviendra certainement jamais à combler. En cela, nous étions faits pour nous entendre. J'ai moi aussi quelques fantômes dans la caboche. Peut-être qu'en partageant nos maux, leur poids nous semblera moins lourd. Parfois, quand je sens qu'il est tout en bas, dans les tréfonds, je lui prête mon lecteur CD, en choisissant bien l'album à l'avance. J'ai découvert que Boone aimait le vieux blues. Généralement, un bon John Lee Hooker le remet d'aplomb. Un sourire éclaire alors son visage, tandis qu'il s'allume une de ses cigarettes roulées. C'est déjà ça.

Pour intégrer L'Enceinte, nous avons été contraints de passer une visite médicale. Puis, il nous a fallu supporter un long entretien individuel. Les premières questions étaient terre à terre : comment m'étais-je retrouvé à la rue, est-ce que j'avais des dépendances, un passif carcéral... Mais, rapidement, la discussion a glissé. Ils ont commencé à jouer les psys de bas étage et à se montrer trop intrusifs. De quoi avais-je peur ? Pourquoi n'avais-je pas de famille ? Est-ce que certains souvenirs me poursuivaient ? Je n'aime pas trop penser à tout ça, à ma jeunesse. Et encore moins en parler. Mais j'ai dû faire illusion, puisque les hommes de La Voie nous ont laissés embarquer. Après une halte à San Diego pour récupérer quelques autres sans-abri, nous voilà…

Dans le bus, nous sommes une petite dizaine. J'attrape mon sac à dos. À l'intérieur, les seules choses que les membres de la secte m'ont autorisé à emporter : mon lecteur CD, quelques disques, ma trousse de toilette, deux, trois vêtements. Le reste, j'ai dû l'abandonner dans le coffre de ma voiture. J'aurais aimé prendre au moins mon appareil photo, mon téléphone, mon flingue même, mais impossible. Les types de La Voie, sur le qui-vive, ont vérifié plusieurs fois nos affaires avant le grand départ.

On nous demande de descendre du bus. Il fait déjà une chaleur implacable en cette fin de matinée. Par endroits, le bitume de la route est en train de fondre. Le portail est grand ouvert. Sur le chemin pavé qui grimpe vers le domaine, une quinzaine d'adeptes nous attendent, grand sourire, positionnés en arc de cercle. Ils sont tous habillés pareil, pantalon et chemise en lin blanc ou beige. Boone me glisse à l'oreille : « T'es certain que c'était une bonne idée, le Moussaillon ? » Je hoche la tête. Avant de nous faire entrer dans L'Enceinte, un homme procède à une ultime fouille. C'est Balden, le chef de la sécurité, avec qui j'ai déjà eu maille à partir lors de ma première visite. Il palpe le corps de chacun. Plus qu'une personne avant moi. En espérant qu'il ne me reconnaisse pas. Mes cheveux, comme ma barbe, ont poussé. Et j'ai un physique qu'on oublie vite. Un visage un peu rondouillard qu'on n'imprime pas. À ma naissance, je n'ai pas tiré une belle main, pas eu beaucoup d'atouts. Mais étonnamment, ce qui, gamin, était l'objet de souffrance, cette tronche que je me traîne, fait aujourd'hui ma force. Je ne suis pas un canon de beauté et les filles, soyons honnête, ne m'ont jamais couru après. Ça serait plutôt le contraire. Je suis le genre de gars dont on pense : « Green, oui, ça me dit vaguement quelque chose. » Vaguement. Mais dans le cadre de mes enquêtes, l'aura d'indifférence que je génère m'est souvent utile. En étant personne, on peut devenir tout le monde.

Balden me jette un regard désintéressé puis inspecte mon sac à dos. Enfin, il pointe Flash du doigt. « Il est à vous, le chien ? » J'acquiesce. Il passe de l'animal à moi, puis me demande : « On ne s'est pas déjà vus ? » Merde… Je bafouille un « non »… « Votre clébard, là, il me dit quelque chose. » J'ai un coup de chaud. Ma chemise me colle à la peau… Quelques gouttes de sueur glissent sur mon front. La gorge trop sèche, je m'apprête à lui répondre, quand une femme s'approche. Elle a la petite cinquantaine, des cheveux noirs parsemés de mèches grises ramenés en un chignon, des taches de rousseur et des yeux d'un marron sombre. Pas une beauté, non. Mais elle a un magnétisme certain, une présence qui fait qu'on ne voit qu'elle.

— Craig, laisse ce monsieur et son chien. Tu es trop paranoïaque, comme toujours !

— Les animaux sont normalement interdits dans L'Enceinte, Kate, tu le sais bien.

— Regarde ce vieux pépère, tu penses qu'il pourrait faire du mal à quelqu'un ? Allez, on va faire une exception.

Elle s'abaisse vers Flash, le caresse et me demande :
— Il s'appelle comment ?
— Lui, c'est Flash.

Le chien lui lèche le visage, la femme part d'un grand rire. C'est comme un éclat de lumière. Une onde. Je souris béatement. Je dois ressembler à un ado attardé.

— Et vous, c'est quoi votre prénom ?
— Moi, c'est Paul.
— Enchantée, Paul, je suis Kate. Je vous souhaite la bienvenue dans L'Enceinte.

Nous franchissons enfin ce maudit portail. On nous invite à laisser nos sacs dans la remorque d'une voiturette de golf siglée du logo de La Voie. À l'ombre, sous un eucalyptus majestueux, on nous propose des boissons. Je bois du bout des lèvres, suspicieux. C'est un simple jus de fruits. Ça fait du bien, c'est frais. Kate se positionne au centre du comité d'accueil et nous sert un discours, certainement maintes fois répété, mais elle y met du cœur. « Bonjour à tous. Avant tout, je voudrais vous remercier d'être là, aujourd'hui. Si vous nous avez rejoints, c'est que vous voulez changer quelque chose dans vos vies. Vous avez fait plusieurs heures de route pour arriver jusqu'ici et, pourtant, c'est maintenant que le voyage commence. Un voyage que nous ferons tous ensemble, vers la lumière. » Les autres reprennent en chœur. « Vers la lumière. » Ce côté cérémoniel un peu forcé mêlé à mon anxiété me donnent envie de sourire, mais je me retiens. Kate poursuit.

« Dans quelques jours, vous serez invités à une prise de parole de notre Guide, Douglas, dans l'Atrium. Il vous présentera ce que nous entreprenons avec

La Voie dans cet endroit, L'Enceinte, depuis plus de vingt ans. Douglas le fera bien mieux que moi, mais je peux déjà vous en parler un peu… Entre ces murs, vous devenez quelqu'un d'autre. On ne vous demandera pas qui vous étiez avant. Ce qui importe, c'est celle ou celui que vous voulez devenir. Nous n'exigerons rien de vous. Votre séjour durera le temps que vous le souhaiterez. Certains restent parmi nous quelques mois ou des années. D'autres, comme Craig, comme moi, ne repartent jamais. » Ce sourire, encore. Un phare dans la nuit. « Nous vous demanderons simplement de participer aux tâches collectives. Pour le bien de tous, nous souhaitons un effort de chacun. Nous construisons ensemble. Nous bâtissons et faisons fructifier la communauté dans un même but. L'un des principes au cœur de notre philosophie est que l'épanouissement personnel se fonde notamment sur un travail quotidien au contact des autres et de la nature. Ici, vous serez souvent dehors. Et, vous en conviendrez, il y a pire endroit sur terre. »

Elle embrasse le domaine d'un large mouvement de bras. « L'Enceinte est un éden que nous avons mis du temps à bâtir, à protéger. Dans le moindre de ces arbres, la moindre de ces pierres, il demeure un peu de toutes celles et tous ceux qui sont venus ici, au gré des années. Nous allons maintenant procéder à votre affectation, par secteur. Il y aura les Bâtisseurs, qui participent à la construction et à la réhabilitation des édifices de La Voie, les Moissonneurs, celles et ceux qui s'occupent des semailles et récoltes, les Vendangeurs, chargés de l'exploitation viticole. Les Questeurs, qui nous accompagnent dans les tâches administratives et organisationnelles. Les Nourrisseurs, ceux qui cuisinent pour la communauté. Mais aussi les Gardiens, qui assurent notre sécurité. Vous le comprendrez vite, chacun a ici un rôle, son importance. Au fur et à mesure de votre voyage à nos côtés et de votre progression au sein de La Voie, vous pourrez évoluer vers de nouvelles affectations. Nous formons un tout, mais chacune et chacun est unique. Merci de m'avoir écoutée. Vous faites désormais partie de ce lieu. Vous êtes des Marcheurs. Bienvenue dans L'Enceinte. Bienvenue chez vous. »

La dénommée Kate nous salue et s'éloigne. On doit à présent choisir un collier, dont la couleur déterminera notre fonction. Boone et moi convenons d'intégrer les Moissonneurs, associés au marron. Sans savoir-faire particulier, planter des graines, récolter des fruits et des légumes devrait être à notre portée. Et, en restant souvent à l'extérieur, j'aurai l'occasion de rechercher Linda.

Kenneth, un grand échalas d'une vingtaine d'années, un peu gauche mais sympathique, prend le relais et nous invite à découvrir le reste du domaine. Il nous explique être arrivé ici à l'âge de cinq ans avec sa mère, après la séparation de ses parents. Il n'a jamais quitté L'Enceinte depuis. « Cet endroit, c'est ma vie. »

Nous le suivons et grimpons vers la bâtisse principale. Kenneth nous raconte que lorsque Douglas Fairview a découvert le coin, il a aussitôt eu l'idée de nommer sa communauté L'Enceinte. Car, cette vallée entourée des chaparrals typiques de la Californie, ces collines de maquis à la végétation sèche et rase, était comme un cocon de verdure, un refuge protégé, irrigué par la rivière qui le traverse.

Nous progressons sur la petite voie pavée. Bordant le chemin, des orangers, des platebandes de fleurs, polémoines bleues, primeroses jaunes, dessinent des entrelacs de couleurs. Nous contournons une large fontaine. En son centre, une imposante statue transparente, toute en verre, présente un homme, les bras écartés, paumes ouvertes devant lui, un sourire éclatant sur son visage. Je le reconnais sans difficulté : Douglas Fairview, évidemment. Nous parvenons au niveau des plus vieux bâtiments. Sur notre gauche, une grande bibliothèque installée dans d'anciennes écuries. L'air de rien, j'interroge Kenneth à propos de cette Kate qui nous a accueillis. « Kate est une des membres les plus importantes de notre communauté. Comme une mère pour nous tous. C'est l'assistante personnelle de notre guide, Douglas. » Des rires d'enfants attirent mon attention, provenant d'un jardin, à l'arrière d'une ancienne chapelle. Kenneth nous révèle que l'école de la communauté est ici. Une trentaine d'enfants y sont scolarisés. De tous âges, ils apprennent chacun à leur rythme, s'épaulant les uns les autres. Kenneth a lui-même suivi l'enseignement prodigué par L'Enceinte. Selon les dogmes de La Voie, l'enfant est libre de se construire comme bon lui semble. Chaque matin, il décide d'aller en cours ou d'accompagner ses parents pour les aider dans leur travail quotidien, il peut même choisir de faire l'école buissonnière. « Tout nous fait grandir. La moindre expérience. La liberté est au cœur de notre philosophie. » Du coin de l'œil, je regarde les hauts murs qui isolent L'Enceinte du monde extérieur. Liberté, certes… mais dans un périmètre bien délimité.

Quand nous passons devant la cour d'école, quelques mômes curieux se collent aux barrières et nous saluent, toutes dents dehors. Ils tapent des mains en hurlant : « Vers la lumière ! » C'est à la fois mignon et un peu effrayant. Nous traversons un joli patio ombragé, agrémenté de quatre bassins couverts de nénuphars, et arrivons au pied de la belle demeure de style renouveau espagnol, qui trône en haut de la colline. Sa restauration est incroyable. Des arches, des balcons, deux tourelles encadrent le bâtiment de deux étages aux murs en stuc blanc et au toit de tuiles ocre. Les marches en demi-lune grimpent vers une imposante porte à double battant. Surplombant le porche, une structure en fer forgé reproduit le symbole de La Voie. « C'est dans cette maison, que nous appelons Le Cœur, que vivent Douglas, notre guide, et celles et ceux qui forment son premier cercle, fidèles parmi les fidèles. Vous aurez très certainement l'opportunité de le visiter. Mais on ne pénètre jamais ici sans y être invité. » En effet, à l'entrée du bâtiment, deux vigiles en faction nous observent, compassés. Ma confrontation avec le gourou de La Voie attendra…

Un peu plus loin, nous accédons à une terrasse pavée offrant une vue panoramique du domaine, ses vignes accrochées au mamelon gauche, et, à flanc de colline, ses vergers chargés d'arbres : pêchers, orangers… Quelque chose flotte dans l'air, un parfum de fruits et de fleurs mêlés. Flash plante sa truffe partout, déboussolé par tant de stimuli après les jours passés dans la crasse de Skid Row. Boone ne peut se retenir de lâcher des « Bah ! Ça alors ! » à chaque nouvelle découverte. Je suis moi-même, je dois l'avouer, impressionné par la beauté des lieux. Mais je ne me laisserai pas avoir.

Tout ça n'est qu'artifices… Je ne dois pas oublier ce que m'a raconté le journaliste Stanley Burkle…

Tout le monde fait son maximum pour nous mettre à l'aise. Dès que l'on croise un Marcheur, il nous salue avec un large sourire et nous souhaite la bienvenue. On entend des rires, des hommes et femmes qui chantonnent tout en récoltant des pêches dans des cagettes. Nous découvrons des salles de réunion, de méditation, des terrains de sport. Puis viennent en contrebas de longs baraquements en bois, aux toits de tôle. Les habitations. Ici, le décorum est plus austère. Avant de nous indiquer nos chambres, Kenneth veut nous montrer un dernier endroit, le Foyer, la cantine du domaine : un vaste bâtiment sans fenêtres, en U, dont toute la partie centrale est à ciel ouvert. De grandes tables et bancs en bois sont installés sous des tonnelles chargées de glycines. Çà et là, des massifs de cactus, de palmiers.

Tandis que Kenneth nous ramène vers nos logements, je lui demande pourquoi il ne nous a pas fait visiter les deux derniers édifices du domaine, un peu à l'écart, de l'autre côté de la rivière, dissimulés au cœur d'un sous-bois de chênes. Le premier, que j'avais observé avec les jumelles chez Gladstone, est l'ancien monastère de Santa Anna. Un bâtiment de plain-pied, très ancien. « Cet endroit, là-bas, s'appelle la Source. C'est un lieu de recueillement réservé à celles et ceux qui ont passé les différentes étapes et accédé à la lumière. Les Purs vivent là-bas. Ils méditent pour le bien du monde. Ils sont l'essence de notre action. » Les Purs… Linda a employé ce terme au téléphone avec sa mère. « Je suis devenue une Pure. » Je ne relève pas et lui pointe du doigt un bunker d'acier et de béton dont les fenêtres ressemblent à des meurtrières. Kenneth semble hésiter une seconde, puis : « Ça, c'est la Forge. C'est ici que sont envoyés les Marcheurs qui doutent et se sont perdus. Ils sont accompagnés et encouragés à revenir vers La Voie. » Je n'en apprendrai pas plus. Enfin, Kenneth nous répartit dans les différents baraquements, chacun composé d'une vingtaine de chambres doubles. Le confort est spartiate. Deux lits disposés de chaque côté d'une fenêtre, une armoire, deux chaises. Des sanitaires en commun. Kenneth nous tend un sac de tulle rempli de vêtements. Le même ensemble, pantalon et chemise col Mao en lin, en trois exemplaires. Boone les reçoit en grognant. Quand nous sommes enfin seuls, je demande à mon camarade :

— Alors ? Tu en penses quoi ?

— Ce que j'en pense ? Je ne sais pas si on vient de franchir les portes du paradis ou celles de l'enfer…

# 25

## Rafa
25 juillet 2012
Los Angeles

Rafa Costa est mort. Muerto, olvidado. Par la fenêtre du petit appartement, le soleil se couche sur Venice Beach. Quelques cyclistes, skaters et joggeurs profitent de ses derniers rayons pour se laisser glisser entre les hauts palmiers de la promenade Ocean Front. Je viens rarement ici. C'est un coin de Blancs. Mais ce soir, je les envie, ces saletés de hueros. Car moi, je dois rester là, piégé, enfermé.

Voilà une semaine que Shelley est venue à ma rescousse dans le réservoir. Terrorisé, j'ai attrapé la bouée qu'elle m'a jetée. Quand elle m'a dit de rester dans l'eau, de ne pas bouger, je n'ai pas compris. J'avais envie de l'insulter, de crier, mais j'étais si crevé… Lorsque l'ambulance et les renforts ont fini par arriver, Shelley a dressé un périmètre de sécurité tout autour de la passerelle. Seuls les brancardiers et Riley, son partenaire, ont eu le droit d'y pénétrer. Elle m'a alors demandé de lui faire confiance : « Il faut que tu joues le mort. Fais comme si tu étais inconscient. Je t'expliquerai ensuite. » Trop épuisé pour refuser, je me suis laissé faire. Deux secouristes m'ont hissé hors de l'eau, puis installé sur une civière. Après m'avoir rapidement ausculté, les types m'ont placé dans un sac mortuaire qu'ils ont quasiment refermé jusqu'en haut. J'avais l'impression de suffoquer. J'étais à deux doigts de me débattre, quand j'ai senti la main de Shelley qui se posait sur mon bras. Ça m'a un peu calmé. Une fois les portières de l'ambulance refermées, elle m'a enfin révélé son plan : « Si La Sombra ou ceux qui veulent ta mort t'ont trouvé dans notre planque, ils te trouveront partout. Il y a une balance au sein du LAPD. Quelqu'un leur parle. Et je découvrirai qui est ce pourri. Jusqu'à ce qu'on ait clôturé l'enquête, tu es mort, Rafa. Noyé dans le réservoir après avoir reçu deux balles dans le torse. J'ai le soutien de ma boss, et j'ai mis dans la boucle ces deux ambulanciers qui me devaient un service. Je vais te cacher là où je suis certaine que tu seras en sécurité, chez moi. J'habite sur Venice Beach, j'ai une maisonnette avec un studio au rez-de-chaussée que je loue habituellement aux touristes. Tu seras à l'abri, là-bas. Je veillerai sur toi. »

J'ai repensé au Maudit. Shelley avait raison. Tant qu'il me saura en vie, il continuera à me traquer. Après s'être assurés que nous n'étions pas suivis, les ambulanciers nous ont déposés chez la flic. À peine ai-je mis un pied dans le petit appart que je me suis effondré sur le lit et me suis endormi. Je crois qu'elle est restée à mon chevet jusqu'au matin. Peut-être qu'après tout, je ne suis pas qu'un pion pour elle. Shelley et son partenaire,

Riley, se relaient nuit et jour pour me surveiller. Ils restent à l'étage, sur la terrasse. Je pourrais profiter d'un moment d'inattention pour partir, fuir. Shelley a été claire là-dessus. Elle ne m'enferme pas. Mais elle a besoin de moi. Elle veut aller au bout. Même si elle est plutôt cool avec moi, j'ai l'impression de crever, ici. J'ai échangé un cercueil contre un autre. Et puis, même si je préfère ne pas y penser, il y a ces quatre flics qui sont morts par ma faute. Ça reste des poulets, mais bon sang… J'ai une envie de frapper, une envie de faire mal qui monte. La même qui m'a poursuivi toute ma putain de vie, la même qui m'a poussé dans la toile de La Sombra.

Je tire une dernière latte et, par la baie vitrée, jette mon mégot qui vient percuter la jambe d'un cycliste. Le type, un blond musculeux en maillot violet moulant, se met à m'insulter. Je lui hurle : « Chinga tu madre, cabrón… » Il descend de son vélo, il veut se battre, ce culero. Je franchis la baie vitrée. C'est peut-être ça qu'il me fallait… Le goût du sang. Ça a toujours été comme ça. Une boucle sans fin. Ça a commencé à mes douze ans, quand un môme du barrio, plus âgé que moi, s'est foutu de mon père : « Costa, ton daron, il a emprunté de l'argent à tout le quartier. C'est une putain d'épave. » Mes poings dans sa gueule, pour qu'il la ferme. Mes poings qui lui martèlent la tronche parce qu'il a raison et que je le sais. Cette colère ne m'a, depuis, plus jamais quitté. Dans ces moments où je frappe, je prends le contrôle sur ma vie. Quelques secondes, c'est déjà ça.

Je m'approche du type. Il repère mes tatouages, se rend compte qu'il est tombé sur le mauvais gars. Tes muscles gonflés aux stéroïdes ne me font pas peur, güey. La voix de Shelley. « Rafa. » Elle s'avance vers le type, brandit son badge de police, m'attrape par le bras et me ramène à l'intérieur.

— Calme-toi.

— Cet enculé m'a cherché... Putain, j'en peux plus d'être ici, Shelley. J'étouffe, merde.

— OK... je comprends. Attends-moi là.

Elle revient avec un pack de bières et me demande de la suivre. Shelley ouvre le portillon et marche vers la plage. Nous avançons jusqu'à un poste de secouriste. Elle y grimpe, décapsule deux bières, m'en file une. Ça fait bizarre d'être là, dehors... Malgré moi, je regarde partout, inquiet...

— On ne risque rien, ici ?

— Ça fait une semaine que tu es caché chez moi, Rafa. Si celui que tu nommes Le Maudit avait dû frapper, il l'aurait fait. Il croit vraiment que tu es mort.

— Ça veut dire que je peux me barrer ?

— Non, pas tant que cette affaire n'est pas bouclée. Et je te rappelle que tu es potentiellement complice de quatre meurtres.

— Je suis complice de rien... Je ne savais pas ce qu'on transportait. J'ai pas tué les Écorchés.

Les Écorchés, non. Mais Sandoval, si. Bang-bang, deux balles dans la tête. Je bois une gorgée.

— Ce n'est pas à moi d'en décider. Mais si tu continues à collaborer, le juge sera conciliant.

— Et on jugera qui ? Rafa Costa est mort.

Elle a un petit sourire, puis me tend sa bière.

— Dans ce cas, santé aux morts.

On fait tinter nos bouteilles.

— Les Écorchés, vous avez réussi à les identifier ?

— Toujours pas… Les corps sont trop amochés. On progresse lentement. Il faut que tu sois patient, Rafa. Je ne te lâcherai pas.

— Si tu le dis… Mais qu'est-ce qui m'attend derrière ? Même si je m'en sors, que je ne fais pas de prison, il faudra que je me tire de LA, que je quitte l'État. Je ne peux pas prendre le risque de rester en Cali et de tomber sur l'un de mes anciens frères de La Sombra.

— Ça peut être un nouveau départ pour toi. Une nouvelle chance. Si Rafa Costa est mort, tu peux devenir quelqu'un d'autre, celui que tu veux.

Cette fausse commisération que j'ai tant entendue, dans la bouche de mes professeurs, des conseillers d'orientation, des agents de probation…

— Une nouvelle chance. J'en peux plus d'entendre ça. On ne m'a jamais donné la chance de faire quoi que ce soit dans ma vie. Je sais rien foutre, moi… Y a que des impasses, partout où je vais. Comme tous ceux qui viennent du barrio. Ça fait des générations que les politiques, les flics, tout le système nous fout dans la marge, qu'on nous plaque la tête dans la merde en espérant qu'on gardera le sourire. « Ils sont bien gentils, ces Latinos, bien serviables. » Nos grands-parents ont joué le jeu, nos parents aussi. Et pour quoi ? Continuer à être traités comme des putains d'esclaves ? Mais ma génération a montré les poings. Les gangs, la violence dans les rues, c'est notre cri. Pour leur montrer à tous qu'on est là, qu'on est vivants.

— Arrête tes conneries de chicano rebelle, Rafa. On croirait entendre Mejia. Ça ne prend pas avec moi. Je me suis renseignée sur toi. Tu aurais pu avoir une bourse pour entrer à l'université, mais tu ne t'es jamais pointé au rendez-vous. Au fond, tu te complais là-dedans. À te flageller.

Je me lève et crache au sol.

— Qu'est-ce que t'en sais ? Tu veux la vérité ? Si je ne suis jamais allé à ce rendez-vous, c'est que j'avais peur, ouais. Peur de ne pas y arriver, d'un nouvel échec. Je n'aurais pas supporté qu'on me claque encore la porte à la gueule. Au moins, La Sombra, eux, ils m'ont laissé ma chance.

— Et ils t'ont balancé dès qu'ils en ont eu l'occasion… Rafa, calme-toi. Si je te dis ça, c'est qu'on est pareils, toi et moi. On est seuls, dans un monde qui ne veut pas vraiment de nous. On doit se construire sans l'aide de personne.

— On n'a rien à voir, toi et moi… Regarde-toi, Shelley. T'as dû grandir dans un coin bien bourgeois, dans une jolie petite maison de la Valley…

Elle semble hésiter, observe la jetée de Santa Monica sur notre droite, puis répond.

— Je suis malade, Rafa. Une maladie assez rare. Je suis atteinte d'hypermnésie. Je retiens et enregistre tout, tout le temps. Mon cerveau est comme un disque dur. C'est compliqué, usant… Je vis avec la peur qu'à un moment, ma tête aura emmagasiné tant de choses, qu'elle finira par me péter à la gueule. Pour me protéger, je suis obligée de m'isoler. La solitude, je connais ça. Le fait de se sentir à part, incomprise, aussi.

Un long silence passe. Je bois une gorgée. Sarah attrape une poignée de sable qu'elle fait glisser entre ses doigts.

— Je venais ici, sur cette plage, l'été, souvent, avec mes parents. Je regardais mes frères et leurs potes jouer dans l'eau, et moi, je restais plantée là, incapable de bouger. Mon cerveau partait en vrille, dans des endroits comme ça. Trop de messages. Trop de tout. Je me mettais à compter les parasols, par couleur, à me demander combien de millions de grains de sable il y avait sous mes pieds. Un jour, j'ai vu que mes frères se foutaient de moi, dans l'eau. Ils imitaient un robot en rigolant. J'aurais voulu attraper tout ce sable et le leur faire avaler. Me lever et leur dire ce que je pensais vraiment d'eux. Ce que j'endurais. Mais je suis restée figée. Une fois de plus.

Un blanc. Elle reprend.

— Faire la discussion, c'est pas trop mon fort. J'ai du mal avec les gens. Mais tu vois, en te causant, je me soigne un peu…

— Eh bah, voilà, je vais devenir psy.

— Pourquoi pas ? Rafa, je voudrais qu'on reparle un peu de l'affaire.

— J'en ai marre, je t'ai dit tout ce que je savais. Ça m'aurait étonné, aussi, que tu m'aies emmené ici juste pour faire la causette. Y a que ton boulot de flic qui compte pour toi, hein ?

— Exactement… Tu m'as expliqué qu'au moment où vous récupériez les corps, tu devais attendre avec ton oncle dans un parking sur Rodeo Drive. Je suis allée là-bas, mais je n'ai rien remarqué. Tu n'aurais pas oublié un détail ? Le modèle du véhicule qu'avait Le Maudit en vous livrant le cadavre ? Tout peut m'être utile. Même, je ne sais pas, le bruit de son moteur…

— Maintenant que tu reparles de bagnole, il y a bien un truc que je trouvais bizarre… À chaque rendez-vous, avec Richie, on attendait au troisième sous-sol pendant des plombes. On crevait de chaud là-dedans… Mais c'est vrai que je n'ai jamais entendu arriver Le Maudit. De ce que je voyais dans le rétroviseur, un instant Richie était tout seul, et, le suivant, le salaud était à ses côtés. Pas de bruit de moteur, ni avant ni après. Pas de véhicule qui venait se garer ou repartait.

— Dans ce cas, je crois que je vais y retourner.

# 26

## Paul
25 juillet 2012
Ojai

C’est notre première soirée dans L’Enceinte. Il y a quelques instants, une voix dans les haut-parleurs disséminés aux quatre coins du domaine s’est fait entendre : « Le dîner sera servi dans cinq minutes. Vous êtes toutes et tous attendus au Foyer. »

Boone et moi arrivons au réfectoire, parmi les trois cents membres de la communauté. On nous explique brièvement le fonctionnement de la cantine. Chacun doit aller se servir aux buffets répartis le long du bâtiment en bois. Muni de mon plateau, devant les étals de nourriture, je remarque qu’aucun plat ne propose de viande. Je questionne l’un des cuisiniers, qui me répond : « Ici, nous avons un régime végétarien strict. Notre Guide pense que consommer de la chair morte entretient les ténèbres en nous. Pour compenser le besoin de protéines, nous intégrons des cubes de tofu dans chacun des plats. Ils sont créés spécialement ici, pour leur valeur nutritionnelle et énergétique. » Moyennement convaincu, je passe mon chemin. Où que j'aille, les mêmes sourires. J'observe ce mélange de populations surprenant et hétéroclite. Il y a ici pas mal d'anciens sans-abri ou ex-prisonniers, que je reconnais à leurs traits marqués, leurs tatouages, mais on croise aussi des couples et familles, plutôt bourgeois, qu'on croirait sortis de la Silicon Valley, et même des jeunes arborant un look de hippie… Ces Afro-Américains, Latinos, Asiatiques et Blancs, attablés côte à côte, composent un tableau idyllique de l'Amérique, une cène improbable digne d'une campagne publicitaire. Malgré leurs différences, tous semblent s'entendre à merveille.

Un groupe de Marcheurs nous invitent à leurs côtés. Boone s'installe et, immédiatement, enfourne une bouchée de crudités. Un adepte lui donne un léger coup de coude. Nous comprenons alors que personne n'a encore touché à son assiette. Un silence se fait dans le vaste espace. Puis soudain, comme obéissant à un même signal, tout le monde se met à applaudir de concert. Il y a des cris, des chants, des louanges. Enfin, des cuisines, un homme apparaît, un sourire éclatant sur un visage qui se veut bienveillant. Il progresse lentement, un peu voûté, et s'aide d'une canne pour marcher. Sur son chemin, il saisit des mains, caresse des joues d'enfants. C'est Douglas Fairview, évidemment. Sous les hourras, il finit par s'arrêter à une grande table au centre du réfectoire. Après une attente, le repas commence.

Voilà une éternité que je n'avais goûté des légumes aussi juteux, parfumés, moi qui me contente de conserves cuites au réchaud. Boone et moi discutons avec nos voisins. Luke, Enrique, Laura… Chacun nous raconte son expérience, comment il est arrivé ici. Problèmes d'addiction pour l'un, perte de son emploi dans l'industrie du disque pour l'autre. Quête de sens pour la dernière, alors qu'elle approchait de la quarantaine. Des mots reviennent en écho. « Besoin d'un nouveau départ… une renaissance… trouver le bonheur… » Tout en écoutant d'une oreille les discussions, je cherche Linda, mais je ne la vois pas. Ne voulant pas attirer l'attention, j'évite de demander à mes voisins s'ils la connaissent. Au terme du repas, alors que je dépose mon plateau, je croise Kate du regard, assise à la table de Fairview. Elle me fait un petit signe de main. Je la salue, maladroitement, et manque d'envoyer valdinguer mon assiette. Paul Green le séducteur, dans toute sa splendeur.

La soirée continue à l'extérieur du Foyer. Un peu partout, des groupes se forment autour de braseros. Les Marcheurs s'assoient sur des chaises et bancs en bois pour discuter. Certains partagent des bouteilles de vin. Plus loin, on joue de la musique. Au cœur de cette constellation de feux orangés, un impressionnant brasier voit ses flammes s'élever à près de quatre mètres. Des étincelles volettent jusqu'aux étoiles. Nous profitons du spectacle, avec Boone, un peu à l'écart, mal à l'aise, puis décidons de rentrer.

Les rires, les accords de musique résonnent encore quelques heures. Une fois que le silence s'est installé, et que j'entends Boone ronfler comme un Boeing au décollage, je sors de mon lit. Flash va pour m'accompagner. Autoritaire, je lui intime l'ordre de ne pas bouger. Il s'allonge dans un geignement. Je tire la porte derrière moi, sans la fermer pour éviter de faire trop de bruit.

Je me retrouve dehors. Si Linda n'était pas au Foyer tout à l'heure, c'est peut-être parce qu'elle se trouve dans l'ancien couvent avec tous les autres « Purs » ?

Le plus discrètement possible, je progresse vers le sous-bois, traverse une passerelle qui franchit la rivière. Pas un bruit autour de moi. Plus personne ne semble traîner dans les parages. J'arrive bientôt à proximité de la Source. Entre la silhouette noire des chênes se dresse le bâtiment blanc et ses fenêtres en ogive. Il n'y a aucune lumière à l'intérieur.

Et mince… L'accès à l'ancien monastère est protégé par un grillage. Je longe la clôture à la recherche d'une ouverture. Mais rien. Soudain, deux faisceaux de lampes balaient la zone. Des gardiens. Je quitte le sous-bois, recourbé sur moi-même, et me retranche sur la gauche, vers l'imposant bunker qu'ils appellent la Forge. Je me tasse dans des hautes herbes et écoute. « Central, nous sommes sur place. Vous dites avoir repéré du mouvement dans le périmètre de la Source ? Nous sommes au pied de la caméra 41, il n'y a rien. C'est peut-être un animal… OK, on vérifie. »

Des caméras… évidemment. Quel idiot. Un peu plus et je me faisais repérer dès mon premier soir… On repassera pour les talents d'infiltration. Les deux cerbères progressent vers ma position. Merde. Je me plaque contre un angle du mur en béton. Ils ne devraient pas me voir ici. La patrouille continue de chercher parmi les chênes, un peu plus loin. Un murmure dans mon dos. Qu'est-ce que c'est ? J'entends une voix grave, qui psalmodie plus qu'elle ne parle. Deux mains surgissent, les poings serrés autour des barreaux d'une des meurtrières. Je vérifie que les vigiles ne sont pas dans le coin, et m'approche. Il y a là un homme, la face contre les barres de la minuscule fenêtre. Il a l'air d'être sur la pointe des pieds, se tenant surélevé par la force de ses bras. Il arbore une barbe blonde, des cheveux fous, gras, et a le visage rivé vers les ténèbres. Je tends l'oreille. Ses mots sont embrouillés, chaotiques. Plus près encore. « Refuser les ombres, embrasser la lumière… Refuser les ombres, embrasser la lumière. » Il répète cette même phrase, encore et encore. Soudain, ses yeux exorbités me fixent : « J'ai si mal, à l'intérieur. Aidez-moi. Je vous en prie, je ne veux pas y retourner. Je leur ai tout dit. Mais ils veulent continuer. La lumière, elle me brûle. Là, dans la tête. » Son crâne se met à frapper contre les barreaux, de plus en plus fort. La patrouille de gardiens a été alertée par le bruit. Le rayon d'une torche se plante sur moi. Je me relève. Je suis cuit.

— Qu'est-ce que vous faites là ?

Les deux gorilles arrivent. L'un porte la main sur son holster accroché à sa ceinture.

Je bafouille.

— Je suis nouveau. Je…

Sans même me laisser terminer, le gars me pose un tas de questions.

— Vous ne savez pas que ce lieu est interdit ? Qu'est-ce que vous faites si loin des baraquements ? C'est vous qui traîniez près de la Source ?

Je m'apprête à lâcher une excuse bidon, mais un jappement se fait entendre. Flash émerge d'un fourré et se colle à mes jambes… Bon sang, je n'ai jamais été aussi heureux de le voir. Je le caresse… Ce vieux clébard vient de me sauver la peau.

— C'est mon chien ! Il s'est fait la malle et je le cherchais. Il ne connaît pas encore le domaine.

Les types me jaugent.

— Bon. C'est OK pour cette fois. Dorénavant, faites attention à votre chien. C'est un secteur non autorisé. Rentrez vous coucher, maintenant. Et passez une bonne nuit. Vers la lumière…

Je réponds « Vers la lumière » et entraîne Flash avec moi. Alors toi… C'est bien la première fois que je suis ravi que tu m'aies désobéi…

Je retrouve ma chambre, mais impossible de fermer l'œil. Que se passe-t-il ici ? Que voulait dire cet homme, comme fou, dans la Forge ?

## 27

## Sarah
### 26 juillet 2012
### Los Angeles

1 heure du matin. Ma Firebird s'enfonce dans le parking de Rodeo Drive, à Beverly Hills. Étage après étage, les véhicules se font plus rares. J'arrive, enfin, au troisième sous-sol. Il n'y a pas plus d'une dizaine de voitures. J'en ferai rapidement le tour. Dans un soupir, je sors de l'engin et claque la portière. Je hais les parkings. Celui-ci est particulièrement oppressant. L'air y est lourd, poisseux. Cette odeur de poussière, de renfermé. Le plafond est bas, trop bas. Et il y a ici, plus qu'ailleurs, ces deux extrêmes qui s'opposent. À la surface, à une quinzaine de mètres au-dessus de moi, c'est Rodeo Drive, quartier le plus huppé de LA. Un monde de faste et d'apparats, où tout est surenchère. C'est à la marque qui aura la boutique la plus clinquante : marbre noir et dorures pour Cartier, dalles de nacre blanche pour Chanel… Tout y est pensé, millimétré. Les platebandes entre les deux voies de circulation

couvertes de massifs de fleurs… La nuit venue, des milliers de guirlandes lumineuses viennent éclairer les troncs des palmiers flamboyants. Rodeo Drive, c'est le Disneyland du luxe, un festival de couleurs, de dorures. Ici, c'est tout l'inverse. L'austérité, le béton gris, le silence. Le dehors, le dedans. Les apparences, la vérité. Le monde où mes concitoyens croient vivre et celui avec lequel, moi, je fraie. Clinique, froid. Mort.

Je fais le tour des bagnoles, jette un œil dans les habitacles, relève rapidement les immatriculations. Aucune n'a l'air d'être garée là depuis longtemps. Et les marques ostentatoires, Maserati, Aston Martin, Ferrari… me confirment que le tueur n'est certainement pas arrivé ici avec l'une d'elles. Je fais fausse route. Rafa m'a bien expliqué n'avoir jamais entendu de bruit de moteur. Comment, alors, l'assassin a-t-il transporté les cadavres jusqu'ici ?

Je laisse la Machine analyser mon environnement. Pourquoi avoir choisi ce parking en plein cœur de Beverly Hills, avec le risque, même infime, de se faire surprendre ? Le tueur aurait pu opter pour un coin plus tranquille, plus isolé. Si la livraison des corps se passait ici, c'est qu'il y a une raison… Vers le fond, le système de ventilation ronronne, rafraîchissant un peu l'espace. Les mots de Rafa me reviennent en mémoire : « On crevait de chaud là-dedans. » Je glisse le faisceau de ma lampe à travers l'énorme hélice qui projette un air épais dans un vrombissement. On dirait qu'il y a une petite pièce de l'autre côté. Je tire sur la grille de protection. Elle s'ouvre. On l'a forcée. Une fois le système arrêté, un homme pourrait aisément se faufiler entre les pales, sans même avoir à se baisser. Sur le côté, je repère le boîtier de contrôle. Il est fermé. Je n'hésite pas. Après deux coups de crosse, il lâche. À l'intérieur, des panneaux électroniques. A priori, impossible de stopper directement la ventilation. Je dois avancer. La Machine a faim.

Je me décide, abaisse l'un des leviers de commande automatique et le positionne sur « Petite vitesse ». Les pales, lentement, ralentissent leur rotation… Je me concentre sur le mouvement de l'hélice, qui fend l'air comme une guillotine. Woosh, woosh… Si je me rate, les deux énormes lames vont me découper en morceaux. Je dois choisir le bon moment. Woosh, woosh… Maintenant. Je me jette dans le conduit. Mon corps traverse l'énorme aération. Je retombe, en boule, de l'autre côté. Ça me tire au niveau de mes côtes fêlées, mais ça ira. Une partie de la semelle de ma Dr. Martens gauche a été arrachée. À deux centimètres près, mon pied se faisait charcuter. Si Riley était là, il serait fou de rage, et il aurait raison. C'est totalement inconscient.

À l'intérieur de la minuscule pièce noircie par les gaz d'échappement, le vacarme est assourdissant. Je remarque un autre coffret de contrôle, dont on a fait sauter le cadenas. Ici, un seul levier : « Ventilation On/Off. » Je l'actionne. Les pales cessent, enfin, de tourner. Parmi les ombres, je découvre une porte en métal bleu, oxydée par le temps. Je me retrouve dans un couloir en briques. Au fond, une nouvelle porte me conduit dans une imposante salle voûtée, faiblement éclairée en son centre par un puits de lumière. Je descends quelques marches d'un escalier bouffé par la corrosion. Des glissières y ont été installées. Pour y faire monter un chariot ? La salle est une sorte de carrefour souterrain, quatre tunnels partant dans des directions opposées. Au sol, de vieux rails. Et des marques. Je braque ma torche dessus. Quelqu'un a gravé à même le béton, à l'aide d'une lame ou d'un objet pointu, des phrases, des mots, pattes de mouche indéchiffrables qui serpentent, formant un motif complexe de lignes, de courbes. J'en relève difficilement deux, qui reviennent un peu partout. « Lumière » et « ténèbres ». Celui ou celle qui a écrit ça a dû y passer des heures, des jours…

Cherchant à prendre de la hauteur, je remonte les marches. Sous l'éclat de ma lampe, la folie de cette création prend alors sa pleine mesure. Les arabesques dessinent un immense soleil incandescent, dont les rayons étrangement tordus ressemblent à des tentacules. Chacun est composé d'une myriade de mots, certains répétés encore et encore, des phrases illisibles, aux lettres déformées, grotesques. Toutes les lignes convergent vers son épicentre, l'astre lui-même, un large cercle de deux mètres de diamètre où les mots, ici, s'enroulent en spirale… Une spirale qui me rappelle évidemment celle des tatouages des victimes.

J'observe le cœur de cette œuvre démente. Les contours de l'astre coïncident parfaitement avec le halo de lumière du puits d'aération. Ici, plus qu'ailleurs, la surface en béton a été gravée avec acharnement. Dans cette zone, je note un peu partout des dépôts et projections d'une matière séchée, noire. J'en prélève un éclat, mais je sais déjà de quoi il s'agit. Du sang…

C'est ici. Ici que le tueur préparait ses victimes, qu'il les écorchait avant de les livrer à La Sombra. Je lève la tête. L'énorme grille d'aération circulaire donne sur le boulevard. On distingue, malgré la nuit, les immeubles, les palmiers. Les victimes étaient-elles encore conscientes pour ressentir ça ? La vie, là, juste au-dessus d'elles. Si loin et pourtant si proche. Leurs derniers cris se sont-ils perdus dans les bruits de circulation, les klaxons du dehors ? Elles ont été torturées à seulement quelques mètres de l'une des avenues les plus passantes de la ville. Dans les ombres, il a effacé leur identité, déchiré ce qu'elles étaient.

# 28

## Paul
28 juillet 2012
Ojai

Voilà trois jours que nous sommes arrivés dans L'Enceinte. Boone comme moi prenons nos marques. Nous sommes désormais des Moissonneurs. Il y a tant de choses à retenir. Les particularités de chaque fruit ou légume, les divers moments de taille, la présence de ruches au cœur des plantations afin de favoriser la pollinisation des fleurs… Nous apprenons, péniblement, à reconnaître les fruits mûrs, les cueillir, les trier. Le soir, nous sommes perclus de courbatures. Le travail est monotone, mais pas désagréable. Si on m'avait dit un jour que je deviendrais cultivateur… Moi qui, gamin, ne supportais pas la vue du moindre légume dans mon assiette.

Les autres Moissonneurs, souvent des gens plus jeunes, sont aux petits soins avec nous et font preuve d'une incroyable patience. Peut-être ont-ils un peu pitié de ces deux vieux râleurs qui se fatiguent les os en plein soleil. Plus globalement, il y a, dans la communauté, une sollicitude qui désarçonne un peu. Quelques adeptes, déjà, m'appellent par mon prénom. Je n'ai pas l'habitude de tout ça. J'ai si longtemps fui la présence des hommes. Une part de moi se sent un peu agressée. Car je n'oublie pas pourquoi je suis ici, ni ce que j'ai vu dans la Forge. Si l'on sait regarder par-delà les sourires, le bonheur apparent, certains éléments prouvent que ce paradis n'est qu'illusoire…

Il y a d'abord ces nombreux messages qu'on retrouve partout dans L'Enceinte. Encadrées aux murs des chambres, imprimées sur de grandes banderoles à l'extérieur, des phrases, comme des mantras, invitent à l'optimisme : « Ensemble, vers la lumière », « La route est longue, mais nous la ferons avec vous », « Un sourire, c'est toujours un cadeau »… Mais, au-delà de ces candides formules, c'est l'omniprésence de Douglas Fairview qui me gêne. Où qu'on aille, on tombe sur des représentations du gourou. Des fresques sur des pans de bâtiments, des mosaïques au sol, des dessins sur les murs de l'école, et même des sculptures en bois le long des chemins pavés. L'homme est chaque fois dépeint dans sa position emblématique, les mains écartées. Un Marcheur, me voyant observer l'une de ces œuvres avec circonspection, a bien tenté de m'expliquer qu'il s'agissait d'initiatives individuelles des membres au gré des années, « chacun veut remercier Le Guide pour les bienfaits qu'il lui a apportés », soulignant que Fairview lui-même, « si humble, est un peu mal à l'aise avec ce culte de sa personnalité ». « S'il était si mal à l'aise, il aurait fait repeindre tous ces murs », ai-je répondu en m'éloignant.

L'école, placée dans l'ancienne chapelle, est un peu à l'image du domaine, paradoxale. En plus de l'écriture, la lecture et la numération, La Voie revendique une approche holistique de l'enseignement. Ici, on apprend aux enfants le cycle de croissance des plantes, à s'occuper d'un potager, on leur donne des rudiments d'architecture, de maçonnerie, des cours de cuisine, d'éveil artistique et musical… Mais cette éducation a ses limites. Pas de livres d'histoire, ni de géographie, ni de grands classiques de la littérature. Pas de télé, ni d'ordinateur avec accès à Internet. L'univers de ces enfants se limite aux hauts murs de L'Enceinte. « Un apprentissage proche des choses simples, au contact de la terre, centré sur l'essentiel », m'a expliqué Kenneth, qui lui aussi a été élève ici.

De nombreuses heures de cours chaque semaine sont ainsi consacrées aux enseignements de La Voie et à l'étude des ouvrages de Fairview. On « offre » ainsi à ces gosses, qui n'ont rien demandé, les prétendues clés de leur cheminement spirituel. De l'endoctrinement pur et simple. Voir les gamins faire des rondes dans la cour et chanter le mantra de La Voie, « Une voie. Une famille. Un chemin. Ensemble, nous cheminons. Ensemble, vers la lumière », me fait froid dans le dos. Comment ces mômes, en ne sachant rien de ce qui les attend au-dehors, pourront-ils s'adapter au monde réel ? J'ai posé la question à Kenneth. Sa réponse m'a franchement inquiété : « Le monde réel ? Mais personne ne quittera jamais L'Enceinte, Paul ! C'est notre maison. De nombreuses familles ont offert leur argent, leurs économies pour bâtir ce lieu. Ma mère elle-même a donné tout ce qu'elle avait. Nous sommes ici chez nous. »

Une autre chose me trouble depuis que je suis arrivé : la sensation d'être perpétuellement observé. Marqué par ces journées traqué par M. et Mme Parfaits, qui heureusement ne font pas partie de la communauté, j'ai développé une forme de paranoïa. J'ai ainsi repéré la trentaine de caméras disséminées dans le domaine. Accrochées à des lampadaires, à l'angle des bâtiments, suspendues à des branches d'arbres… Je m'efforce de mémoriser leurs emplacements pour mes sorties nocturnes. La Voie veut que tout le monde soit heureux, mais sous contrôle. J'en ai parlé à Kenneth. « Ces caméras sont là pour notre sécurité, pour nous protéger de l'extérieur. Vous n'imaginez pas combien de personnes veulent détruire ce que nous construisons. Ceux qui nous veulent du mal, nous les nommons les Hostiles. » S'il savait.

Cet après-midi, je dois participer, avec les autres nouveaux arrivants, à une cérémonie d'intronisation, la Renaissance. J'appréhende un peu ce moment. Aux côtés de Boone, j'entre dans l'Atrium, une vaste salle de conférences aux murs blancs. Je comprends que cet impressionnant dôme, qui, de l'extérieur, ressemble à un coquillage, représente, en réalité, deux immenses mains jointes. De gros ventilateurs apportent une fraîcheur bienvenue. Les adeptes s'assoient à même le sol, sur des tapis, des coussins. Au centre de la grande salle, une scène circulaire avec un fauteuil blanc. Au bout de quelques minutes, les bavardages cessent. Hommes et femmes commencent à scander : « Douglas ! », certains lèvent leurs bras en l'air, paume contre paume, les doigts écartés, mimant un soleil. Autour de nous, on se prend par la main, on forme de longues chaînes. Ces corps habillés de blanc et beige, qui ondulent de droite à gauche, en communion, sont à la fois touchants et déroutants. On sent que toutes et tous partagent une foi sincère, qui les porte, les transcende. Mais ont-ils vraiment leur libre arbitre ? Une de mes voisines me tend sa main pour que je m'en saisisse. Je refuse. Boone semble, comme moi, un peu perplexe devant ce cérémonial. Enfin, Fairview s'installe, lentement, sur scène. Il profite des applaudissements, puis, d'un geste net, appelle le silence. Sa voix profonde, amplifiée par d'énormes haut-parleurs, se répand dans l'Atrium.

— Bonjour à vous, mes frères et mes sœurs, mes Marcheurs. Je m'appelle Douglas… et je ne suis personne.

Une attente… Son regard bleu, incandescent, passe d'un fidèle à l'autre. Un frémissement traverse le public. Le type est fort, c'est indéniable. Il reprend :

— Vous m'avez nommé votre Guide, mais je ne suis rien de plus que chacun d'entre vous. Rien de mieux. Il y a de longues années, j'ai simplement emprunté un chemin qui m'a mené vers la lumière. J'ai dû plonger au cœur des ténèbres pour la trouver. Je ne souhaite à personne ce voyage. À personne… Mais cette lumière, je la porte en moi aujourd'hui. Douglas n'est rien. Il n'a aucune importance. Regardez-moi, je ne suis qu'un vieillard fatigué…

Il fait tournoyer sa canne, avec agilité, entre ses doigts. Des éclats de rire dans l'assistance.

— Non, l'essentiel, c'est ce que je garde là, au fond de moi. Cet amour que je veux transmettre. Ensemble, nous cheminons vers un même but. Apporter la lumière au monde. C'est un voyage que nous avons entrepris, ensemble, depuis longtemps. Un voyage qui se poursuit aujourd'hui… J'aimerais d'ailleurs souhaiter la bienvenue aux nouveaux Marcheurs qui nous rejoignent sur la Voie. Merci de les applaudir. Je vous fais confiance pour les accueillir comme il se doit. Et ne les fatiguez pas trop avec les travaux quotidiens. On ne voudrait pas les faire fuir !

Des rires, de plus belle.

— À vous qui nous rejoignez, nous ne jugerons jamais ce que vous avez fait avant de venir ici, celui ou celle que vous avez été. C'est un nouveau départ pour vous. Une page blanche, vierge. Selon nos dogmes, un homme ne se définit pas par ses actions passées, mais par ce qu'il est prêt à entreprendre pour devenir meilleur. Vous allez emprunter une voie vers la lumière. Il y aura des chutes, des difficultés. Mais vous ne serez pas seuls. Ici, vous trouverez toujours quelqu'un pour vous aider à vous relever.

Des applaudissements.

— Vous voyez ce pendentif à mon cou ?

Il montre un cristal, comme un triangle inversé.

— Vous êtes tous comme lui, un prisme qui réfracte et démultiplie la lumière. Mais ce cristal a été sali, souillé, ébréché… Plus vous franchirez les étapes, plus vos soucis, vos maux, s'éloigneront. Le chemin sera long, mais, un jour, vous deviendrez comme ce cristal, transparent, vous n'aurez plus rien à cacher. Vous serez purs. Seule la vérité importera. L'Éclat. Notre vérité à tous.

Une attente… Et Douglas conclut, parfaitement maître de ses effets.

— Vous le savez, cela fait vingt ans que quelques autres et moi-même avons emménagé ici. Regardez ce que nous avons bâti. Lorsqu'on le veut, qu'on y met tout notre cœur, rien ne peut nous arrêter. Il n'existe pas de murs assez hauts pour nous empêcher d'aller… vers la lumière.

L'assemblée reprend en chœur « Vers la lumière ». Tonnerre d'applaudissements. Fairview écarte les bras, sourit, puis, quand le calme se fait, demande s'il y a des questions. Je sais bien que je ne devrais pas, mais on ne se refait pas.

— Bonjour, je suis nouveau. J'ai bien écouté votre joli discours, Douglas. Vous parlez de transparence, de vérité, vous prétendez ne rien avoir à cacher… Dans ce cas, pourquoi certaines zones de L'Enceinte sont-elles barrées par de hauts grillages ? C'est un peu contradictoire, non ?

Des murmures dans l'assistance. Fairview m'observe, puis part d'un grand éclat de rire.

— Paul… sacré Paul…

Comment connaît-il mon prénom ?

— Chers Marcheurs, je suis ravi de vous présenter Paul… Paul Green. C'est un sacré personnage. Ancien journaliste, il s'est donné pour mission de retrouver des hommes et femmes disparus. Noble dessein. Paul se rêve en chevalier blanc, en justicier. Mais Paul a un problème, il voit le mal partout. Il imagine des complots, des secrets… Cet individu, je le sens, porte en lui un doute, une noirceur qui le ronge. Il s'est infiltré parmi nous pour mettre à mal notre communauté.

Un frisson dans le public. J'entends des personnes qui susurrent « Hostile, Hostile »… Je suis sous le choc, je peine à soutenir le regard de Fairview. La Voie est au courant de tout. Ils n'ont jamais cessé de me surveiller.

— Paul s'est convaincu que nous retenions et faisions souffrir certains d'entre vous. Mais nous n'avons rien à cacher, vous le savez, et c'est pour cela que nous l'avons accepté parmi nous. Pour qu'il comprenne de lui-même. Depuis de nombreux mois, Paul est à la recherche d'une des nôtres, Linda. Et je crois qu'il mérite d'être rassuré, qu'en dites-vous ? Linda… Si tu veux bien nous rejoindre.

Une jeune femme émerge des coulisses et le retrouve sur scène. Je ne la reconnais pas tout de suite. Elle est si différente des photos que j'avais d'elle. Elle est moins maigre, moins marquée, ses cheveux sont plus longs. J'ai les larmes aux yeux. Si tu savais depuis combien de temps je te cherche… Linda commence à parler, le regard dans le vague.

— Bonjour à tous. Je suis ravie de vous revoir. Vous êtes au courant que j'ai intégré la Source depuis plusieurs semaines. Je vis là-bas, à présent, avec mes frères et sœurs, les Purs. Je vais très bien. Je suis reconnaissante et honorée de faire partie de celles et ceux qui envoient le message de lumière au monde. Cet individu, Paul, m'a longtemps poursuivie. C'est très dur pour moi de me tenir là, devant lui, sachant le mal qu'il nous a fait, à moi et à ma famille.

Fairview lui appose une main sur l'épaule. Elle continue.

— Mais je l'accueille et lui souhaite la bienvenue.

Le leader de La Voie prend le relais.

— Vous aussi, toutes et tous, accueillez-le et ne le jugez pas. Paul a sa place ici, comme n'importe qui.

Une fois l'étape de la Renaissance passée, il deviendra un nouvel homme, acceptez-le comme tel. Merci à tous.

Douglas, suivi de Linda, quitte la salle. Je ne sais pas où me mettre. Je sens les regards sur moi. Boone me frappe le bras en me chuchotant :

— C'est quoi cette histoire, Paul ? Il va falloir qu'on cause, tous les deux.

Après quelques instants, plusieurs Marcheurs nous demandent de les accompagner. Encore sonné par les propos du fondateur de La Voie, je m'exécute. Entourés des autres nouveaux arrivants, nous descendons le terrain jusqu'au bord de la rivière en une longue procession. Les trois cents membres de la communauté forment un demi-cercle autour de nous. Nous nous arrêtons à un endroit où l'eau semble plus profonde qu'ailleurs. Un murmure se fait entendre. Les adeptes commencent à fredonner une étrange mélodie, avec trois notes répétitives, deux aiguës, une plus grave. Le brouhaha me glace les sangs, d'autant que j'ai la sensation que la foule se compacte autour de nous, nous enserre…

Tous s'écartent enfin, pour laisser passer Douglas accompagné de deux autres hommes, des gorilles de l'équipe de sécurité, qui, sans un regard pour nous, avancent dans l'eau jusqu'à la taille. Un de mes voisins est amené jusqu'à la berge. Il rejoint Fairview dans la rivière. Ce dernier lui parle à voix basse, lui attrape le front et, d'un mouvement sec, le bascule en arrière et enfonce sa tête sous l'eau. Après un moment, il le laisse émerger. Douglas caresse le visage de l'homme, affectueusement, puis clame : « La lumière trouve un chemin. Bienvenue à ta renaissance. Bienvenue à La Voie. » J'ai l'impression que le chant gagne en ampleur, que la note grave est de plus en plus étirée, de plus en plus lourde. Il faut que je me calme. Ce n'est qu'une sorte de cérémonie de baptême. Tout va bien se passer. C'est à mon tour. On me pousse en avant, sèchement. Mes pieds s'enfoncent dans l'eau froide. J'avance sur un sol sableux. Fairview et ses deux cerbères me fixent. L'espace d'une fraction de seconde, le visage du gourou se crispe, je crois discerner un éclair de haine. Il me place une main sur le front, l'autre derrière la tête, et me plonge, sans un mot, dans le courant glacé. J'ai juste le temps de prendre une grande aspiration. Je retiens mon souffle. Dix secondes. Vingt. C'est long. Trop long. J'essaie de sortir de l'eau, mais les deux gardiens me maintiennent fermement. Les mains de Fairview m'enserrent le crâne, à m'en faire mal. Quelque chose cloche. J'entends la voix du gourou, ouatée, qui reprend, avec les autres, la mélopée sinistre. Je n'en peux plus. J'étouffe. Il faut que ça s'arrête. La surface est là, à quelques centimètres. Je tente de hisser une main hors de l'eau pour qu'ils comprennent que je vais me noyer, mais un des gardiens la rabat. Je panique. N'y tenant plus, j'ouvre la bouche et hurle. Que quelqu'un m'entende, intervienne ! Boone, aide-moi ! Au secours ! Ils veulent me tuer. Je sens l'eau qui pénètre ma gorge, qui me compresse le corps. On m'extrait soudain de la rivière. Je tousse. J'y vois flou.

Douglas me relâche et me dit :

— Bienvenue à La Voie.

Cahin-caha, je m'effondre sur la berge opposée, en crachant mes poumons. Mes vêtements trempés me collent à la peau. Je remarque des traces rouges sur mes poignets laissées par les mains des gardes.

Ce n'était pas un baptême, mais un avertissement…

## 29

## Sarah
29 juillet 2012
Los Angeles

Malgré la climatisation, il fait une chaleur étouffante dans la grande salle de réunion du septième étage, dont les stores ne sont tirés qu'à moitié. D'un côté de la longue table ovale, à l'ombre, le procureur Wilkes et Spetzer, le chef de la police. En retrait, ses deux assistants. Spetzer, visage étiré, crâne dégarni, me fixe avec cette moue qu'il a souvent, les lèvres un peu relevées, comme s'il était en permanence dégoûté. Derrière lui, les portraits de ses prédécesseurs recouvrent le mur en lambris sombre. À l'autre bout, cuisant en plein soleil, Corwin, ma supérieure, Ramos, le chef de la section des homicides, Riley et moi. Je sais très bien que Spetzer a choisi de nous disposer ainsi. C'est le genre de type qui veut sans cesse marquer son rang par rapport à nous, petits flicaillons sans envergure. Chacun doit rester à sa place. Wilkes, malgré son statut, n'est qu'un pantin, qui hoche gentiment la tête à chacune des interventions du patron du LAPD. Le Saint-Père, justement, se lève et appuie des deux mains sur la table.

— Ça suffit, vos conneries, Shelley. L'affaire des Écorchés est bouclée. On a nos coupables, ils ont fait leurs aveux.

— Écoutez-moi, chef. Je ne crois pas que les types qu'on a chopés soient à l'origine de la tuerie du réservoir, ni des meurtres…

La nuit dernière, lors d'un contrôle de routine sur un véhicule, une patrouille a interpellé deux chicanos, âgés de vingt-quatre et vingt-sept ans, dans le quartier de Hawthorne. Des membres de La Sombra, à en juger par leurs tatouages. Les deux gars étaient complètement chargés au speed et à l'alcool. À l'arrière de la voiture, les agents ont trouvé un pistolet-mitrailleur Uzi et, surtout, un Sig-Sauer P226, le modèle utilisé pour abattre les quatre flics lors de la fusillade du réservoir. Ce type d'arme, assez rare sur le territoire américain, et le fait qu'il manquait huit balles au chargeur ont suffi pour convaincre le LAPD de leur culpabilité. De mon côté, j'ai pu relire le compte-rendu de l'interrogatoire et obtenir les bandes vidéo. Ils ont certes avoué avoir buté les flics. Mais je n'y crois pas une seconde. Ce ne sont que des gamins, trop défoncés. Ils ont voulu provoquer ceux qui les avaient arrêtés. Leur casier judiciaire en atteste. Beaucoup d'interpellations, mais toujours pour des délits mineurs : braquages, bastons, trafics de stupéfiants… Jamais d'homicide.

— J'étais là quand le tueur a assassiné les deux agents de patrouille, Spetzer.

La Machine me renvoie en pleine tête le visage de Ted Garriola, le jeune flic exécuté sous mes yeux. Sa photo avec son bébé dans les bras.

— Il les a abattus d'une seule balle, avec une arme équipée d'un silencieux. Même méthode avec les hommes qui gardaient Costa. Une balle pour chacun, tirée avec précision. Le tueur est professionnel, discret. Rafael Costa m'a expliqué qu'il s'agit d'un homme seul, que les gars de La Sombra appellent Le Maudit.

— Des légendes, tout ça…

— Laissez-moi finir. Son mode opératoire, calme, précis, ne ressemble pas du tout aux actions des gangs. Quand ces gars font une descente, c'est toujours un carnage, ils aiment quand ça retentit, que le sang coule, que les corps soient mis en charpie sous les impacts. C'est leur manière de signer leurs fusillades. Et ils utilisent le plus souvent des armes automatiques, tirant à la volée. Vous avez les mauvais types… ils se rétracteront tôt ou tard.

Wilkes intervient.

— Nous avons leurs aveux noir sur blanc, inspectrice.

— Et la vérité ?

Un silence… Après un long soupir, Spetzer hausse le ton.

— Bon sang, Shelley ! La ville comme vos collègues ont besoin de réponses. Quatre agents ont été sauvagement assassinés. On a chopé les coupables, il faut tourner la page.

Spetzer a la pression. Quand des flics tombent à LA, les confrères, déjà habituellement à fleur de peau, sont encore plus à cran. La situation dans les quartiers devient électrique… le moindre contrôle peut dégénérer. Il leur faut des responsables et vite. Sinon, il y aura d'autres drames. Je sais tout ça, mais je ne peux baisser les bras.

— Hodges et la scientifique sont catégoriques : les traces de sang trouvées dans le souterrain du parking correspondent aux ADN des Écorchés. C'est là-bas que le tueur les a mutilés.

— Et qu'est-ce que ça change ? Ça peut très bien être les deux membres de La Sombra qui ont fait ça.

— Il n'y a pas que ça, chef, Hodges nous a confirmé que les quatre victimes avaient le même groupe sanguin, O négatif, soit des donneurs universels. Ça ne peut pas être anodin.

— Ah, votre histoire de groupe sanguin… J'ai fait des vérifications. Il y a quarante-sept millions d'Américains qui sont O négatif. Vous voulez qu'on les place tous sous surveillance ? C'est n'importe quoi.

— Je pense qu'il faut vraiment qu'on suive la piste du sang. Si nous en avons trouvé si peu dans le sous-sol du parking, c'est parce que les victimes étaient mortes au moment où on les a écorchées. Elles avaient déjà perdu beaucoup de sang. Les plaies sur leurs corps auraient dû ainsi entraîner des saignements beaucoup plus abondants. Ce qui veut dire que les meurtres eux-mêmes ont eu lieu ailleurs. Il y a encore trop de choses qui nous échappent. Il manque des pièces au puzzle. Laissez-moi continuer mes recherches. J'ai besoin d'hommes. Au moins une trentaine. Nous devons encore explorer les égouts et sous-sols de la ville.

— Shelley, vous savez combien il y a de kilomètres de galeries sous Los Angeles ?

Il tend la main et, instantanément, l'un de ses assistants lui transmet une circulaire.

— Plus de dix mille kilomètres de tunnels d'égouts parcourent la ville. Dix mille putains de kilomètres ! Vous comptez faire comment pour retrouver votre prétendu tueur dans ce dédale ?

— Avec des hommes et une bonne organisation, on remontera sa trace.

Ça bouillonne à l'intérieur. La Machine tourne à plein régime. Les reflets de la ville dans les baies vitrées des gratte-ciel se transforment en un kaléidoscope d'images démultipliées à l'infini. Je ferme les yeux une seconde, tente de me calmer.

— Vous nous faites perdre notre temps, inspectrice. L'affaire sera bientôt conclue. Le procureur Wilkes m'assure que ça sera un procès vite bouclé. On continuera à interroger les deux suspects, peut-être avaient-ils un acolyte. Ce que vous avez découvert dans ce sous-sol ne nous apprend rien. C'est une confirmation de ce que l'on sait déjà. Les tueurs ont rendu les victimes inidentifiables dans ce parking, avant de les transporter et les enterrer dans les collines.

— Non, ça ne colle pas.

— Shelley, ça fait des jours que vous harcelez Corwin pour poursuivre votre enquête fantaisiste. C'est terminé. Il n'y a pas d'assassin machiavélique qui erre sous nos pieds, il n'y a que des petits malfrats qui avaient organisé un trafic sordide de sans-papiers.

Je me tourne vers Corwin et Riley.

— Dites quelque chose, soutenez-moi, bordel ! Riley, dis-leur, toi, que tu me crois !

Mon partenaire lève des yeux fatigués vers moi.

— Écoute, Sarah. On ne peut pas continuer à écumer les égouts tous les deux pendant des siècles. On…

Spetzer le coupe.

— Riley a raison, Shelley. On ne trouvera jamais rien là-dessous. Il est temps de passer à autre chose, inspectrice. Ce n'est pas comme si vous manquiez de boulot. Cette réunion est terminée. Nous attendons le contre-interrogatoire et communiquerons les résultats de l'enquête à la presse d'ici quelques jours.

Nous attendons l'ascenseur. J'appuie comme une frénétique sur le bouton. Riley, mal à l'aise, les mains dans les poches, me lâche :

— Je suis désolé, Sarah. Je suis avec toi, tu le sais. Mais là, ça va trop loin. On poursuit des chimères.

— Ta gueule, Riley.

— Bon… Je vais aller chez toi garder un œil sur Rafa. La bonne nouvelle, c'est que le gosse pourra bientôt retrouver son identité.

Je ne réponds pas, m'avance vers la cage d'escalier et lui claque la porte au visage. Je retourne au sixième, traverse en trombe l'open space, passe sous le panneau en bois, suspendu au faux plafond, arborant notre devise : « Hollywood Homicide, notre journée commence quand la vôtre se termine. » Je m'affale derrière mon bureau. Je suis épuisée. Ça fait trois jours que je ne dors quasiment pas, passant des heures dans les égouts, tentant de trouver quelque chose, une piste qui me rapproche du tueur… J'ai l'impression que l'odeur des souterrains s'est imprégnée dans mes vêtements. Mon bureau est couvert de dossiers sur les réseaux d'assainissement de la ville. Sans compter les quatre autres gros cartons par terre qui en contiennent dix fois plus. Des centaines de plans, pour chaque district. J'attrape celui de Rodeo Drive. J'ai tracé au marqueur les quelques tunnels que nous avons déjà explorés. C'est ridicule, face à l'ampleur de la tâche. J'essaie, péniblement, de m'y remettre. Je ne lâcherai pas. Qu'importe ce qu'exige ce connard de Spetzer.

Au bout d'une petite heure, Tippett, un des vieux de la vieille de la section H1, passe derrière mon bureau et lâche, bien fort, pour que tout le monde entende : « Vous trouvez pas que ça sent la merde ? Ah ! Mais bien sûr, c'est Shelley qui mène l'enquête et interroge tous les étrons de la ville. » Je me soulève et envoie valdinguer ma chaise en arrière. C'en est trop. Je l'attrape par la cravate.

— T'as un problème, Tippett ?

Je serre le nœud contre son cou dégueulasse.

— Oh ! Ça va, on se calme, je blague, Shelley... Faut se détendre.

— Je me détendrai quand toi et les autres connards aurez pris votre retraite.

Mon téléphone sonne. Je repousse le flic.

— Sarah, c'est Riley. Je viens d'arriver chez toi. Rafa n'est plus là. Il a fouillé chez toi et s'est fait la malle.

Il ne manquait plus que ça…

# 30

## Dorothy
19 avril 1982
Los Angeles

Je ne suis plus personne, plus rien. Une coquille vide, poupée de chiffon qu'on attrape, qu'on manipule et qu'on jette. Vide. Sale. Je passe le plus clair de mon temps enfermée dans ma chambre. Brooke, ma colocataire, a essayé de me parler, à plusieurs reprises, mais je ne peux rien lui dire. Si je continue à me laisser glisser comme ça, elle finira par me mettre dehors. Ce n'est pas le rêve hollywoodien pour lequel elle a signé. Elle veut du glamour, des projets, des étoiles, de l'espoir. Mes cheveux filasse, mon visage qui se creuse, semaine après semaine, la dégoûtent. Elle ne m'invite plus à ses soirées, m'évite le plus souvent.

— Et les castings, Dorothy, tu en es où ?

— Je continue à chercher. J'ai des pistes…

Mais c'est faux. Il n'y a plus rien, plus de films. La journée, je fais semblant de partir courir les rôles de figuration, mais je reste dans ma voiture, sur un parking de Hollywood Boulevard. Il a fallu que je trouve un moyen de me vider la tête, de ne plus penser à rien, sinon j'allais devenir folle. J'avais cette envie de hurler, de m'arracher la peau. J'ai rencontré ce type, Alan. Il me vend des pilules. Des anxiolytiques puissants. Pendant quelques heures, je flotte. Ni ici ni nulle part... J'oublie un peu. Je dois faire gaffe aux doses. Mais il m'en faut toujours plus. Pour retourner là-haut. Dans le coton, le flou.

J'ai si honte de ce que je suis devenue. Une traînée, une chienne. J'aurais dû le sentir venir, j'ai été si naïve. C'est ma faute. Maintenant, c'est trop tard. Je pourrais partir... mais alors, ils révéleraient toutes ces images qu'ils ont de moi. Et ça serait pire que de mourir. Je dois attendre. Peut-être finiront-ils par se lasser ?

Gary Gallows, la star qui m'a entraînée dans cet enfer, ne me promet plus rien. Il n'essaie même plus de me faire croire qu'il va lancer ma carrière. Il sait que je leur appartiens. Je ne suis qu'un objet qui leur permet d'assouvir leurs pulsions. Il me contacte, toujours la veille, au téléphone. Juste quelques mots : « Demain soir, 22 heures. » J'arrive en avance. Il me donne à boire. Je sais ce qu'il y a dedans. Mais j'en avale le plus possible. Pour m'effacer. À la fin de la nuit, quand ils ont terminé, Gallows me tend trois cents dollars, sans un mot. Je prends les billets. Cet argent me permet de payer les cachets pour tenir. Jusqu'à la prochaine fois.

Je les appelle les Masques. Ils sont une dizaine, tous à porter le même accoutrement, cette longue toge noire et ce masque en bronze qui dissimule leur visage. Plus j'y pense, plus j'ai l'impression qu'il s'agit d'une antiquité grecque, une sorte de variation androgyne autour de la Gorgone Méduse, cette créature dont les cheveux étaient des serpents. J'avais été fascinée par cette dernière, gamine, quand nous avions appris la mythologie grecque à l'école. La Gorgone, elle qui, dans la légende, peut pétrifier d'un seul regard. C'est un peu ça. Moi comme les autres, nous avons été pétrifiés par ces monstres.

Car il y a d'autres filles et garçons aussi, d'autres victimes. Chaque Masque en ramène un ou une. Comme si nous étions leurs jouets. Nous sommes les seuls à ne pas être déguisés. Nous n'avons pas le droit de communiquer. Nos maîtres ont été clairs là-dessus. Mais parfois, alors que l'un de ces salopards est sur nous, nos regards se croisent. Détresse, honte. Aussitôt, on détourne les yeux.

Ça commence toujours pareil. Il y a de la musique classique, sombre, qui s'échappe des haut-parleurs. Nous devons nous tenir nus parmi eux, immobiles. Ça débute calmement. Ils nous observent, nous tournent autour, leurs mains glissent sur nos corps. Comme des fauves dans les zoos qui prennent le temps de renifler leurs morceaux de viande avant de se jeter dessus pour les dévorer. Parfois, ils nous allongent et se servent de nous comme de tables. Ils nous aspergent d'alcool, reniflent de la cocaïne sur notre ventre. Ensuite, ils participent à cet étrange jeu du serpent. Ils font avancer leurs pions sur un plateau en pierre circulaire représentant un reptile qui s'enroule sur lui-même. L'enjeu de la partie, c'est nous. Ils nous échangent en fonction de leurs défaites ou de leurs victoires. Si Gary perd, je dois tout accepter de son vainqueur. Nous ne sommes que des trophées. Des récompenses.

Puis, il y a toujours un moment où tout se brouille. Où le jeu n'a plus aucune importance. Où leur frénésie ne connaît plus de limite. C'est le temps de l'orgie. Les uns après les autres, ils abusent de nous. Ils nous font changer de position, malaxent nos corps, forcent nos bouches… Je fais tout pour partir loin, me retrancher tout au fond de ma tête. Mais la douleur reste.

Quand ça ne leur suffit plus, qu'ils s'ennuient, ils inventent de nouvelles mises en scène. Un soir, une des filles a été attachée à une chaise et s'est fait tabasser. Chacun lui donnait une claque, à tour de rôle. Ça leur plaisait, ça les faisait rire. Je n'ai pas osé intervenir… j'avais peur qu'ils me fassent la même chose, ou pire.

Les Masques ne prennent pas réellement de plaisir. Les corps, le sexe, la chair, tout est froid, mécanique. C'est comme s'ils faisaient ça non par désir, mais par nécessité. Ce n'est pas une fête, c'est une cérémonie. Un rituel.

Chaque fois, la soirée s'achève de la même manière. Quand ils sont repus, qu'il ne reste plus rien de nous à salir, ils attrapent nos corps éteints, nous soulèvent et nous déposent au centre du décor. On doit se laisser faire. Nus, amoncelés en un tas de chair. Ils nous entourent, se prennent par la main et répètent la même litanie : « Nous sommes les Serpents. Nous chassons. Nous sommes les choisis. Nous prenons. Nous sommes les Immortels. Nous vivrons. Nous sommes les ombres. Nous sommes Ceux de Mehen. »

Je les appelle les Masques, car il ne peut rien y avoir derrière ces visages sans âme. Il ne peut y avoir de vie, de sentiment. Ils m'ont marquée, comme si j'étais du bétail. Ils ont apposé le signe du serpent sur moi. Pour ne pas oublier que je leur appartiens.

Il n'y a plus de jour, plus qu'une nuit sans fin, qui s'étire, entre ses coups de fil. « Demain soir, 22 heures. » Parfois, j'imagine que tout ça n'est qu'un spectacle, qu'une grande répétition pour un rôle qu'ils veulent me donner. Quelqu'un finira par dire « Coupez ! », on rallumera le plateau et les techniciens apparaîtront. Un réalisateur viendra me dire qu'il m'a trouvée formidable. Formidable…

Mais les lumières ne se rallument jamais.

# QUATRIÈME PARTIE

## Chasser les ombres

*« Je vous invite à chasser les ombres, à vous délester de ce poids qui vous ralentit, vous fait sans cesse trébucher. Il existe un autre chemin. Il est temps de sécher vos larmes, de laisser sortir ce cri qui monte en vous. Ensemble, nous allons extraire ce mal qui vous ronge, vous dévore. Le périple sera long, difficile, mais je serai toujours à vos côtés. »*

Douglas Fairview,
*La Voie, le chemin vers vous-même*. 1987

# 31

## Sarah
5 août 2012
Los Angeles

2 heures du matin. Je suis en sueur, impossible de dormir. Sans faire trop de bruit, je m'extrais du lit, jette un coup d'œil à mon téléphone. Plusieurs appels en absence. Riley, évidemment. Pour s'excuser. Voyant que je m'acharnais à fouiller le réseau d'égouts de la ville, mon partenaire a tout balancé à notre supérieure. J'ai écopé d'une mise à pied d'une semaine. Riley s'en veut, c'est certain. Il a prétexté avoir fait ça pour mon bien. « T'es en train de péter les plombs, Sarah. Tu ne découvriras rien là-dessous. Il y a d'autres enquêtes, d'autres personnes qui ont besoin de nous. Il faut avancer. » Mais, dans ma tête, dans cette Machine qui ne s'arrête jamais, il n'y a que les Écorchés. Pour tourner la page, je dois faire la lumière sur cette affaire. C'est comme ça que je fonctionne. Il suffit de me laisser aller au bout, merde !

Comme je l'avais prévu, les deux membres de La Sombra qui ont été interpellés sont revenus sur leurs premières déclarations. Ils ont clamé leur innocence, mais leur parole n'a plus d'importance. On a trouvé les coupables parfaits. Basta. Tout le monde s'en fout de ces victimes, elles ne sont personne. Des cadavres sans visage, faciles à oublier. Mais pas pour moi. Je suis à deux doigts de demander ma mutation à Corwin. Je n'en peux plus des Homicides, de tous ces vieux flics trop sûrs d'eux, qui comptent les heures avant la retraite plutôt que d'être sur le terrain, de cette hiérarchie qui nous empêche de faire notre boulot. Et Rafa qui reste introuvable… Où est parti ce gamin ? Voilà où ça me mène de m'attacher. L'un me trahit, l'autre prend la fuite en me volant mon argent.

Sa forme bouge de l'autre côté du lit. J'enfile un jogging, un tee-shirt, et vais boire un verre d'eau sur le balcon. Un peu de fraîcheur, enfin. Les lumières du parc d'attractions Pacific Park, au bout de la jetée de Santa Monica, donnent à l'océan des reflets électriques : roses, violets, bleus. J'observe quelques secondes le ressac des vagues sur la plage. C'est mon heure… Il n'y a plus grand monde sur la promenade, seules quelques silhouettes indistinctes glissent parmi les ombres. La journée, c'est un défilé de touristes, de skaters, de cyclistes, de belles filles en rollers, au cul moulé dans leur short trop court, et de types bourrés aux stéroïdes venus parader sur Muscle Beach. Sur Venice, quand le soleil brûle, ça sent l'huile de bronzage et les corps qui ont chaud. Mais la nuit, mon quartier devient un autre monde… Les clones aux peaux dorées disparaissent et font place aux oubliés. Ceux qui attendent, en retrait, à l'abri de leurs tentes, de leurs parasols défoncés, reprennent alors leurs droits. Quand les ténèbres s'installent, Venice est parcouru de caddies poussés par des clochards qui ramassent les restes abandonnés par ceux du jour. Des univers qui se croisent sans jamais se rencontrer… Une voix derrière moi.

— Tu reviens au lit ?

Je retourne dans ma chambre, m'assois dos à lui, mal à l'aise. Comme toujours dans ces situations. Les yeux dans la moquette, je lui lâche :

— Il est tard. Je préférerais que tu rentres.

Sheridan, le jeune flic que je vois en ce moment, me passe la main dans le dos, je m'écarte.

— Je peux rester cette nuit, si tu veux… Je ne bosse pas demain. Je ne sais pas, on pourrait aller se balader à Silver Lake…

— Désolée, mais non.

— Je ne comprends pas… Ça fait quoi, cinq, six fois qu'on couche ensemble ? Tu n'as pas envie qu'on passe plus de temps tous les deux ? Y a quelque chose qui ne va pas ?

Je pensais qu'avec lui, au moins, le marché était clair. Comment lui répondre sans trop le blesser ?

— Tu n'y es pour rien, Sheridan… Je fonctionne comme ça. C'est tout. Je ne veux pas d'une relation. Tu étais au courant depuis le début. Ça ne m'intéresse pas. Maintenant, rhabille-toi et laisse-moi. S'il te plaît…

Avant de quitter mon appartement, Sheridan me balance :

— La prochaine fois, pas la peine de m'appeler. Je ne suis pas un putain de godemiché, Shelley.

Je ne réponds pas. Le gamin ne comprend pas. Personne ne comprend. Hormis le sport, il n'y a qu'une chose qui m'apaise, qui vide ma foutue tête : le sexe…

Leurs caresses, leurs lèvres sur mes seins, la chaleur de leur corps, les sentir en moi. Ce moment où on se perd, où on s'oublie. L'instinct qui prend le dessus, les yeux qui se ferment. Cet instant, quand je monte, où, enfin, la Machine se tait. Ces quelques secondes où tout fait silence. Durant cette fragile parenthèse, je gagne, je vis, sans tout calculer, analyser en permanence. Le bruit de nos respirations et rien d'autre.

Leurs corps sont interchangeables. Ce soir, c'était Sheridan, mais avant lui, il y en a eu tant d'autres. Pour les trouver, il suffit de passer boire un coup au Slipper Clutch, le bar où se donnent rendez-vous tous les flics du Cube. J'attends un peu, repère un type seul, l'aborde, lui offre un verre ou deux. Durant nos discussions, je fais tout pour ne pas trop le regarder. Car je sais que la Machine veille. Le moindre défaut, tic de langage, je m'y accroche, ne pense plus qu'à ça. Je préfère choisir des bleus, des petits jeunes. Le plus souvent, ils sont comme moi, ils cherchent des histoires sans lendemain. Au début, ils sont toujours mal à l'aise, peu habitués à se faire draguer ainsi. Certains ne le supportent pas… Quand je sens qu'un des gars est prêt, je lui propose de venir chez moi. On fait ça une fois ou deux. Et dehors. La Machine ne tolère personne dans ma vie. Ça commence à se savoir aux Homicides, ça cause dans mon dos. Il se murmure que je suis une salope. Qu'est-ce que ça peut leur foutre ?

Je réactive mon téléphone et écoute le dernier message de Riley. Aujourd'hui, à 1 h 20.

« Sarah, je sais bien que tu ne veux plus me causer, mais je devais te prévenir. Il y a du nouveau. Jason Ferrone, un producteur, gros bonnet de Hollywood, vient d'être retrouvé mort au bord de sa piscine. A priori, ce serait un décès naturel. J'ai été appelé sur place, vu qu'il s'agit d'un VIP. En étudiant le corps, j'ai tout de suite remarqué son tatouage. Il faut que tu voies ça. C'est au 9646 Lawlen Way, sur Beverly Crest, au bout d'une impasse. Tu ne pourras pas rater la villa. Je t'attends. »

Une petite demi-heure plus tard, j'arrive sur les hauteurs de Beverly Crest. Pendant longtemps, le coin est resté l'une des rares collines préservées de Los Angeles. Mais la vente de quelques hectares de terrain par un milliardaire dans les années 1990 a entraîné une frénésie de constructions. Tandis que la route grimpe, je passe à côté de chantiers pharaoniques. Deux voitures de police sont stationnées devant chez Ferrone. Je franchis le grand portail en aluminium. Comme souvent avec les villas des collines, tout est pensé pour en mettre plein la vue au visiteur, et ce dès les premiers instants. J'emprunte une petite allée bordée d'un mur végétal et de bassins. Garées de manière ostentatoire, une Bentley et une Ferrari rutilantes, aux peintures tape-à-l'œil, bleu électrique et jaune. Quelques marches en marbre mènent à une imposante porte en verre encadrée par deux braseros au gaz qui flambent encore.

L'habitation, de plain-pied, est massive. Murs de marbre blanc et gigantesques baies vitrées ouvertes sur l'extérieur. Une maison sans cloisons pour des êtres persuadés que rien ne les atteindra jamais. J'entre dans l'immense salon. Tout est immaculé. Le mobilier design aux lignes épurées, la dizaine de bouquets d'orchidées blanches. Le plafond en lambris de bois précieux compose des formes géométriques triangulaires, déstructurées. Et des miroirs, tout le long des murs. On trouve aussi des photos, des portraits d'un seul et unique modèle, le même homme musculeux, à différentes époques de sa vie. Son corps démultiplié. Je m'imprègne des lieux. La Machine, à l'affût, me révèle deux détails. Dans la chambre ouverte sur le salon, un long miroir est fêlé. Et, en divers endroits du plafond, dans les angles en hauteur, de petites cavités ont été découpées. Je sors ma lampe, la pointe vers l'un des trous. Un reflet. C'est bien ce que je pensais. Des caméras.

Je rejoins la terrasse. Riley et trois agents sont massés à côté de la piscine à débordement, monumentale. Flashs d'appareil photo. Mark vient à ma rencontre.

— Je suis content que tu sois là. Je voulais te dire…

Je ne le laisse pas finir.

— Il n'y a rien à dire. Je fais mon boulot, comme je l'ai toujours fait… Malgré ce que tu crois.

— Je te laisse examiner le cadavre. On se reparle après.

Le corps est là, au bord de la piscine. La victime a une soixantaine d'années. C'est le même homme que sur les photos. Ferrone. Son corps ressemble à une statue torturée, prostrée. En position fœtale. Tous ses muscles sont tendus à l'extrême. Il a la gueule grande ouverte, les yeux exorbités, son visage figé à jamais dans un cri horrible. Ses doigts sont recroquevillés, les veines de ses mains, ses bras, d'un bleu intense, prêtes à exploser. J'ai rarement vu un cadavre atteint d'une telle rigidité. Je vérifie. Sa dépouille est encore chaude, il est donc mort depuis moins de six heures. La rigidité ne devrait pas être aussi prononcée. Sa peau elle-même a une teinte anormale, tirant sur le jaune. Je note également, au niveau des extrémités, de petites taches rougeâtres. Comme du purpura. J'inspecte mieux. Sur les phalanges de la main droite, des griffures. L'homme a dû frapper quelque chose de dur ou de coupant. Je repense au miroir ébréché… Enfin, là, à l'aine, le fameux tatouage dont m'a parlé Riley. Un symbole étrangement proche de celui retrouvé sur les corps des Écorchés. Le même serpent en spirale mais, ici, encerclé par un second reptile qui semble se mordre la queue. Sous le motif, une inscription : *m*LXVII.

***m*LXVII**

Une lettre et des chiffres romains ? M67 ? Je remonte le long de son corps, à la recherche d'un détail qui m'aurait échappé. Au niveau de l'avant-bras, un très léger hématome et des marques de piqûre. Ferrone a reçu des injections, récemment. Au-delà de son étrange posture, quelque chose d'autre attire mon attention. Sa forme physique. L'homme est étonnamment musclé, massif, pour son âge. Voyant que je me relève, Riley me questionne. Il prend des pincettes.

— Tes conclusions, Sarah ?

— Je n'ai jamais vu un corps dans un tel état. Je ne sais pas ce qui a pu provoquer une telle tension musculaire. Lorsqu'on retrouve des dépouilles présentant ce genre de spasmes cadavériques, c'est souvent à cause d'une balle dans le crâne, d'un choc électrique, ou d'un épisode d'émotion ou de violence intense. Peut-être a-t-il fait un arrêt cardiaque ? Il a des traces d'injection sur le bras gauche. Avez-vous découvert des drogues dans la maison ? Ferrone a peut-être fait une overdose.

— Des drogues, non, pas vraiment. Par contre, il faut que je te montre quelque chose.

Je suis Riley jusque dans la vaste cuisine blanche. Il me désigne un placard ouvert, rempli de compléments alimentaires, boîtes de vitamines D et K, cachets de Metformin. Je déniche même quelques plaquettes de hGH, hormone de croissance synthétique.

— Ferrone était obnubilé par son corps. À force de prendre ces saloperies, peut-être a-t-il eu un infarctus ? Ça arrive fréquemment. Appelle Hodges, il faut faire une autopsie, des examens toxicologiques. Vous avez trouvé autre chose, son téléphone ?

— L'appareil est foutu, on l'a repêché au fond de la piscine. Il a dû le faire tomber au moment de sa mort. Les techniciens pourront peut-être en récupérer les données.

— Ce tatouage, ça ne peut être un hasard. Souviens-toi des mots de Mejia. Il avait appelé ceux qui le mandataient pour transporter les Écorchés « les maîtres, les seigneurs de cette ville ». Et ces collines, c'est leur royaume. Parle-moi de Ferrone.

— Jason Ferrone, soixante-deux ans, à la tête d'une société de production en vogue, Red Sun Movies. Il est à l'origine de quelques-uns des plus gros succès cinéma de ces dernières années. Le type est multimillionnaire, propriétaire de cette villa, d'un chalet à Aspen et d'une baraque à Hawaii.

— Qui a découvert le corps ?

— Un agent de la sécurité privée du quartier. Il faisait sa ronde, comme tous les soirs. Il est arrivé dans l'impasse vers minuit et a entendu des cris. Un homme hurlait : « Qu'est-ce qui m'arrive ? » Il a prévenu le central, mais le temps d'avoir l'autorisation d'entrer, Ferrone gisait, mort.

— En arrivant, le vigile n'a vu personne, rien remarqué d'étrange ?

— Non.

— Et les voisins ? Ils n'ont rien entendu, j'imagine ?

— Non. Rien. C'est fou, quand on y pense. Regarde cette vue, Shelley. Le type a tout Los Angeles à ses pieds et personne ne s'aperçoit qu'il agonise au bord de sa putain de piscine.

— Il y a des caméras planquées dans la maison.

— Comment ? On n'a rien remarqué.

— Parce que vous ne savez pas chercher… Il faut trouver le terminal vidéo. En espérant que le dispositif de surveillance fonctionne… Il y a peut-être une pièce dissimulée.

Avec l'aide des agents, nous passons la demi-heure suivante à fouiller la villa. J'enfile mes gants et m'attarde dans la salle de sport. Appareils rutilants, miroirs partout. Comme la plupart des habitants de LA, Ferrone était obsédé par son apparence. Narcisse parmi les narcisses. J'examine la chambre, mais ne trouve rien, aucune cache. En arrivant dans le dressing, quelque chose m'interpelle. Il n'y a ici aucun miroir. Pourtant, entre deux énormes penderies, un large mur en béton ciré est laissé nu. Au sol, sur le marbre, une légère trace noire en arrondi. Je passe lentement mes mains le long de la cloison. Enfin, sur le côté, je sens un bouton. J'appuie. Dans un cliquetis, une ouverture se dégage. C'est ce que je cherchais, une panic room, une pièce pensée comme un bunker, pour s'y réfugier en cas de cambriolage ou d'agression. Il y en a dans la plupart des grandes villas des collines. La marque par terre est due à la roulette qui fait pivoter la porte, malgré son poids. À l'intérieur, pas de mobilier. Un terminal vidéo, une chaise, des étagères en métal vides, un lit poussiéreux. Et une épaisse porte de chambre forte, digne d'une banque, qui doit mener dans une seconde salle. Celle-là, je ne l'ouvrirai pas aussi facilement.

Au bout de quelques minutes de bidouille, je parviens à activer la mémoire des caméras. Le logiciel de sécurité, comme souvent, enregistre les quarante-huit dernières heures puis reboote. On devrait avoir quelque chose. Riley me rejoint.

Sur le clavier, les touches renvoient vers les différentes caméras. Une petite molette me permet d'accélérer ou de revenir en arrière. Je remonte le fil de la journée. La maison est vide. Aucun mouvement. Jusqu'à 17 h 52. Caméra 1. Ferrone rentre chez lui. Il a l'air fatigué, marche d'un pas las, les épaules voûtées. Caméra 4. Il prend une douche. 18 h 12. Caméra 6. L'homme fait du sport, mollement. J'accélère. 18 h 46. Semblant soudain préoccupé, le producteur interrompt sa séance de rameur pour s'ausculter longuement le corps dans un miroir. Il paraît se parler à lui-même, s'énerver, puis, soudain, envoie un coup de poing dans le verre. 18 h 56, caméra 3, cuisine. Après s'être rincé la main sous l'eau, il se saisit de son téléphone, compose un numéro, dit quelque chose, puis s'installe dans un fauteuil. Sa jambe tremble… Pour lui, l'attente est intolérable. Il tourne en rond, trépigne. Tel un toxicomane en manque. 19 h 07. Caméra 2, salon. Le producteur reçoit un message, s'habille en quatrième vitesse et quitte sa villa en trombe. Il tient une mallette en cuir noire à la main. Où est-elle ? Nous ne l'avons pas trouvée… Dans la pièce derrière la porte blindée ?

J'accélère. 23 h 27. Ferrone est de retour. Il traverse la maison, mallette à la main, entre dans le dressing, qui n'a pas de caméra, puis réapparaît sans la sacoche dans la salle de bains. Ça confirmerait qu'il l'a cachée ici, dans ce coffre-fort. 23 h 31. Ferrone se déplace vite, semble revigoré. Quelque chose a changé en lui. On a l'impression qu'il ne s'agit pas du même homme. Il se contemple à nouveau dans un des miroirs, apparemment satisfait, retire son tee-shirt, son pantalon, fait bander ses muscles. Il se caresse le corps, admiratif de son propre reflet… Je fais tourner la molette. 23 h 49. Caméra 9. Piscine. Ferrone a enfilé un slip de bain, ouvert une bouteille de champagne, il s'avance vers le bassin. Soudain, il laisse tomber sa coupe, pris de violents spasmes. Son corps s'arque, il place sa main sur son cœur, trébuche, cherche son téléphone, mais le fait chuter à l'eau. Il se contorsionne plusieurs fois, s'effondre, parcouru de convulsions terrifiantes. Enfin, après une longue agonie, il cesse définitivement de bouger.

# 32

## Paul
## 7 août 2012
## Ojai

La fête bat son plein dans L'Enceinte. La communauté célèbre un de ses grands rendez-vous annuels, l'Étreinte. Chaque 7 août est commémoré le jour où Douglas Fairview, après une longue descente aux enfers, a eu l'idée de créer La Voie. Les Marcheurs, que j'observe se réunir autour de larges braseros, accordent beaucoup d'importance à cette date. Plusieurs activités ont été organisées, il y a même des télescopes pour observer les étoiles. Plus loin, des adolescents se font maquiller le visage, leur face peinturlurée d'entrelacs noirs et argentés. L'alcool, ce soir, coule à flots. L'ivresse emporte les habitants. Ça titube, ça rit trop fort, ça danse, ça s'enlace. J'ai accepté quelques verres de vin. Mais je reste un peu en retrait.

Je pense à Boone. Le vieux Pirate est un peu apathique depuis deux jours. Quand je lui parle, il décroche, semble s'enfoncer dans sa caboche. J'ai d'abord cru qu'il m'en voulait de lui avoir caché la raison de ma présence dans L'Enceinte. Mais il y a autre chose. Ça a commencé après son entrevue individuelle avec Fairview. Boone en est ressorti chamboulé. Comme à son habitude, il ne m'en a rien dit, quelques mots à peine : « Douglas a réveillé des vieux démons. C'est pour mon bien, mais c'est dur. Depuis qu'on est ici, je fais des cauchemars, tu sais. Ça remue là-dedans. » Moi aussi, j'ai un sommeil agité, peuplé d'étranges rêves. Des songes qui me ramènent en arrière, loin, dans le passé… mais je n'en ai pas parlé à mon camarade.

À ma surprise, Boone a sollicité un nouvel entretien, il veut « continuer à creuser ». Je lui ai demandé s'il souhaitait vraiment raviver ses blessures anciennes. Peut-être pour la première fois, le Pirate s'est dévoilé : « J'ai une fille, Paul. Elle s'appelle Paige. Je ne l'ai pas vue depuis neuf ans. La dernière image qu'elle a de moi n'est pas glorieuse. J'étais passé chez mon ex, quémander quelques dollars, complètement en manque… J'aimerais pouvoir revoir ma gosse un jour, lui montrer que je suis devenu quelqu'un d'autre. » Ce soir, Boone est rentré se coucher alors qu'un grand feu d'artifice débutait. À chaque détonation, le Pirate sursautait. J'ai bien noté qu'il se grattait au niveau de son bras, là où il a ses brûlures. Je l'ai raccompagné jusqu'à notre chambre, Flash s'est allongé au pied de son lit. Je lui ai placé ma main sur l'épaule quelques secondes, puis l'ai laissé seul.

Kenneth vient me chercher et m'enjoint de le suivre vers Le Cœur, l'imposante bâtisse où vit Fairview. À mon tour de rencontrer, enfin, le gourou. Tandis que nous remontons parmi les vergers, nous entendons des cris s'élever de la droite. Une autre des activités de la soirée. Ils appellent ça la Fosse. Il s'agit d'un grand cylindre, comme un puits, composé de branchages, de cordes, de tissus, qui s'élève à six mètres de hauteur. Au-dessus, un puissant projecteur s'allume et s'éteint par intermittence. De ce que j'en ai compris, il faut s'installer au fond et se laisser aller. Kenneth m'explique que « la Fosse a pour but de nous aider à accepter nos ombres, pour cheminer vers la lumière. C'est comme un jeu. Ça fait un peu peur au début, mais ça vaut le coup. Il faudra essayer, Paul ». Je lui réponds : « Kenneth, la seule fois où je descendrai dans un trou, c'est quand je serai mort. » Nous arrivons devant les portes du Cœur. Fairview m'attend, quelque part, dans cette vaste demeure. Pour me préparer à cette entrevue, j'ai dû me plier à un laborieux cérémonial. Prendre un long bain « cathartique » dans la rivière, me tartiner le corps d'huiles diverses. D'après Kenneth, « il faut retrouver sa pureté originelle pour rencontrer Douglas ». Pour ma part, j'ai l'impression d'être un savon sur pattes.

Sous le regard des vigiles armés, nous pénétrons dans un grand hall circulaire. Un impressionnant escalier en bois grimpe en colimaçon vers les étages. Sur les murs, des photos retracent de manière chronologique la construction de L'Enceinte. On y découvre ses habitants, année après année. 1992, 1993, 1994… La masse des adeptes qui entoure Fairview est, au fil du temps, de plus en plus importante. Une dizaine d'individus sur les premiers clichés, plus de trois cents sur les derniers. À la droite du Guide, toujours un même visage, celui de Kate, son assistante. Chaque jour, je remarque davantage combien celle-ci paraît proche du gourou. Toujours dans son sillage, ombre bienveillante. Je la vois, souvent, hocher la tête quand il parle. Et elle a ces petits gestes, ces attentions pour lui, en permanence. Comme cette manière de lui passer la main, doucement, dans le dos, quand elle l'accompagne jusqu'à sa table, au Foyer. Entre eux existe une complicité évidente, un lien fort, unique. J'ai cru comprendre qu'elle a été l'une des premières à rejoindre La Voie.

À l'étage, nous passons devant divers bureaux et appartements… Au bout du couloir, Kenneth frappe à une grande porte de bois sculptée de motifs complexes, puis me laisse entrer. Je suis dans le bureau du maître des lieux. Il y a ici un joyeux capharnaüm. Partout, des plantes étalent leurs nuances de vert. Des tapis colorés sont posés les uns sur les autres. Une baie vitrée offre une vue imprenable sur le domaine. Face à elle, un bureau chargé de livres, revues en tout genre… L'érudition de l'homme saute aux yeux, tout autant que son œcuménisme. Un bouddha dodu posé sur une étagère côtoie une représentation d'un Christ auréolé de lumière, ainsi qu'une calligraphie islamique et une menora aux branches travaillées. On trouve de-ci de-là des masques africains, des encadrements d'estampes japonaises ou de parchemins antédiluviens. Sur une table basse en retrait, je remarque une autre antiquité, un plateau en pierre circulaire gravé d'un serpent. Kate apparaît soudain, m'invite à m'asseoir, et me demande si je suis d'accord pour qu'on contrôle mon activité cérébrale durant mon entretien avec Fairview.

— Je ne comprends pas…

— On ne vous a jamais parlé de la Couronne ?

D'une boîte en métal, elle extrait alors un casque couvert d'électrodes, de câbles reliés à un moniteur.

— De quoi s'agit-il ?

— La Couronne nous permet de surveiller votre activité cérébrale. Chaque fois que l'on vous posera une question, vos réponses entraîneront des oscillations qui nous révéleront beaucoup d'informations. De plus, cet appareil envoie de très légères décharges électriques afin de stimuler votre activité neurophysiologique. Vous ne sentirez rien. Faites-moi confiance.

Je repense aux marques de brûlures trouvées sur les crânes des Écorchés, évoquées dans l'article du *Los Angeles Time*s, et celles découvertes autour de la tête de la jeune fugitive, dont Burkle m'avait parlé. Je réprime un frisson, mais me laisse faire. Il faut que je me confronte à Fairview, coûte que coûte. Kate me pose la main sur l'avant-bras, se voulant rassurante.

— Tout va bien se passer, Paul.

Enfin, Le Guide fait son entrée, boitillant derrière sa canne. Il me présente son plus beau sourire, puis, après un effort, s'assoit face à moi.

— Nous nous rencontrons enfin, Paul. J'avais hâte de pouvoir vous parler seul à seul.

Sur ces mots, Kate s'éclipse.

— Plaisir partagé… Douglas, on ne va pas perdre de temps. J'ai beaucoup de questions. Que se passe-t-il exactement dans la Source ? Est-ce que votre organisation a quelque chose à voir avec la mort de Rachel Richardson, la mère de Linda ? Pourquoi refusez-vous que Linda retourne auprès des siens ?

Fairview prend le temps d'observer les oscillations du moniteur de la Couronne. Un léger hochement de tête, puis il plante ses yeux bleus dans les miens. Je tente de soutenir son regard pénétrant.

— Vous n'y allez pas par quatre chemins, Paul ! Ça ne me surprend pas de vous… Pour répondre à vos questions, Linda est libre de ses mouvements. C'est elle qui souhaite demeurer auprès de nous, parmi les Purs. Ce n'est pas mon choix. Contrairement à vous, je ne décide pas de ce qui est bon ou non pour les autres. J'accompagne simplement les Marcheurs dans leur chemin.

— Arrêtez votre char, Douglas. Je sais que La Voie cache des choses pas claires.

— On cache des choses… Toujours le même refrain. La paranoïa, la peur. Paul, vous êtes toujours prêt à en découdre, à montrer les crocs. Vous doutez de tout, en permanence. Ça ne vous épuise pas, à la longue ? Depuis combien de temps n'avez-vous pas connu la paix, mon ami ?

Je suis tellement tendu sur mon fauteuil que je pourrais en arracher les accoudoirs. Et cette Couronne qui m'enserre le crâne, ces électrodes qui me chauffent le front. Je dois garder mon calme. Il me cherche, c'est sa stratégie.

— Répondez à mes questions, Fairview !

— Qu'importe mes réponses, puisque vous continuerez à croire que je vous mens… D'ailleurs, Paul, moi aussi, j'ai une question : après ces premiers jours à nos côtés, que pensez-vous de L'Enceinte ? Notre communauté est-elle ce lieu d'horreur, de violence, que vous imaginiez ?

Plus je l'attaque, plus il se dérobe. Je ne parviendrai pas à le faire parler ainsi, il va finir par se braquer et me foutre dehors. Il faut que je lâche du lest.

— Non, pas exactement.

— Vous vous demandez encore pourquoi nous vous avons laissé intégrer L'Enceinte ?

— Pas pour mes talents d'agriculteur, j'imagine…

Il sourit, jette un œil à son moniteur, puis reprend.

— Vous êtes ici car nous n'avons rien à cacher. Vous avez le droit de douter, le droit de ne pas être d'accord avec certains de nos enseignements, notre philosophie. D'autres ici sont comme vous. À La Voie, nous n'exigeons pas une croyance aveugle, au contraire. Être remis en question, c'est aussi grandir. Prenez ce que vous avez à prendre. C'est ce que j'ai fait, pour ma part, en étudiant, année après année, toutes les grandes religions. J'ai fait le tri, gardé l'essence. Le message premier.

— Et quel est-il ?

— Un magicien ne révèle pas ses tours aussi aisément. Si je vous ai convoqué ce soir, c'est parce que la fête de l'Étreinte est une date importante pour nous tous. Cette nuit, nous acceptons nos ombres. Nous les regardons en face. Êtes-vous prêt à cette confrontation, Paul ?

— Je ne comprends pas.

— Pour chasser les ombres, il faut d'abord les débusquer. Que cachez-vous, tout au fond de votre être ?

Du bout de sa canne, Fairview me pointe le cœur. Je devrais me taire, ne pas entrer dans son jeu, mais les paroles sortent, sans que je puisse vraiment me contrôler.

— Rien… J'ai eu une vie compliquée, comme beaucoup d'autres ici.

Douglas ferme les yeux, se concentre, puis :

— Je connais votre passé, votre histoire. L'affaire Mike Stilth, puis votre long isolement dans la forêt de Redwoods. Vos tentatives de retrouver ces gens disparus à travers le pays. Il y a des failles, certes… Mais il faudra remonter plus loin, je le crains. Pourquoi êtes-vous tant obsédé par le besoin de secourir les autres, Paul ?

— Je ne sais pas. J'ai passé trop de temps à détourner le regard. J'ai envie, à ma petite échelle, de venir en aide à ceux qui en ont besoin.

— Un joli discours… Mais pourquoi vous lancer dans des cas toujours si désespérés, des quêtes perdues d'avance ? Pourquoi vous imposer de telles souffrances ? Il y a une fêlure, une blessure originelle. Je la sens en vous. Elle suppure.

Un souvenir remonte des tréfonds. La porte d'entrée qui claque. Sa silhouette qui s'éloigne de la maison, pour la dernière fois. Par la fenêtre, je la regarde partir sous la pluie, son manteau au-dessus de la tête. Je la déteste et je me répète qu'elle l'a bien mérité. Elle l'a bien mérité.

— Non… vous ne m'aurez pas, Douglas, pas aussi facilement.

— Je le vois dans votre regard, Paul, vous doutez. Vous vous plaisez parmi nous. Et ça, vous ne l'aviez pas prévu. Allez, ce soir, c'est la fête. Profitez.

Un peu sonné, je me retrouve dehors. Auprès d'un buffet, j'attrape une bouteille de vin, me sers un verre à ras bord. Quelqu'un s'approche et trinque avec moi, c'est Kate.

— Alors, cet échange avec Le Guide ?

— Il est fort, rien à redire, il a réussi à esquiver toutes mes questions.

— Peut-être parce que Douglas n'est pas là pour vous donner des réponses, mais pour que vous vous posiez les bonnes questions ?

Kate et moi commençons à bavarder. On s'assoit sur une banquette en bois jonchée de coussins confortables. Je suis un peu mal à l'aise. À chaque nouvelle gorgée, je me demande ce que cette femme fabrique là, avec moi. Mes kilos en trop, mon crâne dégarni, mes cicatrices sur la tronche… Pourquoi s'intéresse-t-elle à un pauvre type comme moi ? Est-elle mandatée par Douglas ? Je repense aux paroles du fondateur de La Voie : « Vous doutez de tout, en permanence. » Le pire, c'est qu'il a certainement raison. Je me laisse un peu aller. Autour du feu qui s'étiole, les verres se vident et se remplissent, les langues se délient. Kate me raconte comment elle a atterri ici, dans L'Enceinte. Sa rencontre salvatrice avec Douglas, il y a plus de trente ans, alors qu'elle traversait des jours sombres. Un mariage raté, des petits boulots sans intérêt, l'impression de passer à côté de sa vie… Son envie, instantanée, de faire partie de cette aventure avec celles et ceux qui allaient devenir ses sœurs et frères de cœur, des paumés comme elle, anciens toxicomanes, repris de justice, à qui Douglas promettait un nouveau départ. Les débuts, difficiles, pour enfin parvenir, envers et contre tous, à créer les premiers centres d'aide Une main tendue. L'achat du terrain pour bâtir L'Enceinte, les bâtons dans les roues des habitants d'Ojai. J'ai ici une version bien différente de celle que m'avait livrée Gladstone, propriétaire du terrain voisin. Kate m'explique avoir dû faire face au racisme, à l'intolérance crasse des habitants de la région. Nous ouvrons une autre bouteille.

Sur le côté, dans un grand cercle bordé de torches, des jeunes ont installé des enceintes et se relaient pour passer de la musique. Ça danse et ça se marre. Je reconnais Kenneth et quelques autres. Un nouveau morceau se laisse entendre. Des notes de piano. C'est *Tiny Dancer*, d'Elton John. Kate, un peu éméchée, me crie que c'est sa chanson préférée. Elle se redresse, manque de trébucher et se met à danser, hilare, avec ses camarades. À un moment, elle revient vers moi, me tire par la chemise pour que je la rejoigne. Je refuse en lui disant :

— Moi vivant, jamais je ne danserai sur Elton John !

Elle rit et s'éloigne. Je la regarde. Je la trouve belle, libre. Cette énergie, ce corps à la fois menu et tout en muscles, qui hurle qu'elle n'a besoin de personne. Elle tourne sur elle-même, la tête en arrière, les yeux fermés. J'aimerais pouvoir aller la serrer dans mes bras, comme dans les films. Mais je n'ai jamais été ce genre de gars. Tandis qu'Elton entonne son refrain, je me ressers du vin. Je me sens bien. Depuis combien de temps n'est-ce pas arrivé ? Je soupire. Il vaudrait mieux que je rentre me coucher, pour ressortir plus tard et continuer à entailler, à l'aide du sécateur que j'ai subtilisé, l'épais grillage qui protège l'accès à la Source. C'est ça ma seule priorité, récupérer Linda. Le morceau s'achève, je me lève. J'ai la tête qui tourne. Kate m'attrape la main et me dit simplement « restez encore un peu ». Sa peau contre la mienne. Son regard. Je lui souris. Elle m'entraîne vers le haut du domaine, là où a été installée la Fosse. Kenneth et quelques autres nous suivent en rigolant. Kate me pousse vers la grande échelle. Je tente de résister, mais on me bouscule, on me force, tout le monde m'encourage : « Allez, Paul ! » Tandis que je monte, hésitant, aux barreaux, je vois, en dessous, la quinzaine de personnes se répartir autour de la structure. Arrivé en haut, je hurle à Kate : « Qu'est-ce que je fais quand je suis là-dedans ? » Elle me répond : « Laissez-vous aller ! »

Et merde. Je redescends de l'autre côté et me retrouve seul, comme un idiot, au fond de cette fosse. C'est oppressant de lever la tête et voir cet amas de branchages qui s'enroule sur lui-même. Des trous ont été percés dans la structure, comme des fissures. Je vois l'échelle remonter et être hissée en dehors du puits, par un jeu de poulies. L'énorme projecteur s'allume au-dessus de moi, m'aveugle un peu. La lumière est chaude, quasi brûlante. L'instant suivant, ce sont les ténèbres. Je n'y vois plus rien. Je tâtonne. Soudain, je sens qu'on me frôle, dans le dos, les jambes. J'entends des gloussements venant de l'extérieur, des bruits de pas, de course. Je sursaute et comprends. À travers les fissures dans les branchages, les Marcheurs attroupés s'amusent à me surprendre, à me toucher le corps. Je me mets à rire. Les effleurements me chatouillent. La lumière à nouveau, et les bras, instantanément, se retirent. Puis, c'est le noir. Les mains reparaissent. Certaines caresses se font plus pressantes, m'attrapent le poignet, je me dégage. Le projecteur, encore, comme un répit. Un nouveau cycle. Ténèbres. Des mains me glissent sur le visage. Parmi elles, il y a certainement celles de Kate. On me tire en arrière. C'est étrange, cette sensation, cet abandon, on me soutient, on me porte.

Lumière. Les mains s'en vont, je manque de tomber à la renverse. Nuit. Les étreintes se font plus fortes, plus insistantes. Me laisser faire, puisque c'est ce qu'on attend de moi.

C'est alors que je ressens une douleur fulgurante au bras droit. Que se passe-t-il ? Le projecteur se rallume, j'ai une longue entaille, du sang qui en coule. Me serais-je griffé sur une branche ? Il vaudrait peut-être mieux que je sorte… L'obscurité. Les mains, comme des tentacules, m'enlacent. Je me sens moins serein. Une coupure, cette fois le long de l'omoplate. Intense, rapide. Putain, c'est quoi ça ? Je tente de me dégager. Une certitude en moi. Quelqu'un m'attaque avec un couteau. Je hurle. « Laissez-moi sortir, merde ! » Dans le brouhaha ambiant, on ne m'entend pas. Dehors, on rit, on s'esclaffe. L'éclat du projecteur sur moi, je me palpe le dos, sens ma chemise tachée de sang. « Faites-moi sortir ! » Les yeux braqués sur la lumière aveuglante, je prie pour qu'elle ne s'éteigne pas. Mais le noir revient. Sans rien y voir, j'essaie de repousser les mains qui s'approchent. Je n'hésite pas, frappe au hasard, crie. Tandis que je donne un coup, du métal froid glisse contre ma paume, puis une nouvelle déchirure. On m'a encore blessé. Le spot se rallume. Je hurle, cette fois, à m'en briser les cordes vocales. « Laissez-moi sortir, vite ! » Je fais compresse sur ma main en sang. « Arrêtez ! » Enfin, l'échelle, lentement, redescend. Tremblotant, je remonte et repasse de l'autre côté. Je repousse les Marcheurs qui m'accueillent, rigolards. « Foutez-moi la paix. Vous croyez que je ne comprends pas votre petit jeu ? C'est ça que vous voulez, me faire craquer ? » Je m'éloigne, les laissant stupéfaits. Kate me demande ce qui m'arrive. Je lui montre mes taillades.

— C'est quoi, ça, Kate ? C'est moi qui me fais des idées ? Quelqu'un m'a blessé avec une lame !

— C'est impossible, Paul. Personne ne ferait ça. Je les connais tous. Vous avez dû vous couper. Avec une branche, peut-être, ou quelqu'un vous a griffé, involontairement. Ce n'est jamais arrivé, je suis désolée.

Elle me passe la main sur la joue.

— Calmez-vous, Paul. Il faut que vous arrêtiez d'avoir peur. On ne peut pas vivre comme ça. Laissez-vous une chance.

— Vous ne comprenez pas ce qui se joue ici. Vous n'êtes peut-être pas au courant, mais La Voie vous ment. Tout le monde vous ment.

— Le monde n'est rien d'autre que ce que l'on veut bien y voir, Paul.

— Je suis fatigué. Je vais me coucher.

Je me dégage et retourne à ma chambre. Trop de choses dans ma tête, trop… Tandis que je me déshabille, un papier s'échappe de la poche de mon pantalon. Un message plié en quatre. Je l'ouvre. À l'intérieur, quelques mots, écrits en lettres capitales :

« Vous avez raison de douter. Ne vous fiez à personne. »

# 33

## Sarah
10 août 2012
Los Angeles

Une overdose de sang…

Installée sur ma terrasse, je réécoute, pour la énième fois, le mémo audio que m'a envoyé Hodges, à la suite de l'autopsie et des analyses sérologiques menées sur la dépouille du producteur. « Ferrone est décédé d'un arrêt cardiaque, c'est incontestablement une mort naturelle. Il a d'abord eu un œdème pulmonaire, qui a provoqué une ischémie, des problèmes de circulation, le tout menant à la mort subite. Mais des éléments me troublent. D'abord, cette tétanie généralisée, les spasmes musculaires qui ont contracté l'ensemble de son corps, mais aussi ce purpura, ces taches rouges qu'il avait sur les doigts. J'ai procédé à des prélèvements sanguins. Il m'a fallu du temps pour y voir clair. J'ai dû contacter des camarades chirurgiens pour qu'ils m'éclairent un peu. Les symptômes de notre victime correspondent à une surcharge volémique. C'est une complication qui arrive en cas de transfusion massive de sang. L'organisme, parfois, ne parvient plus à digérer cet afflux soudain, le cœur n'assurant plus son rôle de pompe. Pour le dire simplement, il semblerait que Ferrone soit mort parce qu'il avait trop de sang dans le corps. Comme une sorte d'overdose. Et il y a autre chose qui me chiffonne. J'ai procédé à un marquage isotopique pour mesurer son volume sanguin. Sachez qu'en moyenne, pour un homme, il est de 70 millilitres par kilo. Chez Ferrone, il grimpe à 92 millilitres ! On ne voit jamais ça chez un adulte, surtout pour un homme comme lui, âgé de soixante-deux ans. Ce type de masse sanguine se rencontre plutôt chez des adolescents, des jeunes adultes. C'est à n'y rien comprendre. »

L'enregistrement s'arrête. Je prends encore quelques minutes pour feuilleter le rapport d'autopsie. Pour le moment, Corwin hésite encore à nous retirer le dossier. Puisqu'il n'y a pas d'homicide, nous n'avons rien à faire sur cette enquête. Selon ma boss, elle devrait échoir au commissariat de Beverly Hills. « On ne peut pas mobiliser nos équipes uniquement parce que la victime arbore un tatouage ressemblant vaguement à celui des Écorchés… » Riley a beau tenter de la convaincre que, cette fois, je ne fais pas fausse route, je sens bien que la direction ne lâchera pas. Le pire, c'est que Corwin a raison. Pour l'instant, hormis le tatouage, aucun élément concret ne relie les deux affaires. Nous avons des présomptions, mais aucune preuve.

Pourtant, j'ai exploré toutes les pistes que nous avions. Interrogé les employés de la structure de production de Ferrone, Red Sun. Pas grand-chose à tirer de ces conversations, si ce n'est que c'était un patron difficile, voire colérique, un homme extrêmement sportif, obsédé par sa forme physique. Mais ça, nous le savions déjà. Riley et moi avons retracé le trajet en voiture du producteur grâce au bornage de son téléphone portable. Le soir de sa mort, il a conduit jusqu'à un échangeur autoroutier sur Cahuenga Boulevard, en périphérie de Hollywood. Il y est resté stationné trois heures, avant de retourner à sa villa. Riley et moi nous sommes rendus là-bas. Un coin désert, sans aucune caméra dans le périmètre. Ferrone avait rendez-vous sous ce pont. J'en ai la conviction, il a laissé sa voiture, son téléphone et a embarqué dans un autre véhicule pour aller ailleurs. Mais où ?

Son portable a été analysé par la brigade électronique du LAPD. Toutes ses communications depuis le début du mois ont été étudiées. Rien de particulier. La plupart des coups de fil concernent son boulot. Son répertoire est rempli de numéros de célébrités, le gotha hollywoodien au complet : réalisateurs, actrices, acteurs, scénaristes, producteurs… Un contact a attiré mon attention, le seul qui ne comporte ni nom, ni prénom, ni fonction détaillée. Ici, une seule lettre, « M », et un numéro qui renvoie vers un téléphone prépayé, impossible à tracer. Sans surprise, c'est celui que Ferrone a composé le jour de sa mort. La réponse reçue, à 19 h 07, confirme que quelqu'un l'attendait là-bas, sous l'échangeur : « RDV à 20 h. Même endroit. » Mais encore une fois, une impasse. Le téléphone prépayé a été désactivé dès le lendemain de sa mort. Dans l'historique de Ferrone, aucune trace d'un message similaire. Le producteur avait sans doute l'habitude de les effacer. Il n'en a pas eu le temps cette fois-ci. Une chose de sûre, ceux que Ferrone devait rencontrer savent protéger leurs arrières. Ce M serait-il lié à l'inscription sous son tatouage, *m*LXVII ?

Des questions, toujours des questions… et ce maudit coffre-fort qui n'a toujours pas livré ses secrets. On ne peut pas encore l'ouvrir. J'attends la décision du juge. Il faut plusieurs jours pour que la procédure soit validée, ensuite, nous devrons opérer selon les règles, accompagnés d'un auxiliaire du juge. Mais, j'en suis convaincue, il y a, au cœur de cette villa aux miroirs, des éléments qui lieront enfin la mort de Ferrone à Jane Doe et aux autres Écorchés.

Leur redonner leur nom, retrouver leur identité… pourquoi est-ce si important ? Cette affaire, qui m'obsède tant, réveille des choses enfouies en moi. Gamine, mes parents m'ont d'abord surnommée leur poupée. J'étais jolie, douce, obéissante. Aussi parfaite que la vie qu'ils rêvaient de mener. Puis, quand ils ont découvert mes étranges réactions, les premiers signes de ma maladie, qu'ils ont compris que je les analysais en permanence, je suis devenue Sarah. Juste Sarah. Jamais ma puce, ou ma chérie. Et dans leur manière de le dire résonnait ce mépris, cette distance qui s'étirait année après année. Plus tard, à l'adolescence, ils m'ont même volé mon prénom. Je n'étais plus qu'Elle. « Elle ne veut pas sortir de sa chambre », « Elle va encore nous faire une scène », « Elle me rend dingue ». Elle… Je sais ce que c'est d'être oubliée, effacée, moi… comme les Écorchés.

Mon téléphone sonne. Ça vient du central. C'est Sheridan, le jeune flic du standard, avec qui j'ai eu une histoire. Depuis que je l'ai foutu dehors, il est glacial.

— Shelley, j'ai un coup de fil. Un homme qui voudrait vous parler de Ferrone et des Écorchés.

La mort du producteur a été relayée par les médias locaux. Heureusement, aucun détail n'a été divulgué. On a juste évoqué un accident cardiaque. J'accepte l'appel. En espérant qu'il ne s'agisse pas encore d'un illuminé qui nous fera perdre notre temps.

— Inspectrice Shelley, c'est vous ?

Une voix éreintée, entrecoupée de reniflements. L'homme, au bout du fil, susurre plus qu'il ne parle.

— Oui.

— J'ai des informations sur Ferrone. Sur tout ce qui se passe. Mais j'ai besoin de protection. Ils ne me laisseront pas parler. Je ne voulais pas qu'on en arrive là. Pour moi, c'était juste une sorte de club secret… Où on pouvait être libre de faire ce qu'on voulait. Nous étions les maîtres. Mais c'est devenu autre chose. Au début, j'aimais ça. La promesse qu'ils nous ont faite, mais…

Ses mots embrouillés, cette élocution trop rapide. Le mec a l'air défoncé. Pourtant, une certitude s'ancre en moi. Ce type n'est pas un affabulateur.

— Attendez, calmez-vous…

— Je ne peux rien vous dire au téléphone. Ils ont des oreilles partout. Je veux qu'on se voie dans un lieu neutre, en public, le plus vite possible. Ce soir, 20 heures, sur la jetée de Santa Monica. Je vous attendrai sur le banc à côté du carrousel. Le manège pour mômes. Venez seule. Sinon, vous n'entendrez plus jamais parler de moi.

— Comment puis-je savoir que vous ne racontez pas n'importe quoi ?

— Parce que je sais ce qui est arrivé aux Écorchés, ce qu'on leur a réellement fait. Je fais partie de leur groupe. Mais la mort de Ferrone change tout. Ça va trop loin… Aujourd'hui, 20 heures. Seule et avec des garanties de protection.

Il raccroche. Vingt heures… ça me laisse à peine trois heures pour monter l'opération…

19 h 10, déjà… Je dois y aller. J'ai fait aussi vite que j'ai pu pour m'organiser. Prévenir Riley, bien entendu, mais surtout Corwin, afin qu'elle obtienne l'aval du Septième Ciel pour mobiliser une quinzaine d'agents en civil. Je leur ai demandé de se positionner aux différentes issues de la jetée. L'accès principal, sur Colorado Avenue, qui marque la fin de la route 66, mais aussi les escaliers derrière le carrousel et ceux menant à la plage. Si mon contact a des envies de se faire la malle, il ne pourra pas filer bien loin. Mais ça ne suffit pas à me rassurer. La jetée de Santa Monica, l'un des coins les plus touristiques de la ville, est la pire des configurations pour nous. À cette heure-ci, le lieu va grouiller de civils. Faites que tout se passe bien… J'enfile mon gilet pare-balles, passe un ample sweat-shirt noir par-dessus. Vérifie mon Smith & Wesson 4506, le place dans son holster. J'ai décidé de m'y rendre à pied. C'est à moins de quarante minutes de marche. Le temps de prendre ma voiture, de rouler jusqu'à la jetée… je risquerais d'être en retard. À ce moment de la journée, Neilson Way est complètement bouchée par les embouteillages.

Je quitte la maison et me retrouve sur la promenade Ocean Front. Le soleil est en train de se coucher. Au bout de la jetée, les lumières de Pacific Park commencent à scintiller dans l'obscurité naissante. Je slalome entre les couples qui prennent la pose, les familles à la peau rougie par les coups de soleil. Alors que je m'efforce de me frayer un chemin parmi ces centaines de corps, je tente de garder les yeux plongés dans le bitume. Dès que je lève la tête, je suis submergée par un flot d'informations. La Machine est déjà en surchauffe. Là, sur ma gauche, cette dame qui jette son gobelet et rate la poubelle. Ici, cet homme en tee-shirt jaune fluo qui s'étire les jambes avant d'aller courir. Normalement, j'évite toute sortie dans le quartier en plein jour. Trop de monde. La Machine me le fera payer… En contre-coup, il y aura des nuits et des nuits sans sommeil. Mon cerveau voudra tout repasser en mémoire, jusqu'à me vriller le crâne.

Les minutes s'écoulent, j'essaie de me concentrer sur ma respiration. Je crève de chaud. Les palmiers défilent. Là-bas, je distingue la grande roue du parc.

19 h 55. Essoufflée, j'arrive enfin devant les larges escaliers qui mènent à la jetée. En haut, à l'entrée du ponton, se dresse le bâtiment emblématique qui abrite le manège, le Looff Hippodrome, large construction couleur sable, aux quatre tourelles bordées de fenêtres bleues. Je franchis les marches quatre à quatre, installe l'oreillette reliée à mon appareillage radio Rover dans ma poche arrière. Je l'allume. Un grésillement. « À toutes les unités. Ici, Shelley. Je suis sur zone. Je m'apprête à rejoindre le carrousel. Code 1. Gardez vos positions pour le moment. Je veux que vous soyez le plus discrets possible. N'encombrez pas la ligne. J'y vais seule. »

En réponse, plusieurs « Reçu, code 1 » se font entendre. Tous les hommes sont en place. La voix de Riley sur le canal :

— Sarah. Je suis en position. Au niveau du restaurant Seaside, juste en face du carrousel.

Je repère mon partenaire faisant mine de regarder les menus. Il ne porte pas son gilet pare-balles.

— Putain, Riley… ton gilet.

— Je n'ai pas eu le temps. J'ai fait au plus vite. Ne t'en fais pas. Le type veut juste nous faire des aveux, on a des hommes postés aux quatre coins de la jetée. Et, avec toi à mes côtés, je ne crains rien, pas vrai ? Ça va bien se passer.

Tandis qu'un soleil rouge disparaît dans l'océan, je prends une longue inspiration et pousse les portes battantes. Le manège au centre de la grande salle est entouré d'une barrière de sécurité. C'est un endroit chargé d'histoire, dernier vestige de l'ancien parc d'attractions Pleasure Pier, détruit dans les années 1930. Mes parents nous emmenaient ici, parfois, gamins… Une mélodie de fête foraine, jouée par un orgue limonaire, me ramène, malgré moi, en arrière…

Ma famille ne comprenait pas que je veuille rester à l'écart, que je refuse de monter sur l'un des animaux bariolés. Je répétais que ça me faisait mal à la tête, et mon père rétorquait : « Il y a toujours quelque chose qui ne va pas avec elle. Ses frères sont ravis, eux. » Leurs sourires contre mes larmes. Mon père avait choisi son camp.

Rester concentrée. Ne pas me laisser bouffer par la Machine. Le carrousel tourne lentement, dans un grincement de bois et de métal, laissant apparaître chevaux et lapins qui montent et descendent. Sur leur dos, s'accrochant fort aux barres, des enfants hilares, certains accompagnés de leurs parents… Là-bas, sur l'un des bancs, un individu seul. Il est mal rasé, assez maigre, des cheveux frisés décoiffés. Une grosse montre en or au poignet. Il porte une veste grise sur un tee-shirt noir froissé. Son visage me dit quelque chose. Il a l'air agité, sur le qui-vive. C'est mon homme. Aucun doute. Il lève les yeux vers moi.

— Sarah Shelley ?

— Oui.

— Personne n'est au courant de votre venue ici ?

— Non.

— Je l'espère. Car, si ça s'est ébruité, vous comme moi, nous sommes morts.

# 34

## Rafa

10 août 2012
Los Angeles

Ça fait une bonne heure que je suis planqué là, comme un imbécile, non loin de la maison de Sarah. Je devrais y aller, je sais, sonner à sa porte… Lui expliquer, m'excuser, mais je n'arrive pas à me décider. Et si c'était une erreur de revenir à LA ? Et si tout ce que la flic trouvait à faire, c'est me braquer son flingue sur le crâne et m'envoyer en taule ? Si je me retrouve en pinta, je ne tiendrai pas longtemps. Les gars de La Sombra me feront la peau en moins de deux. Je me sens si crevé, tout s'embrouille dans ma tête. Ça fait combien de temps que je n'ai pas eu une vraie nuit de sommeil ? Une sirène de police dans mon dos. Par réflexe, je me plaque contre une camionnette.

Avec les trois cents dollars que j'avais piqués chez Shelley, j'ai pris un bus pour San Diego. J'ai cru que c'était ce qu'il fallait faire, prendre le large, recommencer ailleurs. Là-bas, j'ai fait la rencontre d'une bande menée par un gars d'origine hawaiienne, Kana. Ils squattaient une baraque abandonnée dans le coin de National City. Ils m'ont accueilli, sans trop poser de questions. Ce qui les intéressait surtout, c'est que je puisse leur payer de la défonce et de l'alcool. J'avais de la thune et ça suffisait bien. J'ai passé une semaine, peut-être plus, comme ça, prendido, ni ici ni ailleurs, dans un état second. Cocaïne, herbe, speed, alcool… Les médocs pour la redescente et on renquille. Une gorgée, un rail, un cachet, une latte. Efface et rembobine. Une gorgée, un rail… Tout était bon pour ne pas dormir. Car dès que je fermais les yeux, je retournais dans ce putain de réservoir, les Écorchés m'attendant là, tout au fond, leurs bras tailladés tendus vers moi.

J'aurais pu rester comme ça, à me laisser glisser, pendant une éternité. Mais on a commencé à manquer de pognon. Kana a eu l'idée de braquer une supérette. Un bon plan selon lui, sans aucun risque. Il était persuadé que le propriétaire était friqué. À partir de 22 heures, le magasin baissait ses grilles et le type servait les clients derrière un comptoir qui donnait sur la rue. Verre blindé, caméras le long de la guérite. On devait intervenir juste avant la fermeture. Là où il serait le moins sur ses gardes.

On s'est retrouvés dans la rue, dissimulés derrière des caisses. On était trois sur le coup. Juste avant qu'on se lance, Kana s'est tourné vers moi. « Prends ce feu, Rafa, au cas où. » Dans sa main ouverte, une arme brillait d'un éclat noir. Je l'ai saisie. On s'est rués sur le magasin, comme des hyènes affamées. Kana m'a hurlé de braquer l'épicier. J'ai sorti le flingue, l'ai pointé sur son crâne. Son visage qui s'étire. La peur qui le déchire. La mort qui est là, qui l'appelle. Et la mort, c'est moi.

Encore. Comme Sandoval. Mon doigt sur la détente. Ça ne s'arrêtera jamais. J'aurai toujours le goût du sang dans la bouche. La rage gagnera. Et il ne restera plus qu'un voile rouge sur ma vie.

On ne peut pas mordre tout le temps. J'ai jeté le pistolet par terre et quitté la supérette en courant. Les autres m'ont traité de tous les noms et ont tenté de me rattraper, mais je leur ai échappé. À cet instant, j'ai compris une chose. C'est un cycle sans fin. Je suis ce putain de funambule qui ne bouge pas de son fil parce qu'il n'attend qu'une chose, tomber, plus bas encore. Je peux continuer à me laisser couler tout au fond de ce réservoir ou essayer de me racheter. Si je ne fais rien, les Écorchés me poursuivront. Les morts marcheront toujours dans mon ombre.

Je suis revenu à LA. Et me voilà devant chez la flic, à me dire que j'ai peut-être fait la plus grosse connerie de ma vie.

Sarah sort de chez elle. Elle a l'air pressée. Elle resserre son gilet pare-balles sur son torse et vérifie son arme à sa ceinture. Je la suis, à distance. Elle avance à toute allure parmi les touristes, sur Ocean Front. Il se passe quelque chose. Je tente de ne pas la perdre de vue, mais j'ai du mal à tenir le rythme. Je me sens si faible. Après une trop longue marche, on arrive sur la jetée de Santa Monica. Il y a un monde fou. Je reprends ma respiration, en sueur. Merde, je l'ai paumée. Je me retourne, la cherche autour de moi. Putain, où est-elle ? Une silhouette qui se déplace un peu différemment. Une ombre qui glisse parmi la foule. Ce corps mince, grand. Cette capuche, alors qu'il fait une chaleur à crever. Là, devant moi, j'en ai la certitude. C'est lui. El Silbón… Je dois prévenir Sarah. Il est là pour elle. Pour la tuer.

# 35

## Sarah
### 10 août 2012
### Los Angeles

Je m'assois à côté de ce mystérieux contact, tout en surveillant les alentours. Mais il y a trop de mouvement. Dans le manège, les chevaux font leur va-et-vient dans une explosion de couleurs et de lumières. Tournent et tournent encore. Je reporte mon attention sur mon interlocuteur. Il se présente : « Je m'appelle Jeff Tillman. » Tillman. Ça y est, ça me revient.

Jeff Tillman, un des golden boys de la Silicon Valley. Il a créé sa société d'informatique, Paladin, à l'âge de vingt-deux ans, et conceptualisé l'antivirus Guardian, qui équipe aujourd'hui la plupart des ordinateurs. J'avais entendu que sa fortune s'élèverait à plus d'un milliard. Qu'est-ce qu'il a à voir avec tout ça ? Tillman, en sueur, essuie ses mains moites sur son jean. Il a les yeux injectés de sang, les mâchoires serrées. Le gars est chargé. Cocaïne, certainement.

— Tillman, comment puis-je être certaine que vous ne me faites pas perdre mon temps ?

Après une hésitation, l'homme tire le col de son tee-shirt et me montre le haut de son torse. Il a le même tatouage que Ferrone. Les deux serpents. Mais avec une inscription différente ici. *m*LXXII. M72. Je hoche la tête, il me parle, sur le qui-vive.

— Ils disaient qu'il n'y avait aucun danger, mais la mort de Ferrone… Je ne veux pas qu'il m'arrive la même chose. Ils savent que je suis terrorisé. Ils vont finir par s'en prendre à moi. Ils ont peur que je balance tout. Les Écorchés qu'on a retrouvés, et maintenant l'accident de Ferrone, ça les fragilise.

— Mais qui ça, « ils » ?

— Je ne sais pas qui ils sont. Personne ne connaît l'identité des autres. Seulement celle de son parrain, la personne qui nous a fait entrer dans le Cercle. Moi, c'était Ferrone. Il y a huit ans. J'étais le soixante-douzième. C'est une pyramide qui n'a pas de sommet. Ils sont les invisibles. Ceux de Mehen. Ils sont…

Tillman s'arrête, comme tétanisé. Il a vu quelque chose, quelqu'un.

Un cri dans la foule. « Sarah, attention ! » Je reconnais cette voix, c'est Rafa. Je me jette par terre. La seconde suivante, Tillman se prend deux balles dans le torse et s'effondre dans un râle. Trois autres projectiles se logent dans le banc, là où j'étais assise un instant plus tôt, et un dernier vient faucher un homme devant moi, lui touchant la jambe. Il n'y a pas eu de détonation. Un silencieux. C'est le tueur. Le Maudit. Ce n'est pas possible.

Après un moment de flottement, quelques touristes se rendent compte que Tillman gît au sol, du sang noir dégoulinant de son cou. Le type blessé à la jambe se met à hurler. C'est comme une vague, un raz-de-marée de terreur qui se répand alors dans tout le carrousel.

Les parents attrapent leur progéniture. Ça se bouscule, ça se pousse. Des gens tombent et manquent d'être piétinés. Je dégaine mon arme, la braque autour de moi. Le manège tourne encore. Tout s'amalgame, les chevaux, les lapins, leurs yeux morts, les regards paniqués des mômes. J'entraperçois la silhouette du tueur, sa capuche noire qui disparaît parmi l'attroupement. Pas le temps de tirer. Trop risqué. Rafa se rue sur moi.

— Ça va, Sarah ?

— Qu'est-ce que tu fais là ?

— Je suis revenu. Je t'ai suivie jusqu'ici et j'ai repéré le tueur. J'ai fait ce que j'ai pu.

— On parlera plus tard. Je dois retrouver ce salopard. Ne te mêle pas de ça. Retourne à la maison. C'est dangereux. Il ne faut surtout pas qu'il te voie.

Je perds quelques secondes pour prendre le pouls de Tillman. C'est fini. Merde. Je fonce à l'extérieur, active ma radio.

« Code 5. À toutes les unités. Un homme vient d'abattre notre contact. Il a pris la fuite sur la jetée. Le suspect est un Caucasien, un mètre quatre-vingt-dix. Il porte un manteau noir, une capuche sur la tête. Il est armé d'un pistolet silencieux. Gardez vos positions et filtrez les sorties. Lopez, McIntyre, vous quittez les vôtres et allez dans le carrousel, il y a un blessé parmi les civils. Sécurisez la zone et appelez une ambulance. Riley et moi allons chercher le suspect sur la jetée.

Soyez très vigilants. Je le répète : il est armé et dangereux. »

Je reçois des réponses, mais ne les écoute pas. Je rejoins en trombe Riley devant l'entrée du restaurant.

— L'assassin. Il est là. Quelqu'un l'a prévenu. Il vient de buter mon contact. Je n'ai pas pu apprendre grand-chose.

— Merde.

— On avance tous les deux jusqu'au bout du ponton. Tu prends le côté droit, moi le gauche. Il ne doit pas nous échapper.

La jetée me fait face. Le monstre est là, parmi les centaines de promeneurs qui flânent tranquillement. Je scanne les visages du mieux que je peux. Je passe devant des étals ambulants de churros, de hot-dogs… Plus loin, des artistes proposent des caricatures. Sur ma gauche, la salle d'arcade Playland. Scintillements d'écrans et de néons. S'est-il caché là-dedans ? Le plus discrètement possible, je garde la main sur mon flingue. Riley comme moi avons du mal à progresser. On doit jouer des coudes, pousser un peu les familles.

Je demande à mon partenaire d'aller fouiller la salle de jeux, tandis que je continue et bifurque sur la gauche vers l'entrée du parc d'attractions Pacific Park. J'en franchis le porche, une sorte de pieuvre métallique étalant ses tentacules magenta. Il fait nuit désormais. Je replace mes lunettes de soleil, plisse les yeux. Face à moi, une explosion de guirlandes lumineuses et de néons. Il y a des rires, des flashs d'appareils photo. Ça sent la barbe à papa et le sucre. Tant d'innocence, d'insouciance. Alors qu'un loup rôde parmi eux.

La grande roue tourne lentement, ses arceaux, parcourus de centaines d'ampoules, créent des motifs de spirales, de cercles hypnotiques. Il y a un bruit d'enfer. Derrière son micro grillé, un gars invite à tenter sa chance sur son stand de tir à la carabine, « chaque tir est gagnant ». Suspendus partout, d'énormes peluches, des ballons, des jouets. Les couleurs m'éclaboussent la gueule, il y a de l'orange, du jaune et du vert fluo. C'en est trop pour moi, vraiment trop… Mes yeux rebondissent d'un touriste à l'autre. Mais rien pour le moment. Des cris sur ma gauche, instantanément, je resserre mon emprise sur la crosse de mon arme. Ce n'est rien, des ados dans un bateau pirate qui se balance d'avant en arrière. Des craquements au-dessus de moi. Un train de montagnes russes passe en trombe en faisant vibrer les rails. Les hurlements des gamins s'étirent, comme s'ils étaient élastiques. Ma main tremble sur mon flingue.

Les minutes défilent. Je longe d'autres manèges, d'autres stands de jeux. Mais rien… À chaque nouveau cri, chaque rire, mon corps se crispe… je suis à fleur de peau. Cette maudite enquête me pousse à bout. Je serre les poings pour tenter de stopper mes trépidations. C'est la fin du parc. Face à moi, de hautes barrières de sécurité. Il n'a pas pu les franchir. Je reviens sur mes pas. Soudain, je reconnais sa silhouette. C'est lui, bordel, c'est lui… À moins de dix mètres de moi. Son long manteau noir, sa carrure impressionnante. L'homme est de dos, immobile, devant le Palais des Illusions, un labyrinthe de miroirs.

Il a une attitude étrange, détachée, comme s'il ne se souciait pas de se faire arrêter. Qu'est-ce qu'il fout, bon sang ? Autour de lui coule le flot des passants. Je devrais tirer, sans sommation. Mais je suis encore trop loin.

À voix basse, j'avertis Riley et les autres : « Je l'ai. Dans le parc d'attractions. Devant le Palais des Illusions. Rejoignez-moi sur place et sécurisez les accès. »

Le Maudit pousse le guichetier et s'engouffre dans le labyrinthe. Par le jeu des reflets des miroirs, l'espace d'une seconde, j'aperçois son regard. Ses yeux fixés sur moi. Il savait que j'arrivais, il m'attendait. Il veut que je le suive. Ce n'est pas moi qui l'ai trouvé, c'est lui qui m'a tendu un piège.

Pas le choix, je sors mon badge, le présente à l'ouvreur qui se relève, et lui demande s'il y a du monde à l'intérieur. Il me répond « deux, trois gamins seuls, un autre avec son père ». Un enfer. Je lui explique qu'il faut évacuer au plus vite. Le type fait une annonce dans son micro, diffusée par les haut-parleurs dans toute l'attraction. Je passe le portique et entre à mon tour dans le dédale. Mon reflet démultiplié partout. Ma peau trop blanche, la sueur sur mon front. Mes yeux qui jouent au ping-pong avec tous ces stimuli. « Merci de bien vouloir quitter le Palais des Illusions. Dirigez-vous vers la sortie au plus vite. Merci de bien vouloir… » Je me perds un peu, tombe sur des impasses, dois repartir en arrière. Des bruits de pas, là, après ce virage. Mon arme tendue, le doigt sur la détente. Je tourne. Un gamin surgit et me dépasse en riant aux éclats. Il croit que c'est un jeu. Un peu plus et je lui tirais dessus. Je ne peux pas. Je n'y arriverai pas. Je percute une cloison. Je me fais mal à l'épaule. Un passage plus large. Ici, de grands miroirs déformants. Mon corps m'apparaît étiré, puis tassé sur lui-même.

J'attends une seconde. Écoute. Pas un bruit. Devant moi, une étrange structure. Une passerelle en métal traverse un tunnel qui tourne sur lui-même, couvert de centaines de carrés réfléchissants. J'ai l'impression de m'engouffrer dans un kaléidoscope géant. La passerelle grince sous mes pieds. La Machine scanne la moindre parcelle du tunnel. Bleu, rouge, violet, jaune… Des rais de lumière traversent le métal, se projettent sur moi. La Machine me retient, elle voudrait que je reste là, immobile, à me gaver de ces images pour l'éternité. Je dois fournir un effort insensé pour continuer. Une silhouette passe, furtivement, à l'autre bout. Trop vite pour que je la prenne en joue. Est-ce lui ? J'accède à une autre pièce, remplie de grandes arches colorées. Ici, les miroirs placés en angle donnent une impression d'immensité, des milliers de colonnes s'étirent à l'infini. Mon cerveau se met à les compter. Une, deux, trois… Non… Avancer.

Une nouvelle salle. Ça ne s'arrêtera jamais. Dans mon oreillette, Riley : « Je suis devant. Je ne l'ai pas en vue. Les autres ne devraient plus tarder. Tu veux que je te rejoigne ? » Je réponds d'un « non » sec, m'éponge le front. Ici, un stroboscope éclaire de grands panneaux de verre constitués de quatre miroirs perpendiculaires qui pivotent par quart de tour. Je me fraie un chemin. Une ombre noire, là, sur ma gauche. Je tire sans hésiter. Ma balle se fige dans un miroir, dont la surface se cristallise. Je me retourne. Où est-il ? Je sens sa présence, tout près. Une étrange mélodie s'élève alors. Un sifflement qui répète les trois mêmes notes. Les panneaux tournent sur eux-mêmes. Des gouttes de sueur perlent sur mes paupières. Un sanglot, « Papa…

Papa… ». En boule, un garçon, âgé de cinq ou six ans, terrorisé. Non. Je m'approche de lui. « Il y a un monstre dans le Palais. Je l'ai vu. Il n'a pas de visage. » Je lui dis de se taire, l'attrape par la main et le pousse devant moi. Un bruissement aigu, puis une douleur terrible dans le bras gauche. Il m'a touchée. Il est dans notre sillage. J'ai si mal. Nous revenons dans la salle principale du labyrinthe. L'allée de vitres fait moins d'un mètre de largeur. J'ai la vue qui se trouble. La mélodie derrière moi. Il arrive. Sauver le gamin, coûte que coûte. « Avance, petit. Ne te retourne pas. » À l'aveugle, je tire deux balles vers l'arrière. Un bruit de fracas de miroirs. Mon sang qui s'étale sur les parois de verre. La sortie doit bien être quelque part, merde ! Un nouvel impact dans mon dos. Le gilet encaisse. Il le sait, j'en suis certaine, il m'a à sa merci et s'en amuse. Tourner à gauche, à droite. Une impasse, encore. Face à nous, une cloison vitrée. Plus le choix. Je tire le gamin vers moi, le protège de mon bras et fais feu vers la paroi. Le miroir explose, je prends des éclats de verre dans les cheveux, je sens des griffures sur mon visage, je donne un coup de pied pour chasser les débris, nous le franchissons. J'entends la voix de Riley paniquée via ma radio. « Shelley, Shelley, qu'est-ce qui se passe ? » Je ne réponds pas. Toujours tout droit. Le sifflement infernal est proche. Trop proche. Nous arrivons à un croisement. De quel côté partir ? Mon reflet dans le miroir devant nous. Mon visage livide, le sang qui coule de mon bras. La peur, là, dans mon regard. Fermer les yeux, tenter de se concentrer. Aide-moi, maudite Machine. Les murmures du parc d'attractions, un léger souffle d'air marin qui provient de la gauche. C'est par là. Après quelques pas, face à nous, la lumière du jour, un grand porche vers la sortie. Nous passons le portique. Instantanément, un homme prend le gamin dans ses bras, bouleversé. Je n'en peux plus, et m'écroule à genoux. Je hurle pour que les curieux attroupés autour de moi déguerpissent. « Ne restez pas là. » Une silhouette noire émerge du Palais des Illusions, silencieux à la main. Il s'arrête à quelques pas. Il n'est pas pressé. Il a tout son temps. Je lève la tête et reste tétanisée devant son visage. Une page blanche. Le rien, le vide. La Machine cherche désespérément quelque chose à quoi se raccrocher, mais l'individu qui me fait face n'a aucun trait, aucune ride, aucun cerne… Pas la moindre expression. Des lèvres fines, quasi inexistantes, des yeux sans lumière. Il n'est qu'un masque lisse, mort. On dirait même que sa figure, à la peau étrangement rosée, dégouline un peu vers le bas. Il braque son arme sur moi. C'est fini.

Un cri parmi la foule. « Pas un geste ! » Riley bouscule les touristes et, sans hésiter, tire à deux reprises sur l'homme. La première balle atteint l'épaule du tueur, la seconde entaille sa joue, mais le rate de peu. L'assassin se voûte et s'affaisse. Mark arrive à son niveau : « Lâche ton arme, tout de suite. » Je pense : Tire, tire encore, Mark. N'hésite pas. Mais c'est trop tard. En un éclair, Le Maudit fait feu sur mon partenaire. Deux balles…

Riley s'effondre. Il y a de l'agitation. Des voix qui s'élèvent : « Police, laissez passer ! » Les renforts approchent. Le tueur disparaît parmi la foule. Je me traîne jusqu'à mon partenaire. Il est inconscient. Je prends son pouls qui bat encore, fébrilement. Deux impacts sur son torse. Si seulement cet imbécile avait mis son gilet pare-balles. Je retire mon sweat-shirt et tente de faire compresse sur ses blessures. « Je suis là, Riley. Il faut que tu tiennes le coup. Pour tes filles. Pour Elie et Mary. Tu vas t'en sortir… » Mon sweat-shirt qui se gorge de son sang. Je répète encore et encore : « Dépêchez-vous, dépêchez-vous… » Je ne peux retenir mes larmes. Parce que j'ai peur pour Riley. Parce que j'ai mal. Parce que je suis furieuse.

C'est ma faute. Ma putain de faute.

# 36

## Paul
### 15 août 2012
### Ojai

Depuis combien de temps suis-je arrivé dans L'Enceinte ? Dix jours, peut-être quinze ? Au début, j'ai bien tenté de noter dans un petit carnet ce que je faisais, ce que j'apprenais sur La Voie et ses membres, mais j'ai du mal à le tenir. Ici, tout est pensé pour que l'on perde nos repères. On ne trouve d'horloge nulle part, les montres sont prohibées. Nos journées sont dictées par les messages provenant des haut-parleurs. Toujours la même douce voix, qui nous accompagne, partout, dans le domaine. Chaque journée est un peu semblable à la précédente. Il y a une forme de routine qui, étrangement, est assez rassurante. Lever à 8 heures, travail au verger de 9 heures à 12 heures, pause déjeuner de 12 h 15 à 13 h 30, retour au boulot jusqu'à 17 heures, temps libre. Dîner à 20 heures. Veillée jusqu'à 23 heures. Le soir, les Marcheurs ont beau faire la fête, avoir forcé sur le vin, lorsque la voix des haut-parleurs invite à aller nous coucher, tout le monde obtempère. Pas de traînards, personne pour braver les consignes, même chez les plus jeunes. Il y a une sorte s'assujettissement, de docilité collective assez surprenante parmi les membres de la communauté. Même moi, je me laisse un peu porter.

Depuis quelques jours, pour m'occuper, le soir, j'apprends à certains adeptes comment façonner de petites sculptures sur bois. On se place auprès d'un des grands braseros. Il y a pas mal de gamins dans le groupe, et Kate vient souvent me donner un coup de main. Quand je sculpte, il m'arrive parfois de repenser à Charlie, à la vie que j'ai laissée derrière moi à Redwoods. Mais l'image de la môme s'étiole en moi. Ici, l'extérieur semble ne plus exister, ne plus avoir d'importance. Je m'efforce de combattre ce relâchement. Mais c'est dur. Ça fait plusieurs nuits que je ne suis pas retourné à la Source pour en découper le grillage. Pourtant, je le sais, Linda a besoin de moi. Je m'en veux sur le moment, puis mon esprit glisse vers autre chose.

J'aime passer du temps avec Kate. Quand elle me parle, qu'elle me regarde, j'ai l'impression qu'elle est là, vraiment avec moi. On rit beaucoup. Mon humour bizarre, un peu désenchanté, l'amuse. Elle se moque de moi, aussi, parce que je râle souvent, c'est vrai. Son rire est un cadeau. Il s'envole loin, et rien ne peut le contenir. Elle est comme ça, Kate, elle a une liberté, un grain de folie que j'admire. Elle ose être, rayonner, rêver, là où moi, j'ai toujours fait attention. Ne pas trop faire de vagues, rester discret. C'est ainsi qu'on m'a éduqué. Ça fait combien de temps que je n'ai pas ressenti ça ? Je n'ai pas eu beaucoup d'histoires dans ma vie. Des aventures avec un arrière-goût d'ennui, de dépit, de solitude à combler. Histoires sans passion, encéphalogramme plat. Des regards qui se perdaient ailleurs quand on sortait dîner, comme si mes compagnes d'un soir cherchaient déjà une meilleure alternative. J'ai toujours été un entre-deux, le gars qu'on voit en attendant mieux. Le gentil Paul, le rondouillard. Pourtant, quand je me retrouve avec Kate, c'est différent. Le monde scintille. Je ne sais pas ce qu'elle ressent de son côté. Mais j'ai envie d'y croire, encore un peu. Tant que je ne fais pas le premier pas, que je ne l'entends pas me répondre « Écoute, Paul, je préfère qu'on reste amis », quelque chose entre nous est possible.

J'ai bien conscience que je me laisse aller. « Tu devrais baisser la garde, Paul, me répète souvent Boone. Ce sont des gens bien. » Je ne sais plus trop.

Il continue à se passer des événements étranges ici. Ces messages, que je trouve tous les deux, trois jours dans mes poches. La personne qui me les transmet est terrifiée de se faire prendre, c'est évident. Quelques mots, jamais plus, toujours écrits en capitales, d'une graphie pressée, sur des papiers pliés et repliés. Des avertissements : « Ils cachent des armes ici. Beaucoup. De quoi équiper des dizaines d'hommes », « Attention à ce que vous faites, ce que vous dites. On vous observe », « La nuit, des camionnettes emmènent les Purs en dehors du domaine ».

Avant-hier, au beau milieu du repas au Foyer, un type hirsute, à la peau creusée, s'est dressé sur sa table et s'est mis à hurler des propos embrouillés. Il nous pointait tous du doigt en répétant : « Les ténèbres, elles sont ici, parmi vous, en vous. » Puis, il a broyé entre ses mains une poignée de purée de légumes. « C'est là-dedans. Ils glissent les ténèbres en nous. » Le pauvre homme a rapidement été évacué par la sécurité. Ce type me disait quelque chose, mais il m'a fallu du temps pour me souvenir. C'est l'homme que j'avais vu accroché aux barreaux de sa cellule dans la Forge, lors de ma première nuit. Je crois qu'ils l'ont réinstallé là-bas. « Il n'est pas encore prêt à réintégrer L'Enceinte. C'était trop tôt. Nous allons continuer à l'accompagner », m'a expliqué Kate.

Il est 18 heures. Tous les Marcheurs convergent vers l'Atrium pour un événement spécial, une confession publique. Ils appellent ça le Passage. Quand un des membres de la communauté est prêt à se livrer, à s'ouvrir. J'en suis le premier surpris, mais celui qui fera face aux questions de Fairview, c'est Boone lui-même. J'ai tenté de dissuader mon camarade, lui faire comprendre qu'il ne pouvait pas se raconter devant des inconnus. « Ce ne sont pas des inconnus, plus maintenant. J'ai confiance en Douglas, Paul. Il m'aide. Je vais mieux. » Le Pirate a passé beaucoup de temps ces derniers jours auprès du Guide. Sur la grande scène blanche, Boone est déjà là, dans un fauteuil. Sur son crâne, la Couronne et ses dizaines d'électrodes. Bientôt, une fois que le silence se fait, que les applaudissements ont cessé, Douglas fait son entrée. Il sourit tendrement au Pirate et s'assoit face à lui.

— Henry, vous êtes prêt à nous parler, ce soir…

Henry… Je ne savais même pas que Boone s'appelait ainsi. Je ne lui ai jamais demandé son vrai prénom.

— Je crois que je suis prêt.

— Très bien. Ensemble, nous avons creusé au tréfonds de votre être. Nous avons trouvé le cœur des ténèbres. Ce soir, nous allons y retourner. Ce sera douloureux, mais nous sommes là. Tous avec vous. Je vous laisse parler, Henry. C'est votre moment.

— Merci à vous tous de m'écouter ce soir. Ce n'est pas facile, mais je vais faire ce que je peux.

Douglas tapote affectueusement le genou de Boone.

— Je m'appelle Henry… Mais tout le monde m'appelle Boone. J'ai soixante-deux ans. Je suis un mec plutôt paumé. Voilà dix ans que je vis dans la rue, de squat en squat, de défonce en défonce. Comme quelques autres d'entre vous, j'ai tout pris, tout essayé. Je ne suis pas certain d'en être totalement sorti, mais je vais mieux depuis que je suis ici. Si Paul ne m'avait pas proposé de l'accompagner, je serais encore aujourd'hui au fond de mon caniveau.

Deux, trois personnes se tournent vers moi, me sourient.

— Pourquoi avez-vous tant cherché à vous perdre dans la drogue ?

— Parce que j'ai honte, parce que je pensais que je ne pourrais pas vivre avec ce que j'ai fait. Et vous m'avez permis de comprendre que je me trompais.

— Nous vous écoutons, Henry. Il est temps.

Douglas a cette manière de lui parler, cette voix chaude, douce.

— Je suis un ancien militaire. Soutien au sol de la Navy. J'ai servi six ans en Irak. L'armée, c'était toute ma putain de vie. J'avais une femme, une fille au bercail, mais j'étais vraiment moi avec mes frères, sur le front. On s'était persuadés qu'on menait le bon combat, qu'on était du côté des justes. Pour nous, c'était une nouvelle croisade. Libérer le pays, ramener la paix, la démocratie. On luttait contre l'oppression, l'obscurantisme. Mais c'est toujours plus compliqué.

— Parlons de ce jour précis. Parlons du 13 février 1991.

On dirait que Le Guide connaît les méandres, les moindres recoins de la mémoire de Boone. Le Pirate n'a plus aucun secret pour lui.

— Le 13 février 1991… Il y a vingt et un ans. Mon escouade et moi étions mobilisés depuis un mois dans la région de Bagdad. Nous étions chargés d'estimer les menaces potentielles pour lancer ensuite des bombardements. Plusieurs informateurs avaient mentionné la présence d'une cache d'armes dans un quartier un peu excentré à l'ouest de la ville, à Amiriyah. Des observations satellite confirmaient nos soupçons. On est arrivés sur zone en pleine nuit, on s'est placés en haut d'une butte pour surveiller. Des camions s'engouffraient dans ce qui ressemblait à un gros abri antiaérien. Pour nous, c'était clair. Tous les signaux étaient au vert. Pas d'habitation à proximité. Aucune cible civile. À 3 heures du matin pile, on a remonté les infos. Une heure après, deux avions furtifs F-117 ont largué deux bombes GBU-27 Paveway. L'explosion a embrasé la nuit. C'était comme un feu d'artifice. Avec les autres, on se prenait en photo devant l'incendie. Ça nous faisait bien marrer. On va les griller, ces enculés. Les griller… On a attendu que le feu s'éteigne pour aller faire nos constatations. Là…

— Continuez.

— C'est compliqué.

— Il faut aller au bout, Henry. Laisser sortir les ténèbres.

Boone se gratte frénétiquement le bras, à s'en arracher la peau. Il faudrait faire cesser ce cirque. Mon ami souffre.

— On est descendus. Et en arrivant, on a commencé à les entendre.

— De quoi parlez-vous ?

— Des cris. À m'en vriller les tympans. Un océan de plaintes. Ça venait du gouffre de l'abri antiaérien. On a mis du temps à dégager les décombres de l'entrée... C'est dur. Je voudrais faire une pause.

— Vous devez y retourner, Henry. Retourner là-bas...

Boone se met à pleurer et, de rage, frappe les accoudoirs de son fauteuil. Autour de moi, toute la communauté semble suspendue à ses paroles, les corps se tendent, les yeux sont grands ouverts. Ils attendent...

— À l'intérieur, c'était un carnage. Il n'y avait aucune planque d'armes. Simplement des centaines de civils qui venaient se réfugier ici, la nuit. Des enfants, des écoles entières. Certains corps brûlaient encore. La première bombe avait creusé un énorme trou dans le plafond. La structure en treillis métallique éventrée ressemblait aux pétales d'une fleur géante, monstrueuse. Sur les murs, il y avait des traces de mains, des silhouettes noires. L'explosion avait été si puissante à l'intérieur que ceux qui avaient agonisé avaient laissé leurs marques, leurs ombres sur les parois... Il... il y avait des morceaux de corps partout... Et l'odeur. La chair grillée, carbonisée... Ça suffit, on arrête. Je ne peux pas. Ça me fait mal à la tête.

La voix, d'habitude si douce, de Douglas se fait plus sèche, vindicative.

— Vous devez continuer, Henry ! Vous ne vous arrêterez pas là. La lumière n'est plus très loin. Il faut encore plonger au cœur des ombres, plus profond dans cet abri, dans vos souvenirs.

— On était tous horrifiés. Les autres me disaient qu'il fallait foutre le camp, que le plafond menaçait de s'écrouler… mais moi, je voulais faire quelque chose, tenter de sauver quelqu'un. Une seule vie aurait suffi. J'ai entendu des plaintes. Il y avait une gamine, là-bas, tout au fond. Sa jambe bloquée sous un morceau de béton effondré. Les flammes commençaient à l'attaquer. Elle était en train de brûler, à petit feu, sous nos yeux. Je voulais y aller, mais un mur de flammes nous séparait. J'ai tendu le bras : « Prends ma main. »

Mon ami, les yeux fermés, veines saillantes sur le front, lève son bras brûlé en l'air.

— Prends ma main… Les autres m'ont fait une piqûre pour que je me laisse emmener dehors.

— Bravo. Respirez, maintenant. C'est presque fini.

Boone a l'air si exténué, si abîmé. Il a les yeux injectés de sang, est en sueur. J'aimerais me lever pour lui dire de sortir, qu'il n'a pas à s'imposer cette souffrance, cette humiliation. Mais je reste immobile.

— Vous n'avez pas tout dit, encore, Henry. Vous le savez.

— Non, je ne suis pas certain…

— Je vous ai montré la vérité, Henry. Celle que, vous-même, vous aviez voulu oublier. Ils l'attendent ici, tous. L'origine de vos ténèbres.

Douglas se lève et s'adresse à ses adeptes :

— Mes amis, votre frère a besoin de votre soutien. Faites-lui entendre la vérité ! Vérité !

Des voix commencent à résonner dans l'Atrium. On scande : « Vérité, vérité ! » Ça monte… Boone passe la main sur la Couronne autour de son crâne.

— Ça fait mal, bon sang. Ça brûle !

— Ce sont vos secrets qui vous résistent. Allez-y, lâchez tout ! Maintenant !

Exaltés par Douglas, autour de moi, certains crient, tapent du pied. Et ces mots, qui se répètent : « Vérité ! Vérité ! » Quelques-uns pointent des doigts accusateurs sur mon ami. La confession vire au procès. Boone, enfin, lâche, en articulant à peine :

— C'est moi…

— Pardon ? Plus fort !

Il hurle, en larmes :

— C'est moi, merde !

La salle fait silence.

— C'est moi qui ai donné l'ordre du bombardement. J'ai fait les repérages, validé l'attaque. C'est à cause de moi qu'ils sont tous morts. 408 civils. 408 âmes.

Tassé dans son fauteuil, Boone s'effondre. Douglas lui met la main sur l'épaule et retire la Couronne.

— Vous êtes libéré, Henry. La lumière est en vous. Nous prenons votre douleur, nous la partageons, elle sera notre fardeau à tous, désormais. Vous n'êtes plus seul.

J'observe Boone. Il a l'air si vieux, si fatigué. L'assemblée se met à applaudir. Quelques-uns se lèvent, s'approchent de la scène et apposent leurs mains sur les jambes du Pirate, montent sur l'estrade et l'enlacent. Mon camarade se laisse faire, plus vraiment parmi nous.

Je reste en retrait, profondément mal à l'aise. J'ai l'impression que tous, ici, lui ont volé sa douleur, violé son intimité. Fairview n'avait pas le droit d'aller chercher ça, d'extraire ses aveux avec un tel acharnement. Si ça continue, moi aussi, ils finiront par m'avoir. C'est ce qu'ils veulent. Nous fragiliser. Mais je ne baisserai pas les bras. J'ai trop perdu de temps.

Cette nuit, j'entre dans la Source.

# 37

## Rafa
16 août 2012
Los Angeles

2 heures du matin. Pas un bruit dans l'appartement du dessus. Ce soir encore, Sarah ne rentrera pas. Elle passera une nuit de plus au chevet de son partenaire, Riley, toujours en réanimation, à l'hôpital. On n'est pas certain qu'il s'en sorte. Les prochains jours vont être décisifs.

Sarah gère tout. Chaque matin, elle va rendre visite aux deux filles de Riley chez leur tante, pour les rassurer. Elle se charge aussi de toute la paperasse qu'exige d'elle sa direction, après le fiasco de l'opération sur la jetée. On lui demande des comptes. Elle risque sa place. Comme elle me l'a expliqué, « il faut bien que quelqu'un paie ». Les médias se sont rués sur l'affaire comme des chiens. À la télé, les mêmes mots en boucle : « scène de terreur… fusillade… raté de la police ». Plus que jamais, Sarah broie du noir. Même avec moi, elle garde ses distances. Elle ne m'a pas encore pardonné d'avoir fichu le camp. Elle me l'a dit clairement : « Je t'ouvre la porte une dernière fois. Tu n'auras pas d'autre chance. » J'ai tenté de lui expliquer que je suis revenu pour aider, que j'ai compris, à San Diego, que je ne pourrais pas continuer de fuir toute ma vie. Mais il faudra du temps pour regagner sa confiance.

Sarah est bouleversée. Elle se rend responsable de tout ce qui s'est passé. Elle ne dit rien, mais ses traits tirés, ses cernes derrière ses lunettes noires, causent pour elle. Parfois, aux premières heures du matin, quand elle rentre de l'hôpital, je colle mon oreille à la porte qui mène à son appartement à l'étage, je l'entends murmurer. « J'aurais dû tirer. Ne pas demander à Riley de me rejoindre. Mieux organiser les équipes. Il était à ma portée. J'ai hésité. » Je crois que sa maladie empire. J'essaie de l'aider. Je lui prépare même des plats que je laisse sur son palier. Mac and cheese, spaghetti meatballs, ce genre de trucs simples… J'ai l'habitude de cuisiner, c'est moi qui m'occupais, souvent, des repas de ma mère. Avant d'embarquer dans sa caisse, Shelley dépose les assiettes vides devant mon porche. Sa manière à elle de me dire merci. Après ses nuits à veiller Riley, elle dort une poignée d'heures et repart au Cube pour tenter de découvrir quelque chose sur ce mystérieux groupe : « Ceux de Mehen ». Cette histoire vire à l'obsession. Elle devient complètement paranoïaque, évite tout contact avec ses collègues. Sarah s'est convaincue que quelqu'un parmi l'équipe des Homicides jouait les balances pour Le Maudit. Et, ce qui la rend dingue par-dessus tout, c'est que le tueur ait pu ainsi se volatiliser, disparaître de la jetée, alors qu'il y avait des flics partout. Une énigme de plus.

Je crois que Shelley prend des médicaments pour ne pas craquer, des trucs forts. Combien de temps peut-elle encore tenir comme ça ? Et qu'est-ce que je peux faire, moi, pour empêcher la flic de devenir folle ? Que poca madre ! Ça craint…

Shelley m'a interdit de sortir, mais obéir, ça n'a jamais été mon truc. Chaque jour, je vais prendre l'air sur la plage de Santa Monica. Je regarde ces gens qui vivent leur vie sans avoir conscience de leur chance. On comprend ce que vaut la liberté quand on l'a perdue. Parfois, je pousse un peu plus loin. Je suis retourné jusqu'à mon ancien barrio, près de Normandie Avenue. Notre maison était vide. Les carreaux cassés. Sur la porte blanche, la silhouette de La Sombra taguée au pochoir, aux murs, des énormes graffitis, et ces mots : « Muerte », « Traître », « Leva ». Rafa Costa est peut-être mieux mort, après tout.

Je suis passé voir ma mère, aussi. Je savais qu'elle avait été placée chez ma cousine, Isabella. J'ai attendu qu'elle parte travailler, me suis faufilé par l'escalier extérieur, et suis entré par une fenêtre de son appartement fatigué. Maman était là, dans la chambre qu'Isabella lui a aménagée. Avec pour unique camarade, sa foutue télé. Je suis resté un peu avec elle. Elle ne m'a pas parlé, ne m'a même pas regardé. Je n'ai pas dit grand-chose non plus. Simplement quelques mots : « Je peux y arriver, m'man. Tenter de me racheter. »

Les journées sont longues, mais je fais tout pour me rendre utile. Sarah m'a prêté son ordinateur portable et m'a chargé de faire des recherches au sujet de Jason Ferrone et Jeff Tillman. Ont-ils jamais été en contact ? Se connaissaient-ils ? Qui fréquentaient-ils ?

Malgré des heures devant l'écran, je n'ai rien trouvé de marquant. Ces deux types ne vivaient pas dans le même monde, ni ne traînaient dans les mêmes cercles. Ils faisaient, certes, partie de l'élite blanche, les bolillos, mais dans des milieux bien éloignés. Les stars hollywoodiennes pour Ferrone, les jeunes premiers de la Silicon Valley pour Tillman. L'un vivant à LA, l'autre à San Francisco… J'ai épluché des tonnes d'articles, d'interviews, sur le producteur et le golden boy, mais aucune mention, jamais, de Ceux de Mehen ou d'un club privé… J'en suis rendu à regarder toutes les photos où on les voit invités à des soirées, des galas. Mais ils n'apparaissent jamais tous les deux au même endroit. Il doit bien y avoir un lien, wey ! Je dois trouver. Pour prouver à Sarah que je vaux quelque chose. Pour me le prouver, à moi.

Je m'allume une cigarette et emporte l'ordinateur sur la terrasse. Je fais défiler les clichés, souvent de mauvaise qualité. Ici, Jason Ferrone prenant la pose sur le tapis rouge des oscars, entouré de quelques comédiens. Là, Tillman animant une conférence à Dubaï pour un Tech Summit. Des photos, encore et encore, en divers endroits du monde. Londres, Paris, New York… Je me frotte les yeux. J'en ai ma claque. De reluquer par la serrure ces souvenirs qui ne seront jamais les miens. Grosses voitures, jolies filles, jets privés. Un dégueulis de pognon et de sourires plaqués or. Je ferais mieux d'aller me coucher. Je m'y remettrai demain.

Alors que je m'apprête à refermer l'écran, un cliché m'interpelle. On y voit quatre personnes, devant un bâtiment moderne, tout en verre, entouré d'une végétation luxuriante. Je clique sur l'image. « Inauguration de la clinique Via, 9 juin 2009. Les premiers invités privilégiés aux côtés de Douglas Fairview. » Au premier plan, entourant un type âgé à la barbe blanche, Ferrone et Tillman, tout sourires. Il y a un quatrième homme sur la photo. Il serre la main du vieux, a le visage tourné vers lui. L'image est un peu floue, mais je le reconnais instantanément. C'est le présentateur star Ted Leery, celui que ma mère, et avec elle l'Amérique entière, regarde chaque jour dans son émission, *Ensemble*. Ça ne peut pas être un hasard. Il faut que je prévienne Sarah. On tient quelque chose.

## 38

## Paul
16 août 2012
Ojai

Dans un ultime effort, je coupe le dernier morceau de fil galvanisé et me faufile à travers le grillage. Je déchire un peu le dos de ma chemise, mais je m'en moque. Je suis dans la Source, enfin. Je progresse, courbé sur moi-même, parmi les vieux chênes, jusqu'au sommet de la petite butte où se trouve l'ancien monastère. Entre les troncs d'arbres, la longue bâtisse de stuc blanc se dessine. Après avoir vérifié qu'il n'y avait aucune patrouille de gardes, ni de caméra, je m'approche. Aux fenêtres, des barreaux en fer forgé empêchent toute intrusion. Impossible d'entrer par là. Un murmure s'élève, sans doute à l'endroit où doit se trouver la cour intérieure. Plusieurs voix mêlées chantent la mélodie de La Voie, ces trois notes si particulières.

Je marche vers la façade avant. La mélopée s'amplifie. Le chant devient plus grave, plus lourd. Un bruit de moteur au loin. Arrivé à proximité du large porche, je me dissimule derrière un muret… Si quelqu'un me surprend ici, tout sera fini. Est-ce que ça en vaut vraiment la peine ? Qu'en penseront Kate et Boone ?

Une camionnette noire émerge d'un chemin et se dirige vers l'entrée de la Source. Un homme en descend. Il est grand, porte un long manteau, une capuche qui cache son visage. Que fait-il ici, au beau milieu de la nuit ? L'individu pénètre dans l'ancien monastère. Quelques minutes plus tard, les deux larges portes en bois s'ouvrent. Le type pousse un brancard. Une jeune femme y est maintenue par des sangles. Ce n'est pas Linda, mais elle a sensiblement le même âge. Autour d'elle, d'autres garçons et filles en pantalons blancs ou robes semblent lui dire adieu. Ils lui caressent les cheveux, les bras. Certains sont en larmes. Des mots parviennent jusqu'à mes oreilles : « C'est le plus beau des dons… tu donnes ta lumière… » La gamine, elle, a l'air dans les vapes. D'un geste, l'homme à la capuche repousse les jeunes à l'intérieur, qui se laissent faire docilement, et referme à clé le bâtiment. Je veux intervenir, mais aperçois le holster qu'il porte sous son manteau. Il est armé. Je n'ai aucune chance. Avant qu'il ne claque les deux portières arrière du véhicule, j'entends la jeune fille crier : « La Bouche du diable, je ne veux plus y retourner ! Par pitié, c'est trop dur ! »

La camionnette démarre. Où l'emmène-t-il ? Dans la Source, les voix se sont tues. Il est tard, je dois rentrer avant qu'on ne remarque mon absence. Je reviendrai un autre soir.

Après une nuit trop courte, je pars travailler dans les vergers. Boone est resté se reposer, ce matin.

Sa confession de la veille l'a affaibli. Flash reste à son chevet, lové au bout de son lit. Ils sont désormais inséparables. Le soleil commence à taper. J'essuie mon crâne trempé, quand je vois une procession approcher. C'est Douglas, accompagné de Balden et d'un autre garde, précédés de Kenneth et Kate. Le jeune homme me demande de les suivre. Nous marchons parmi les pêchers chargés de fruits. Je me cale sur le rythme lent du Guide, qui avance cahin-caha avec sa canne. Nous descendons la colline, vers la rivière. Fairview reste longtemps silencieux, puis :

— La nuit fut-elle bonne, Paul ?

Merde…

— Comme une autre… Pourquoi, Douglas ?

— Nous avons détecté une intrusion. Un Marcheur a découpé la grille de la Source et s'y est introduit. Pourtant, ici, tout le monde sait que c'est interdit. Les Purs ont besoin de s'isoler pour s'élever. Qui aurait bien pu faire ça ?

— Aucune idée… je ne vois personne d'assez malveillant pour ça.

— Arrêtons ce jeu stupide, voulez-vous, Paul ? Nous savons que c'est vous.

Kate me lance un regard noir. Je ne sais pas où me mettre. J'ai l'impression d'être un môme qui vient de se faire attraper après une connerie.

— J'ai passé la nuit dans ma chambre. Boone pourrait vous le dire…

— Ça ne sert à rien de nous mentir, Paul. À rien.

Comment ont-ils pu me voir ? J'ai évité toutes les caméras… Nous traversons la passerelle qui franchit le cours d'eau et remontons vers la Source. Balden active le portail électrique, qui s'ouvre dans un grincement. Nous pénétrons dans le périmètre sécurisé, là où je furetais encore il y a quelques heures. Je m'essuie le front, j'ai trop chaud. La montagne de muscles me pousse en avant. Dans un silence pesant, nous cheminons jusqu'à l'entrée du bâtiment.

— Puisque vous teniez tant à visiter la Source, allons-y.

D'un geste, Douglas exige qu'on ouvre les larges portes. Mon cœur bat à cent à l'heure. Nous parcourons un corridor voûté pour aboutir sur un long cloître baigné de lumière. Des galeries à colonnes bordent un jardin rectangulaire rempli d'arbres fruitiers et d'un potager. On trouve aussi un puits en son centre et une jolie fontaine. Il y a dans l'air des senteurs de fleurs, de lavande et de jasmin. Quelques jeunes gens cueillent des tomates, d'autres, sur des tapis, sont en pleine méditation. On nous salue en souriant. Ici, personne n'a plus de vingt-cinq ans. Ces garçons et ces filles sont tous d'une incroyable beauté. Et ils semblent si sereins.

— Vous vous attendiez à quelque chose d'autre, n'est-ce pas ?

— Je…

— Qu'avez-vous vu cette nuit ?

À quoi bon mentir ?

— Il se déroulait une sorte de cérémonie, ici. Je… J'ai entendu des chants, des pleurs. Et puis une camionnette est arrivée et a emmené une jeune fille. Elle était attachée sur un brancard.

Le Guide se tourne vers Kate, et lui dit : « C'est plus grave que je ne le pensais. »

— Asseyez-vous, Paul.

Je m'installe à ses côtés sur un banc en pierre. On nous apporte une boisson fraîche. J'ai la gorge si sèche que je l'avale presque d'un trait.

— Vous êtes malade, Paul... Et vous avez besoin d'aide. Vous imaginez des choses qui n'existent pas. Cette nuit, il n'y avait ni cérémonie ni camionnette. Ces jeunes passent leur journée à méditer, à utiliser leur lumière pour venir en aide à ceux qui en ont le plus besoin. Ici et partout ailleurs. C'est un lieu de recueillement, d'apaisement, c'est la seule raison pour laquelle nous épargnons tout contact à celles et ceux qui ont atteint le stade le plus élevé de notre communauté. Si les Purs nous fréquentent trop, leur lumière intérieure s'étiole. Nos ténèbres les souillent. En réalité, si nous leur proposons de rester ici, c'est pour mieux les protéger. La Source est un cocon, un écrin. Mais chacun reste libre de le quitter quand il le souhaite.

— Non. Je sais que quelque chose se trame ici. Vous mentez.

— Il n'y a pas de secret, Paul. Tout ça, c'est dans votre tête.

Il me touche le front. J'ai les mains qui tremblent. Je ne sais pas ce qui m'arrive. Ce n'est pas possible. Je n'ai pas rêvé.

— Ah, la voilà...

Je me retourne, Linda s'avance vers nous.

— Bienvenue à la Source, Paul. Il y a un temps pour tout. Un temps pour la rage, la haine, et un temps pour le pardon. Je ne vous en veux plus. Je vais vous le demander une dernière fois : arrêtez de me traquer. Je vais bien.

La jeune fille me saisit les mains. Je ne sais pas pourquoi, mais j'ai envie de pleurer.

— C'est vous qui avez besoin d'aide, Paul, pas moi.

Son visage au plus près de moi. Ses yeux noirs dans les miens. Son regard un peu absent, un peu voilé, qui ne semble pas me voir. Ses mains qui serrent fort les miennes. Un peu trop. Douglas la remercie et la laisse repartir. Ce n'est pas possible. Tout ça… c'est une mise en scène. Tout est orchestré. J'ai la tête qui tourne.

— Et si, depuis le début, votre cerveau paranoïaque vous faisait imaginer des choses qui n'existent pas ? Ça ne s'arrêtera jamais, Paul. Il y aura toujours une place pour le doute tant que vous n'aurez pas exploré vos ténèbres.

— Je ne me sens pas très bien. Je préférerais rentrer.

— Non, ici. Maintenant. Vous ne parlez jamais de votre enfance, Paul. Vous avez des frères, des sœurs ?

Douglas tend son index devant mes yeux et fait des va-et-vient rapides de gauche à droite. Malgré moi, j'en suis les mouvements. Ma vision se trouble un peu.

— Qu'est-ce que vous faites ?

Je tente de me dégager, mais Balden me maintient assis. Kate et Kenneth, eux, me fixent. Le doigt de Douglas bouge de plus en plus vite. Gauche-droite. Gauche-droite…

— J'ouvre des portes qui sont restées trop longtemps fermées.

Le temps s'efface. Gauche-droite…

C'est comme une vague qui me submerge, un ouragan qui me chavire. Je ne suis plus là, assis sur ce banc avec le soleil qui me chauffe le visage…

17 octobre 1968, un après-midi d'automne. Ma main sur la poignée de la porte de sa chambre. J'hésite. Ça craint rien, Paul. Elle est chez Betty et ne rentrera pas de sitôt. Je ne fais pas grand-chose de mal, après tout, juste un petit tour. J'entre. Je veux simplement regarder sous son lit, là où elle cache ses vinyles. Du rock'n'roll. La musique du démon. Celle qui rend fou. Celle dont on parle à la radio, à la télé. Ces images de filles en furie, ces gens qui dansent comme des diables. Mes parents ne veulent pas qu'elle écoute cette musique de « malade ». Alors, moi, ce n'est même pas imaginable. Le matin, à l'arrêt de bus, j'entends ma sœur en causer avec ses copines. À la sortie du lycée, quand je l'attends, je les vois s'échanger des albums. Moi, j'ai huit ans. Ça m'intrigue, évidemment, parce que c'est interdit.

Je place le casque Koss sur ma tête. Je choisis un vinyle. Celui-ci. C'est comme un appel. Sur la pochette, des toilettes un peu dégueulasses devant un mur couvert de graffitis. *Beggars Banquet* des Rolling Stones. Délicatement, comme si je tenais un objet saint, je pose la galette sur la platine. J'ai déjà vu mes parents faire, le dimanche, quand ils écoutent des albums des Chordettes ou d'Eddie Cochran pour noyer leur ennui. Le diamant s'abaisse sur le sillon. Un crépitement dans mes oreilles, puis un morceau : *Street Fighting Man.* Une guitare électrique enragée, des coups de tonnerre, c'est la batterie qui entre. C'est violent, c'est une cassure, un fracas. Puis, une voix un peu étrange, nonchalante, si nouvelle, si différente, qui monte très haut.

« *But what can a poor boy do*
*Except to sing for a rock'n'roll band* »

Que peut faire un pauvre garçon,

à part chanter pour un groupe de rock'n'roll ?

Moi aussi, je veux être là-bas, à Londres, et jouer aux loubards. Cracher par terre. Être libre, ne plus jamais être ce garçon trop sage, toujours un peu effacé. Ce gentil Paul, si bien élevé, qui accompagne ses parents à la messe. Qui ramène des bonnes notes. Pas comme sa sœur. J'aimerais m'arracher la peau et la piétiner au sol. Paul, petit Paul. Toujours dans les ombres. De ses parents, de sa grande sœur. Petit Paul qui aimerait devenir quelqu'un, mais qui ne sait pas encore qu'il ne sera jamais personne. Qu'il ne vivra qu'à travers la vie des autres.

Le morceau monte, gonfle. C'est une symphonie sauvage. J'ai des images qui viennent. Des chevaux au galop. Des gens qui explosent des murs. C'est ça. C'est la liberté. C'est un choc. Morceau suivant. J'en veux encore. Cette musique est faite pour moi. Une évidence. J'ai envie de rire et de pleurer. On m'arrache le casque. « Qu'est-ce que tu fais là, imbécile ? »

Je suis si surpris qu'en me levant, je tire le câble du casque, qui envoie valdinguer le tourne-disque au sol. Il se fracasse sur la moquette.

J'ai huit ans. Elle me tape sur la tête en me hurlant de foutre le camp. Que je suis juste un porc débile. Je me prends les pieds en dévalant les escaliers. Je chute et me cogne le front contre une marche. Mon crâne saigne. Je la déteste. Je la déteste tellement. J'aimerais qu'elle crève.

Je reviens à la réalité, des mots sortent de ma bouche sans que je puisse les retenir.

— J’avais une sœur. Elle s’appelait Victoria. Elle est morte il y a longtemps.

— Par votre faute ?

— Non… C’est compliqué.

Le visage de Douglas s’illumine.

— Elle est là, votre blessure, et, ensemble, nous allons la soigner.

# 39

## Sarah

18 août 2012

Ojai

Nous achevons la visite de la clinique Via. J'accompagne le directeur de l'établissement, le docteur Singhal, jusqu'à son bureau. J'essaie de digérer tout ce que la Machine a emmagasiné. Aucun doute, Singhal a eu pour consigne de jouer la transparence. Il m'a laissée accéder à la plupart des salles du complexe, a pris le temps de m'expliquer le fonctionnement des différents appareils. Le médecin, dans la quarantaine, avec sa barbe noire impeccablement taillée, ses fines lunettes rectangulaires, sa blouse blanche siglée du logo de Via, ce sourire obséquieux plaqué sur son visage, est à l'image de l'endroit. De ces baies vitrées, ces portes coulissantes, ces miroirs, ce marbre rutilant. Tout est trop lisse ici, trop parfait. Mon cerveau malade a du mal à assimiler tout ça. Et une partie de la Machine me ramène au chevet de Riley, dans sa chambre d'hôpital, toujours maintenu en coma artificiel. Son pronostic vital est engagé. Et pourtant, je dois avancer. Pour lui.

Singhal doit se rendre compte que je décroche un peu, assise en face de lui. Ça m'arrive de plus en plus ces derniers temps. Je me retranche au fond de ma tête. Peut-être qu'un jour, je n'en sortirai plus, bloquée à jamais dans les méandres de cet esprit trop vorace. Le directeur me propose un café et une courte pause, prétextant qu'il a quelques documents à signer. J'acquiesce.

Dans la minute, une jeune secrétaire pimpante m'apporte un expresso. Une fois seule, je détaille la pièce. Le choix du mobilier dénote cette envie de luxe, d'épure : un large bureau blanc aux formes arrondies, une suspension en métal qui semble flotter au plafond, des peintures abstraites, une sculpture représentant une main tendue… Je regarde par la fenêtre, en me massant le bras à l'endroit de ma blessure. Via relève tout à la fois de l'hôtel cinq étoiles et du laboratoire high-tech. D'un côté, les lodges luxueux des pensionnaires, à l'architecture vaguement exotique, la piscine, immense bassin naturel qui serpente entre les palmiers, de l'autre, le bâtiment où je me trouve, condensé de modernisme. Via se revendique être une clinique d'avant-garde. Le mot, tel un mantra, est revenu sans cesse dans la bouche du directeur. Moi, j'ai découvert, stupéfaite, des traitements dont je n'avais jamais entendu parler.

Nous avons débuté par le service spécialisé en thérapie laser. À l'aide d'un rayon puissant, on y stimule la circulation sanguine, les défenses immunitaires… Puis, je suis entrée dans une chambre hyperbare, complètement hermétique, où on inhale de l'oxygène à 100 % pur. Ensuite vint la zone réservée à la cryothérapie. Là, d'énormes caissons blancs, comme des cocons, percés de lumières bleues. « La cryothérapie est parfaite pour raffermir les muscles, soigner des blessures anciennes. On y place les patients quelques minutes, tandis que la température descend jusqu'à moins cent dix degrés. » Passionné, Singhal semblait prêt à poursuivre son exposé mais, devant ma mine circonspecte, s'est heureusement ravisé.

En poursuivant la visite, nous avons croisé une famille au complet, les parents et leurs deux enfants, à peine âgés de dix-huit ans, lovés dans des fauteuils confortables. Ils discutaient tranquillement alors qu'on leur posait des cathéters sur le bras. « Nous sommes les pionniers de la thérapie IV, pour intraveineuse. Dans ces poches à perfusion se trouvent différents types de cocktails de vitamines, d'électrolytes, d'acides aminés que nos infirmières injectent dans le sang afin "d'énergiser" leur organisme. » Nous avons terminé avec les salles de méditation, de sport, de yoga et un spa luxueux. Quand j'ai demandé au directeur combien coûtait une semaine de soins, il a pris un air gêné. « Nous n'aimons pas parler d'argent, ici. La clinique bénéficie d'un matériel de pointe, des meilleurs spécialistes et d'une équipe dévouée d'infirmiers, de diététiciens… Tout cela a un prix. Notre premier forfait commence à quinze mille dollars. Mais pour un travail en profondeur, un accompagnement sur la durée, ces tarifs peuvent, évidemment, augmenter. »

Singhal réapparaît derrière son bureau, réajuste ses lunettes.

— Je suis à vous, inspectrice.

— Bien. J'aimerais que nous reparlions des deux victimes : Jason Ferrone et Jeff Tillman. Vous me confirmez qu'ils étaient présents à l'inauguration de la clinique, en 2009 ?

— Oui, comme cette photo l'atteste.

— Ont-ils suivi des soins après cette soirée ?

— Laissez-moi vérifier.

Il pianote sur son ordinateur.

— Oui, M. Ferrone est revenu à trois reprises dans notre établissement, en septembre 2009, février 2010 et juin 2011. M. Tillman, lui, une seule fois, en avril 2010.

— Ils n'étaient donc jamais ensemble durant leurs séjours à la clinique ?

— Non.

— Vous voudrez bien me fournir le détail de leurs traitements ?

— Eh bien, c'est normalement confidentiel… Mais puisqu'il s'agit d'une enquête importante, je pense pouvoir vous envoyer cela au plus vite.

— Avez-vous eu l'occasion d'échanger personnellement avec Ferrone et Tillman ?

— Je m'occupe toujours de l'accueil de nos patients. Nous procédons à un diagnostic complet, un bilan corporel, des tests sanguins avec une centaine de biomarqueurs, un scan facial 3D afin de détecter les zones de la peau fragilisées… ce genre de choses. Donc, oui, je les ai accueillis, mais je n'ai pas eu d'échanges poussés avec eux. Vous savez, plusieurs centaines de patients sont déjà passés par la clinique.

Je lui montre la photo du tatouage avec les deux serpents.

— Durant vos consultations, avez-vous déjà remarqué un tatouage similaire chez un de vos patients ?

Il le regarde à peine.

— Non, ça ne me dit rien. Comme je vous le disais, on ne peut pas tout retenir.

Moi si…

— Sur le cliché de l'inauguration, en plus de Ferrone et Tillman, on voit Ted Leery, le présentateur.

— Vous savez, Ted est quelqu'un de très important pour nous, c'est le parrain de notre établissement. Grâce à son carnet d'adresses, il a aidé à faire connaître Via. Et il a invité beaucoup de ses contacts au gré des années. Plus largement, Ted est le porte-étendard de La Voie. Il montre combien le mouvement œuvre pour le bien de tous, qu'il n'y a rien de secret, de sectaire dans sa démarche.

Rien de secret… Pourtant, je n'ai vu que des portes se fermer. Il m'a été quasi impossible de trouver des informations fiables sur l'organisation du culte, sur ce qui se joue au sein de sa communauté, L'Enceinte. Je ne relève pas.

— Et Douglas Fairview, le fondateur de La Voie, connaît-il personnellement ces trois hommes ?

— Je ne crois pas. Douglas est, évidemment, proche de Ted Leery. Mais il est très occupé et quitte rarement L'Enceinte. Douglas ne se mêle pas de nos activités, qui, il faut l'avouer, ne l'intéressent guère.

— Justement, ce n'est pas très clair. Quelles sont vos relations avec La Voie ?

— Via appartient à La Voie et se trouve principalement financée par cette dernière. La communauté nous a également cédé une partie du terrain de L'Enceinte, afin que nous y bâtissions la clinique. Mais nous n'avons que très peu d'échanges. Il s'agit de deux entités qui n'ont rien à voir.

— C'est-à-dire ?

— Celles et ceux qui vivent dans L'Enceinte, qu'on appelle les Marcheurs, poursuivent un chemin long, une aventure spirituelle collective profonde. Ici, nous offrons des solutions de bien-être physique, plus… comment dire, superficielles… Et nos services sont, il faut l'avouer, réservés aux plus fortunés. Mais c'est un système vertueux. Ainsi, la plupart des bénéfices engrangés par la clinique sont reversés à La Voie et serviront donc à financer la vie de L'Enceinte, les groupes de discussion, et les autres activités caritatives de la communauté.

— Vous-même, êtes-vous membre de La Voie ?

— Oui, bien entendu, comme la plupart des personnes qui travaillent pour Via. J'ai beau être un scientifique et avoir quelques points de désaccord, notamment concernant la thérapeutique, avec Douglas, je crois à la philosophie prônée par La Voie. Je pense que nous cheminons tous vers la lumière et que nous pouvons, tous, à notre échelle, faire le bien.

— En échange d'un gros chèque…

Singhal serre les mâchoires.

— Vous pourriez m'aider à rencontrer Douglas Fairview ?

— Ça me semble difficile. Vous pouvez toujours en faire la demande aux équipes de La Voie, mais Le Guide n'accorde jamais d'entretien.

Je n'insiste pas. Je sais bien qu'il a raison. Les relations extérieures de La Voie ont été claires avec moi : M. Fairview ne se présentera que sur un ordre de comparution officiel établi par un juge. Et Spetzer refuse qu'on lance une demande d'interpellation sur Fairview. Il connaît la puissance de La Voie. La liberté de culte, protégée par le Premier Amendement, étant la plus fondamentale dans mon cher pays, les mouvements religieux prolifèrent aux États-Unis et sont quasi intouchables. Si l'on s'en prenait publiquement à La Voie, cela pourrait tourner au procès sur les télés nationales… Personne ne veut d'un scandale, et surtout pas le Saint-Père. Lors de notre dernière entrevue, il m'a balancé : « Et tout ça pour quoi, une photo où Fairview pose à côté des deux victimes ? À ce jeu-là, c'est bientôt tout Hollywood et la Silicon Valley qu'il faudra interroger. Ferrone et Tillman étaient des personnalités publiques, c'est logique qu'ils aient été invités à des inaugurations. Vous faites fausse route, Shelley… Comme souvent depuis le début. »

Il a raison et je le déteste pour ça. J'ai fait des erreurs. Depuis que j'ai fait le lien entre Via et La Voie grâce au cliché déniché par Rafa, j'ai repensé à cet étrange type qui m'avait abordée à la sortie du Cube, ce Paul Green que j'avais pris pour un illuminé. J'ai retrouvé le livre de Douglas Fairview, dont il m'avait parlé, et je suis tombée sur l'extrait à propos des écorchés… J'ai aussi interrogé les flics d'Ojai à propos de la jeune femme qui s'était enfuie de L'Enceinte il y a quatre ans et qui présentait les mêmes marques de brûlures sur la tête. Green avait peut-être raison et je l'ai laissé filer.

— Inspectrice, vous êtes toujours avec moi ?

Encore une fois, j'ai décroché.

— Oui, excusez-moi, les dernières semaines ont été fatigantes.

— Je vous proposerais bien une séance de thérapie IV pour vous remettre d'aplomb…

— Non, ça ira.

Un traitement par intraveineuse… D'après le légiste, Ferrone avait un volume sanguin particulièrement élevé.

— Vous procédez à des traitements autour du sang, ici ?

— Un seul. Il se nomme PRP. Nous prélevons une petite quantité de sang dans le bras du patient. Nous en extrayons ensuite le plasma à l'aide d'une centrifugeuse, puis le réinjectons dans certaines zones du visage fragilisées : pommettes, front… C'est une technique avant-gardiste très prometteuse. Mais nous sommes énormément contrôlés. Les produits dérivés de sang humain sont sous la surveillance de la FDA, principale autorité sanitaire du pays.

— Ces injections de plasma permettraient au sang de rajeunir ?

— Non, pas réellement. Son sang reste le même. Disons qu'il est revivifié, et permet de raffermir les pores, retendre l'épiderme. C'est un traitement non invasif, puisqu'on réinjecte son propre sang dans l'organisme du patient. Nous n'avons jamais connu de complication.

— Bref, ce que vous proposez ici, ce sont des cures de jouvence ?

— Ah ! Ah ! oui… en quelque sorte. Nous offrons à nos patients un peu de repos dans la course frénétique de leur vie, mais aussi une promesse, celle de se régénérer. Au-delà du pouvoir, de la richesse ou de la célébrité, ce que veulent les gens, c'est du temps, plus de temps. Combattre les méfaits de l'âge, des années. Ici, avec nos techniques, nous leur permettons de ralentir les aiguilles de l'horloge.

— Bref, ils courent après l'immortalité ?
— Qui ne rêve pas de la vie éternelle ?

Je quitte le bâtiment de verre, marche jusqu'à ma voiture. De hauts bambous dansent sous le vent matinal. Ils forment un mur végétal, une séparation entre la clinique et L'Enceinte. Green est là, de l'autre côté, dans ce domaine interdit, et il m'est impossible d'aller le chercher. Au Cube, il disait vouloir s'infiltrer dans le domaine pour retrouver une jeune fille disparue. Si je demande à le voir, je grille sa couverture. Il avait l'air de craindre les membres de cette communauté : « Je suis menacé. Ils me surveillent… » Il faut que je trouve un moyen d'entrer en contact avec lui sans le mettre en péril. Et vite.

# 40

## Paul
### 20 août 2012
### Ojai

Je ne sais plus trop où j'en suis… C'est comme si, au fond de moi, deux Paul s'affrontaient. Celui qui continue à douter et celui qui voudrait se laisser porter par La Voie, par cette vie dans L'Enceinte. Il m'arrive de passer des journées entières sans penser à la raison de ma venue ici, sans penser à Linda. Certains matins, j'ai l'impression de voir à nouveau. Quand je m'affaire au verger, j'observe la danse des insectes, le volettement d'un papillon, une abeille qui butine le pistil d'une fleur. Je me sens un peu con à m'émerveiller ainsi alors que j'ai vécu cinq ans dans les bois de Redwoods. Là-bas, je ne ressentais pas les odeurs, ni ne voyais les couleurs avec un tel éclat. J'étais absent au monde. Tout était menace, ma noirceur se répandait sur cette forêt, telle une marée de pétrole sur la grève. C'est peut-être dû à ma rencontre avec Kate. J'aimerais tenter quelque chose, faire le premier pas.

Chaque jour est un peu comme une courbe sinusoïdale, des montagnes russes émotionnelles, un instant, je suis là-haut, parmi les nuages, à me surprendre à songer que ce lieu est unique, l'instant suivant, un regard en biais, l'attitude étrange d'un Marcheur, me fait replonger, et je redeviens ce vieux râleur de Paul. Peut-être suis-je vraiment malade ? Mon chien semble lui-même un peu paumé. Souvent, il s'approche, me renifle et, dans un grognement, s'éloigne pour rejoindre Boone.

En ce milieu d'après-midi, j'aide Kenneth et quelques autres à installer une estrade pour un concert qui aura lieu après le dîner. En début de soirée, je dois rejoindre Kate en bas du domaine, vers la passerelle surplombant la rivière. Elle a une surprise pour moi. Je me demande ce qu'elle me trouve… Mais j'essaie de me convaincre que je mérite ça. Pas moins qu'un autre.

Pendant que je dispose des bancs, Kenneth invective deux jeunes qui lambinent. Ce n'est pas son genre. Lui, habituellement si enjoué, si solaire. Je le prends à part.

— On se calme, Kenneth…

— Ça va, Paul, je suis juste un peu à cran.

— Que se passe-t-il ?

— Rien. Un souci avec ma mère.

— Ta mère ? Elle vit toujours dans L'Enceinte ? Je ne l'ai jamais vue.

— Oui, elle s'appelle Marissa. C'est l'une des premières à avoir accompagné Douglas et Kate dans la création de la communauté. Ça fait vingt ans qu'elle vit ici. Mais elle a décidé de s'isoler un peu. De l'autre côté du domaine, après le vignoble.

— Pourquoi ?

Une hésitation. Il regarde autour de lui, comme si les mots qu'il s'apprêtait à me dire étaient proscrits.

— Maman est malade. Elle est atteinte d'un cancer. Elle souffre beaucoup ces derniers temps.

— Un cancer ? Mais elle est suivie par un médecin ?

— Ici, jamais ! Tu as encore des choses à apprendre, Paul. La Voie est contre la médecine moderne. Douglas pense que les docteurs ne sont que des charlatans, des trafiquants de médicaments. Selon lui, ils ne soignent jamais le mal en profondeur, mais restent à la surface. Grâce à La Voie, nous cherchons la source de nos maux, qui proviennent de blessures enfouies en nous. Si nous créons nos maladies, nous détenons aussi en nous leurs remèdes. Ma mère finira par s'en sortir… Je n'en ai aucun doute. Elle doit continuer à méditer et à poursuivre son travail de confession. J'ai confiance en la lumière.

Je demande à Kenneth de m'emmener voir sa mère. Il refuse d'abord, prétextant que Douglas n'aimerait pas ça, qu'on n'a pas vraiment le droit d'aller là-bas. J'insiste et il finit par accepter. Nous marchons une dizaine de minutes, avant d'arriver en vue de trois bungalows vétustes, excentrés. Toits en tôle rouillée, peinture blanche écaillée. Du jeu entre les planches de bois. Moins des maisonnettes que des taudis. Un seul semble occupé. Après avoir frappé à la porte, Kenneth me laisse entrer. Il m'explique préférer rester dehors.

Une couverture occulte la fenêtre. Il fait très sombre dans l'espace exigu. Un parfum d'encens masque difficilement une odeur rance qui me prend à la gorge. Ça sent le vomi, les nuits sans sommeil, la douleur. La mère du jeune homme est là-bas, dans la pénombre, alitée sur un matelas aux draps jaunis. Un fin rai de lumière laisse apparaître son visage par intermittence. Elle a la peau sur les os, le teint cireux. Sur une table est posée une assiette à peine entamée, autour de laquelle virevoltent quelques mouches. Comment peut-on laisser une femme malade dans de telles conditions ? Marissa a une respiration sifflante. En me voyant approcher, elle tend une main maigrelette. Sa voix, comme un souffle.

— Kenneth…

— Non… Marissa, je me présente, je m'appelle Paul. Je suis un ami de Kenneth.

Son bras retombe, las. Au pied du lit, des ouvrages de La Voie.

— Paul… Je ne vous connais pas, je crois.

— Je suis arrivé récemment dans L'Enceinte.

Je tire un tabouret, m'assois à ses côtés. Elle me pose quelques questions, elle est douce, gentille, mais chaque parole, chaque mouvement lui demande un terrible effort.

— Pourquoi restez-vous là, seule, Marissa ? Vous seriez mieux avec nous, on pourrait veiller sur vous.

— C'est la règle, ici. Ceux qui souffrent trop doivent s'isoler, combattre seuls leurs ténèbres. Nos ombres, comme notre lumière, rayonnent. Je ne veux pas que les autres Marcheurs soient affaiblis ou tombent malades par ma faute.

— Mais votre cancer n'est pas transmissible. Ça n'a rien à voir.

— La maladie n'est pas transmissible, non. Mais les ombres, elles, circulent d'un individu à l'autre. Comme des ondes invisibles. Et, regardez-moi, personne dans L'Enceinte n'a envie d'un tel spectacle. « La vie est une fête. Un rire. Un éclat de joie. De la pureté naît la lumière. » Notre Guide l'a écrit. Je ne me sens pas assez pure pour être à vos côtés.

— Je vous trouve parfaite, moi. Vous auriez juste besoin de prendre quelques couleurs…

Elle me sourit un peu, pose une main glacée sur mon bras.

— Je me sens un peu fanée, Paul. Mais je ne tarderai pas à refleurir… Et ne vous inquiétez pas. Douglas ne m'abandonne pas. Il continue à venir me voir. C'est un ami fidèle. Je peux compter sur lui et sur toute la communauté. Méditez pour moi, et tout ira bien.

Après quelques instants à ses côtés, je quitte le cabanon, excédé. L'état de santé de Marissa est grave, ça saute aux yeux. Je m'énerve un peu contre ce pauvre Kenneth, lui explique qu'il faut faire quelque chose, mais il se mure dans son déni. « Non, Paul. Il faut respecter La Voie. » « J'emmerde La Voie », lui réponds-je en remontant vers Le Cœur. Je frappe à la lourde porte, encadrée par les deux vigiles qui me jettent des regards noirs. On finit par m'ouvrir. C'est Balden, le chef de la sécurité. Je demande à voir Douglas. « Le Guide n'est pas disponible. » Je tente de forcer le passage, mais les molosses me bloquent. « On ne violente jamais les Marcheurs, Green. Mais pour toi, je peux faire une exception. » Je peste et recule. Kate… Elle, elle m'écoutera.

Je dévale le domaine jusqu'à notre point de rendez-vous. Elle est déjà là, adossée à la passerelle. J'arrive en sueur.

— Kate, il faut qu'on parle. Je suis allé voir Marissa, la mère de Kenneth. Elle est très malade. On doit agir et vite. L'envoyer à l'hôpital.

Kate regarde autour d'elle, gênée. Je parle trop fort, mais je m'en moque.

— Pas ici, Paul. Marche avec moi.

— Je m'en contrefous de ce que pensent les autres, de ce que dicte La Voie. Cette femme a besoin d'aide. Vos sourires et vos prières n'y feront rien, elle va crever là-bas ! Seule !

J'ai hurlé, sans même m'en rendre compte.

— Si tu veux qu'on en discute, suis-moi.

Elle m'entraîne avec elle. Je me laisse faire. Nous remontons le cours de la rivière. Au fond de moi, je bous. À quoi joue-t-elle ? Cette conversation ne peut pas attendre. Je tente de la relancer mais, chaque fois, elle me demande de patienter un peu. Je finis par planter mes pas dans les siens. Nous traversons une zone qui a dû être brûlée par un incendie des années auparavant. Les arbres gardent encore les stigmates du feu. Troncs calcinés, branches torturées. Plus nous avançons, plus le débit est puissant. Nous sillonnons à travers de petites gorges. La végétation est de plus en plus dense. Un bruit se fait entendre. Puis, au détour d'un goulot, nous débouchons sur une magnifique cascade, de plusieurs mètres de haut. La chute d'eau se déverse dans une large piscine naturelle, encadrée par des rochers polis par le temps. Un éden d'humidité au cœur du chaparral, habituellement si sec. Des monceaux de mousse laissent perler de petites gouttelettes, de gros bosquets de fougères ont leurs feuilles gorgées d'eau. Et, clou du spectacle, en plein milieu de la cascade, comme en équilibre fragile, un arbre a poussé là, un saule rouge, ses racines encastrées dans les fissures de la roche. Kate retire ses baskets et trempe la pointe de ses pieds. Je m'assois à côté d'elle.

— C'est mon endroit préféré du domaine. Peu le connaissent. Je viens souvent ici.

— C'est bien joli, certes, mais ça ne change rien. Que se passe-t-il avec Marissa ? Vous comptez l'abandonner dans son cabanon ?

— Je comprends ta surprise, mais nous savons qu'elle ira bientôt mieux. Elle traverse un moment difficile, mais nous veillons sur elle.

— Ce n'est pas l'impression que j'ai eue. On croirait plutôt que vous la cachez. Comme si vous aviez honte, peur qu'elle ternisse l'image de L'Enceinte.

— Pas du tout. Marissa a elle-même pris la décision de s'isoler.

— Des conneries, tout ça. Elle est malade, et elle va crever là-bas si on ne fait rien. Et c'est quoi, ces histoires de se soigner par la méditation, la confession, c'est n'importe quoi ! Un cancer se soigne à l'hôpital. Point. Par de la chimiothérapie, des traitements…

— Qu'est-ce que tu en sais, Paul ? Tu répètes ce que l'on t'a toujours dit ? Ce que propose la médecine moderne est une voie, mais ce n'est pas la nôtre. Depuis des années, Douglas s'intéresse au sujet. Il a énormément voyagé, échangé avec des chercheurs de premier plan. Savais-tu, Paul, qu'il a été prouvé qu'en cas d'administration d'un traitement placebo, 70 % des malades se rétablissaient ? Ils pensent se soigner et y parviennent. C'est une évidence, l'esprit contrôle le corps. Nos âmes sont capables de miracles. Regarde cet arbre, qui aurait pu imaginer qu'il pousserait dans de telles conditions ? Et pourtant, il est là, bien vivant, plus fort que jamais. Marissa vaincra ses démons. Elle aussi est forte. La lumière, bientôt, irradiera la moindre parcelle de son corps, détruira à jamais ces tumeurs qui la dévorent.

— Marissa ne s'en sortira pas. On ne peut pas l'abandonner. Envoyez-la au moins dans votre clinique quelques jours. Vous devez avoir des médecins là-bas. Elle pourrait y faire quelques examens…

— La clinique Via n'a pas vocation à soigner la maladie, mais plutôt à empêcher son apparition. Ils ne pourraient pas l'aider, là-bas. J'ai confiance en Douglas, en La Voie. Je suis ici depuis la création de L'Enceinte. J'ai vu des choses, Paul. Des choses que tu ne croirais pas possibles. Je sais que Marissa peut guérir.

— Il y a déjà eu beaucoup de malades dans L'Enceinte ?

Elle semble hésiter une seconde.

— En vingt ans, oui…

— Et ils se sont tous remis ?

— La plupart…

— Et les autres ?

— Ils sont morts. Mais pour nous, ce n'est pas une fin. Tout est cyclique, rien ne se termine jamais. Une lumière ne s'éteint pas, elle rayonne à travers ceux qui demeurent.

— Arrête avec ton charabia, Kate. C'est de la folie. De la non-assistance à personne en danger. C'en est trop. Je vais chercher des secours. Marissa se meurt dans ce taudis, merde !

Elle me retient par le bras et se redresse.

— Il faut que tu croies, Paul. Que tu croies en Douglas, en nous, en moi.

— Comment veux-tu que je croie ? C'est des conneries…

— Il faut que tu aies confiance, parce que, moi aussi, Douglas m'a sauvée. J'étais très malade, Paul. Je suis atteinte d'une pathologie extrêmement rare et incurable, le syndrome de Gerstmann-Sträussler-Scheinker. Quand je l'ai découvert, il y a quatre ans, j'étais effondrée, j'ai même quitté L'Enceinte pour me faire soigner par les méthodes traditionnelles. Tous les médecins, les spécialistes étaient catégoriques. Il ne me restait plus qu'une année, deux au maximum à vivre, avec une dégradation irrémédiable de mon état de santé. J'aurais dû passer mes derniers instants intubée, seule, dans une chambre d'hôpital sans âme. Mais Douglas est revenu me chercher. Il m'a ramenée, m'a accompagnée. Il ne m'a jamais lâché la main et la maladie a régressé. Aujourd'hui, je n'ai quasiment plus de symptômes. Je suis la preuve que l'on peut être sauvé.

Elle s'approche de moi.

— Je ne suis pas morte, à ce que je sache, Paul ?

Lentement, elle me prend la main et la passe sur son visage, la laisse glisser sur son cou. Je sens les palpitations de son cœur sous ma paume.

— Nous sommes vivants, Paul. Il n'y a que ça qui compte. Tu ne peux pas sauver tout le monde, tout le temps. Et si tu essayais, déjà, de te sauver toi-même ?

Ses lèvres qui frôlent les miennes. Je ferme les yeux. Un gloussement… On me pousse en avant. Je bascule dans la piscine naturelle. L'eau est glacée. J'ai envie de râler, de hurler, de foutre le camp, mais je ne dis rien. Je la regarde. Elle retire ses vêtements, plonge à son tour, arrache ma chemise dégoulinante. Mon corps trop vieux, trop mou, mon corps qui a mis tant de barrières entre lui et le reste du monde. Sa peau nue contre la mienne. Là, tout contre moi. J'ai envie de l'embrasser encore. Envie de rattraper ce temps perdu, cette vie gâchée parce que je n'ai jamais su oser, avoir confiance. Peut-être qu'elle a raison, après tout. Et si je pariais, enfin, sur la vie ? Maintenant, ici. Kate me regarde, sourit, comprend peut-être à quoi je pense.

— Tu vois, Paul, il faut juste accepter de se jeter à l'eau. Avoir confiance. Tout ira bien.

# 41

## Sarah
### 22 août 2012
### San Diego

Rafa attrape son sac à dos, s'apprête à sortir de ma voiture. Je le retiens par la manche.

— Tu te souviens bien des consignes ?

— Oui, Sarah.

— Tu n'es pas obligé de faire ça…

— Je dois le faire. Je vais trouver ce Paul Green et te le ramener. On n'a pas d'autre choix, tu le sais bien. Et j'en ai besoin. Pour moi. J'ai fait des trucs, Sarah, des sales trucs… et j'aimerais, un jour, me regarder dans un miroir sans repenser à tout ça.

Encore une fois, une fois de trop, je peine à trouver les mots. Je voudrais lui expliquer que j'ai conscience des risques qu'il prend. Que c'est courageux de sa part, que j'ai de l'admiration pour lui. Qu'il a raison, qu'il n'est jamais trop tard. Mais j'ai trop de tiroirs qui s'ouvrent en même temps dans ma tête. Cinq petits mots, péniblement, trouvent leur chemin jusqu'à ma bouche pincée.

— On se tient au courant.

Il quitte la voiture, s'éloigne. D'ici quelques heures, Rafa se présentera au foyer d'accueil Une main tendue de San Diego. Il y restera jusqu'à ce qu'une équipe de La Voie vienne recruter des volontaires pour intégrer L'Enceinte. Ça fait des jours qu'on s'y prépare, qu'on répète son histoire. Celle d'un gamin de Los Angeles qui a sombré dans la dope et a tenté de se reconstruire à San Diego, en vain. Rafa connaît les squats, les visages, les discours de ceux qui essaient de remonter mais n'y parviennent jamais. Une histoire avec ce qu'il faut de vrai pour faire oublier le faux. Nous avons gommé son look de cholo, de membre de gang. Des vêtements plus passe-partout, une nouvelle coupe de cheveux, crâne rasé à la va-vite, une barbe d'une semaine. Ça suffit pour le changer complètement. Par chance, Rafa ne s'était pas encore fait tatouer le symbole de La Sombra sur le cou. Et ce gamin est intelligent, observateur. Il ne se fera pas avoir. Je dois avoir confiance en lui.

Nous avons convenu, aussi, d'un protocole pour qu'il me transmette des informations. Rafa essaiera de m'envoyer, deux fois par semaine, les lundis et jeudis, un message enroulé autour d'une pierre qu'il balancera au-dessus d'un mur de L'Enceinte moins haut que les autres, aux abords d'un grand tulipier de Virginie, aux fleurs jaunes facilement reconnaissables. Il ne pourra me contacter directement, les téléphones portables et toute communication avec l'extérieur étant formellement proscrits au sein de la communauté. Au moindre danger, Rafa m'a promis qu'il s'en irait ou donnerait l'alerte pour que je le récupère. Tout va se jouer entre ces murs. S'il retrouve Paul Green, peut-être que ce dernier nous aidera à reconstituer le puzzle dément des Écorchés ? Il manque trop de pièces, trop d'éléments. Je jette Rafa dans la gueule du loup. L'ancienne Sarah, celle qu'on surnommait Einstein, Pare-balles, irait de l'avant, sans se poser de question, sans se soucier de celles et ceux qu'elle laisse sur le côté. Pas d'attache, pas de souffrance. Alors pourquoi voir disparaître le gamin dans la foule de Newport Avenue me tiraille autant ? J'ai l'impression que je me fendille de l'intérieur, que je m'émousse. Et je déteste ça.

J'aurais aimé qu'il y ait une autre solution, mais je n'ai pas le choix. J'ai réfléchi à tous les stratagèmes pour entrer en contact avec Green. Mais L'Enceinte est comme un pays autonome, avec ses propres règles et lois. Et son statut de communauté religieuse le protège de la juridiction californienne. Impossible de parler de l'infiltration du gamin à mes supérieurs. D'après eux, je ne suis plus en état, trop fragilisée par ce qui est arrivé à mon équipier. Je suis plus isolée que jamais. Spetzer veut des agents plus confirmés sur le dossier. Ma boss, acculée, a accepté de refiler l'affaire à un binôme de la section Homicide 1. Et ce sont ces salopards de Pablionga et Tippett qui en ont hérité. J'ai de plus en plus de réserves sur Spetzer. Ça semble fou, mais je commence à me demander si ça ne serait pas lui, le numéro 1 du LAPD, qui a divulgué des informations à ce mystérieux groupe, Ceux de Mehen. La descente chez Mejia, la planque près du réservoir, le rendez-vous avec Tillman… Depuis le début de cette enquête, on a toujours un coup de retard.

Seule bonne nouvelle, Riley s'est enfin réveillé. Il lui faudra pas mal de temps avant de quitter l'hôpital. Mais il est vivant. Hier, il m'a annoncé avoir demandé sa mise en retraite anticipée. Il touchera des indemnités qui lui permettront de joindre les deux bouts. « Ces deux balles dans le poitrail, c'est le signal que je me refusais à entendre, Sarah. Il faut que j'arrête. Cette ville m'a déjà trop pris. Je ne peux pas laisser mes filles seules. » Riley pense déjà à quitter Los Angeles pour emménager à San Francisco, où vit son frère, Liam. Il a peut-être raison. Depuis qu'il a repris connaissance, je vais moins lui rendre visite. Un peu mal à l'aise au milieu de ses deux filles qui me courent autour, de son frère et sa belle-sœur qui cherchent à faire la conversation. Ce n'est pas ma famille. Tout ça n'est pas fait pour moi…

Je roule comme une bombe jusqu'à Los Angeles. J'ai rendez-vous à 15 heures, à la villa de Jason Ferrone. Pablionga et Tippett, grands princes, ont accepté que j'assiste à l'ouverture de la chambre forte du producteur. « Par respect pour le boulot que tu as fait avec Riley. » En réalité, ils se gargarisent de me voir contrainte de rester dans leur sillage, sans avoir le contrôle sur ma propre affaire.

Ce maudit sas… que de temps perdu. Halting Co., la société qui a façonné la salle blindée, basée à Pasadena, a mis une éternité à mettre à disposition un de ses serruriers. Et du côté du LAPD, il a fallu que ma requête remonte jusqu'à la Cour supérieure du comté, et que le juge Hammond lui-même ratifie un mandat de fouille et libère un de ses auxiliaires pour qu'il contrôle l'opération. Mais nous y sommes, enfin. J'accélère, active mon gyrophare.

15 heures. Arrivée sur les hauteurs de Beverly Crest, je me gare. Le représentant du juge est là, il me salue froidement. Pablionga jette son mégot dans un massif de cactus en me voyant débarquer. « On a failli s'impatienter, Shelley. » Et, suivi de Tippett, il pénètre dans la villa, passant sous les cordons de sécurité. Dans la panic room, un homme en combinaison grise termine d'ouvrir l'épaisse porte. Voilà plusieurs heures qu'il s'y affaire. J'ai une idée approximative de ce qui nous attend de l'autre côté. Nous avons pu accéder aux plans de la chambre forte. Derrière l'énorme panneau blindé, un espace de dix mètres carrés, en forme d'octogone. Mais ce qu'il abrite reste un mystère. Les minutes passent, Pablionga, dégoulinant de sueur, fait des allers-retours pour prendre l'air et fumer des clopes. Tippett, lui, s'éponge le front avec un mouchoir jauni et tente de faire la conversation. « Quelle chaleur, hein ? Jamais vu une canicule pareille. » Moi, je reste concentrée sur le jeu complexe des doigts du serrurier sur le mécanisme. Après un long soupir, l'homme fait basculer une manivelle vers le bas. La lourde porte s'entrouvre. L'auxiliaire du juge prépare un formulaire qu'il remplira au gré de nos découvertes. Tout devra être notifié sur sa liste. Je n'attends pas les deux inspecteurs, enfile mes gants, mes surchaussures, et m'engouffre à l'intérieur.

Mon reflet sur tous les murs. L'espace d'un instant, j'ai l'impression d'être de retour dans le Palais des Illusions… Je souffle, ferme les yeux. La pièce est bien octogonale. Sur chaque cloison, d'immenses miroirs. Je lève la tête, il y en a même au-dessus de moi. Le sol aussi est réfléchissant. Incrustées dans un faux plafond, une dizaine de LED de couleur bleue projettent une teinte froide et métallique. Au centre, une petite estrade de deux mètres de long, une mallette y est posée sur un pupitre en verre. En face, un appareil photo dernier cri est installé au bout d'un trépied d'un mètre cinquante de hauteur. L'objectif noir me fixe. Il y a une télécommande sur le pupitre.

Les deux flics d'Homicide 1 entrent à leur tour. J'entends Pablionga lâcher un « Putain… c'est quoi ce bordel ? ». Rester concentrée, en dépit de ces imbéciles qui parasitent mon champ de vision. Je monte sur l'estrade, détaille la mallette. Tippett s'approche, me colle. Il fait le tour, inquiet, de l'attaché-case. « Attention, on ne sait jamais… c'est peut-être piégé. On devrait appeler la brigade de déminage. » Je ne l'écoute pas, et ouvre les verrous. À l'intérieur, un étrange masque antique en bronze est posé sur un tissu noir. Je m'en saisis. Un visage aux traits effacés, androgyne. Deux serpents remontent le long de ses joues et s'entremêlent sur son front, formant comme une couronne. Au cœur de leurs entrelacs, en médaillon, le symbole du tatouage qui m'a tant obsédée. Le faciès me rappelle cette créature mythologique, Méduse. Sans un mot, je tends l'objet à Tippett et déplie la sombre étoffe. C'est une longue toge, aux larges manches, un col en V. Certaines parties de la robe sont un peu rêches, comme si elles avaient été tachées. À quelles horreurs s'est adonné Ferrone dissimulé sous ce costume ?

Je regarde autour de moi. Tippett demande « C'est tout ? Un appareil photo, un putain de masque et un déguisement ? C'est juste un baisodrome où ce con de

Ferrone venait se taper ses délires sexuels. On trouvera des résidus de sperme partout et basta. Tu nous auras bien bassinés pour rien, Shelley ». Je ne réponds pas et continue à inspecter. Les minutes passent… Les deux flics bavassent entre eux. « Il paraît qu'elles ont toutes ça, les stars, dans leurs villas des collines. Des donjons remplis d'équipement SM. On appelle ça les chambres rouges. Des dégénérés… »

Un élément m'interpelle. Deux panneaux de verre latéraux semblent moins larges que les autres, comme si la pièce n'était pas parfaitement symétrique, plus petite de ce côté. Je m'intéresse au grand miroir qui les relie. Il y a un peu de jeu au niveau des jointures. À l'extrémité droite, un léger décroché vertical. Je le tire, c'est une poignée. Dans un effort, je pousse le panneau, qui coulisse vers la gauche sur un rail. S'échappe un air glacé. C'est une sorte d'armoire réfrigérée composée de plusieurs alcôves en verre. Dans chaque niche, un petit flacon rempli d'un liquide noir. Il y en a une dizaine en tout. Derrière chacun d'eux, une photo. Je crois d'abord qu'il s'agit du même cliché, mais à mieux y regarder, je comprends. Ferrone, nu, dans cette pièce secrète. Sa silhouette qui se réfléchit dans les miroirs. Le producteur devient, image après image, de plus en plus musclé, les tendons de son cou sur le point d'exploser, les veines toujours plus saillantes sur ses bras. Sur chaque photo, le même sourire carnassier, ses dents éclatantes et ses yeux exorbités, toujours plus fous. Fasciné par sa transformation. Il y a un petit écriteau devant chaque fiole. Une date, quelques mots. « 30/11/2011. L. 17 ans », « 16/02/2012. S. 19 ans »… Je les parcours jusqu'à la dernière : « 04/08/2012. M. 18 ans ». C'est le jour de la mort de Ferrone. Une autre attire mon attention. « 03/07/2012. T. 20 ans », peu de temps avant que l'on retrouve la dépouille de Jane Doe.

J'attrape un des flacons. Il est en verre soufflé, et ressemble à ces bouteilles miniatures qu'on trouve chez les collectionneurs de parfum. Un flash irradie la salle. Je manque de faire tomber la fiole. Ce con de Tippett vient d'activer la télécommande de l'appareil photo. Il la repose en mâchant quelques excuses. Je remue la fiole. Le liquide épais accroche au verre. C'est du sang, évidemment. Je reviens vers le centre de la pièce et imagine Ferrone prendre la pose ici, nu, observant son corps sculpté, sa fierté, conservant ces flacons comme un amateur de bon vin. Du sang qu'il a daté, marqué. Pour en garder une trace, un souvenir.

# 42

## Dorothy
6 juin 1982
Los Angeles

Les Masques se sont lassés. Ils ne s'adonnent plus à leurs jeux avec la même avidité. Comme s'il leur fallait aller plus loin, toujours. Ils veulent maintenant nous boire. Ils y ont pris goût. Désormais, le reste leur semble fade. Les soirées hebdomadaires sont des gageures. Ils s'exécutent, se droguent, se saoulent, nous prennent mécaniquement, mais je sens bien que tous attendent ce nouveau rendez-vous, le premier mardi de chaque mois. Quand la date fatidique approche, j'en viens à regretter leurs anciennes orgies. Est-ce que ça tombera sur moi, cette fois ? Vont-ils recommencer ? C'est peut-être ça, le pire, ne pas savoir… J'ai l'impression de chuter dans un puits sans fond.

Depuis quelques mois, un des Masques paraît s'imposer. Il est arrivé à peu près en même temps que moi. Les deux extrêmes. La proie et le prédateur. Je ne sais rien de lui, simplement qu'il porte une chevalière en or à la main gauche. Il m'a déjà prise plusieurs fois, et j'ai vu son corps. Il est plus jeune qu'eux. C'est peut-être pour ça qu'ils en ont fait leur chef de meute. Mais je pense que c'est surtout parce qu'il leur fait peur. C'est le plus violent de tous, le plus pervers. Il aime faire mal, abîmer, voir la terreur dans nos yeux quand il nous prend. Une fois, il a ramené un couteau et me l'a placé sous la gorge. J'ai senti la lame entailler ma peau. Je faisais tout pour me contrôler, bouger le moins possible. Mais il me martelait, me martelait encore et sa lame me blessait, de plus en plus profondément. L'un des autres types, peut-être Gary, a voulu l'en empêcher, mais l'homme l'a menacé avec son couteau. Et il a continué. Ça a attiré la curiosité des autres, qui ont fini par nous entourer, nous regarder. Quand il a terminé, il a soulevé son arme tachée de mon sang, l'a glissée sur son corps nu et a dit ces quelques mots : « Elle est là, la puissance ! Dans le sang ! » C'est là que ça a vraiment commencé. En cet instant, ils ont eu l'idée du Festin.

La première fois qu'ils sont passés à l'acte, ils avaient choisi une autre fille. Ce soir-là, j'étais trop droguée, partie trop loin pour réaliser ce qu'ils lui faisaient. J'ai juste aperçu un attroupement autour d'elle et entendu ses sanglots. Ils l'encerclaient, tous attirés, comme des bêtes assoiffées. Mais ce n'était pas mon problème. Ce qui comptait, c'était tenir le coup, encore un peu, passer la soirée. Le reste… Puis, il y a deux semaines, ce fut mon tour. Quand j'ai retrouvé Gary dans le studio 88, qu'il m'a tendu la bouteille de champagne remplie de drogue, il m'a bien répété, avant que je ne sombre : « Pour toi, c'est le plus grand des honneurs. Sois à la hauteur. Sinon, tu en paieras le prix. »

J'ai rouvert les yeux. On m'avait attaché les bras, les jambes. J'étais harnachée sur une table surélevée, mon corps nu face à eux. Leurs toges noir corbeau, leurs faciès de Gorgone sans expression. Je me sentais bizarre, plus anesthésiée que d'habitude. Sur le moment, je me suis dit que Gary avait augmenté les doses dans le champagne pour que je souffre moins. Je pensais, encore, qu'il y avait peut-être quelque chose de bon en lui, tout au fond. Je me trompais. Mes yeux papillonnaient un peu et une douleur me tiraillait le bras. J'ai regardé. Un tube s'échappait de mon poignet gauche. Il était rempli d'un liquide rouge. Je n'ai pas compris tout de suite. L'homme à la chevalière s'est avancé, une coupe en or entre les mains, il a tourné un petit robinet au bout du fin tuyau. Un cathéter. Il a attendu que la coupe soit pleine, a soulevé un peu son masque et a bu. Mon sang. Une longue gorgée, puis un soupir de soulagement. Ensuite, il a transmis le calice à son voisin. Certains préféraient faire couler le sang dans leurs mains ou s'en badigeonner le corps, le sexe. J'ai fini par perdre connaissance. Mais je sais qu'ils ont continué. À se repaître de moi.

Je me sens si épuisée, tout le temps, comme s'ils me dévoraient de l'intérieur. Les cachets ne me suffisent plus. Il me faut plus fort. Je tourne à la cocaïne. Les trois cents dollars que me donne Gary après chaque soirée filent dans la défonce. Ma colocataire m'a virée de chez elle. Je la dégoûtais. Je dors dans un petit motel crasseux sur West Adams. Je ne quitte pas mon lit. La poudre dans mon nez, les larmes sur mon oreiller, la télé allumée, le papier peint avec ses tournesols fatigués. Quand je croise mon reflet dans le miroir, je ne me reconnais pas. Ma peau est grise, mes yeux éteints. Où est la petite Dorothy qui pensait devenir la plus grande actrice du monde ? Les caméras. Je voulais toutes les caméras sur moi. C'est si loin. Une ligne le long de l'évier et j'oublie. Je sais que je ne dois pas trop me défoncer, sans quoi ils me puniront. Car depuis qu'ils se nourrissent de moi, ils font attention. Toutes les deux semaines, je dois faire une prise de sang. Et la montrer à Gary quand j'arrive le mardi soir. « Tu dois rester pure. C'est important ce que tu fais pour nous. Ce que tu nous donnes. »

Je me file des claques dans le miroir. Qu'est-ce que tu vas faire, maintenant ? Je me frappe, me frappe encore, jusqu'à ce que ma joue enfle. Il n'y a plus rien. Plus rien à abîmer en moi. Ils m'ont tout pris, ont tout détruit. Mes rêves, ma vie, mon sexe, ma chair, et désormais mon sang. Ça s'arrêtera quand ? Quand je ne serai plus qu'un tas d'os ? Et ensuite ?

# CINQUIÈME PARTIE

## Vers la lumière

*« Il y aura toujours des gens qui ne veulent pas voir, ni comprendre, ni changer. Il y aura toujours des Hostiles. Leur monde, nous le leur laissons. Cette société où l'humain n'est qu'un pion, qu'un rouage au service d'un mécanisme devenu fou. Ce qui importe, c'est que vous, moi, ensemble, nous cheminions vers la vérité. Plus de mensonge, plus de secret. La transparence pour tous. L'honnêteté due à chacun. Il est là, ce monde que je vous promets. Vous n'avez qu'à tendre la main. Vers la lumière. »*

Douglas Fairview,
*La Voie, le chemin vers vous-même*. 1987

# 43

## Paul
### 22 septembre 2012
### Ojai

— Il faut y retourner, Paul. Encore.

Ça fait plusieurs fois que je participe à une confession avec Douglas. Kate m'a convaincu que ça pourrait me faire du bien. Mais, pour le moment, ce n'est que douleur. Le Guide, sans cesse, veut me ramener à ces quelques instants.

— Je ne sais pas trop, Douglas. Je me sens vraiment fatigué. Et j'ai l'impression que la Couronne me chauffe le crâne.

— Ne résistez pas. Concentrez-vous sur les mouvements de mon index. Ça et rien d'autre. Laissez-vous aller. Nous sommes le 17 octobre 1968… Vous avez huit ans. Vous entendez la pluie qui martèle les fenêtres. Votre sœur est à l'étage. Vous, dans la cuisine, essuyez votre coupure sur le front provoquée par votre chute dans les escaliers. Vic vous a rejeté. Elle vous a terrorisé. Vous êtes fou de rage.

Son doigt qui danse sous mes yeux, de droite à gauche. J'ai mal au front. Ça brûle.

Je suis là-bas. Je retire le torchon de mon crâne. Je ne saigne plus. Des bruits de pas, dans sa chambre, en haut. Je la maudis, cette sœur, cette saleté. Je n'ai rien fait de mal, merde. Je voudrais juste qu'elle me laisse une petite place dans sa vie… Le téléphone sonne. Je vais décrocher. C'est son copain, Carter. Il me demande si Vic est là. Je lui réponds non. Il m'explique qu'il va avoir du retard, « une bonne demi-heure au moins. Je suis retenu dans le garage de mon père, je ne serai pas au rendez-vous sous l'abribus ». Il insiste pour que je lui transmette le message, il ne voudrait pas qu'elle attende sous la pluie. Je lui dis d'accord, raccroche. J'allume la télé. Un épisode de *Bonanza* que j'ai déjà vu dix fois. Dehors, l'averse redouble d'intensité. J'entends Vic dévaler l'escalier. Elle s'est faite belle. « Pourquoi tu me regardes comme ça, petit con ? » Je ne lui réponds pas. Vic enfile son manteau violet, me demande qui a appelé. « Une erreur. » Elle me dit qu'elle doit filer, qu'elle ne rentrera pas tard. Elle claque la porte. Par la fenêtre, je la regarde s'éloigner, son manteau au-dessus de la tête. Tu vas l'attendre longtemps ton Carter… À finir trempée jusqu'à l'os. J'espère même que tu vas crever de froid sous ce déluge…

Je reviens dans le bureau de Douglas. Il me faut un peu de temps pour recouvrer mes esprits.

— Victoria n'est jamais rentrée à la maison. La police a retrouvé son cadavre, deux jours plus tard, sous le pont couvert de Douglas Pine. Elle avait été violée et étouffée. On n'a jamais su qui était le coupable. L'enquête a duré une éternité. Mais aucune piste ne s'est dessinée, sans doute un type de passage. Un commercial en vadrouille, un chauffeur de camion, ç'aurait pu être n'importe qui… Un homme qui l'a vue sur le bord de la route et en a profité. Un prédateur, un monstre qui a disparu dans les brumes. Ça n'a plus jamais été pareil, à la maison. C'est comme si on avait éteint les lumières. Mes parents se sont étiolés. Ils ont vendu leur hôtel. Ça a été dur, évidemment, mais c'est loin, maintenant. Je n'y pense jamais…

Douglas m'aide à retirer la Couronne. J'ai si chaud autour de la tête.

— Non, c'est là, en vous. Tout ce que vous êtes découle de ces quelques minutes. Parce que vous n'avez rien pu faire, parce que vous n'avez pu sauver votre sœur, vous avez cherché toute votre vie à faire éclater la vérité, à venir au secours des autres. Plus vos enquêtes étaient impossibles, plus vous y plongiez avec passion, obstination. Parce que, au fond, vous le savez, vous ne pourrez jamais vous racheter. Tout ce que vous pourrez faire, tous ces gens que vous tenterez de sauver, ils ne ramèneront jamais votre sœur. Vous avez cette petite voix en vous qui vous répète : « Si tu l'avais prévenue, ce jour-là, Victoria ne serait pas sortie… elle serait peut-être encore vivante. » Vous vous êtes construit sur cette culpabilité. C'est difficile à entendre, mais c'est la vérité.

— Je ne sais pas. Je n'étais qu'un gamin…

— Et pourtant… Les indications que me donne la Couronne sont claires. Dès que nous parlons de ce souvenir, l'appareil réagit fortement. C'est l'origine de vos ténèbres. Mais avez-vous tout dit, Paul ? Il y a autre chose. Je le sens.

Kate m'attend à la sortie du bureau de Douglas. Comme après chaque confession, je me sens vidé. Elle me propose d'aller me reposer dans sa chambre, au rez-de-chaussée de la bâtisse. Je la suis. Il faut que je prenne des forces pour ce soir. La communauté célèbre l'équinoxe d'automne, qu'ils appellent l'Équilibre. Ils ont prévu une grande fête pour ce moment de l'année où la durée du jour équivaut à celle de la nuit. Un immense labyrinthe décoré par les enfants a été taillé au cœur des champs de maïs. Voilà des jours que j'aide des Marcheurs à construire une statue de bois géante, que nous brûlerons la nuit venue. Une grande silhouette peinte en noir de plus de quatre mètres, un peu effrayante, sans visage, les bras levés vers le ciel. Elle représente l'obscur, les ténèbres qui nous hantent mais que nous finirons par surmonter. Cet événement sera aussi l'occasion d'accueillir officiellement les nouvelles recrues dans La Voie. Une dizaine d'arrivants, parmi lesquels deux, trois jeunes.

Kate s'allonge à mes côtés, me caresse le visage. On passe beaucoup de temps ensemble. Le soir, je dîne avec elle à la table de Douglas, parmi les proches du Guide. Je ne vois plus trop Boone. Le vieux Pirate a des réactions de plus en plus étranges, un peu excessives, alternant entre abattement et euphorie. Et on s'est engueulés… Un matin, alors que je cueillais des citrons, mon camarade s'est dirigé vers moi, furibard. Il m'a bousculé en me demandant si j'avais vu sa casquette, celle qui ne le quitte jamais.

— C'est toi, hein ? C'est toi qui me l'as prise ? Rends-la-moi, Paul. Ce n'est pas drôle.

Après l'avoir calmé, je l'ai aidé à chercher. Nous avons fini par la retrouver au pied d'une pompe à eau. Il l'avait oubliée là. Quand je la lui ai tendue, il me l'a presque arrachée des mains, l'a enfoncée sur son crâne, a lissé sa longue barbe, et hoché la tête dans un grognement.

— Qu'est-ce qu'elle a de si important, cette casquette, vieux Pirate ?

— C'est les gars de mon unité, à la 11e Marine Expeditionary Unit, qui me l'ont offerte pour mon quarantième anniversaire. Je leur répétais souvent qu'un jour, je ferais le tour du monde en voilier. Sauf qu'eux savaient bien que dès que j'étais sur un porte-avions, je passais les trois premiers jours à vomir. Un marine qui ne supportait pas la mer, ça les faisait marrer. Et puis m'offrir une casquette de commandant, ça faisait la blague, à moi, un bidasse qui avait toujours refusé les promotions.

— Pourquoi n'as-tu jamais voulu grimper les échelons ?

— J'aimais être sur le terrain et je n'avais aucune envie de me retrouver planqué dans un bureau climatisé. Je n'ai jamais dépassé le rang de capitaine. Devenir major, ça m'aurait coupé de mon équipe. Il y avait des mômes, là-bas, que je ne pouvais pas lâcher. C'était mon rôle. Les ramener à bon port.

Alors que nous revenions vers le verger, quelque chose m'a traversé l'esprit.

— Boone, je repense à ta confession publique. Es-tu certain de bien te rappeler ce qui s'est passé ? Tu as raconté que c'était toi qui avais donné l'autorisation du bombardement. Mais j'ai du mal à imaginer qu'une opération d'une telle ampleur soit décidée par un simple capitaine et non par l'état-major…

— C'est ce qui s'est passé. Douglas m'a permis de revivre ce moment. J'en ai la preuve et je dois vivre avec. C'est mon fardeau.

— Peut-être que Douglas t'a influencé… Tu sais, avec moi aussi, il…

— Stop. Tu me fatigues, Paul… Avec toi, on a l'impression d'être toujours jugé, interrogé. Si tu ne veux pas être aidé, c'est ton problème. Pas le mien. Ils ont raison quand ils me parlent de toi. Tu as une mauvaise influence. Trop de ténèbres t'entourent.

— Qui ça, ils ?

— Laisse tomber…

Après cette discussion, Boone est devenu plus distant. Il a décidé d'intégrer l'équipe de sécurité. Je ne sais pas si c'est une bonne idée de lui laisser une arme. Mais j'en ai assez de jouer le père la morale avec lui. Quant à lui, il ne supporte plus mes sermons. Je peux le comprendre. Depuis, quand on se croise, on s'observe en chiens de faïence. Trop cons pour s'excuser, trop vieux pour changer. Je soupire… La main de Kate qui glisse sur mon bras.

— Tu repenses à Boone, c'est ça ?

— Oui.

J'ignore comment elle fait pour lire ainsi en moi.

— Ne t'en fais pas. Ce que vous traversez ici est très intense. C'est normal d'être à fleur de peau. Ça va se tasser…

Je la regarde, lui souris. Ces yeux marron si pétillants. Kate et moi… Parfois, j'ai l'impression que ce n'est pas réel. Moi qui ne suis personne, je ne la mérite pas. Je ne sais pas trop m'y prendre. Les gestes qu'il faut faire, les choses qu'il faut dire. Je suis un peu rêche, je n'ai pas la douceur qu'il faudrait. Mes mains sont trop lourdes, mes baisers trop secs. J'ai arrêté de poser des questions sur La Voie à Kate. Elle ne sait rien de ce qui se joue ici… Et moi, je ne veux pas tout gâcher. Je ne sais même plus ce qui est vrai ou non…

Dans un sourire un peu canaille, Kate se lève, place un CD sur sa platine. « Je sais comment te remonter le moral. » Quelques notes de pop music. *Don't Go Breaking My Heart*, par Elton John et Kiki Dee. Pour moi, c'est une torture, et elle le sait. Ce n'est pas de la musique, mais une pièce montée sonore, dégoulinante de partout.

— C'est de la provocation, Kate…

— Laisse-toi porter un peu. Il n'y a pas que ton vieux rock'n'roll dans la vie.

Elle tente de me faire me lever pour que je danse avec elle.

— On dit que l'amour rend aveugle, Kate. Avec toi, il rend surtout sourd.

Elle part d'un grand éclat de rire. Je n'ai jamais ri comme ça, moi. Kate m'explique souvent que La Voie l'a aidée à s'accepter, ne plus craindre le regard des autres. Je sais qu'elle a des fêlures, des choses qu'elle tait. J'ai bien remarqué les cicatrices sur son corps.

— Kate, je voudrais savoir. Pourquoi… pourquoi moi ? Y a plein de gars qui te tournent autour dans la communauté…

— Pourquoi ? Parce que tu me fais rire, Paul. Parce que j'aime la façon dont tu me regardes. Dans tes yeux, je me sens belle. Parce que tu me touches, aussi, à continuer à croire que tu peux changer les choses, à garder cet espoir en toi, malgré tout ce que tu as vécu. Et il y a autre chose…

— Oui ?

— On a tous les deux été bien amochés par la vie. C'est peut-être pour ça qu'on est si bien ensemble. Nos douleurs se répondent…

Elle passe une main sous ma chemise et effleure mes cicatrices sur mon torse, celles qui datent d'un autre temps, d'une autre vie. Mais elle ne me pose pas de question. Parce que nous n'en avons pas besoin. Ses doigts sur ma peau suffisent. Quand elle a ces petits gestes, qu'au cours d'un repas, je sens que ses yeux s'attardent sur moi, à l'autre bout de la table, et qu'elle s'en moque de ne plus écouter celui qui lui fait la conversation, en ces instants fugaces, je me dis que j'y suis. Dans cette caresse, il est là, le bonheur auquel je ne croyais plus. Je tente de retenir ces moments volés, comme un fil invisible que je garderais serré entre mes mains fatiguées. Je ne demande pas grand-chose, pas un soleil radieux qui éclabousserait ma vie, non. Juste quelques miettes de bonheur. Que ça dure encore un peu… Un tout petit peu.

On vient frapper à la porte. C'est Balden, de la sécurité.

— Kate, on m'a demandé de te prévenir… C'est Marissa. Elle est morte ce matin.

— Comment va Kenneth ?

— On ne le trouve nulle part.

# 44

## Rafa
### 22 septembre 2012
### Ojai

Les flammes s'élèvent haut dans le ciel. Ils ont mis le feu à une énorme structure de bois. C'est la fête. Pourtant, regarder ce bonhomme cramer a quelque chose de terrifiant, démoniaque. Avec d'autres nouveaux, deux jeunes paumés de San Diego, on passe d'un groupe à l'autre. Les gens ici, qui se font appeler les Marcheurs, font tout pour se montrer accueillants. Tellement de petites attentions, de tapes dans le dos. Ils me touchent, me lâchent des énièmes « bienvenue » avec ce sourire éclatant plaqué sur une gueule dégoulinante de bonheur, que j'ai envie de fracasser. Je joue le jeu, mais au fond de moi, je n'arrête pas de me répéter : « Ça n'existe pas, un monde comme ça. C'est une illusion. » Et il y a ces trucs bizarres, déjà, qu'ils me demandent. Après nous avoir laissés, chacun, choisir où nous allions bosser, pour moi ce sera les cuisines, ils m'ont isolé, avec les autres jeunes, pour passer un test sanguin. Ils ont prélevé une grosse éprouvette, en nous expliquant qu'ils avaient besoin de dresser un bilan physique afin d'ajuster au mieux nos régimes alimentaires. Dans ce cas, pourquoi le reste des arrivants, tous âgés d'au moins quarante ans, n'ont pas subi de prise de sang ?

Hier, on a eu droit à un discours de celui qu'ils nomment leur Guide, Fairview. Il nous a parlé de l'importance de la jeunesse. Que c'est là, dans notre sang, que se loge la lumière la plus pure et qu'il faut la protéger. Ensuite, on a dû participer à une étrange cérémonie, comme un baptême. J'ai eu du mal à soutenir le regard de ce Fairview quand je me suis retrouvé face à lui. Le type est sacrément intimidant. Le plus flippant, ça a été quand ils se sont tous mis à fredonner une mélodie, que j'ai immédiatement reconnue. Le Maudit siffle exactement la même. J'ai paniqué, je cherchais le tueur parmi eux, m'attendant à le voir débarquer. Mais je ne l'ai pas vu. J'ai bien cru que j'allais foutre le camp en les traitant de dégénérés, mais j'ai tenu le coup. Pour Sarah. Pour moi.

Le brasier renvoie des ombres orange et noires sur la foule amassée autour.

À moins de dix mètres, Paul Green est là, assis sur un banc, avec cette femme, Kate. Je vois la main de Green qui passe dans le dos de la femme. À leurs côtés, quelques autres adeptes et le gourou, Fairview. Il y a des éclats de rire, on fait tinter des verres de vin.

Je n'ai pas encore réussi à approcher Green. Il m'a d'abord fallu le retrouver parmi les trois cents membres de la communauté. Sarah s'était bien procuré une photo du type, mais elle datait un peu. Quand on m'a expliqué qu'il s'agissait de ce gars, avec sa barbe ébouriffée, son crâne un peu dégarni, son côté bedonnant, débonnaire, j'ai eu du mal à me dire que c'était bien lui, celui que j'étais venu chercher. Celui que je me suis préparé à rencontrer pendant un long mois dans ce foutu centre Une main tendue. Lui qui aurait des informations capitales pour l'enquête des Écorchés. Green a l'air de rien, de personne.

L'homme semble faire partie du premier cercle du Guide. Il a bien géré son infiltration, chapeau. Problème, il est toujours très entouré, et la milice armée n'est jamais bien loin. À la faveur de la nuit, avec la diversion du brasier, le bruit, l'agitation, je peux tenter de le prendre à part. Et en finir au plus vite. Je ne me sens pas bien ici. Quelque chose me met profondément mal à l'aise. Derrière ces sourires, ces discours, ces arbres gorgés de fruits, ce domaine n'est pas très différent de La Sombra. Ici ou là-bas, on obéit comme des clébards aux ordres d'un type. Il n'y a pas les morts, ni la dope, ni toutes les saloperies que Mejia nous a forcés à faire, mais c'est la même soumission. On nous promet que ça ira mieux demain. On nous claironne qu'on est à part. Des sicarios là-bas, des Marcheurs ici. Tonterías… Mensonges. Croire, c'est vivre à se prosterner.

Je me faufile à travers quelques groupes, jusqu'au banc où est Green. J'y suis presque. Quelqu'un me bouscule, je manque de tomber à la renverse. Un jeune gars vient de me passer devant en courant. Le type sort une arme et tire en l'air. Bang. Le silence, partout. Il braque son flingue sur Fairview, qui lève une main pour se protéger. Dans les yeux du vieil homme, je lis la terreur. Ça se fendille. C'est la même chose, la même histoire, toujours. La Sombra, La Voie… Ça commence par des promesses et ça finit dans le sang.

# 45

## Paul
### 22 septembre 2012
### Ojai

Un coup de feu qui fige la nuit. Des cris, je me retourne. Kenneth est là, derrière nous, les yeux rougis, son visage éclairé par les flammes du brasier. Il vise Douglas avec un pistolet. Le Guide, à mes côtés, tombe sous la surprise et reste immobile, la bouche déformée en une grimace de terreur. Il devrait calmer le jeune homme, lui parler comme il sait si bien le faire. Mais il semble tétanisé. Rien de plus qu'un vieillard effrayé. Je m'interpose entre Douglas et le gamin.

— Pose cette arme, Kenneth.

Son canon à moins d'un mètre, sa main qui tremble.

— Pousse-toi, Paul. Il faut en finir. C'est à cause de lui tout ça. Il m'a menti, il nous a menti à tous.

Derrière moi, Douglas recule, les poings enfoncés dans la terre ocre.

— Je suis désolé pour ta mère, Kenneth. Mais ce n'est pas la solution. Ce n'est jamais la solution. Donne-moi ce pistolet.

— Tu ne comprends rien, Paul. J'ai essayé de te prévenir. Mais tu es en train de te faire avoir, comme moi, comme tous les autres. Ils nous dévorent la tête.

Il se frappe le crâne avec son canon.

— Maman aurait pu être sauvée, si on avait fait quelque chose. C'est lui qui l'a condamnée avec ses mots, ses promesses. Il n'y a pas de lumière. Il n'y a rien.

Balden et les membres de la sécurité approchent, armes au poing. Kenneth s'en rend compte, il semble prêt à tirer. Son doigt sur la détente. Je fais barrage de mon corps, prends une grande inspiration. Comme si ça pouvait changer quelque chose. Le gamin me regarde, paniqué, puis prend la fuite et plonge dans les ténèbres. Kate aide Douglas à se relever, lui tend sa canne. L'homme paraît secoué. Balden accompagné de Boone et quelques autres arrivent à notre niveau.

— Quelqu'un est blessé ?

— Non, ça va. Il a simplement tiré en l'air. Le gosse n'aurait pas osé faire feu sur Douglas. Il est juste dévoré par le chagrin. Je peux l'aider.

— Laisse tomber, Green. On va le retrouver.

Balden me tourne déjà le dos.

Je ne lâche pas, lui tape sur l'épaule.

— Il me fait confiance. Je réussirai à l'apaiser.

La montagne de muscles me fait face. Il m'observe avec ce mépris contenu qu'il a toujours eu pour moi.

— J'ai dit non. Kenneth est dangereux. Toi, tu restes ici. Chacun son rôle. Tu t'occupes des vergers, moi je me charge de votre sécurité.

Balden répartit son équipe aux quatre coins du domaine. Il glisse quelques paroles à l'oreille de Douglas, qui hoche la tête en signe de consentement. Je m'avance vers mon ami.

— Boone, laisse-moi t'accompagner.

Après quelques instants, il accepte d'un « OK ». Mon vieux chien, toujours dans son sillage, vient me renifler les mains. Je le caresse, il me lèche. « Tu vas nous aider à retrouver ce gamin, hein, Flash ? » Il me jette un de ses regards un peu stupides. Tu m'as surpris plus d'une fois, vieille carne. Je te fais confiance sur ce coup. Après avoir raccompagné les Marcheurs jusqu'à leurs baraquements, on fouille le domaine, sur le qui-vive. Flash trotte devant nous, flairant le sol. Dans les haut-parleurs, la voix de Douglas se fait entendre : « Kenneth, mon petit, reviens à moi. Je te pardonne. Marissa n'aurait pas voulu ça. Il est encore temps. Nous t'attendons. » Son timbre est moins doux qu'à l'habitude, plus sec, autoritaire. Nous errons dans la nuit, parmi les chemins désertés de toute vie, de toute animation. Les tables ont été abandonnées, jonchées de verres, bouteilles et assiettes. Des torches brûlent à l'entrée du labyrinthe. Les rires des enfants qui y jouaient encore il y a peu se sont évanouis. Derrière nous, l'immense bûcher voit ses flammes s'élever à une hauteur démente. La silhouette n'est plus qu'un filament noir, longiligne, parmi la géhenne.

Près d'un petit entrepôt que je n'avais jamais remarqué, Balden donne des ordres à ses hommes, qui s'engouffrent dans la remise et en ressortent au pas de charge avec des fusils en bandoulière. Le chef de la sécurité m'ignore tout en s'adressant à Boone :

— Kenneth a dû venir voler son arme ici. Le gamin avait certainement récupéré un passe. C'est un malin.

Balden tend un fusil au Pirate. Mon ami hésite, puis s'en saisit. Avant qu'on referme la lourde porte en métal de l'armurerie, je distingue des racks remplis de fusils, de pistolets, des caisses de munition et quelques armes lourdes même, comme des fusils-mitrailleurs… De quoi équiper un petit bataillon. Pas le temps de m'en soucier pour le moment. Il faut retrouver Kenneth.

Nous passons l'heure suivante à explorer les vergers, les vignes, la bibliothèque… Boone garde son fusil en main. J'ai beau lui expliquer que ça ne sert à rien, que Kenneth ne représente pas une menace, le Pirate n'en démord pas. « Il a voulu s'en prendre à notre Guide. Imagine s'il l'avait blessé. Imagine un peu ! Ce gamin est dangereux. »

J'ai l'impression de ne plus reconnaître mon camarade, lui d'habitude si placide. Il est tendu. Trop tendu. Avec d'autres, nous remontons le long des collines sauvages à l'ouest du terrain. Nos lampes torches dessinent des arcs de cercle sur la végétation rase. Mes pieds écrasent le tapis de rouille des cuscutes, une plante invasive qui se répand partout dans la région. Soudain, Flash s'écarte du sentier, la truffe plantée par terre, et dévale une pente rocailleuse. Je le suis, Boone, lui, continue de grimper. Ne me lève pas un renard, vieil escroc… Après une trentaine de mètres, l'animal se faufile dans le feuillage touffu d'un sureau. Sous le rai de ma lampe, le visage terrifié de Kenneth surgit parmi les branches courbées et les baies noires.

— Sors de là, petit. C'est moi, Paul.

Kenneth émerge de sa cachette. Il s'est coupé au bras, des larmes ruissellent sur sa figure pleine de terre. Il repousse Flash qui quémande des caresses, et, d'un geste fatigué, lève son arme vers moi.

— J'ai voulu te prévenir, Paul.

— Calme-toi, Kenneth. Ça peut encore s'arranger. Tout le monde comprendra que tu étais terrorisé.

En contrebas, on entend la voix de Douglas, qui claironne dans les haut-parleurs « Nous sommes ta famille, Kenneth. Nous te pardonnons ». Le gamin pointe l'immense brasier.

— Ils l'ont mis là-dedans. Le corps de ma mère. Ils l'ont placé au cœur du bûcher. C'est de cette manière qu'ils se débarrassent des cadavres. Pour qu'il n'y ait pas d'enquête, pas de trace, qu'on n'en sache jamais rien à l'extérieur. On ne meurt jamais vraiment dans L'Enceinte. On disparaît.

— Je suis désolé pour ta mère.

— Maman aurait dû quitter cet endroit, recevoir des soins, il y a longtemps…

— Si tu poses cette arme, toi, tu pourras partir.

— Je ne sortirai jamais de L'Enceinte. J'y ai pratiquement toujours vécu, le monde extérieur m'est inconnu. Je n'ai que ça. Tout l'argent qu'on avait avec ma mère, on l'a donné à La Voie. Comme tous les autres ici. On est piégés. Mais j'ai voulu te mettre en garde. Quand je t'ai vu arriver, que tu as posé toutes ces questions, que Douglas t'a démasqué, j'ai pensé que c'était toi la solution. Que tu pourrais révéler la réalité de ce qui se passe ici.

— Les messages que j'ai trouvés, c'était toi ?

— Oui, je ne pouvais pas te parler. Ils nous observent, nous écoutent en permanence. Tout est mensonge. Ils entrent dans nos têtes, nous vrillent le cerveau. Ils font ça à tout le monde. Lentement… Et toi aussi, tu es en train de changer.

J'entends des gardes approcher. Il me faut désarmer le gamin, et vite. Quelques pas encore et je pourrai lui arracher son pistolet.

— Kenneth, regarde-moi. Je ne t'abandonnerai pas. Ensemble, on va quitter cet endroit.

— C'est trop tard, Paul. Trop…

Une déflagration dans mon dos. Un trou noir, béant, enfonce le crâne du jeune homme. Kenneth fait deux pas en arrière sous le choc. Avant qu'il ne s'écroule dans la terre sableuse, ses yeux me fixent et comprennent que c'est fini. Je me retourne. C'est Boone. Il abaisse son fusil. Pendant une seconde, j'ai envie de lui sauter à la gorge… mais je me rue sur le gamin. Un filet de sang jaillit de son front par à-coups. La balle l'a tué instantanément.

Boone replace son arme en bandoulière.

— Il allait te tirer dessus. Je n'avais pas le choix.

Il fait tout pour rester de marbre, mais je connais cette moue, ce visage qui se pince. Il prend conscience de ce qu'il vient de faire et tente de se convaincre.

— Il braquait son arme sur toi, Paul. Il représentait une menace. Je devais te protéger. Toi, Douglas et tous les autres. Kenneth était un Hostile.

— Non…

Je me relève, le repousse, dévale la pente de cailloux et cours à perdre haleine jusqu'au Cœur, mon chien sur mes traces. Il n'y a qu'un garde à l'entrée. Je le dégage d'une impulsion, grimpe les larges escaliers. Enragé, je pénètre dans le bureau de Douglas. Il est là, allongé sur sa banquette, Kate à ses côtés, qui lui éponge le front. Les mots, comme un typhon qui emporte tout.

— Kenneth est mort. Putain, ce gosse vient de se faire abattre par Boone. Comment a-t-on pu en arriver là, Douglas ? Il m'avait transmis des messages, m'avait mis en garde. Je vais raconter ce que j'ai vu. Ce que je sais. Vous ne pouvez pas continuer comme ça. Kate, viens avec moi, je t'en prie. Ils ont des armes cachées, des dizaines d'armes. Ça va mal se terminer. Tu es en danger si tu restes.

J'entends, trop tard, du bruit derrière moi. Un coup sur l'arrière de ma tête. Je me sens partir, m'effondre sur la moquette. Balden est au-dessus de moi, il abaisse la crosse de son fusil avec laquelle il vient de me frapper.

Avant de sombrer, je discerne le visage de Douglas. La pointe de sa canne se plante devant mes yeux. Au niveau de l'embout en métal, un serpent sculpté s'enroule autour du bois. Sa voix m'apparaît lointaine. Mes yeux papillonnent.

— Mon bon Paul. Vous avez vécu une soirée difficile, comme nous tous. Vos doutes sont trop forts, ils vous dépassent. Vous avez besoin de temps pour réfléchir. Nous n'avons plus le choix. Puisque vous vous refusez obstinément à emprunter le bon chemin, nous allons devoir vous forcer à le prendre. La Forge vous attend.

# 46

## Rafa
### 22 septembre 2012
### Ojai

Planqué derrière une fontaine, j'observe le porche de la grande villa où Green vient de s'engouffrer. Les membres de la sécurité nous ont ordonné de rejoindre nos baraquements, mais je me suis caché. J'ai réussi à éviter les patrouilles, mais perdu Green de vue quand il s'est éloigné vers les collines avec ce vieux type, Boone, et un chien. Alors que j'allais retourner dans ma chambre, un coup de feu a éclaté dans les hauteurs. Quelques instants plus tard, Green est entré en trombe dans la demeure.

Le chef de la sécurité émerge de l'hacienda, regarde à droite, à gauche, et fait un geste de la main. Apparaissent alors deux vigiles qui soutiennent Green, dans les vapes, qui marmonne « vous êtes fous, vous êtes tous fous… », la tête pendouillant en avant, une plaie rouge dans les cheveux. Les quatre hommes descendent vers le bas du domaine. Je les suis, à distance, en me faufilant à travers les rangées d'orangers. Les chaussures de Green traînent dans la terre et soulèvent un nuage de poussière. Où l'emmènent-ils ?

Après avoir traversé la passerelle qui surplombe la rivière, ils prennent sur la gauche, en direction de cet étrange bâtiment qui s'appelle la Forge, je crois. Un blockhaus en béton, tout en longueur, dont les seules ouvertures sont de fines meurtrières. Balden tire une clé de son trousseau pour déverrouiller une porte rouge en métal, quand un aboiement se fait entendre derrière lui. À une vingtaine de mètres, se tapit dans les ombres ce vieux chien au pelage marron jaune. Il montre les dents. Il veut protéger son maître, aucun doute. Balden arme son fusil et tire. Le chien fait un bond en arrière in extremis et évite la balle qui se fiche dans le sol. Dans un jappement, l'animal file, traverse la rivière et disparaît dans le labyrinthe végétal.

Balden demande aux deux hommes d'enfermer Green à l'intérieur du bunker et ajoute : « Moi, je vais m'occuper de ce clébard galeux. Il m'emmerde depuis son arrivée. » Il recharge son fusil et pénètre dans le dédale, en sifflant pour appeler la bête. Que faire ? Ces gars sont armés… J'hésite trop longtemps et la porte se referme dans un claquement. J'entends un cliquetis de serrure. C'est trop tard. Mon regard glisse vers le labyrinthe. Je pense à ce pauvre chien qui va se faire buter, là-bas, au milieu de la nuit.

« Más vale perro vivo que león muerto. » Mieux vaut un chien vivant qu'un lion mort. Mon paternel répétait souvent ça quand ma mère le traitait de bon à rien, incapable de se sortir de ses petites galères. Un chien vivant… Sans trop savoir pourquoi, je fonce vers le dédale et entre à mon tour. Je dois mettre la main sur l'animal avant Balden. Une grande banderole accrochée à deux poteaux indique, en grosses lettres, « Vers la lumière ». J'avance, à tâtons, en me guidant grâce à la clarté de la demi-lune. Une large allée a été taillée dans les hauts plants. Des draps déchirés, teints en noir, sont suspendus en travers du chemin. En repoussant un pan de tissu, je tombe nez à nez avec une silhouette humaine. Je recule. Un pantin. En observant mieux, je comprends. Là, au cœur de l'allée, des épouvantails ont été plantés dans le sol. Des poupées de chiffon géantes peinturlurées en rouge. Sur leur torse, on peut lire : « Rejetez les Hostiles ». Je m'en écarte dans un frisson.

J'accède à une nouvelle allée. Devant moi, à des filins, se balancent au gré du vent des centaines de morceaux de poupées désossées : têtes, bras, bustes, jambes… raturés, barbouillés de feutre. Au milieu du chemin, un autre panneau : « Chassez les ténèbres ». Je dois me baisser, me contorsionner pour éviter de faire tinter ces étranges mobiles. Sur mon passage, des poupons aux cheveux hirsutes me fixent de leurs yeux de plastique. Je ne suis pas dans une attraction, mais dans un putain de cauchemar. Un pèlerinage horrible. Green a eu raison d'alerter Sarah. Ces gens sont fous. Un coup de feu. J'accélère et je me retrouve face à quatre chemins partant dans des directions opposées. À travers les hauts maïs, des visages blafards me scrutent. Qu'est-ce que c'est encore ? Des moulages en plâtre de faciès d'enfants, plantés sur des piquets. Tous arborent des expressions de terreur, bouche ouverte, paupières closes. Une pancarte, comme une confirmation : « Affrontez vos peurs ». On a dû leur demander de mimer leur plus grande frayeur. Pobrecitos… Pauvres mômes.

Où aller ? Je prends le premier accès sur la droite. Je cherche, cherche encore, me retrouve dans des impasses, face à de nouveaux masques d'horreur. Je me suis perdu. Je fais demi-tour, des bruits de pas devant moi, je me jette dans une haie, me tapis contre le sol, retiens ma respiration. Le corps massif de Balden, fusil à bout de bras, continue sa route. Il va dans le mauvais sens. Là où, je le sais, il n'y a rien. J'ai l'avantage. Je m'extrais des épis et repars. Le chien a peut-être déjà trouvé l'issue et c'est moi qui vais finir piégé ici ? Un passage, un autre. Est-ce que je tourne en rond ? Ce visage d'ado, le cou tendu, l'ai-je déjà croisé ? Enfin, au hasard d'un virage, je tombe sur la pauvre bête qui erre, hagarde. Il a une entaille sur la patte arrière. La balle l'a frôlé. En me voyant, il grogne et hérisse le poil. Ma dernière rencontre avec un chien s'est soldée par une morsure. Mais cette fois, ça va aller, pas vrai, perro ? Je suis là pour te sortir d'ici. Je tends la main. Ses babines qui se retroussent, ses canines qui luisent. Il aboie. Arrête, tu vas nous faire repérer ! Une voix, à quelques allées de là. « Saleté de chien, je vais t'avoir. » Il faut faire vite. Je m'approche encore et lui caresse, prudemment, le flanc. « Je vais t'aider. Je vais te ramener chez toi. Fais-moi confiance. On est pareils tous les deux. On montre les dents, mais on n'aime pas mordre, pas vrai ? » Doucement, je l'attrape par le collier et le tire vers moi. Il se laisse faire. On dirait qu'il a compris. Je me mets à courir avec lui. Comment sortir de ce foutu dédale ? Les visages des enfants surgissent à travers les plants. Trop d'embranchements, de directions possibles… Et l'autre salopard sur nos traces. Là, un éclat à l'entrée de cette sente. Un grand tournesol en métal doré émerge des maïs. Le tournesol. La fleur qui suit le soleil. « Vers la lumière »... Je m'engouffre en tentant de repérer d'autres fleurs aux pétales étincelants. Une ici, une autre là. C'est mon fil d'Ariane. J'enchaîne les virages. Les figures de plâtre semblent de moins en moins terrifiées. Leurs traits plus sereins.

Un cri qui s'élève derrière moi, au cœur du champ : « Mais tu vas te montrer, oui ? » Le chien, à mes côtés, tire la langue, exténué. On sort, enfin. Je lâche l'animal et cours vers le baraquement où se trouve la chambre de Green. Je ne croise pas âme qui vive. J'arrive devant la porte, frappe. Vite ! On m'ouvre quasi instantanément. C'est l'ami de Green, Boone. Le chien se précipite dans la pièce et disparaît sous le lit. Un long silence. Le vieil homme me détaille. Il a les yeux rougis, comme s'il avait pleuré. Je remarque une bouteille de vin sur sa table de chevet et le canon d'un fusil sur le lit.

— Qu'est-ce que tu fais là ? T'as pas le droit d'être dehors.

Et s'il me dénonçait ? Il fait partie de l'équipe de sécurité. Je dois jouer cartes sur table. Pas le choix.

— Je vous ai ramené le chien. Protégez-le. Balden voulait l'abattre.

— Qu'est-ce que tu racontes ?

— Je vous dis la vérité.

— Et Paul ? Tu sais où il est ?

— Ils l'ont emmené dans cet endroit qui ressemble à une prison, la Forge.

— Merde.

Il marque un temps.

— Et toi, tu es qui ?

— Un ami...

# 47

## Paul
### 29 septembre 2012
### Ojai

« Pitié. Je vous en supplie… Je ne veux pas y retourner. C'est trop dur. » Les deux vigiles me traînent, une fois de plus, dans le long couloir en béton. Ils m'emmènent tout au fond, derrière la porte en acier noir.

Des rires hystériques s'échappent d'une cellule. La nuit, parfois, des sanglots de femme retentissent dans le silence. Combien sommes-nous enfermés ici ? Je ne vois jamais les autres. Nous sortons, chacun à notre tour, dans une petite cour circulaire, moins d'une heure par jour. J'essaie de trouver un endroit où le soleil filtre à travers les hauts murs. Je ferme les yeux et me répète : « N'oublie pas qui tu es. N'oublie pas ce qui est vrai. » Douglas me dit que c'est comme une retraite spirituelle. Que je suis là pour méditer et réfléchir. Mais il ment, c'est une prison.

Nous entrons dans la salle. Ils m'installent sur le grand fauteuil en métal, m'attachent les bras, les jambes, me maintiennent la tête en arrière avec une ceinture de cuir. Puis ils me placent la Couronne sur le crâne. Je dois subir ce qu'ils appellent l'Abîme. La meilleure des cures selon Douglas. Le pire des enfers, en vérité. Sur le mur qui me fait face, ils projettent un enchaînement stroboscopique d'images horribles, suivi d'un éclat éblouissant qui déchire la rétine.

Ténèbres. Carnage. Charniers. Une femme en larmes porte le cadavre décharné de son enfant dans ses bras. Des armées en ordre de marche. Un tank qui écrase une maison tel un fétu de paille. Une rivière de sang. Des décharges électriques dans le crâne dès que je ferme les yeux. Dans mes oreilles, des mélodies démentes et des cris. Des cris insoutenables. La folie des hommes.

Lumière. Le silence. Un soleil immense, puis un gigantesque œil bleu qui m'observe. Est-ce celui du Guide ? La musique. Trois notes. Aiguë, aiguë, grave. La mélodie de La Voie. La paix.

Un nouveau cycle. Obscurité. La douleur dans mon crâne. Et cette souffrance sous mes yeux.

Après chaque séance, Douglas vient me voir. Je l'entends arriver dans la Forge, avec sa démarche particulière, le bruit de sa canne qui claque sur le béton. Et il recommence.

— Vous progressez, Paul. Mais nous n'y sommes pas encore. C'est comme une tumeur en vous. Je vais vous aider à l'extraire, coûte que coûte.

— Ça fait combien de temps que je suis là ? Vous n'avez pas le droit de me retenir.

— Nous faisons cela pour votre bien, mais vous résistez. Il faut lâcher prise, Paul, vous laisser porter par la lumière.

Il marque une pause, soupire.

— Que s'est-il passé ce jour-là ?

— Je vous l'ai déjà raconté des dizaines de fois. Je n'en peux plus…

— Encore, Paul.

— Après m'avoir hurlé dessus, ma sœur est sortie pour rejoindre son copain, Carter. Je ne l'avais pas prévenue qu'il aurait du retard. Elle s'est fait agresser et kidnapper en l'attendant. Seule. C'est certainement un peu ma faute. Je ne sais pas.

Douglas ferme les yeux quelques instants. Dans un geste étrange, il approche sa main de son oreille, comme s'il écoutait une voix intérieure.

— Arrêtez de vous mentir. Voilà ce qui s'est vraiment passé ce jour-là. Vous avez suivi votre sœur, un peu en retrait. Vous cherchiez le moyen de vous venger. Vous attendiez derrière un arbre, l'observiez, seule sous son abribus. Et là, vous avez vu une voiture approcher. Un homme en descendre et agresser votre sœur. Comme une bête, il s'est rué sur elle, sous la pluie, l'a frappée et frappée encore, avant de la mettre dans son coffre. Vous avez tout vu, et vous n'avez rien fait. Rien dit à personne. Parce que vous aviez peur, vous aviez honte. Vous êtes resté là, prostré derrière votre arbre. Elle est là, votre fêlure. Vous êtes responsable de la mort de Victoria.

— Non, c'est faux.

— Vous êtes malade, Paul, gravement malade. Toute votre vie n'est que mensonges, illusions construites sur les ruines de cette première blessure. Je me suis renseigné sur vous. Vous m'aviez parlé de l'enquête sur la mort de votre prétendue amie, Clara Miller, mais je n'ai trouvé aucun de vos reportages. Même chose pour cette histoire de forêt des disparus en Oregon. Les risques que vous dites avoir encourus pour sauver cette adolescente, Charlie… Si cette affaire était si grave, alors pourquoi personne n'en a jamais fait mention nulle part ?

— Il existe des articles, des traces. Des gens qui savent.

— Non, il n'y a rien. Parce que vous avez imaginé tout cela. Votre cerveau malade s'est persuadé qu'il avait vécu ces choses, qu'il avait sauvé ces gens. Regardez, aujourd'hui, votre obsession à vouloir vous en prendre à nous. Nous vous avons ouvert nos portes, nous vous avons présenté Linda, fait visiter la Source. Mais ce n'est jamais assez. Il y a toujours un mensonge, un complot qui se joue quelque part. Ça ne s'arrêtera jamais.

— Il y a des choses que vous nous cachez. Les Purs… vous leur faites du mal.

Douglas sort un tas de papiers froissés de sa poche et m'en tend quelques-uns. Ce sont les messages que Kenneth me laissait. Ils ont dû les trouver en fouillant ma chambre.

— Vous reconnaissez ces mots accusateurs ?

— Oui… C'est Kenneth qui me les a transmis…

— Pouvez-vous m'expliquer alors pourquoi est-ce qu'il s'agit de votre écriture ?

— Non, ce n'est pas moi qui…

Douglas hausse la voix, c'est la première fois que je le vois perdre son calme.

— Arrêtez ! Faites face à vos mensonges, enfin !

Il tend la main en arrière. Un des gardes lui donne un téléphone portable. Sur l'écran, une vidéo. On me voit en train de frapper sur une fenêtre de voiture. Je hurle. La personne filme de l'intérieur. J'ai l'air hystérique, crie des horreurs. Je me saisis d'une pierre. On dirait que je suis prêt au pire.

— Et là, ce n'est pas vous, peut-être ? Prenez-vous, enfin, conscience de votre état ? Vous vous êtes menti toute votre vie, Paul. Depuis la mort de Victoria. Et si, finalement, votre venue dans L'Enceinte était un appel au secours, un dernier signal de détresse envoyé d'un bateau en train de sombrer au milieu d'un océan de ténèbres. Vous êtes un homme qui suffoque, s'étouffe dans ses mensonges. Et nous allons vous ramener vers le rivage de la vérité.

Il n'y a plus de nuit ni de jour. Quand je m'endors, trop épuisé pour garder les yeux ouverts, ils allument les néons protégés par des grilles. Ils veulent que je perde pied. Mais je tiendrai. Je sais pourquoi je suis là. Je sais qui je suis…

Parfois, je vois des choses. J'ai l'impression qu'elle est là, dans ma cellule. Vic, ma sœur. Son corps dégoulinant de pluie apparaît parfois à l'angle de ma geôle, près des toilettes. Il y a une flaque sous ses pieds, une flaque qui grandit. Elle me chuchote quelque chose, mais je ne l'entends pas. C'est vrai ce que Douglas raconte, Victoria ? J'ai fait ça ? Je ne sais plus…

Kate. Aide-moi. Prends-moi la main. Sors-moi d'ici. Je t'en supplie.

Il faut abandonner tes ténèbres, Paul.

Tu es là, Kate, ou c'est encore mon esprit qui me joue des tours ? Je suis en train de devenir fou, c'est ça ?

Et si tu l'avais toujours été ?

# 48

## Sarah
2 octobre 2012
Ojai

De ma voiture, j'observe le mur de L'Enceinte. Voilà quatre jours que Rafa ne m'a pas transmis de message. Je suis allée vérifier auprès du tulipier de Virginie, espérant en découvrir un autre. Mais j'ai eu beau retourner la terre auprès de l'arbre, repousser les buissons, rien. Aux dernières nouvelles, Rafa m'écrivait n'être pas entré en contact avec Green, qui serait toujours enfermé dans un lieu mystérieux dénommé la Forge. « Paul est toujours prisonnier. Je ne réussis pas à le contacter. Il se passe des choses étranges ici. Je vais essayer d'en apprendre plus. » Depuis, plus rien. Peut-être l'ont-ils démasqué ? Cette infiltration était trop risquée. Une fois de plus, je n'ai pensé qu'à moi, sans me soucier des conséquences. Riley en a déjà payé le prix, et c'est au tour de Rafa. Et moi, qui suis bloquée ici, dehors… alors que le gamin est piégé dans cette communauté. Seul…

Je consulte le rapport de Hodges sur les fioles de sang découvertes dans la villa de Ferrone. Tout reprendre depuis le début, sait-on jamais. L'affaire est officiellement close. Pour Spetzer, les dernières conclusions de l'équipe scientifique viennent corroborer la thèse des deux assassins agissant de concert. Ferrone et Tillman auraient torturé puis tué leurs victimes, avant de les remettre à La Sombra, chargée de les faire disparaître. Hodges et ses équipes ont pu nous confirmer que certains échantillons de sang trouvés dans la salle aux miroirs correspondaient à ceux des Écorchés. Mais qu'en est-il des autres fioles ? S'agit-il d'autres suppliciés ? Où sont leurs cadavres ? J'ai fait remarquer à Pablionga et Tippett les éléments qui ne collaient pas. S'ils n'étaient que deux, qui est ce tueur, ce Maudit, venu assassiner Tillman sur la jetée ? « Un envoyé de La Sombra, certainement. » Et ce masque, cette toge, cette histoire de culte secret, Ceux de Mehen ? « Personne n'en a jamais entendu parler. Ils n'existent pas. » Pablionga et Tippett ont, comme toujours, réponse à tout. Comment expliquer que tous les échantillons sont du même groupe sanguin, O négatif ? Pourquoi Ferrone a-t-il conservé ce sang ? Selon les deux flics rouillés, il s'agissait d'une sorte de fétichisme. « Après avoir torturé, tailladé ces jeunes, ils voulaient en garder une trace, un souvenir. On retrouve souvent ce genre de pratiques chez les tueurs en série. » Pour ce qu'ils en savent. Ils n'ont jamais lu un bouquin de criminologie de leur vie.

On m'a mise sur une autre affaire. Un joueur de basket des Clippers accusé d'avoir frappé sa compagne à mort. Le type nie en bloc. Et moi, je ne parviens pas à tourner la page. Jane Doe et toutes ces victimes silencieuses me poursuivent. Si elles avaient eu un nom, un passé, si elles étaient nées ailleurs, dans une famille de millionnaires de Beverly Hills, se soucierait-on davantage d'elles ? Pour elles, pour moi, parce que la Machine veut comprendre, pour Rafa, piégé au cœur de L'Enceinte, je dois continuer de creuser. Tant de questions restent en suspens. Quid de ce masque en bronze ? Il semble être une reproduction d'un masque du théâtre grec antique. J'ai eu beau parcourir des dizaines de bouquins d'histoire, je n'en ai pas trouvé de similaire. Et les autoportraits, tout en muscles, de Ferrone, qui accompagnaient chacun des flacons ? Pourquoi ce rituel ? Le producteur pensait-il tirer une quelconque vigueur de ses assassinats ? Enfin, il y a ce lien entre Ferrone, Tillman et l'animateur télé, Ted Leery. Leery, qui est également l'un des plus fervents adeptes de La Voie. Et si c'était lui, le trait d'union qui me manque depuis le début ? Lui qui reliait La Voie aux Écorchés ? Voilà des semaines que je tente d'approcher la star. Mais il est entouré d'une armée de cerbères, assistants, conseillers, agents, attachés de presse, qui bloquent la moindre de mes requêtes. Je sais que si j'en parle à Corwin, jamais elle n'acceptera de me donner une convocation pour un interrogatoire. Leery est trop exposé, trop puissant. En désespoir de cause, cet après-midi, je vais me faufiler parmi le public dans le studio où il enregistre son émission, et dès que j'en aurai l'opportunité, je le confronterai. Ça me retombera certainement dessus, mais je n'ai pas le choix. Un instant avec lui suffira. La Machine retiendra la moindre oscillation de son visage, le plus subtil mouvement de son corps, et pourra me rejouer la scène jusqu'à ce que quelque chose émerge.

Au cœur des studios CBS de Burbank, Leery achève sa quotidienne, *Ensemble*. Le public, majoritairement féminin, écoute dans un silence religieux. Celui que les médias surnomment « le confident de l'Amérique » recueille le témoignage de Stacy, victime de violences conjugales, ancienne toxicomane, qui a fui son mari avec ses deux jeunes enfants et se bat aujourd'hui pour en conserver la garde. Filmé par quatre caméras, Leery fouille dans l'intimité de son invitée. Chacun assis dans un fauteuil, Stacy et lui se font face dans un décor de salon cosy. La lumière est tamisée. La Machine emmagasine. Tout me met mal à l'aise chez ce type. Cette main qu'il pose sur le bras de la femme. Ces petits « mmh, mmh », qu'il lâche comme des ponctuations en hochant la tête. Ces silences qu'il laisse durer. Des photos des deux filles de Stacy s'affichent sur un écran en arrière-plan, et lui insiste, veut ronger sa douleur jusqu'à l'os, toujours plus : « Vous savez qu'elles vont regarder l'émission. Qu'est-ce que vous aimeriez leur dire aujourd'hui ? » Ces questions qu'il pose en se tournant légèrement vers le public, offrant son meilleur profil : « Votre ex-mari, est-ce que vous l'aimez encore ? Malgré tout ce qu'il a fait ? » Et ce mouchoir qu'il lui tend, avant même qu'elle ne commence à pleurer, comme pour provoquer ses larmes. Compassion de façade, tristesse surjouée. Le présentateur clôt son émission par sa phrase rituelle : « On peut toujours faire quelque chose de bien. »

Sous les applaudissements, Leery prend le temps de signer des autographes, accepte quelques photos avec le public. Il a déjà oublié la pauvre Stacy, qui quitte le plateau, seule. Un peu plus abîmée. Le présentateur est avenant, charmeur. Une petite cinquantaine d'années, bien conservé. Dents blanches éclatantes. Costume bleu nuit cintré. Rien en lui n'est le fait du hasard. L'effet décoiffé de ses cheveux, sa barbe naissante, les fines lunettes cerclées de métal qu'il replace sur son nez. Tout est contrôlé, calculé. Il veut se donner l'air crédible, en restant accessible, décontracté, humain. Une carapace.

Je profite de l'agitation pour me glisser discrètement dans un couloir, où j'ai vu les autres membres de la production s'éclipser. On débriefe l'émission, on commence à ranger le matériel. Je parviens à me fondre parmi l'équipe en faisant mine de consulter un plan de tournage punaisé sur un mur. J'attends. Il devra forcément passer par ici pour rejoindre sa loge. Enfin, une femme pousse la porte à double battant et dit assez fort pour que tout le monde entende : « Il arrive. » Deux mots qui suffisent pour organiser le chaos. Les techniciens se poussent, dégagent la voie. Le silence se fait. Leery débarque. Il a retiré sa veste, la tend, sans un regard, à l'une de ses assistantes, pendant que son producteur lui communique les premiers chiffres d'audience. Dans son sillage, deux gardes du corps. Sur son passage, son équipe baisse les yeux. Leery arrive enfin à mon niveau. Je sors mon badge, lui barre la route.

— Monsieur Leery. Sarah Shelley, du LAPD. J'ai essayé de vous contacter à plusieurs reprises.

Les gardes du corps s'interposent. Le producteur se met à hurler.

— Qu'est-ce que c'est que ces conneries ? Vous n'avez rien à faire ici. Comment êtes-vous…

Leery le coupe :

— C'est bon, Jeff. Pas de problème. Je suis toujours là pour rendre service aux forces de l'ordre. Que puis-je faire pour vous aider, mademoiselle ?

Ses yeux qui glissent sur moi.

— Inspectrice… J'enquête sur l'affaire des Écorchés, vous en avez peut-être entendu parler ?

Veiller au moindre détail… Son visage à la peau lisse, aux pommettes tirées, reste impassible.

— Vaguement. Je suis tellement occupé avec la préparation de mes émissions… je n'ai pas trop le temps de suivre l'actualité.

— Les deux hommes accusés des meurtres, Jason Ferrone et Jeff Tillman. Vous les connaissiez ?

— De loin. Vous savez, inspectrice, je participe à de nombreux galas de charité, des soirées, des remises de prix. Je ne vais pas vous le cacher, je suis un animal social. J'aime voir du monde, sortir, vivre la nuit.

Garder le contrôle. Chaque question compte. Aller vite, essayer de le piéger. Montre-lui que tu en sais plus qu'il ne croit.

— Vous étiez ensemble à l'inauguration de Via, la clinique de soins de La Voie.

— C'est vrai, vous avez raison, ça me revient. J'y ai moi-même fait plusieurs séjours pour me reposer, me ressourcer.

— Quels sont vos liens avec La Voie ?

Un coup d'œil à sa montre.

— Écoutez, j'en parle librement. Je suis un des premiers soutiens de cette communauté religieuse. Douglas

Fairview est un ami, il m'a beaucoup aidé. La Voie compte des milliers de disciples. C'est une aventure humaine et spirituelle formidable. Je n'en suis qu'un grain de sable. Un humble représentant.

Discours calibré… Je dois tenter le tout pour le tout.

— Et Ceux de Mehen, ça vous dit quelque chose ?

La Machine saisit l'instant. Sa paupière qui papillonne subrepticement, son pouce gauche qui, l'espace d'une microseconde, joue nerveusement avec la chevalière dorée à son annulaire.

— Ceux de quoi ?

— Mehen. Un club secret réservé aux puissants. Ferrone et Tillman en faisaient partie. Le groupe pourrait être lié aux meurtres des Écorchés.

— Ça ne me dit rien. Pardonnez-moi, inspectrice, mais vous avez une demande officielle pour m'interroger ? Il vous faut une ordonnance du juge, quelque chose, non ?

— Je viens de mon propre chef. À titre informatif.

— À titre informatif… Croyez-vous que j'ai le temps de répondre à des questions concernant des personnes que j'ai croisées une ou deux fois ? Si je devais être interrogé chaque fois qu'une de mes connaissances a des problèmes avec la justice, je passerais ma vie au commissariat.

— Je fais mon boulot, monsieur Leery, c'est tout. Chaque piste doit être explorée.

— Votre boulot… Venir importuner un homme qui a voué son existence aux autres. Vous n'avez pas mieux à faire, inspectrice ? Dehors, dans la rue, il y a des pauvres qui meurent, des jeunes qui se droguent, des femmes qui souffrent de violence, et vous, vous êtes là, à nous faire perdre notre temps à tous les deux ? Nous allons en rester là, je vous parlerai à nouveau avec plaisir, mais dans un cadre officiel.

Leery me fusille du regard, puis, sur un signal de tête, ses deux gardes du corps me barrent le passage. La vedette s'éloigne.

Son masque de cire qui se fissure quand j'évoque Ceux de Mehen. Leery est lié à tout ça. Je le sens. La Machine ne se trompe pas. Jamais.

# 49

## Rafa
5 octobre 2012
Ojai

Aujourd'hui, c'est la Fête du Renouveau. Autour du grand terrain qui borde le Foyer, les adeptes se poursuivent, des sachets de poudre à la main, et se lancent des poignées de pigments de couleurs verte, orange, bleue et rouge, en scandant : « Vers la lumière. » Plus tôt, lors de son speech hebdomadaire, Fairview nous a expliqué que cet événement, inspiré de Holi, une célébration hindoue, venait marquer la fin des récoltes et nous préparer à une renaissance intérieure. Je reste à l'écart sur un banc. Flash, le chien de Green, apeuré par l'agitation ambiante, est planqué sous la table. Le clébard passe pas mal de temps avec moi. Boone s'en occupe moins. Il a repris son travail avec l'équipe de sécurité et semble se désintéresser de ce qui pourrait bien arriver à Paul. Parfois, le soir, je lui rappelle la situation de son ami, mais c'est comme s'il avait oublié, qu'il était passé à autre chose. Condamné à vivre dans l'instant.

Un nuage de poussière rouge m'explose à la figure. J'ai la tête couverte de pigments. Je crache, me frotte les cheveux. Des gamins me passent devant et hurlent : « Vers la lumière ! » Je leur souris. Pinche chavos... Les enfants sont tellement barbouillés qu'on distingue à peine leur visage. La poudre qui se mêle à l'air lourd de ce milieu d'après-midi forme un brouillard violet. J'appelle le chien et essaie de me trouver un coin un peu à l'ombre. Le soleil, brûlant, m'aveugle et me tape sur le crâne. Ça ne dérange visiblement que moi. Après une heure de jeu, les adeptes vont se rincer dans la rivière. Je m'approche de la berge, trempe les pieds dans l'eau. On se marre, on chahute. On s'enlace. Je ne devrais voir ici que de la joie, du bonheur. Des hommes, des femmes, des enfants, qui s'amusent dans une overdose de couleurs, un arc-en-ciel délirant. Mais j'y lis autre chose. Je sais ce qu'il se passe ici. J'ai compris, enfin. Et ça me terrifie.

À l'occasion de cette célébration, nous avons reçu la visite surprise du présentateur américain Ted Leery, celui que ma mère passe ses après-midi à regarder, entre ici et nulle part. Sous un tonnerre d'applaudissements, il a rejoint Fairview sur scène et, après l'avoir longuement serré dans ses bras, a pris la parole. « Vous voyez cet homme ? Il m'a sauvé la vie. Avant de le rencontrer, j'étais perdu. Dès notre premier échange, il m'a fait une promesse, celle de m'offrir ce que j'attendais le plus. Il m'a fait comprendre que, durant toutes ces années, j'avais fait fausse route. Il m'a montré le chemin et nous avons progressé ensemble. Celui que je suis aujourd'hui, l'homme que vous avez devant vous, c'est grâce à Douglas, grâce à vous tous, que je le suis devenu. Votre lumière, je m'en nourris. Elle me rend éternel. La Voie, c'est une promesse. Et elle ne vous décevra jamais. » Alors que l'assemblée, en transe, l'acclamait, Leery a jeté les premières poignées de poudre sur les Marcheurs, hilares. Puis, rapidement, il s'est éclipsé avec Fairview vers la villa.

Je pourrais profiter de la folie ambiante pour m'approcher de la Forge, mais ce serait trop risqué. Patience, je m'y pointerai une fois la nuit venue. Il m'a fallu des jours avant de trouver la cellule où Green est enfermé. Chaque nuit, je lui parle à travers sa meurtrière. Mais il n'a pas l'air de m'entendre. Le plus souvent, il délire, répète des paroles pour lui seul. Cette fois, il va falloir que Green m'écoute. Ce que j'ai à lui dire peut tout changer. Ça pourrait même le sauver.

Il y a quelques jours, j'ai bien cru que c'était foutu pour moi. Fairview a voulu me rencontrer. On m'a escorté jusqu'à sa grande hacienda, où il m'attendait dans son bureau. On m'a mis des capteurs et des électrodes sur le crâne, et le gourou m'a questionné sur ma jeunesse, a essayé de creuser mon histoire, m'a parlé de mon père, de ma mère. Mais j'ai tenu bon. « Tu résistes, Rafael. Mais comme tout le monde ici, tu finiras par lâcher prise. » Puis, celui qu'ils nomment leur Guide a eu ces mots étranges : « Tu comptes beaucoup pour nous, Rafael. Nous avons longuement étudié tes résultats sanguins. Tu es du groupe O négatif, un donneur universel. C'est très rare et, pour nous, c'est un signe. Le sang nous montre qui porte lumière et avec quelle intensité. Les donneurs universels sont comme des catalyseurs d'énergie, des réflecteurs puissants. Tu es différent de tous les autres, jeune homme. Tu es spécial. Si tu fais des efforts, si tu es à la hauteur, tu pourras rejoindre les Purs. Avoir cet immense privilège. »

Je caresse le flanc de Flash. Sa respiration est un peu trop rapide. Calme-toi, l'ami. C'est grâce à toi, perro, que j'ai compris. Depuis que je l'ai sauvé, le vieux chien vient me voir, le soir, à la sortie des cuisines. L'animal, moins stupide qu'il n'y paraît, a bien enregistré que c'est moi qui suis chargé de sortir les déchets. Jour après jour, j'ai pris l'habitude de lui laisser une gamelle de restes. Je me suis rendu compte que Flash faisait le tri dans sa platée, laissant systématiquement de côté les morceaux de tofu… qui sont là, dit-on, pour remplacer la viande et le poisson, proscrits dans le domaine. Sur le coup, je n'y ai pas prêté attention. Le clébard faisait certainement son difficile… Comment lui en vouloir ? Ces machins caoutchouteux n'ont aucun goût. Mais, un jour, en sortant les sacs-poubelle, au cœur de la nuit, j'ai entendu un halètement provenant du sous-bois. J'y ai découvert un renardeau en train de crever, un filet de bave blanche s'écoulant de sa gueule ouverte. Au bout de quelques instants, il a cessé de respirer. Pas loin, un sac-poubelle éventré, rempli de cubes de tofu. L'animal avait dû en dévorer, avant de mourir…

Ça a été comme un déclencheur en moi. Tout ce qui m'avait gêné depuis mon arrivée a soudain pris sens. Ces bacs de compléments alimentaires qu'on nous amène tous les soirs, juste avant le repas. L'impérieuse nécessité d'en ajouter à chaque plat, en respectant scrupuleusement les doses. Six cubes par assiette. Cinquante cubes par plat. Et ces sourires béats, ces phrases qui ne se terminent pas, ces pupilles un peu trop dilatées… j'en ai trop vu, trop longtemps, toute ma vie, des comme ça, pour ne pas comprendre. À errer dans la rue, à se retrancher au fond des squats de Downtown, dans les étages des parkings oubliés de Pico Boulevard… Derrière leurs beaux vêtements blancs, leurs sourires, les habitants de L'Enceinte ne sont rien de plus, rien de moins que de pauvres toxicos. Les dirigeants du domaine nous droguent pour s'assurer qu'on se laissera couler, qu'on obéira gentiment à ce qu'ils nous demandent. Cette lumière dont ils nous baratinent et qu'on croit sentir en nous, c'est juste l'effet de leur putain de came. Cette sensation d'être plus présent au monde, les couleurs qui semblent plus éclatantes, ce n'est qu'un effet secondaire. Que du vent…

Je ne sais pas ce qu'ils mettent dans ces cubes, mais je pencherais pour un dérivé de LSD. Microdosé, juste assez pour provoquer un flottement, une plénitude que j'ai moi-même éprouvée à mon arrivée. Depuis ma découverte, je mange uniquement les fruits et les légumes. J'évite aussi de boire leur vin, sur mes gardes. Mais le plus dur, c'est d'être impuissant face à cette folie… Le soir, quand je suis préposé au service et que les Marcheurs débarquent devant moi, m'en demandent un peu plus, encore un peu, allez, je n'ai d'autre choix que de m'exécuter. Alors que je sais bien que leur appétit, leur voracité, relève plus du manque que d'autre chose. À chaque repas, il leur faut leur dose. Pour rester là-haut. Mais le pire, ce sont les enfants qui font la queue et me tendent leur assiette avec un grand sourire. Certains n'ont même pas huit ans. J'essaie, tant bien que mal, de faire un peu le tri, de leur épargner cette saloperie de tofu.

Tandis que dans la rivière, on continue à rire, à s'enlacer, le nuage de pigments se dissout lentement dans l'air. Devant moi s'affiche la vérité crue. Cet homme qui reste un peu hagard, les yeux perdus dans le vide, cette femme qui fond en larmes en se rinçant le visage. Ces ados qui tournent en rond en se tenant par la main… Ils sont tous drogués. Hommes, femmes, même les enfants. Et ils ne le savent même pas. Je dois prévenir Paul. Qu'on arrête cette folie.

# 50

## Paul
12 octobre 2012
Ojai

Qui suis-je ?

Qu'est-ce que je fais là, dans cette geôle ? Je ne sais plus.

Depuis combien de temps suis-je enfermé ? Des semaines, peut-être plus. Il fait si chaud dans cette cellule, même la nuit. Je me hisse à la minuscule lucarne avec ce qu'il me reste de force. La lune m'apparaît à travers les barreaux. Il y a des chants au loin. Dans L'Enceinte, ils font la fête, comme si de rien n'était. Je crois entendre une voix. « Vous m'entendez, vous êtes là ? » Je dois rêver, encore. Je me laisse retomber à l'intérieur.

J'ai si mal au crâne, tout le temps. Les articulations de mes poings me lancent. J'ai trop frappé contre les murs. « Il faut que ça sorte. » Douglas a peut-être raison, ils ont peut-être tous raison, après tout. Victoria est morte par ma faute. Il faut que je l'accepte.

Parfois, au cœur de la nuit, alors qu'ils allument toutes les lumières pour m'empêcher d'avoir le moindre repos, je repense à tout ce qui s'est passé ces derniers mois. Des visages amis viennent à ma rescousse, Rachel, Boone, Kenneth et, bien sûr, Kate. Dans ces rêves éveillés, elle me prend par la main et me dit que je ne dois pas lâcher, parce que c'est ma nature. Mais c'est si dur. J'ai l'impression que je suis resté trop longtemps comme ça, suspendu dans le vide. J'aimerais juste un peu de paix. Enfin.

Victoria est de plus en plus souvent présente, dans l'angle de ma cellule. Je n'ose toujours pas m'approcher. Elle chuchote… Parle plus fort, sœurette. Que j'entende ce que tu veux me dire depuis tout ce temps.

Je suis si épuisé. De tout ça, de leurs petits jeux, leurs exercices qui sont censés me libérer. Ils m'obligent à marcher en cercle, dans la cour, en suivant un sillon au sol. Ça dure des heures. Il me faut répéter le mantra de La Voie. « Une voie. Une famille. Un chemin. Ensemble, nous cheminons. Ensemble, vers la lumière. » Tenir, malgré la fatigue, malgré la tête qui tourne et qui frappe. Si je tombe, ils me relèvent et me disent de continuer. « Une voie. Une famille. Un chemin… » Je m'exécute… Tout plutôt que retourner dans la salle au fond du couloir, celle où ils nous montrent ces images horribles. L'Abîme… Est-ce de la torture mentale ou est-ce que ça nous aide ? Peut-être que tout ça, c'est vraiment pour mon bien.

« Paul, vous êtes là ? »

Ça y est, je me souviens. Mon nom, c'est Paul. Paul Green. Mais ça ne veut plus dire grand-chose. Je m'appelle Paul Green et je ne sais plus qui je suis.

Il n'y a qu'un chemin. Il n'y a qu'une voie. Et si je ne l'accepte pas, ils me laisseront mourir ici.

La voix dehors qui m'appelle à nouveau. Je dois vérifier. Mes mains accrochées aux barreaux de la geôle. Ma barbe qui me gratte. Mes yeux qui ne voient que les ténèbres à l'extérieur. La voix, plus distincte. Est-ce que je déraille encore ?

— Paul. C'est encore moi, Rafa. Ça fait plusieurs fois que je viens vous voir. Vous vous souvenez ?

— Je ne sais plus.

— Il faut m'écouter, Paul. Vous avez raison. Tout ce que vous avez découvert est vrai. Il se passe quelque chose dans L'Enceinte. Quelque chose de grave…

— Non, vous êtes une de ces voix dans ma tête. C'est faux. Je suis malade. J'imagine tout ça. Douglas me l'a expliqué.

— Écoutez-moi, Paul. Rappelez-vous ce nom. Sarah Shelley. C'est une flic du LAPD. Vous aviez essayé de lui parler. C'est elle qui m'envoie vous chercher. Vous aviez raison. Fairview et les autres sont liés aux Écorchés. Je m'appelle Rafa. Je suis là pour vous sortir d'ici. Arrêtez de manger leurs foutus cubes de tofu. Contentez-vous des fruits et des légumes. Le reste, jetez-le aux toilettes. C'est comme ça qu'ils vous manipulent, qu'ils nous manipulent tous. Ils nous droguent. Quand vous vous sentirez mieux, laissez-leur croire qu'ils ont gagné. Jouez leur jeu, sinon, vous ne partirez jamais d'ici.

# 51

## Sarah
### 16 octobre 2012
### Los Angeles

Riley et moi sommes installés sous la pergola à l'arrière de sa petite maison. J'ai passé une partie de l'après-midi à entreposer des cartons dans le camion qu'il a loué pour son déménagement. Même s'il fait tout pour le cacher, ses blessures le font souffrir au moindre effort. Les filles de mon ex-partenaire regardent un film à l'intérieur, assises sur le canapé, l'un des rares meubles qu'il reste. Demain, son frère Liam doit l'aider à terminer de ranger. Puis direction San Francisco, où une nouvelle vie l'attend. Je bois une autre gorgée de bière.

— Tu attends que je me barre pour accepter de prendre un verre à la maison. T'es quand même un sacré numéro, Shelley… Bon. Comment tu te sens, en ce moment ?

— On fait aller. Corwin me parle déjà de me trouver un nouveau partenaire. Elle croule sous les demandes de bleus qui rêvent de bosser aux Homicides.

— Ça sera bientôt à ton tour de jouer les chaperons. Ça pourrait te faire du bien.

— Je suis mieux seule.

— Mouais. Et l'enquête des Écorchés ?

Mark n'est pas au courant que Rafa s'est infiltré. Il ne sait pas que le gamin est en ce moment même au cœur de L'Enceinte.

— Au point mort. J'ai la conviction que Leery est lié à tout ça, mais je n'ai rien de concret.

— Cette enquête ne mène nulle part. Il vaudrait peut-être mieux passer à autre chose.

— Tu me connais, ce n'est pas mon style. J'irai au bout, quitte à foutre en l'air ma carrière. Ça me tourne dans la tête en permanence.

— Tu ne lâcheras pas, alors ?

— Non.

— Bon… J'ai peut-être quelque chose pour toi. J'ai hésité à t'en parler. Je continue à penser que cette affaire nous a déjà trop pris. Parfois, il faut savoir écouter les signes.

— Crache le morceau, le retraité.

— Il y a quelques jours, j'ai reçu la visite de Lenny Durst. C'était mon équipier quand j'ai commencé aux Homicides. C'est lui qui m'a formé. Lenny était déjà un vieux briscard à mon arrivée au milieu des années 1990. Il est à la retraite depuis sept ans. On a un peu causé. J'ai évoqué l'affaire des Écorchés qui l'a intrigué. Ça lui a rappelé un de ses dossiers. La mort d'une grande star des années 1960-1970, Gary Gallows. En 1982, on a retrouvé son cadavre après un incendie dans un des studios Warner.

— Quel rapport avec nous ?

— Le symbole du serpent était peint en noir sur un mur.

— Putain… Pourquoi est-ce que je n'ai rien trouvé là-dessus ? J'ai remonté tout l'historique des homicides à LA sur quarante ans.

— Parce que, a priori, tous les éléments n'ont pas été correctement reportés sur cette affaire. Lenny t'en parlera mieux que moi. Il attend ton coup de fil.

Riley hésite à me tendre la carte. Je la lui arrache des mains.

— Je ne sais pas si c'est un cadeau. Tu fais peur à voir, Sarah. Tu as maigri. Et j'ai remarqué que t'avais un peu la tremblote. C'est pas la Shelley que j'ai connue. Il faudrait que tu prennes du recul, que tu dormes… Te laisse pas dévorer par cette histoire, par cette ville.

— Je m'en sors très bien.

— OK… Quand je serai parti, tu as d'autres personnes, des proches que tu pourras continuer à voir ?

— Non. Et j'en ai pas besoin.

— Sarah, en quatre ans, je t'ai vue te refermer sur toi-même. On ne peut pas vivre comme ça. Je sais pour ta maladie, je sais bien. Mais tu dois être plus forte. Tu es suivie par un médecin ?

Mes parents, quand ils espéraient encore pouvoir me changer, convaincus que je pourrais devenir une jeune fille normale, avaient entrepris de me « faire soigner ». Tout en m'abrutissant de médicaments, anxiolytiques et somnifères, j'étais passée par un nombre incalculable de psys. Mais ça ne changeait jamais rien à celle que j'étais. On a dû faire tous les psychologues de la vallée. Le dernier qu'ils m'ont emmenée voir, quand j'avais dix-neuf ans, le docteur Hines, un prétendu spécialiste de l'hypermnésie, avait eu ces paroles horribles : « Si vous ne suivez plus votre traitement, si vous laissez votre maladie prendre le contrôle, vous pourriez finir en institut psychiatrique. » J'ai craqué. Me suis braquée. Je ne verrais plus aucun médecin, n'avalerais plus aucun de leurs foutus cachets. Je ne comprenais pas qu'on veuille museler mon esprit, celle que j'étais. C'est là que j'ai pris ma décision. Puisque mes parents, ma famille, ne m'acceptaient pas, je prendrais le large. Un mois plus tard, je m'inscrivais à l'école de formation du LAPD, au centre Ahmanson.

Partie dans les méandres de mon esprit, Riley, habitué à mes décrochages, me ramène en me donnant une tape sur l'épaule.

— Je crois qu'en fait, cette maladie, c'est ton excuse, Sarah. Pour ne rien tenter, pour ne pas prendre de risque et te mettre en danger, pour ne pas aller vers l'autre. Tu te convaincs que c'est cette Machine qui t'empêche tout. Tu te persuades que tu es un monstre. Mais tu n'es pas pire qu'une autre. Pas meilleure non plus.

Une image me traverse l'esprit. Moi, enfermée dans une chambre d'hôpital, devant une fenêtre condamnée par des barreaux. C'est peut-être ce qui m'attend, quand la Machine m'aura tout pris.

— Je m'en sors, Riley. Comme toujours.

Le soir même, j'ai rendez-vous chez Lenny Durst, dans le coin de Lakewood. L'ancien flic vit dans un petit pavillon jaune à la pelouse parfaitement tondue. Au-dessus du perron, un drapeau américain flotte mollement. Je remarque les grilles devant les fenêtres, la porte blindée. Je sonne. Un homme un peu rond, impeccable dans son pantalon à pinces, sa chemisette grise, m'apparaît derrière la chaîne de son entrebâilleur. Il me demande qui je suis, me scanne quelques instants, puis me fait entrer. À peine ai-je un pied à l'intérieur, qu'il claque la porte et en referme les trois verrous. Il vérifie à deux reprises que les loquets sont bien positionnés. Le rez-de-chaussée est rangé au cordeau. Rien qui traîne. Le parquet est luisant, pas une trace de poussière sur les meubles. Aux murs, quelques coupures de presse encadrées reviennent sur les hauts faits de sa carrière de flic. Durst m'invite à m'asseoir et, avant de me rejoindre, jette un œil par la fenêtre.

— Cette ville. Elle est de pire en pire. Pas normal d'avoir une telle chaleur en octobre. Avec ce temps, les odeurs des égouts remontent. C'est un enfer. Une pestilence.

— Pourquoi vous restez ici, alors ?

— Parce que j'ai toujours vécu là… Mais LA n'a plus rien à voir avec celle que j'ai connue gamin. Les banlieues sont devenues des coupe-gorges. Les gosses qui gèrent les gangs n'ont plus aucun code d'honneur. Des malades. La vie n'a pas de valeur pour eux. On bute un type pour une cigarette… Même ici, dans ce quartier pourtant calme, on commence à avoir de gros soucis. C'est comme une gangrène qui se répand partout…

« C'était mieux avant », le même refrain qu'on entend souvent chez les vieux flics. Si je le laisse continuer, la discussion glissera sur les problèmes que posent « les négros de Compton et les Latinos de Maywood ». Aucune envie de l'écouter déverser son fiel. Je prends les devants.

— Il paraît que vous avez des informations qui pourraient m'intéresser ?

— Oui, l'affaire des Écorchés m'a fait penser à la mort de Gary Gallows, le 14 décembre 1982. J'étais aux Homicides depuis à peine un an. Encore à l'essai. J'avais tout à prouver. Avec mon partenaire de l'époque, on a été appelés sur un gros incendie dans un studio Warner. Une fois le feu éteint, les pompiers ont découvert un corps carbonisé. On a rapidement pu l'identifier. Une partie de son torse avait été protégée des flammes et il avait son portefeuille sur lui. Il s'agissait de Gary Gallows, un célèbre acteur.

— Ça me dit vaguement quelque chose.

— Tout autour de lui, il y avait des pellicules de vieux films carbonisées, comme s'il s'était enveloppé dedans. Il s'agissait de bobines datant des années 1950, encore en nitrate. Un putain de combustible. Ça s'enflamme comme un rien. C'est pour ça qu'on l'a remplacé par l'acétate de cellulose. Vu que le lieu servait de remise, s'y trouvaient aussi d'anciens décors en bois. De quoi faire un beau brasier.

— Riley m'a dit que vous aviez découvert un symbole sur place ?

— Oui, sur un des murs, il y avait un signe, comme un serpent enroulé sur lui-même. En dessous, il y avait quelques lettres partiellement effacées, mais j'ai pu les lire : Mehen.

— Je m'intéresse justement à un groupe secret qui se fait appeler Ceux de Mehen. Il existerait donc déjà dans les années 1980. Vous pensez que Gallows s'est suicidé ?

— Ça a été la conclusion de l'enquête, oui. À plus de cinquante-cinq ans, la star était en perte de vitesse.

On le savait fragile, tourmenté. Il se droguait pas mal. Amphétamines, médicaments, cocaïne... Le suicide semblait coller avec le profil du bonhomme. Mais moi, je n'ai jamais cru à cette thèse. Sa position, agenouillée, au milieu de la salle, la mise en scène soignée de ces pellicules qui l'emprisonnaient comme une toile d'araignée. J'étais convaincu que quelqu'un l'avait placé là, avant de foutre le feu.

— Il y avait des traces de coups, des blessures ?

— Non. On a juste trouvé une forte concentration de LSD dans son sang. Le mec était raide défoncé. Ce qui colle encore moins avec cette mise en scène étudiée. Mais l'affaire a été classée. Et je n'ai pas été aidé par mon équipier. Je débarquais et lui jouait les cadors. J'avais pas mon mot à dire. C'est lui qui a omis de notifier la présence du symbole et l'inscription dans le rapport. Qui a convaincu la direction de boucler le dossier. Ce qui l'intéressait, c'était de faire du chiffre, d'être le flic avec le plus haut taux d'élucidation des Homicides. Il avait des envies de carrière. La vérité, il s'en tamponnait un peu.

— C'était qui votre partenaire ?

— Vous devez bien le connaître. Il s'agit de Brian Spetzer. Ce salaud a toujours eu les dents longues. Mais je ne pensais pas qu'il finirait un jour chef du LAPD...

# 52

## Paul
23 octobre 2012
Ojai

La sortie de L'Enceinte est là, en bas de la colline.

Je descends le chemin qui mène vers la grande grille. Encore une vingtaine de mètres et je serai dehors, enfin. Mon chien gambade à mes côtés. Je ne lui ai pas encore dit qu'il ne pourrait pas me suivre. Voilà une semaine que j'ai quitté la Forge. J'ai suivi les conseils de Rafa et fait attention à ce que je mangeais. En arrêtant ces saloperies de cubes alimentaires, en quelques jours seulement, je me suis senti moins embrouillé, plus alerte. Puis j'ai fait croire à Douglas et aux autres que j'avais compris, que j'acceptais ma part de ténèbres. Que j'étais prêt à réintégrer La Voie. Je suis un peu en vrac, mais je vais tenir le coup. J'ai parfois comme des phases de manque, une boule d'angoisse qui monte du plus profond des tripes. En remettant mes anciens vêtements, qu'on nous avait retirés à notre arrivée, je me suis rendu compte que j'avais perdu du poids. Je nage un peu dans mon jean.

Derrière moi, en haut du coteau, Kate est là, Fairview à ses côtés. C'est à elle que j'ai expliqué qu'il fallait que je parte, que je prenne du recul. Elle a défendu mon choix auprès du Guide. « Les portes sont toujours ouvertes, ici, Paul. Personne n'est prisonnier », a-t-il conclu lors de notre dernière entrevue. Alors, pourquoi ai-je si peur ? J'ai l'impression que, d'une seconde à l'autre, Balden et ses hommes vont m'attraper, juste avant que je ne franchisse le seuil de L'Enceinte, pour me ramener là-bas, dans ce lieu de terreur, la Forge. Je réfrène un tremblement dans mes mains.

Le plus difficile, évidemment, ça a été les adieux. Avec Rafa, cet incroyable gamin, qui en a tant bavé, et qui s'efforce de jouer les durs pour cacher sa sensibilité à fleur de peau. Il m'a aidé à me requinquer ces derniers jours. Dès qu'on pouvait s'isoler un peu, il m'a raconté en détail l'enquête de Shelley, la piste qui conduit à ces deux hommes, Ferrone et Tillman, leur lien avec la clinique Via, avec Leery. Ces cadavres, ces écorchés, j'en ai le pressentiment, ils viennent de la Source. Ce sont les Purs qu'on sacrifie là-bas. J'avais raison de douter, durant tout ce temps. Je ne suis pas fou. Quand je lui ai demandé s'il m'accompagnait, la réponse de Rafa m'a d'abord étonné : « Non, Paul, je reste ici. Je suis plus utile à l'intérieur. Je veux en savoir plus. Douglas pense que je peux intégrer la Source. Je vais tout faire pour protéger celles et ceux qui se trouvent là-bas. » Je lui ai expliqué qu'il n'était pas obligé de faire ça, qu'il m'avait déjà sauvé la peau… « Wey, il y a des choses que tu ne sais pas, Paul. Des choses que j'ai faites, que je regrette. On a tous des comptes à régler. »

J'ai aussi annoncé mon départ à Boone. Même si nous sommes un peu brouillés, ça n'a pas été facile. Lui aussi, sans surprise, a décidé de rester dans L'Enceinte. « Parce que je n'ai rien qui m'attend dehors. C'est quoi ma vie, là-bas ? Retourner à Skid Row, replonger encore ? Ici, je suis quelqu'un d'autre. Je sais qu'il y a des trucs qui ne tournent pas rond. Mais c'est toujours moins pire que ce que j'ai vécu avant. »

Alors que j'attrapais mon sac à dos, prêt à quitter notre chambre, le vieux Pirate m'a retenu.

— Tu sais, Green, je suis désolé, pour ce gamin. J'ai eu peur pour toi… je…

Le souvenir de la mort de Kenneth est revenu me frapper. J'ai tenté de le cacher à mon ami. Tenté de lui faire croire que tout était pardonné. Alors que ce n'est pas le cas. Parfois, il vaut mieux ne pas tout dire. Rajouter de la rancœur à la douleur, ça ne donne jamais rien de bon.

— Évidemment, vieux frère. Je le sais. Tu pensais ne pas avoir le choix.

— Alors, c'est ici que nos routes se séparent, Paul ?

— Eh oui.

Il m'a tendu la main. Je l'ai serrée. Fort.

— On se reverra, Green. Ici ou en enfer.

— Ici ou en enfer, Boone.

Enfin, j'ai dû me séparer de Kate. Ce fut, pour moi, une torture. Je n'ai pas eu le courage de lui révéler ce que m'avait appris Rafa. Kate est trop proche de Douglas, trop impliquée. Elle ne m'aurait pas cru, pas prête encore à entendre la vérité sur L'Enceinte. Sur ce qu'ils font aux hommes, aux femmes, aux enfants. Voilà la version que je lui ai livrée, le mensonge que je lui ai raconté : je vais prendre du recul en retournant quelques semaines à Redwoods. Ils ne savent pas, sont loin de s'imaginer, que je compte rejoindre Sarah Shelley et aller au bout de cette histoire.

« Tu seras toujours chez toi, ici, Paul. »

Son baiser que j'ai essayé de retenir. Si tu savais, Kate, combien une part de moi aurait tant aimé y arriver. Fermer les yeux, faire comme si de rien n'était, continuer ici avec toi, dans cette illusion de bonheur. Mais faire semblant n'a jamais été mon fort. Si on a un demain qui nous attend, je dois d'abord aller au bout. Quitte à tout gâcher entre nous. Je dois avoir quelque chose en moi, mes synapses qui déconnent et me forcent à me tirer une balle dans le pied en permanence. Peut-être est-ce à cause de ce qui est arrivé à ma sœur, j'en sais foutre rien. Mais quand je repense aux décisions que j'ai dû prendre, je m'en mords souvent les doigts. J'espère que, cette fois au moins, je fais le bon choix. Mais j'aurais aimé que tu saches, Kate, que ce que tu m'as donné, c'est pas grand-chose et c'est tout pour moi. Ces quelques semaines avec toi, je pensais ne plus y avoir droit. J'avais oublié que mon cœur fatigué pouvait encore battre. J'aurais voulu te dire tout ça, savoir parler, jouer les romantiques, mais les mots se sont emmêlés dans ma bouche, et je n'ai réussi à te lâcher qu'un : « Attends-moi. Je reviendrai pour toi. » Plutôt Schwarzenegger que Shakespeare.

L'impressionnant portail est à moins de deux mètres. Derrière son poste, Ned, l'agent de sécurité, m'observe et active l'ouverture avec un regard dédaigneux. Pour lui, je suis désormais un Hostile. La grille glisse sur le rail. Je me retourne une dernière fois. Kate n'a pas bougé. Seule à présent. Je suis désolé, Kate. Si désolé. Je lui fais un signe. Elle me répond, puis s'éloigne.

Il me reste un adieu à faire. Je caresse mon chien, lui demande de bien veiller sur Kate, Rafa et Boone, puis lui ordonne de partir. Mais cette tête de mule reste là, à me fixer. Fous le camp, je te dis ! Tu ne peux pas venir. Je ne sais pas ce qui m'attend dehors. Tu seras mieux ici. Je lui hurle dessus, il ne bouge pas. Au contraire, il ouvre la gueule, sa langue pendante. J'attrape une pierre et la balance pour l'effrayer. Flash entreprend encore un pas vers moi, bien décidé à me suivre. Je lui jette des graviers dans les pattes. Déguerpis, imbécile ! Enfin, l'animal finit par reculer, incrédule. Dans mon dos, la grille se referme. Je m'en vais, m'efforçant de ne pas prêter attention aux aboiements de mon clébard. Sa manière à lui de me gueuler dessus : « Qu'est-ce que tu fous, Green ? » Je ne sais pas vraiment, l'ami.

J'ai rendez-vous avec Shelley dans le centre d'Ojai, près de la chapelle. Un soleil blanc filtre à travers de fins nuages. Il y a pas mal de touristes, un flot quasi ininterrompu de voitures. Un brouhaha infernal. Tout m'agresse. J'arrête une jeune femme, lui demande la date du jour. Elle me toise, puis me dit. « Nous sommes le 23 octobre. » Bon sang. Ça fait trois mois que je suis dans L'Enceinte… J'ai perdu le fil, le contrôle, mais je vais reprendre la main.

Paul Green… Je m'appelle Paul Green. Et je sais qui je suis. Je suis ce gars qui ne lâche jamais. Ce bonhomme qui se fout le monde entier à dos, qui perd tout en route, mais qui, coûte que coûte, va au bout.

# 53

## Dorothy
14 décembre 1982
Los Angeles

J'attends devant le studio 88, tapie derrière une caravane abandonnée là depuis trop longtemps. Nous sommes mardi. Je sais qu'il viendra ce soir. C'est toujours lui qui arrive le premier. Je tiens l'arme serrée dans ma main. Dégotter un pistolet n'a pas été le plus compliqué. Pour quelques dizaines de dollars, j'ai pu m'en procurer un. Non, le plus difficile a été de trouver le courage de revenir ici… Mais cette colère en moi, qui me dévore, qui habite la moindre de mes pensées, a fini par prendre le dessus. Dorothy n'existe plus. Je ne suis que vengeance. Lui faire payer. À lui et à tous. D'une manière ou d'une autre.

La voiturette arrive enfin. Gallows en descend, accompagné d'une jeune fille. Sa nouvelle recrue. Une jolie petite blonde. Pas encore trop abîmée, pas comme moi. Mon bandage me gratte aux poignets. J'ai essayé d'en finir, il y a quelques semaines. Je n'en pouvais plus. De n'être plus personne, qu'une épave qui erre d'une défonce à une autre. En finir pour que tout s'efface. Mais même ça, je n'ai pas réussi. Quand j'ai repris connaissance dans une chambre d'hôpital crasseuse, que j'ai compris que c'était ce type, là, Alan, cet autre toxico, qui avait appelé les secours en me découvrant à l'agonie, j'ai pris conscience de mon erreur, durant tout ce temps. Cette haine que j'avais contre moi. Il fallait la tourner vers les vrais responsables.

Ils se sont lassés de moi. Ils m'ont prise, m'ont détruite et m'ont abandonnée, la tête dans le caniveau. Une nuit, après des mois à vivre dans la terreur, après une orgie de plus, une orgie de trop, alors que l'effet des drogues commençait à s'estomper et que la douleur de ce qu'ils m'avaient fait, elle, s'éveillait, Gallows m'a tendu mes trois cents dollars et a eu ces quelques mots : « Tu ne reviendras pas la semaine prochaine. Tu es fanée. Nous allons te remplacer. Quitte Los Angeles, disparais. Vis ta vie, mais n'oublie jamais que tu nous appartiens. Tu ne parleras à personne de ce qui s'est passé ici. Jamais. Ou nous te retrouverons. »

J'ai d'abord cru que c'était comme une libération, une renaissance. J'ai fait effacer ce maudit tatouage pensant que ça me suffirait pour tourner la page. J'ai tenté de décrocher, courir quelques castings, mais il m'a fallu me rendre à l'évidence. « Tu es fanée. » C'était fini, il avait raison. Là-bas, dans ce studio maudit, ces monstres m'avaient volé quelque chose. Mon âme, peut-être. J'étais éteinte à l'intérieur. Alors, j'ai voulu mourir. Me défoncer à en crever. Alcool, crack, plaquettes de médicaments, tout ce qui me tombait sous la main. J'ai terminé dans un squat. Le grand nulle part. Au cœur du trou noir. Mes veines qui s'ouvrent. Et la mort qui, même elle, me rejette. C'est là que ça a commencé à monter. Une envie irrépressible. Je vais survivre. Pour me venger. Pour vous faire payer à tous.

Ils s'apprêtent à pénétrer dans ce foutu studio 88. Gallows ouvre la porte et invite sa future victime à entrer d'un geste gracieux. Elle tire sur sa jupe, trop courte, mal à l'aise, et s'exécute. Elle ne sait pas ce qui l'attend à l'intérieur. Le vide, la mort. J'étais comme elle, plus belle même encore, il y a si peu. Je m'extrais des ombres, mon arme à bout de bras. Je la pointe sur Gallows. Je demande à la gamine de sortir par l'issue de secours, de la fermer. « Je te libère, fous le camp. » Je pousse Gallows à l'intérieur. En une seconde, il perd sa morgue, son aura. Ce n'est plus qu'un petit bonhomme terrorisé. Il s'effondre à genoux. Je vais chercher la bouteille de champagne au frigo, le force à boire. Je sais qu'il a déjà versé la drogue. Bois. Encore. Il déglutit. Je lui appuie le canon sur le front. Puis, j'attrape le plateau de leur satané jeu. Le jeu du serpent. Celui qui déterminait qui nous prendrait, ce qu'il adviendrait de nous. Car, après tout, nous n'étions rien. Rien de plus que des prix, des objets. « Moi aussi, j'ai envie de jouer. » Je déplace le pion sur le serpent entortillé. Lui me supplie : « Je suis désolé. C'était juste un jeu. Tout ça, c'est de la mise en scène. C'est Hollywood, merde ! Ça a toujours été comme ça. Tu aurais pu arrêter, partir, ne pas revenir. Tu aimais ça, en vérité. »

Mon pion qui avance vers le centre du plateau.

— Les autres, je veux leurs noms.

— Je n'en connais aucun. On ne se connaît pas les uns les autres. C'est là le cœur de Ceux de Mehen. Nous sommes tous anonymes. C'est pour cette raison qu'on va si loin, qu'on se permet tout ça. Chaque membre peut nommer une personne, mais ne connaîtra jamais l'identité des autres. Moi, j'ai été recruté par un homme, qui a quitté le club depuis.

— Celui qui porte une chevalière, qui est devenu le chef de la meute, c'est qui ?

— J'en sais rien, petite. Je te jure. Calme-toi. Je te donnerai de l'argent. Beaucoup d'argent. Je pourrais même te recommander pour décrocher des rôles.

— C'est trop tard.

— Écoute-moi, petite. Je ne me rendais pas compte…

Il a du mal à articuler. La drogue commence à faire son effet.

— Arrête de m'appeler comme ça. Mon prénom, tu t'en souviens au moins ?

— Bien sûr… c'est Margot ? Non. Margareth.

Je déplace le pion jusqu'au centre, au cœur du plateau en spirale. En voyant cette saloperie ramper à mes pieds, ce monstre qui ne se rappelle même plus mon prénom, je comprends. Ça prendra le temps nécessaire. Toute ma vie peut-être, mais je finirai par les retrouver et leur faire payer. À tous. Je vais jouer à leur foutu jeu. Le jeu du serpent. Et je les détruirai.

Gallows perd connaissance. J'attrape quelques bobines d'anciens films, les noue autour de son corps. À l'aide d'un vieux pot de peinture noire, je reproduis leur signe sur le mur. Pour qu'ils comprennent. Que je vais venir pour eux. Je mets le feu au tas de pellicules, qui prend instantanément. Les flammes se répandent jusqu'aux meubles poussiéreux et embrasent le bâtiment. Je m'enfuis. Quand les sirènes des pompiers se font entendre, je suis déjà loin. La police ne saura jamais que c'est moi. Puisque, comme me l'a si souvent répété Gallows, je ne suis personne.

# SIXIÈME PARTIE

## L'Embrasement

*« Quand nous serons prêts, lorsque nous arriverons, ensemble, au bout du chemin, que chacun de nous aura frayé avec ses ténèbres et trouvé la paix, un nouvel âge débutera. Lorsque nous ne serons plus que lumière, alors viendra le temps de l'Embrasement. Notre éclat commun rayonnera. Comme un reflet qui se répercuterait d'individu en individu. Toujours plus puissant, toujours plus éblouissant. Ça sera un chant, un cri. Et alors tous l'entendront. On dira de nous : "Malgré les ténèbres, la peur, la folie de ce monde, les Marcheurs ont suivi leur chemin et ont trouvé le bonheur." Oui, ce moment, je vous l'assure, viendra éclairer l'éternité. »*

Douglas Fairview,
*La Voie, le chemin vers vous-même.* 1987

# 54

## Rafa
### 25 octobre 2012
### Ojai

Depuis quelques jours, le climat n'est plus le même dans L'Enceinte. Désormais, les hommes de la sécurité se déplacent en permanence avec des armes au bras. Avant, ils se montraient discrets, patrouillaient en périphérie du domaine afin d'en protéger les accès. On les entend s'entraîner sur le stand de tir qu'ils ont aménagé dans le sous-bois. Ils ont recruté quelques Marcheurs pour leur apprendre le maniement des flingues. Ça pétarade pendant des heures. Durant les repas, des gorilles sont plantés aux différentes entrées du Foyer, immobiles, à nous fixer. Boone est avec eux. Je l'ai interrogé sur ce changement d'attitude. Il m'a répondu : « Ça vient d'en haut. Douglas s'inquiète. Il y a des espions parmi nous. Des Hostiles qui se seraient glissés dans L'Enceinte. Moi, je ne fais qu'exécuter les ordres, je ne cherche pas plus loin. » Il sait que j'ai aidé Paul, mais ne dira rien. Boone n'est pas un chivato, une balance. Et ça me va bien.

Quand nous sommes réunis dans l'Atrium, c'est la même chose. Les hommes de Balden sont là, face à nous, les mains bien ancrées sur leurs armes. Le message est clair : nous sommes tous sous surveillance. On a aussi droit à des réveils au milieu de la nuit. Les haut-parleurs se mettent à hurler la mélodie de la communauté, puis c'est la voix de Douglas qui nous ordonne de nous lever et de le rejoindre dans l'Atrium. Fairview nous rabâche alors ses sermons sans fin sur l'importance de la lumière, de la vérité. Sur les Hostiles qui se trouvent à nos portes. Parfois, il nous demande de chanter l'hymne de La Voie pendant des minutes interminables, les bras écartés vers le ciel, avec l'obligation de rester debout. Les gamins se rendorment sur l'épaule de leurs parents, certains râlent un peu pour venir, mais, comme toujours ici, tout le monde s'exécute avec docilité. « De grandes choses arrivent. Nous sommes au bout de notre chemin. Nous aurons bientôt chassé les ombres. » Je ne sais pas exactement de quoi il veut parler, mais j'ai remarqué que le vieux était de plus en plus fébrile et ses mains parfois prises de tremblements. Il lui arrive, au milieu d'une phrase, de s'arrêter et bloquer, les yeux dans le vide, de très longues secondes… Quand ma mère était trop accro à ses médicaments, elle avait des réactions similaires. Des absences.

Ils sont venus me chercher aujourd'hui pour que je retourne le voir. Mais pas de confession au programme. Fairview voulait simplement me causer. « Est-ce que nous pouvons te faire confiance, Rafael ? Est-ce que tu es prêt à t'investir pour La Voie, à faire des sacrifices ? » C'est alors qu'il m'a proposé d'intégrer la Source. Douglas a ajouté : « Les Purs ont besoin de toi, c'est une opportunité unique. Tu fais partie des choisis, Rafael. C'est un cadeau qu'on ne refuse pas. » J'ai accepté.

Je termine de ranger mes affaires. Je rejoins l'ancien monastère dès ce soir. Dorénavant, je ne pourrai plus communiquer avec l'extérieur. Les Purs vivent reclus. Il me sera donc impossible de transmettre mes messages à Sarah et à Paul… Pourtant, je dois aller là-bas.

# 55

## Sarah
27 octobre 2012
Los Angeles

— Il faut y aller, maintenant. Ça va, Green ?

— Ça ira.

Green s'est installé dans l'appartement au rez-de-chaussée de ma maison. S'il est encore affaibli, il a tenu à m'accompagner aujourd'hui. Il finit de boutonner sa chemise à carreaux avec des gestes lents. Il a passé les dernières soixante-douze heures à se reposer. Le plus clair de son temps, au fond de son lit, à somnoler, les rideaux fermés. Son séjour au sein de L'Enceinte l'a atteint. Enfin, il sort une tête à l'extérieur, hésite sur le pas de la porte. J'essaie de me montrer rassurante, mais ça n'a jamais été mon fort.

— Vous êtes en sécurité, Paul.

Je sens bien qu'il a peur, qu'il est terrorisé. Il est convaincu que les membres de L'Enceinte vont revenir le chercher pour l'emprisonner à nouveau. Il me demande souvent si je n'ai pas vu traîner un couple bizarre autour de la maison. Je ne sais pas s'il est complètement paranoïaque, ou s'il se méfie à raison. La nuit, je l'entends se réveiller en hurlant. Que lui ont-ils fait là-bas ? Paul a évoqué des techniques de torture mentale… « Ils ne m'ont jamais frappé, jamais battu durant mon séjour à la Forge. Mais peut-être était-ce pire. Quand on se prend des coups, les cicatrices, on les voit se résorber. Là, c'est différent. Ils sont entrés dans ma tête. »

À sa sortie, nous sommes allés faire un prélèvement sanguin. On a reçu les résultats hier. Green a bien des traces d'un neuroleptique puissant dans son sang, de l'halopéridol, habituellement utilisé contre les troubles psychiques et les crises d'anxiété. C'est cette drogue que les dirigeants de la communauté cachent dans la nourriture pour contrôler leurs adeptes. Dire que des gamins ingèrent cette saloperie jour après jour. Il nous faut faire vite, accumuler le maximum de preuves pour que l'on puisse rouvrir l'enquête et intervenir dans L'Enceinte. Il y a plus de trois cents membres de La Voie là-bas.

Je m'installe derrière le volant de ma Firebird. Green me demande s'il peut mettre de la musique. Il a pris son sac à dos rempli de CD. Il cherche, puis en place un dans mon lecteur. Ce n'est pas mon genre, un morceau trop lent, avec quelques accords de guitare, une voix mélancolique. Il me dit : « *Pale Blue Eyes*, du Velvet Underground… Cette musique me calme… » J'ai du mal à décrypter Green. Un drôle de type. Derrière son apparente bonhomie, son côté monsieur tout-le-monde, il y a autre chose. Il m'a raconté son histoire. Cet homme s'est pris des coups toute sa vie. Et pourtant, il est là, il continue. Je ne lui dis pas, évidemment, mais peut-être sommes-nous un peu pareils. On se fait mal, on s'abîme dans nos enquêtes, lui à chercher ses disparus, moi ici, aux Homicides. Ça fait longtemps qu'on aurait dû s'arrêter, et pourtant, on persévère, même si on est à genoux. L'autre soir, alors que nous buvions une bière sur ma terrasse, je lui ai demandé : « Pourquoi est-ce que vous faites tout ça ? » Il a réfléchi et m'a répondu : « Parce qu'il faut bien que quelqu'un le fasse. » J'aurais dit la même chose, je crois.

Nous avons pris le temps de revenir ensemble sur nos enquêtes respectives. Je lui ai parlé des Écorchés, des liens qui se tissent avec La Voie. De cet étrange club appelé Ceux de Mehen. Aujourd'hui, nous avons rendez-vous à Hollywood, avec la veuve de Gary Gallows, l'acteur qui a trouvé la mort dans un incendie en 1982 et qui semble lié au mystérieux groupe. En espérant qu'elle nous en apprendra davantage. De son côté, Paul a obtenu un entretien demain avec Walter Bauman, un employé de la bibliothèque centrale de Los Angeles, spécialisé dans l'histoire de la ville et ses sociétés secrètes.

Une trentaine de minutes plus tard, nous arrivons devant la demeure d'Ida Gallows, au 9401 Sunset Boulevard… Nous découvrons un imposant portail en fer forgé couvert de lierre. Le terrain est immense, cerné de près par des immeubles et villas contemporaines luxueuses. J'appuie sur un interphone fatigué, je me présente. Aussitôt, le portail s'entrouvre. Nous entrons dans la propriété. Instantanément, j'ai l'impression de quitter la ville pour me retrouver dans une forêt. À travers les branchages, une vaste bâtisse de style Tudor se dessine. Toits aux arêtes aiguës, aux pignons sculptés de torsades, façades habillées de colombages en bois, fenêtres hautes et étroites, quadrillées à la manière de vitraux, cheminées en briques ornementées… Nous progressons dans un parc laissé à l'abandon. Ici, au milieu des arbres, un petit kiosque effondré, des bancs dévorés par la mousse. Plus loin, sur le côté droit de la demeure, une large piscine. L'eau est verdâtre. Deux, trois transats sont empilés dans un coin, leur plastique noirci de moisissure. Le long du bassin s'étend un grand bar abrité par un toit. Derrière son comptoir de marbre, de nombreuses bouteilles prennent la poussière. Il y a même une piste de danse, surmontée d'une boule à facettes délavée, et entourée d'enceintes au bois gondolé. La fête est finie ici depuis longtemps. Nous contournons une fontaine ébréchée. L'angelot qui devait la coiffer gît au sol.

Je préviens Green :

— Vous me laissez gérer, Paul. Contentez-vous d'observer.

— C'est tout à fait mon style, Sarah…

Je sens qu'il se moque gentiment de moi. Je ne relève pas.

La porte s'ouvre. Ida Gallows apparaît, une cigarette entre les lèvres, un gros chat dans les bras. La femme, âgée d'au moins soixante-dix ans, nous accueille dans une robe de chambre noire en satin. Elle est maigre, les pommettes saillantes, ses mains comme des branches fatiguées, la peau très blanche. Le moindre mouvement semble lui coûter. Elle a un maquillage un peu trop appuyé, un rouge à lèvres carmin qui renforce l'étrange sensation spectrale qu'elle dégage. Ida Gallows est une ancienne scénariste de Hollywood, une femme de l'ombre dont la carrière force le respect. Depuis la mort de son mari, elle a cessé de travailler et vit, recluse, dans sa gigantesque villa.

— Je suis l'inspectrice Sarah Shelley. Voici Paul Green, il est… consultant pour la police.

La femme nous lâche un « Bienvenue à Weaverley » un peu mélancolique, telle une vieille rengaine. À notre vue, son chat s'échappe et file dans une des nombreuses pièces. Paul semble subjugué par l'endroit.

— Votre maison est magnifique.

— Merci, monsieur Green. Elle accuse un peu le poids des âges. Mais elle tient le coup, comme moi. Elle a quelque chose, une âme. Vous savez qu'elle a abrité certaines des plus grandes stars du cinéma et de la musique. Joan Crawford, Lucille Ball ont vécu ici. D'après la légende, Cole Porter aurait même composé *Anything Goes* entre ces murs. Je fais tout pour protéger ce lieu des promoteurs. Mais il y a fort à parier que Weaverley disparaîtra avec moi.

De l'entrée, un escalier massif monte vers l'étage. Des abat-jour couverts de châles de couleur distillent une lumière tamisée. Dans la demeure, il y a une odeur de vieux bois, de poussière et de cigarette froide. Nous suivons Ida Gallows jusque dans un grand salon. La hauteur sous plafond est saisissante. Mon regard se perd dans le jeu complexe des poutres de la charpente et revient vers un majestueux lustre en fer circulaire. Sur les six ampoules, seules deux fonctionnent. Il est constellé de toiles d'araignées. Trois larges canapés entourent la pièce maîtresse, une vaste cheminée en pierre, sculptée de colonnes. Au-dessus de l'âtre s'accumulent les récompenses : je remarque deux oscars, un Golden Globe… La plupart des cloisons sont ornées d'un nombre incroyable de cadres : entre les affiches des films écrits par Ida et dans lesquels jouait son défunt mari, des photos par dizaines, véritable livre ouvert sur l'histoire de Hollywood. Je reconnais, au détour d'un cliché datant des années 1970, des actrices, des acteurs, des scénaristes, des comiques, réunis, ici, dans le décor de la villa Weaverley : entassés dans le salon, cigarettes au bec, ou batifolant au bord de la piscine. Instantanés de fêtes, d'éclats de rire, de bouteilles de champagne qu'on sabre, de plongeons qui éclaboussent… Sur un grand portrait en noir et blanc, Ida Gallows trône, lumineuse, apprêtée d'une robe fantastique. Et partout, à ses côtés, comme une présence palpable, son mari, Gary Gallows, et son sourire qui a fait son succès.

La Machine qui scanne mon environnement s'arrête sur plusieurs éléments. Les étagères, les dessertes, les tables basses sont jonchées de jeux de société : échecs, dames, backgammons, awalés, go, édition originale du Monopoly et tant d'autres que je ne connais pas. Je m'assois sur un canapé face à la veuve, tandis que Paul reste debout à observer les photos, les objets.

— Madame Gallows, j'aimerais revenir sur la disparition de votre mari.

— Oui, bien entendu. C'était il y a longtemps, mais pour moi, c'était hier. Le temps s'est un peu arrêté cette nuit de décembre 1982.

— La thèse du suicide vous semble cohérente ?

— Gary était une personne complexe, qui souffrait beaucoup les derniers mois avant sa mort. J'étais en déplacement à Londres pour un boulot de script doctor sur un tournage. Je ne pensais pas qu'il était à ce point désespéré. Gary cachait beaucoup de choses derrière son sourire. Trop. Il vivait mal que le cinéma l'oublie, année après année. Il ne supportait pas de se voir vieillir, qu'on ne lui propose plus les mêmes rôles que lorsqu'il avait trente ans. Il a eu recours à la chirurgie esthétique, chaque fois dans mon dos, mais ça ne l'a jamais apaisé. Il rêvait d'un grand retour, me répétait que ça allait arriver… qu'il pensait avoir trouvé le moyen de briller à nouveau. Hollywood est une machine qui avance vite, et qui broie beaucoup d'entre nous dans son sillage.

De ses doigts jaunis par le tabac, elle s'allume une autre cigarette et en tire une longue bouffée.

— L'ironie dans tout ça, c'est qu'aujourd'hui, Hollywood a réussi à contourner ce problème. Désormais, les plus grandes stars ont fait le pari de ne plus jamais vieillir. Si seulement Gary s'était montré un peu patient…

— Vous parlez des progrès de la chirurgie esthétique ?

— Non, de quelque chose d'encore plus pernicieux. On appelle ça le « beauty work ». Voilà quelques années que les plus célèbres actrices et acteurs recourent à des effets spéciaux qui leur permettent d'être complètement retouchés. Des millions de dollars sont provisionnés sur le budget de chaque film pour que ces « trucages » puissent être développés… Pas un visage de star dont on n'efface les cernes, les rides, les taches de vieillesse. Ce ne sont plus que des masques et personne ne s'en rend compte. On se surprend parfois à se dire « incroyable, comme Untel ne vieillit pas ». On fait semblant de ne rien voir. Car, après tout, Hollywood n'est que le reflet de nos vanités. C'est d'un cynisme… Gary aurait adoré ça.

Ida Gallows se perd dans la contemplation d'un des portraits de son mari. Elle tire sur sa cigarette, pensive, comme si nous n'étions plus là pour elle.

— Votre mari vous a-t-il déjà parlé d'un club secret auquel il appartenait, Ceux de Mehen ?

— Non, ça ne me dit rien… Vous savez, Gary et moi étions très indépendants. Il avait ses petits secrets, moi les miens. C'était une autre époque, d'autres mœurs. À Hollywood, alors, nous étions libres, vivants. Gary était membre de plusieurs groupes, sortait beaucoup de son côté. Weaverley était notre point de ralliement. Ce qui se jouait à l'extérieur importait peu. Pour nous, la vie devait être une fête. Le réel, on le laissait aux autres… Nous avons vécu des années formidables, rencontré des personnalités folles, stimulantes. Nous étions les anges de cette ville.

Quelque chose me gêne dans les propos de cette femme. Une forme de mépris pour le restant des mortels. Elle se sait appartenir à l'élite.

Un peu à l'écart, Green indique une étagère et interroge la veuve.

— Madame Gallows, votre mari avait l'air d'apprécier les jeux de société ?

— Oui, il en faisait la collection. Pour Gary, la vie était un jeu. Il ne fallait rien prendre au sérieux.

— Et celui-là, vous pourriez m'en parler ?

Green pointe un étrange plateau de jeu sculpté dans une large pierre circulaire qui prend la poussière dans un coin. Nous nous approchons. Gravé sur la roche lisse, un serpent s'entortille sur lui-même. Son corps est découpé en différentes cases. Au niveau du premier tronçon, l'extrémité de la queue, quatre pions sont positionnés. Le jeu a l'air très ancien, primitif même. Je n'en ai jamais vu de tel. Peut-être est-ce le serpent qui a interpellé Green ? Les pions, eux, de facture plus sommaire, représentent des hommes cagoulés.

— Attendez voir… Gary l'appelait le jeu du serpent. Si je me souviens bien, c'est l'un des premiers jeux de l'histoire de l'humanité, inventé durant l'Égypte antique. Il y a plus de cinq mille ans. Gary y jouait parfois avec certains de ses amis.

J'en profite.

— Justement, je voudrais vous montrer quelques photos, madame Gallows.

Je sors des portraits de Ferrone et Tillman, les tends à la veuve.

— Vous avez déjà vu ces hommes avec votre mari ?

— Non, jamais. Mais, comme je vous le disais, Gary connaissait tant de personnes…

Je lui présente une photo de Fairview, sans réussite. Enfin, c'est un cliché de Ted Leery.

— Ce charmant Ted… Oui, bien entendu, Gary le fréquentait. Il venait souvent ici, je les ai déjà vus, d'ailleurs, jouer à ce jeu ensemble. Ted était un jeune homme fascinant, il dégageait quelque chose, un magnétisme. Gary l'avait pris sous son aile. Il se destinait à devenir acteur, mais sa carrière a pris un tournant décisif quand il a commencé ses émissions.

Après quelques dernières questions, nous prenons congé d'Ida Gallows. La femme nous raccompagne jusqu'à l'entrée et referme rapidement derrière nous.

Elle retourne à son monde, ses souvenirs. Comme sa vieille demeure, elle est un fantôme parmi les vivants. Une présence qui s'efface. Une fois à l'extérieur, je demande à Paul :

— Ce jeu, vous le connaissiez ?

— Douglas Fairview avait le même dans son bureau.

— Et Leery y jouait avec Gallows. On tient peut-être la confirmation que tous les trois ont fait partie de ce groupe…

Le puzzle prend forme.

# 56

## Paul
28 octobre 2012
Los Angeles

Il est 19 heures. À l'entrée de la bibliothèque centrale de Los Angeles, j'attends Walter Bauman, l'archiviste avec qui j'ai rendez-vous.

Sarah, elle, surveille depuis hier soir la villa de Ted Leery à Malibu, sur les falaises d'Encinal Bluffs. Au téléphone, elle m'a raconté avoir remarqué plusieurs allers-retours d'un gros 4 × 4 gris aux vitres fumées. Chaque fois, le véhicule pénètre dans la propriété, et en ressort une ou deux heures plus tard. Sarah a bien relevé la plaque d'immatriculation, mais il s'agirait d'une voiture de location. Ce matin, aux aurores, une camionnette noire aurait également été repérée par la flic. Elle m'a appelé pour me prévenir qu'elle passerait la nuit en planque. Mais quand dort-elle ?

Shelley est une énigme. Hier soir, après notre rencontre avec Ida Gallows, elle m'a invité à boire un verre pour faire le point à l'étage de sa maisonnette. J'ai essayé, péniblement, de briser un peu la glace avec cette femme, qui semble maintenir un mur entre elle et le reste du monde. Depuis mon arrivée, pas une fois je ne l'ai vue sourire, malgré mes tentatives, laborieuses, pour détendre l'atmosphère. Elle m'a parlé, succinctement, de la maladie qui l'atteint, l'hypermnésie. Et j'ai eu la preuve de sa mémoire hallucinante. Elle a une connaissance encyclopédique de son enquête, comme gravée dans son esprit. Tandis que je m'arrache les cheveux à m'y retrouver face à la complexité du dossier, il ne lui faut qu'une poignée de secondes pour m'en réciter le moindre détail. Mais tout cela a un prix. Parfois, elle murmure des choses pour elle-même. On dirait qu'elle répète des mots, qu'elle compte des trucs en boucle. Son logement est à son image, austère et froid. Il ne laisse rien transparaître de ce qu'elle est, ce qu'elle aime. Aucune photo de ses proches, de sa famille, aucun souvenir de voyage, pas d'affiche, ni de décoration quelconque. On dirait un appartement-témoin.

Je repense à notre discussion d'hier sur sa terrasse.

— Vous êtes plutôt solitaire, Shelley ?

— On va dire ça, oui.

— Vous êtes célibataire ? Pas que je vous drague, hein ! Juste pour faire la causette…

— Oui, je suis seule.

— Moi, j'ai rencontré quelqu'un dans L'Enceinte. Elle s'appelle Kate. Elle m'a fait du bien. Je crois qu'elle pourrait devenir quelqu'un d'important dans ma vie. Pour cette raison aussi, il faut qu'on aille au bout de cette affaire. Je veux la sortir de là. L'extraire des griffes de La Voie.

— Vos histoires de cœur ne m'intéressent pas, Green.

Ses réponses comme des uppercuts. Tout est combat, avec elle. N'étant pas du genre à raccrocher les gants facilement, je suis revenu à la charge.

— La solitude, c'est jamais bon, Sarah, croyez-moi.

— Je vis comme ça parce que je n'ai pas le choix.

— Je sais, vous m'avez parlé de votre maladie. Mais on a toujours le choix.

— Arrêtez avec votre baratin. On dirait le genre de conneries qu'on lit dans les ouvrages de Fairview. La Voie vous a plus marqué que vous ne le pensez.

— Pourquoi êtes-vous toujours sur la défensive ? Vous ne vous attachez jamais à personne ? Riley, votre ancien partenaire, ou Rafa, qui est prêt à tout pour vous aider, ils ne comptent pas pour vous ?

Elle m'a répondu d'un « non » sec tout en grattant, avec son ongle, l'étiquette de sa bouteille de bière. Enfin, elle a ajouté :

— S'attacher à quelqu'un, c'est courir le risque d'être déçu. Quand ils me connaissent, les gens finissent toujours par avoir peur de moi, de celle que je suis. Je suis mieux seule. Point.

— Vous allez dire que je parle encore comme un gourou, mais je suis sérieux, là. Question solitude, je m'y connais pas mal. J'ai passé cinq ans à jouer les ermites dans une forêt de l'Oregon… Comme vous aujourd'hui, je m'étais convaincu qu'en évitant le contact avec les autres, je trouverais une forme de sérénité. En réalité, je me plantais. On n'est personne quand on est seul. On rabougrit, on s'assèche. On n'existe qu'avec les autres.

Sarah a mis fin à la conversation en attrapant ses clés de voiture, avant de filer à Malibu pour surveiller la villa de Leery.

19 h 05. Bauman est en retard. Je détaille la monumentale bibliothèque. Je connaissais, évidemment, de nom, ce lieu emblématique de la ville. Mais en le découvrant, je suis saisi par sa formidable démesure. Dans un pur style Art déco, cet énorme bâtiment aux lignes claires, monolithique, s'inspire des constructions de l'Égypte antique avec sa couleur sable et ses imposantes colonnes droites sur l'immense façade. En son sommet, une pyramide couverte d'une mosaïque bleu et or renvoie les derniers rayons du soleil. Le spectacle d'un tel temple en plein cœur de LA, encerclé de tours d'acier et de verre, a quelque chose d'anachronique, d'intimidant même.

J'avais été en contact avec Bauman, au téléphone, dans une autre vie, du temps où j'étais journaliste, alors que je préparais un article pour mon magazine, *The Globe*, sur les pires tueurs en série du pays. J'avais découvert que Bauman avait longtemps travaillé sur Charles Manson et la « Manson Family ». J'avais été impressionné par sa connaissance encyclopédique de l'histoire secrète de Los Angeles. Quand Sarah m'a parlé de Ceux de Mehen, j'ai tout de suite pensé à lui.

Un petit bonhomme émerge du flot d'employés et de lecteurs qui sortent lors de la fermeture. Il ne doit pas mesurer plus d'un mètre cinquante et semble tassé sur lui-même. Il a le crâne dégarni, le front luisant de sueur, un nez marqué. Il porte un pull gris à grosses mailles sur une chemise à carreaux. Il se présente à moi et me tend une main amicale. On le sent ravi d'avoir de la visite. Il fanfaronne.

— Paul Green ! C'est pas tous les jours qu'on demande mes services pour la police ! J'ai pas bien compris, vous bossez pour le LAPD maintenant ?

— Disons que je suis conseiller dans le cadre d'une enquête.

— Une sorte de détective, quoi… vous avez bien le genre.

Je ne sais pas comment prendre cette remarque, je laisse pisser. Bauman m'invite à le suivre.

— Vous savez pourquoi je me suis intéressé à l'occultisme ?

— Non, mais je sens que vous allez me le dire…

— Vous êtes un bon, Green… En effet, si ce sujet me fascine, m'obsède, c'est parce que nous sommes dans la ville de l'occulte. On le sait peu, mais Los Angeles est, de tous les États-Unis, la cité qui a compté le plus grand nombre de groupes et cercles secrets… Peut-être est-ce lié au développement du cinéma, où la frontière entre réel et imaginaire est si ténue ? Hollywood a toujours été un aimant pour les artistes de tous poils et donc, aussi, les illuminés… En réalité, les signes occultes et symboliques cachées sont partout. Prenez cette bibliothèque. Quand l'architecte Bertram Goodhue et le sculpteur Lee Lawrie ont façonné ce formidable édifice en 1926, ils avaient une idée claire en tête : « Trouver l'illumination par la connaissance ». Si l'on y prête attention, tout ici, jusque dans le plus discret des ornements, y répond. Ces deux magnifiques statues, là, Phosphoros et Hespéros, savez-vous ce qu'elles symbolisent ? Phosphoros pour l'aurore, Hespéros pour l'astre du soir, le crépuscule. L'est et l'ouest. La lumière, toujours…

Nous arrivons rapidement devant un escalier massif qui s'enfonce dans un tunnel. Deux superbes sphinx en marbre noir et bronze en gardent l'accès.

— Vous voyez ces deux sphinx ? Leur signification est assez subtile. Pour l'architecte, Goodhue, ils représentaient la limite de la connaissance humaine. « Les obscurités dans lesquelles la lumière n'a pas pénétré et ne pénétrera peut-être jamais », d'après ses propres paroles. Et c'est là que je vous emmène, dans l'histoire oubliée de notre ville.

— Vous avez bien préparé votre discours… C'est pas mal.

Il me sourit.

— Je ne reçois pas beaucoup de visiteurs, alors je les soigne.

Après être passés sous une impressionnante coupole décorée de quatre fresques spectaculaires, nous avançons dans un couloir de service pour accéder au bureau de l'archiviste. Une toute petite lucarne vient éclairer l'espace. Les quelques mètres carrés sont remplis d'ouvrages entassés. Walter dégage, avec précaution, quelques vieux bouquins, afin de me faire de la place sur une chaise.

— Alors, comme ça, vous vous intéressez aux sociétés occultes de Los Angeles ? Par où commencer, il y en a eu tellement ! Dans les années 1920, le culte Mazdaznan s'est répandu ici. Au-delà des bains de rosée nocturnes et de leur propension à se promener nus, ses adeptes défendaient des théories aryennes très dangereuses. Dans les années 1930 et 1940, Jack Parsons, un scientifique brillant, pionnier de la propulsion spatiale, se revendique comme l'un des héritiers du pape de l'occulte, Aleister Crowley. À Los Angeles, il rejoint l'Agape Lodge, une loge de L'Ordo Templi Orientis de Crowley. Dans sa demeure, à Pasadena, il organise de nombreuses cérémonies, qui se résument souvent à des rites sexuels prétendument magiques pour convoquer des dieux oubliés. Je pourrais aussi vous parler du père Yod, de son vrai nom Jim Baker, un ancien marine et cascadeur, qui, à la fin des années 1960, a fondé une communauté prônant l'égalité et la polygamie dans les collines de Hollywood. Il avait quatorze femmes. Autant vous dire que ses préceptes l'arrangeaient bien… Plus récemment, dans les années 1970, l'anthropologue Carlos Castaneda a réuni des fidèles autour de ses recherches chamaniques sur le peyotl et l'herbe du diable… il a même fait la couverture du *Time* en 1973.

— J'aimerais qu'on discute d'un groupe en particulier : Ceux de Mehen, ça vous dit quelque chose ?

— Ceux de Mehen, non… Dites-m'en plus…

Je lui parle des toges, des masques, des tatouages, du jeu du serpent… Après quelques instants de réflexion, Bauman tape du poing sur son bureau.

— Mais c'est bien sûr, il s'agit certainement des Serpents ! C'est une légende, un mythe. Le groupe le plus secret de l'histoire de Hollywood… On les connaît sous différentes appellations. Les Arpenteurs, les Immortels… Mais je n'avais jamais entendu le nom de Mehen. On en relève les premières traces aux alentours des années 1940. Étaient-ils des héritiers de Crowley qui ont créé leur propre loge ou des férus de mysticisme ? Tout est trouble. Il se murmure que plusieurs hommes puissants se seraient réunis pour jouer au jeu du serpent, le plus ancien de l'histoire, d'origine égyptienne. Pour eux, ce jeu et les différents rituels qui en découlent n'avaient qu'un seul but, leur assurer la vie éternelle. Laissez-moi réfléchir…

D'une pile à l'équilibre fragile, il extrait un ouvrage sur l'Égypte antique. Après en avoir caressé la couverture, il l'ouvre.

— C'est bien ce que je pensais. En plus de faire référence à ce fameux jeu de société, Mehen était aussi le nom donné à l'une des plus anciennes divinités égyptiennes, tombée dans l'oubli. Un dieu serpent qui entoure la barque de Rê et la protège lors de son passage vers le monde inférieur, l'au-delà, la Douât. Son nom signifierait L'Encercleur. Ah… ça devient intéressant… Car Mehen est lié au mythe de l'ouroboros, le serpent enroulé sur lui-même qui se mord la queue. Dans l'imaginaire collectif, ce reptile semble ainsi vivre éternellement car il renaît après chaque mue. Pas étonnant que l'on retrouve son symbole sur de nombreuses gemmes gréco-romaines, pour ses prétendues vertus protectrices et curatives. Cela rejoint votre histoire de masque représentant Méduse. Durant la Grèce antique, des gravures de Gorgones, créatures censées prémunir du mauvais sort, ornaient les portes, les armures, les boucliers, les pierres tombales… Tout prend sens. Ce groupe a développé une véritable idéologie, une légion de fétiches, autour de ce besoin de se régénérer, se protéger. C'est fascinant…

— Terrifiant, plutôt… Ne glorifiez pas trop ces sectes, elles ne le méritent pas…

— Vous m'avez bien regardé, Paul, vous avez vu mon boulot ? J'ai toujours été attiré par l'interdit, par la soif de liberté de ces gens, parce que je sais bien que, moi, je ne sortirai jamais des clous. « Fais ce que tu voudras », le précepte de Crowley dans Thelema, piqué à Rabelais, m'inspire tant parce que je n'aurai jamais ce courage.

— C'est le privilège des puissants, des élites, de croire qu'ils peuvent tout faire, tout prendre, que tout leur est dû. Mais il y a toujours des conséquences, un prix à payer. Des gens qui, tout en bas de l'échelle, souffrent. Et, aujourd'hui, nous avons quatre cadavres qui réclament justice.

Bauman me lance un sourire triste.

— Excusez-moi, vous avez raison… Les Serpents, c'est certainement le secret le mieux gardé de la ville, le Graal pour un chercheur comme moi. Mais vous avez peut-être une chance… J'ai appris, avec les années, que lorsqu'on ne sait rien d'un groupe occulte, c'est qu'il existe encore. C'est seulement quand il périclite qu'on commence à avoir des informations. Et c'est ce qui visiblement est en train de se passer avec Ceux de Mehen… Plus ils seront exposés, plus ils risqueront de faire des erreurs… Comme l'a bien dit le poète français Charles Baudelaire, « la plus belle des ruses du Diable est de vous persuader qu'il n'existe pas ». Votre chance, c'est que vous savez maintenant qu'il existe. Vous les retrouverez.

— Je l'espère, Walter…

Le Diable… Alors que je m'apprête à quitter son bureau, je repense à la nuit où j'ai entendu cette jeune fille hurler quand on la sortait de la Source.

— Justement, si je vous dis la Bouche du diable… ça pourrait être un bâtiment, ou un lieu particulier…

— La Bouche du diable… C'est sans doute une référence aux souterrains secrets de Los Angeles. Bien entendu que je connais ! Tout ce qui est secret me passionne, je vous dis ! Attendez que je vous dégotte un vieux plan.

Après avoir fait un peu de place sur son bureau, Bauman déroule une carte jaunie par le temps. On y voit l'entrelacs des égouts de la ville. Surlignés en rouge, plusieurs tunnels, comme des veinules s'échappant du cœur de la Cité des Anges, desservent les différents quartiers historiques.

— Durant la prohibition, les groupes mafieux ont creusé un énorme réseau qui permettait d'approvisionner en alcool les speakeasies de la ville. Ces bars clandestins étaient planqués au sous-sol de commerces de façade : bouchers, épiciers, vendeurs de pianos. On parle ici de plus de dix-sept kilomètres aujourd'hui oubliés, une véritable toile d'araignée, dont la Bouche du diable constituait l'une des issues. Là, regardez, vers les collines de Crestwood. Et ces tunnels sont toujours là, sous nos pieds.

# 57

## Rafa
## 28 octobre 2012
### Ojai

« Mes enfants, vous êtes nos héros, nos martyrs. Grâce à vous, nous viendrons à bout des ombres. Nous y sommes presque. Le monde sera alors baigné de lumière. Je vous demande encore un effort, avant de pouvoir vous libérer. Un peu de patience. »

Hier, Douglas nous a tous réunis dans le cloître. Nous étions une dizaine. Les jeunes autour de moi l'ont ovationné, puis chacun a eu droit à une longue accolade. J'ai trouvé qu'il me serrait un peu trop fort, je n'ai pas aimé ça, mais je n'ai rien dit.

La Source… Ce lieu est encore plus étrange que ce à quoi je m'attendais. Tout semble crypté, dicté par des rituels qui m'échappent encore. Le matin, pendant une heure, on doit toutes et tous demeurer en plein soleil. Ils disent qu'il nous faut happer la lumière. Parfois, c'est si long que certains tombent dans les vapes, mais les autres continuent. Nous devons également faire, chaque jour, des activités sportives pendant des plombes. Il faut courir autour du cloître, ou se lancer dans des séances d'abdominaux et de pompes sans fin. On nous force à manger, aussi. Beaucoup trop. On nous gave. Des plats à base de lentilles, pois chiches, haricots rouges. Et, curieusement, ici, on nous donne de la viande, midi et soir. À chaque fin de repas, un des hommes de la sécurité vérifie qu'on a bien terminé notre assiette, comme des gamins. Pourtant, je ne crois pas qu'ils y mettent de la drogue. Je me sens à peu près normal.

Non, le pire dans la Source, c'est cet endroit, cette salle voûtée au sous-sol. L'Abîme. Chaque jour pendant une éternité, par groupe de trois, on nous attache à des fauteuils et on nous oblige à regarder des images ignobles dans le noir. Puta mierda… j'en peux plus de ces horreurs. Des massacres, du sang, des morts, des charniers. Puis c'est une lumière qui m'explose la rétine, à travers un énorme spot braqué sur nous. Quand on essaie de se débattre ou de fermer les yeux, on reçoit des décharges électriques via la Couronne qu'on nous a placée sur le crâne. Les heures suivantes, je me tape des maux de tête monstrueux. Les autres Purs disent que c'est un procédé libératoire. Pour nous détacher des ombres. Moi, j'ai juste envie d'attraper le premier garde venu et de lui fracasser la tête contre le mur. Mais je me retiens, car je ne peux pas tout faire foirer. Enfin, il y a ces foutues prises de sang. Impossible d'y couper. Tous les deux jours, on nous prélève plusieurs éprouvettes de sang. Elles sont ensuite chargées dans un gros sac isotherme noir, puis transportées à l'extérieur. Pour quel endroit ?

Les Purs, dès le début, j'ai senti que leurs sourires, leur gentillesse cachaient quelque chose. De la peur. Difficile de causer tranquillement ici, Balden et trois de ses hommes nous surveillent désormais en permanence. Parmi les jeunes qui vivent là, la plupart sont un peu effacés. Quand j'essaie de leur parler, ils semblent toujours absents, j'ai même l'impression qu'ils ne me voient pas. Ils regardent dans le vague. Des morts-vivants. Le teint blafard, ils sont maigres, alors qu'on bouffe comme quatre. Ils ont des marques de brûlures sur le tour du crâne, à cause de leur maldita Couronne. Elle n'est pas faite pour nous aider à aller mieux, mais pour nous essorer le cerveau. La nuit, j'entends des cris, des pleurs qui proviennent du sous-sol. Mais personne ne veut m'en parler. Il y a peu de complicité entre nous, peu d'échanges. On fait ce qu'on nous demande, point.

Certains, je le sens bien, me regardent de travers, comme ce type, Steve, assez frimeur. Heureusement, j'ai fait la rencontre d'une fille sympa, Harper, âgée d'à peine dix-huit ans. Une gamine qui a dû partir pas mal en vrille, son corps garde encore les stigmates de ses excès. Des dents abîmées, des yeux qui resteront à jamais cernés, des traces de piqûres sur ses bras. Quelques tatouages qui racontent l'errance… Elle m'explique qu'elle a complètement décroché grâce à La Voie. Que Douglas et les autres l'ont sauvée. Malgré ce que lui a volé la défonce, avec ses cheveux roux, coiffés en pétard, son sourire qui ne la quitte jamais, on dirait une sorte de lutin, un farfadet de conte de fées. Elle est marrante, cette fille. Un peu plus tôt, aujourd'hui, je l'ai questionnée. Mal à l'aise, elle m'a demandé de la suivre jusque dans un débarras.

— Qu'est-ce qui se passe ici, Harper ? Ces prises de sang, c'est pour quoi ?

— Chut, pas trop fort… Nous servons les Arpenteurs. C'est le plus haut grade, ils sont encore plus importants que les Purs. Ils sont chargés de faire rayonner La Voie à l'extérieur de ces murs, mais les ombres du monde les dévorent. Nous les aidons à se purifier.

— Comment ?

— Par notre sang. C'est là notre pouvoir. Toi aussi, j'imagine que tu es donneur universel. Nous le sommes tous ici.

— C'est pour ça qu'ils nous en prélèvent tous les deux jours ?

— Oui, mais notre mission ne s'arrête pas là. Parfois, certains d'entre nous sont désignés par Le Guide lui-même pour avoir le privilège de faire don de lumière. Ils sont emmenés dans un lieu que l'on appelle la Bouche du diable. Linda est la dernière à y être partie, il y a quelques jours. Elle a tellement de chance. D'après Douglas, c'est elle la clé. En elle coule l'Éclat, le sang le plus pur d'entre nous.

Que font-ils avec notre sang, merde ? La Source n'est pas un lieu de recueillement, mais un cheptel, un vivier dont nous sommes prisonniers. Les autres comme moi, on est des enjaulados, des encagés. Harper, après avoir jeté un œil inquiet dehors, a repris.

— Là-bas, dans ces bâtiments abandonnés, un gardien veille sur nous. L'homme qui siffle.

Cabrón… Le Maudit.

— Et si on désobéit, si on refuse de leur filer notre sang ?

— Nous sommes punis pour nous être détournés de la lumière. On nous force à regarder l'Abîme, ou, pire, on nous plonge dans les ombres, le Puits, au cœur de la Source.

— Harper, il faut fuir cet endroit. La Voie se sert de nous.

— Fais attention à tes paroles. J'ai la foi, moi. J'ai peur parfois, c'est vrai, Rafael. C'est épuisant de suivre les étapes vers la lumière. Mais Le Guide nous l'a promis. Nos souffrances arrivent à leur terme.

Cette Linda, dont m'avait parlé Paul est en danger. Je dois prévenir Sarah.

Tout le monde s'est enfin assoupi dans le dortoir. J'attends que le vigile ait terminé sa ronde, puis m'extrais de mon lit. Sur un bout de papier, j'ai écrit quelques mots avec un crayon abîmé que j'ai réussi à voler : « Il faut trouver la Bouche du diable. C'est là qu'ils emmènent les Purs. Ils leur volent leur sang. Et c'est au tour de Linda. Méfiez-vous. Le Maudit est là-bas. » Je me faufile dans la nuit silencieuse, traverse les rangées de colonnes du cloître, arrive devant l'entrée. La porte est fermée. Comment sortir ? Il doit bien y avoir un double des clés quelque part ? Une lampe torche se braque sur moi. C'est Balden et un de ses gorilles.

— Alors, Rafael, on a une envie soudaine d'aller faire un tour ?

Sans hésiter, j'enfourne dans ma bouche le message pour l'avaler. Mais le chef de la sécurité, trop rapide, se rue sur moi et me force à cracher. Avec dégoût, il attrape le papier froissé, le déplie, le parcourt.

— C'est bien ce que pensait Douglas. Il reste des Hostiles parmi nous. Il faut que tu retrouves le chemin de la lumière, petit. Un séjour dans le Puits s'impose. Et si tu t'évertues à suivre les ombres, nous réfléchirons à une solution plus radicale.

# 58

## Sarah
29 octobre 2012
Los Angeles

Avec Green, nous avons tenté une bonne partie de la journée de faire correspondre le plan des sous-sols de la ville datant de 1927 avec ceux, plus récents, que je m'étais procurés. Si nos comparatifs sont exacts, nous devrions trouver près du parking de Rodeo Drive, là où j'ai découvert le repaire du tueur, un accès vers les souterrains de la prohibition. Tunnels qui, je l'espère, nous mèneront à cette Bouche du diable.

Il est 17 heures. Nous descendons au troisième sous-sol du parking, franchissons le système de ventilation grâce au pass que j'ai obtenu. Je tends une torche à Paul, allume la mienne et vérifie mon arme. Nous arrivons dans la grande salle voûtée. Du haut des marches, je fais courir le faisceau de ma lampe sur la fresque démente, le soleil et ses rayons tels des tentacules. Nous descendons à l'endroit où ont été découvertes les traces de sang. Nous voilà au carrefour souterrain.

Après avoir regardé une dernière fois le plan sous le halo du puits de lumière, nous nous enfonçons dans le tunnel qui part vers le nord. L'accès devrait être là-bas, à une centaine de mètres sur la gauche. Green m'interroge : « Vous êtes certaine que c'est une bonne idée ? » Je lui réponds : « Vous avez peur du noir, Green ? » Piqué, il me passe devant. Je compte mes pas. Ça devrait être ici. Une épaisse plaque en tôle est fixée à la paroi. Je ne l'avais pas repérée jusqu'alors. Il y a tant de restes de chantiers, de détritus le long de ces galeries… Je la soulève et mets à jour un passage que j'éclaire aussitôt. Un couloir de briques rouges se dessine dans les ténèbres. Sur le sol humide, des traces de roues. Le Maudit faisait sans doute passer par là son chariot chargé des victimes qu'il confiait à La Sombra. Après un signe de tête à Green, nous nous enfonçons dans la pénombre.

Nous marchons près d'une heure entre les murs suintants qui se resserrent sur nous. Il faut parfois nous baisser pour éviter les entremêlements de tuyauterie. Nous traversons quelques embranchements qui m'imposent de contrôler, péniblement, notre progression sur le plan. Il reste encore des panneaux en bois fléchés qui orientaient les contrebandiers vers les différents speakeasies de la ville : King Eddy Saloon, Golden Gopher… Green me demande pour la énième fois si nous arrivons bientôt. Pas le temps de lui répondre, nous débouchons sur un passage difficile. Le couloir, particulièrement exigu, baigne dans une eau saumâtre qui monte à hauteur de cheville. À la surface, des déchets de toute sorte que je préfère ignorer. Je me lance. L'eau froide s'infiltre dans mes chaussures. Ma torche surprend un mouvement sur une partie de mur effondrée. Un autre. J'éclaire. Une forme grouillante, gesticulante. Des rats. Effrayés par la lumière, ils se jettent à l'eau et nagent dans notre direction. C'est une nuée noire. Sous ma torche, leurs yeux rouges minuscules. Je tente de demeurer immobile. Ils ne me feront rien. Ça se faufile entre mes jambes. Leurs cris aigus se répandent dans l'espace étriqué. Un « Merde ! » derrière moi. Le flot des rongeurs m'a dépassée, mais fonce en direction de Paul qui, pris de panique, exécute une danse improbable pour les éviter. En le voyant s'agiter ainsi, je ne peux réfréner un éclat de rire. Il se reprend et, bougon, me lance : « J'aurai au moins fini par vous faire marrer… »

Une nouvelle heure s'égrène sans que l'on atteigne notre destination. L'air est de plus en plus lourd. Paul, lui, a du mal à garder son calme, sa respiration s'accélère minute après minute. Et si je m'étais trompée ? « Vous êtes sûre que nous sommes sur le bon chemin, Sarah ? » Je ne peux pas lui dire que je n'en sais rien. « Continuons, on y est presque. » Un souffle d'air frais. Enfin ! Je presse le pas, jusqu'à une énorme grille qui barre l'entrée d'un grand tunnel conduisant à l'extérieur. Le verrou qui retenait le portail a été forcé. C'est là. Je le sens. Nous franchissons le dernier couloir. Ici, les murs sont couverts d'inscriptions, « Infierno », « Enfer », « Malditos », et de graffitis représentant des têtes de bouc, des monstres étranges, des étoiles satanistes. Le vent qui s'engouffre crée une plainte gutturale. Nous sommes dehors. Autour de l'entrée du tunnel, une énorme gueule béante a été peinte. Des lèvres ensanglantées prêtes à dévorer le monde, et un visage de terreur, aux cornes entortillées. Nous y sommes. La Bouche du diable.

Devant nous, enchâssée entre deux collines, une clairière. Pas de bruit, pas de lumière. Je sors mon arme et demande à Paul d'être le plus discret possible. Nous avançons sur un chemin tortueux. Nous éteignons nos lampes. Les contours d'un décor de cinéma abandonné se découpent dans la nuit. Saloon, épicerie, pompes funèbres, grange, bureau du shérif, banque… on est en plein Far West. Le reste des bâtiments ne sont que des façades, des trompe-l'œil. Certains se sont effondrés, se résument à des planches vermoulues. Un grand porche délabré affiche l'inscription « Bienvenue au ranch Stadler ». Je connais, de nom, cet endroit, un lieu illustre de tournage, inusité depuis le début des années 1980 et la fin de l'âge d'or du western. Pendant un temps, son propriétaire a voulu en faire un parc touristique, mais l'entreprise a périclité. Les cow-boys n'intéressent plus personne.

Bien que le saloon ait été, ici et là, rapiécé, il semble en meilleur état que les autres constructions. Un anachronisme m'interpelle : à la place des vantaux caractéristiques se trouve une porte récente verrouillée par un cadenas. Je le fais sauter après quelques coups de crosse. Nous pénétrons dans une grande pièce surmontée d'une mezzanine. Si demeurent le vieux piano et le long comptoir d'origine, la décoration a été complètement transformée. Tentures noires aux murs, candélabres dorés, miroirs, banquettes et couches confortables revêtues de draps de satin élimés. On est loin de l'imagerie du Grand Ouest. Il y a encore, derrière le bar, des bouteilles ouvertes. Je passe ma main sur le comptoir poussiéreux. Ce lieu a dû servir à organiser des fêtes, mais à en juger par l'état de saleté, il a été déserté depuis longtemps. Paul m'appelle. Je le rejoins. Il m'indique un fauteuil, plus massif que les autres, muni d'attaches pour les bras et les jambes. Sur le parquet blanchi, des taches noires. Un calice en bronze a roulé sous le meuble. Je m'en saisis. Un serpent est gravé tout son long. Il y a la même substance sombre dans la coupe. Du sang ? À quelles horreurs Ceux de Mehen s'adonnaient-ils ici ? La Machine veut comprendre.

Nous sortons et nous approchons du bureau du shérif. Les fenêtres ont été condamnées par de grandes planches en bois. Un nouveau cadenas, qui ne me résiste pas longtemps. À l'intérieur, un mobilier sommaire : un seau, une assiette sale, un couchage. Une paire de menottes pend à l'un des barreaux de la tête de lit. Paul éclaire la cloison et met au jour des dizaines de griffures à même le bois. Des prénoms : « Leyla », « Natalie », « Tessa », « Ron », « Tyler »… On peut lire aussi des appels au secours, des témoignages inscrits dans l'urgence, la terreur, à s'en arracher les ongles : « Aidez-nous », « Où est la lumière ? », « Mensonges », « Ils nous volent notre sang ». Et tant d'autres rendus illisibles. Ça sent la peur et la souffrance. Des personnes, certainement les Écorchés, ont été emprisonnées dans cette pièce. Paul effleure l'une des marques : « Linda ».

— Elle était ici…

Je lui dis qu'il faut continuer.

Les portes de la banque sont entrebâillées. Vigilante, arme au poing, je monte les quelques marches, franchis le perron, qui grince sous mes pas. C'est une tout autre atmosphère. Des néons blancs au plafond. Les murs, les sols sont protégés par des bâches transparentes, la pièce remplie d'un matériel digne d'une clinique de luxe. Au centre, deux lits médicaux surélevés installés tête-bêche encadrent une table nue. Celui qui nous fait face est pourvu de nombreuses sangles au niveau du torse, des jambes, des bras, du cou. À ses côtés, un équipement de transfusion sanguine. Une poche vide accrochée à un pied à perfusion, et, sur un chariot métallique, des seringues, un saturomètre, un tensiomètre… Dans un coin est rangé un générateur électrique. Et il y a ces étagères vides, ces câbles connectés à aucun appareil. Il manque des choses ici, un déménagement est en cours. Se doutait-on que nous allions débarquer ?

Un hurlement de klaxon me sort de mes pensées. J'observe à travers les lames des volets. Vers l'entrée du ranch, dans un bâtiment abandonné, les portes ont été ouvertes. À l'intérieur, un halo de lumière aveuglant. C'est une camionnette noire. Ses phares sont allumés dans notre direction. Et ce bruit qui vrille les tympans. « Paul. Suivez-moi, et restez sur vos gardes. » Nous nous faufilons dehors. Le véhicule est à une trentaine de mètres. Nous progressons, protégés par les patios des décors, puis nous nous glissons derrière une carriole fatiguée. J'ose un coup d'œil. C'est la camionnette que j'ai vue entrer chez Ted Leery. Serait-ce là-bas qu'ils ont transporté leur équipement ? L'engin est tout près. Je ne sais pas si le conducteur est toujours à l'intérieur. Pas le choix. Je m'extrais des ombres et avance, l'arme braquée devant moi. Je crie : « Sortez du véhicule, police ! » Personne, évidemment. Un rondin placé contre le volant appuie sur le klaxon. Je le retire. Le silence revient enfin. Je passe ma lampe à l'arrière de la fourgonnette, elle est vide. On a voulu nous attirer ici, gagner du temps. Je chuchote à Paul de m'attendre, « essayez d'appeler des renforts avec mon téléphone, Green. Composez ce numéro. C'est la ligne de Corwin, ma boss. Si vous entendez des coups de feu ou si je ne suis pas revenue dans cinq minutes, vous filez avec la camionnette et ramenez Corwin. Ne tentez rien pour m'aider ».

Il hoche la tête. Par terre, des traces de pas. C'est Le Maudit, je le sens. On a un compte à régler. Pour ce que tu as fait aux Écorchés, à ces pauvres flics, et à Riley.

Les marques au sol me mènent jusqu'à la grange. Sur un écriteau abîmé, je peux lire « Musée du ranch Stadler ». Je pousse la haute porte, sur le qui-vive. J'assiste à un spectacle dément. Des rangées de mannequins de vitrine, nus et entièrement peints en noir. Je ne vois pas leur figure, leur tête est tournée dans leur dos, à cent quatre-vingts degrés. Dans un angle gît un tas de vieux vêtements : vestes de cow-boys, coiffes d'Indiens, robes à corset… Sans doute ce que portaient ces corps de plastique. Je dépasse la première ligne et observe leurs visages. Ils ont tous, sans exception, été tailladés de coups de couteau. Les silhouettes sont disposées en cercles concentriques, qui se resserrent peu à peu. Je dois me mettre de profil pour passer entre eux. Enfin, au cœur de ce tableau infernal, quatre mannequins, peints couleur or, les bras levés vers le ciel, semblent protéger un matelas posé à même le sol. Sur leur figure a été collée une photo de Douglas Fairview, toujours la même. Cette mise en scène, si horrible soit-elle, a un aspect pathétique, enfantin. Des mots, des dessins sont gravés sur les lattes du parquet. « Ombres, lumière ». À côté de la couche, une lampe à gaz et plusieurs ouvrages de Fairview. Au fond de la pièce, le long d'un mur, une montagne de boîtes de conserve ouvertes. C'est la tanière du tueur. Ma torche passe d'un corps à un autre. Et s'il était parmi eux ? Ma vision se trouble un peu. Combien de mannequins ? Douze, non, quatorze ? Et les boîtes de conserve ? Quarante, cinquante ? Les stimuli sont trop nombreux pour la Machine. Je me frappe la tempe avec la main. Ne me fais pas ça, pas maintenant. Mon cerveau s'emballe. Pourquoi leurs visages sont-ils tournés ainsi ? Y a-t-il une signification ? Pourquoi, pourquoi… Je suis paralysée, le flingue baissé, une statue parmi les statues, il n'y a que mes lèvres qui bougent, que mes yeux qui comptent.

Un mouvement sur ma gauche. Émergeant de la pénombre, le tueur se précipite sur moi, brandissant un couteau. Braquer mon pistolet sur lui. Reprendre le contrôle. C'est moi qui dirige. Moi et pas elle. Je lève mon arme, pas assez vite. D'un coup sec, il m'entaille la main. Une douleur fulgurante me fait perdre mon flingue. Je recule et trébuche en arrière. J'ai toujours ma lampe. Je l'oriente vers lui. Ses yeux qui se plissent. Son visage couvert de squames, de rougeurs. Il a son silencieux à la ceinture, mais ne l'a pas dégainé. Non, il veut prendre son temps, en profiter. Il me croit à sa merci. Un léger sourire se dessine sur sa face de mort et il se met à siffler. Ces trois notes horribles que j'ai déjà entendues. Son hymne. Il balaie l'espace avec sa lame. Il est rapide, me blesse le haut du front. Je bute sur des mannequins, en pousse un sur lui. Il l'évite.

Je gagne une seconde, me relève. Un nouveau coup. Suivre son mouvement. Je me décale, attrape son bras de la main gauche, de l'autre, frappe avec ma torche au visage. Il crie. J'assure mon étreinte sur son poignet et retourne la lame contre lui, la lui enfonçant dans le ventre. Il titube, surpris, mais reprend vite son équilibre. Il tire son pistolet de sa ceinture. Sans hésiter, je saisis le canon qu'il vient de braquer sur ma figure, le repousse vers le haut. Ma main bloque la culasse. Il ne pourra faire feu qu'une fois, ensuite son arme sera enrayée. Et il le sait. D'un sourire démoniaque, il place sa deuxième main sur la crosse. J'assure ma prise à mon tour. Il tente de viser ma tête à nouveau. Bon sang, il y est presque. Je lui donne deux coups de pied bas au tibia. Ça le déstabilise, mais pas suffisamment. Je résiste de toutes mes forces, dans ce bras de fer infernal. Le silencieux approche de ma joue. Nos visages ne sont qu'à quelques centimètres. Je vois ses yeux noirs, enragés. Il va tirer.

Un bruit de moteur rugit à l'extérieur. L'instant suivant, dans un vacarme fou, les deux larges portes volent en éclats. La camionnette noire s'enfonce dans la grange et projette les mannequins qui, dans une vague de membres, jambes, bras, torses, frappent de plein fouet le tueur et me font chuter. Je parviens à arracher le flingue. Il me faut quelques secondes pour me relever. Du chaos de corps entremêlés surgit Le Maudit et sa lame ensanglantée. Je réarme le pistolet et le braque sur lui : « Lâche ce couteau, c'est fini. » Sous la lumière des phares, je vois enfin distinctement son visage, comme brûlé, des pans de peaux sèches se décollant de ses joues, son front. Il y a quelque chose au fond de ses yeux, une terreur pure. « Lâche ton couteau. » Mais avant que je n'aie le temps de tirer, il se le plante dans le cou et s'effondre. Il agonise. Son sang qui se répand sur l'amas des silhouettes peintes en noir. « C'est Fairview qui t'a recruté ? » Il ne m'entend pas. Sa respiration est sifflante. « Où avez-vous déménagé le reste du matériel médical ? Chez Leery ? » Un murmure. Je tends l'oreille. « Il m'avait promis un visage. Il m'avait promis la lumière. » Il se fige.

Paul s'extrait du véhicule, dont le capot défoncé laisse échapper une fumée noire. Il s'est ouvert le front sous la puissance du choc. Je m'avance vers lui.

— C'était de la folie, Green. Vous auriez pu m'écraser !

— Drôle de façon de me remercier de vous avoir sauvé la vie.

— Merci, Paul… C'en est terminé du Maudit, mais la nuit est encore longue. Nous devons foncer chez Ted Leery. Il y a peut-être un innocent en danger.

# 59

## Paul
### 30 octobre 2012
### Malibu

3 heures du matin. J'ai le front qui saigne encore, je suis exténué, mais il faut tenir bon. Linda est peut-être là, à l'intérieur de la villa de Ted Leery. Escortés de Corwin, la supérieure de Sarah, et de quatre autres inspecteurs des Homicides, nous contournons la bâtisse par la plage. Afin de gagner en discrétion, les policiers ont décidé de passer par le petit chemin privatif qui grimpe le long de la falaise. Nous franchissons une volée de marches taillées dans la roche. Au-dessous, le bruit du ressac. Nous accédons à un portail assez haut. Sarah l'escalade et parvient à nous ouvrir. Elle nous montre plusieurs caméras, aux angles du jardin. « Nous sommes filmés. Il faut faire vite. » Il y a de la lumière dans l'impressionnante demeure aux murs en pierres naturelles et aux larges baies vitrées. Je distingue un grand salon meublé de canapés en cuir blanc qui font face à une cheminée, et un énorme escalier en

colimaçon. Des œuvres d'art contemporain présentent des corps entremêlés, comme enchevêtrés. Pas un mouvement. Je perçois de vagues notes de musique. Sans doute de l'opéra. Grâce aux planques faites devant chez lui, Shelley sait que Leery vit seul et qu'il ne devrait pas y avoir de personnel à cette heure tardive. J'ai du mal à respirer. Il y a ce gilet pare-balles, que les flics m'ont forcé à enfiler, qui m'enserre la poitrine. Mais c'est la peur, surtout, qui me comprime le thorax. Comme prévu, je laisse les agents partir en première ligne. Je les observe avancer sur la pelouse taillée au cordeau, longer un grand jacuzzi, un salon d'été, et accéder aux baies vitrées.

Corwin a eu du mal à croire que le patron du LAPD soit impliqué dans cette folle affaire, mais, grâce aux arguments de Sarah, elle a accepté de nous prêter main-forte sans en référer à Spetzer. Il a fallu ensuite la convaincre de me laisser les accompagner. « Green a fait un sacré boulot sur cette enquête. Il connaît tout de La Voie. Nous avons besoin de lui. » Corwin a fait confiance à son inspectrice, non sans la prévenir : « Si vous faites fausse route, nous en paierons toutes les deux le prix, Shelley. »

Au signal de la boss, Sarah, lentement, ouvre une porte en verre et s'engouffre à l'intérieur de la villa. Pendant quelques minutes, en silence, les policiers vérifient tout le rez-de-chaussée. Sarah a beau être blessée, je la sens aux aguets. Nous nous rejoignons devant l'escalier. Sarah dit à sa supérieure : « RAS ici, il faut s'attaquer aux étages. » Corwin, en quelques gestes, envoie trois de ses hommes au premier, tandis que nous descendons avec elle et un autre policier au sous-sol.

Nous arrivons dans un long couloir dont la partie droite a été creusée à même la roche. Il y a trois portes sur le côté gauche et, tout au fond, une autre entrouverte, face à nous. La musique a l'air de provenir de là-bas. En avançant, je détaille les antiquités installées dans le corridor. Certaines sont accrochées au mur, d'autres présentées dans des boîtiers de verre. Ce sont des masques. Partout. D'origine grecque, africaine, japonaise, égyptienne, ils nous fixent de leurs yeux obscurs. Sarah jette un œil à chaque pièce, précautionneuse : une salle de projection, un spa, puis un local de sécurité rempli d'écrans de contrôle qui renvoient les images des caméras de la maison. Shelley s'y attarde. Elle repère les agents qui fouillent l'étage, mais aucune trace de Leery. On repart. Sarah marque une pause devant la dernière porte, entrebâillée. Son regard vers nous. Colère, incompréhension. Ses doigts qui se resserrent sur son arme. Elle a vu quelque chose. Après un signe de tête à Corwin, l'inspectrice pousse le battant en métal. La musique est désormais tonitruante. Je m'avance, happé, malgré les consignes. Un espace nu, en béton. Du matériel hospitalier. Une chaîne hi-fi dernier cri qui laisse échapper des chœurs fous, puissants. Une table basse en verre couverte de traits de cocaïne, un fauteuil rouge. Deux lits, tête-bêche. Et là, devant nous, allongée sur l'un d'eux, cadavérique, Linda. Sans me contrôler, sans me soucier du danger, parce que rien ne compte sinon m'assurer qu'elle va bien, je me rue sur la gamine. Je détache les sangles qui l'entravent. Elle a un cathéter dans son bras gauche, relié à un tube chargé de sang qui remonte jusqu'à une étrange machine, un boîtier en métal gravé d'un serpent en spirale. L'appareil fait des pulsations continues, comme s'il servait de pompe. À l'autre extrémité, un second tube en sort, d'où du sang s'égoutte sur le sol. Doucement, je retire la canule du bras gris de la jeune fille, trouve un coton pour faire compresse. « Linda, ça va aller. Tu es en sécurité. C'est moi, Paul. Paul Green. Je suis avec la police. » Elle ne réagit pas. Elle a des cernes violets, semble si faible. Une fine robe en lin souillée habille son corps nu. Sa poitrine se soulève lentement. Elle est vivante. Sarah indique un gros sac isotherme noir contenant des poches de sang. Des gouttes carmin constellent le sol et s'échappent vers une issue au fond de la pièce. Sarah me demande de rester avec Linda et, accompagnée de Corwin et de l'agent, elle suit la piste de sang. J'appelle une ambulance, retire mon pull et le place sur les épaules de la gamine. Je t'ai retrouvée, Linda. Enfin.

Après quelques secondes, la jeune femme entrouvre les yeux. Son regard terrifié cherche autour d'elle. Ses mots peinent à franchir ses lèvres desséchées. « Il… il sait que vous êtes là. C'est un piège. » Pas le choix, j'entre dans la pièce où sont partis les flics.

La large salle, semblable à une caverne, est plongée dans l'obscurité. En son centre, une piscine éclairée de l'intérieur renvoie des reflets bleus sur la roche. Sarah, Corwin et l'officier, sur leurs gardes, sont toujours en train d'observer les traces sur le sol. Je regarde partout. Pas un bruit. Juste le ploc-ploc de gouttes qui perlent sur les dalles de marbre sombre. Shelley tend la main vers une poche de sang suspendue en hauteur, accrochée à un portant. Je crie : « Attention ! Il est là ! » La seconde suivante, une lame glacée et ondulée se pose sur ma gorge, et un bras puissant m'entrave.

C'est lui. Sarah et ses collègues se retournent et braquent leurs armes. Je sens la respiration rapide de Leery dans ma nuque. Il me force à reculer. Shelley le menace : « Leery, rendez-vous. Vous ne pourrez pas vous enfuir. La maison est cernée par la police. C'est fini. » Un ricanement. « Qu'est-ce que vous croyez ? Que vous me faites peur ? Vous n'êtes rien. Vous n'êtes personne. » Je sens que sa main se resserre sur le couteau. J'ai le cœur qui bat à en faire exploser ma poitrine. Je vais mourir comme ça ? Ici ? Les faisceaux des lampes torches m'aveuglent. Je distingue la silhouette de Sarah, immobile. Son pistolet pointé sur nous. J'articule : « Sarah, tirez... Tirez ! » La pièce s'emplit d'une déflagration. Une balle me frôle la joue. Leery relâche son emprise. Je me jette en avant. Shelley l'a touché à l'épaule, suffisamment pour le déséquilibrer. Je rampe vers les policiers, une main sur mon cou meurtri. Leery s'est un peu voûté, mais se redresse et étire son corps fin et musclé. Il est uniquement vêtu d'une longue toge noire, ouverte sur son corps nu. Il s'est étalé du sang sur toute la face et le torse. Ce n'est plus le visage du gentil présentateur adulé des foules. C'est celui d'un monstre, d'où émergent des yeux exorbités, déments, et des dents d'un blanc immaculé.

Il avance vers nous. « Vous débarquez chez moi et vous pensez pouvoir tout arrêter. Mais c'est trop tard. Nous avons bu l'Éclat. Nous sommes tous rassasiés. Vos armes ne pourront rien contre moi. Je suis immortel. » Il est à moins de deux mètres de moi. Il soulève son couteau, prêt à frapper. « Si vous faites encore un pas, je tire, Leery. Lâchez cette arme. »

Il crache au sol et fond sur moi. Sarah fait feu. Une première fois dans sa jambe gauche, une deuxième au niveau du foie. Le présentateur met un genou à terre, observe, intrigué, le petit trou dans son ventre qui laisse échapper un filet de sang. Il passe sa main dessus, et le lèche en nous regardant. « Je n'ai pas peur de vous. Vous êtes insignifiants. Nous sommes les Serpents. Nous chassons. Nous sommes les choisis. Nous prenons. Nous sommes les Immortels. Nous vivrons. » J'arrive enfin au niveau de Corwin, qui me tire et me place derrière ses agents. Leery se redresse et marche vers Shelley. Je reste stupéfait devant le spectacle de terreur, de folie qui se joue. Sarah n'hésite plus et tire dans le torse. Leery tombe à la renverse. C'est fini. Je l'espère. Je respire.

Une quinte de toux et ce même ricanement sifflant. Contre toute attente, le tortionnaire de Linda se hisse à quatre pattes. Puis, dans un cri de douleur, se relève.

« Vos armes ne peuvent rien. » Sa voix est différente, comme s'il voulait s'en convaincre lui-même. « Vous ne nous arrêterez jamais. Vous ne nous retrouverez jamais. Nous sommes les ombres. Nous sommes Ceux de Mehen. » Avec une vigueur inconcevable, il se met à courir vers nous, son couteau à la main. Corwin et Shelley font feu en même temps. Deux impacts. Leery bascule dans la piscine. Il flotte sur le ventre, immobile. Nous attendons, dans le silence. Tous craignant qu'il se remette à bouger. L'eau bleue se teinte de volutes de sang. Il aura fallu six balles. C'est fou, impossible.

Une heure plus tard, je suis devant la villa. Policiers et ambulanciers s'activent autour de moi. Mais je n'y prête guère attention. Je suis sonné, vanné. Un infirmier achève de panser ma plaie sur le cou. On vient d'emmener Linda à l'hôpital pour être transfusée en urgence. Si elle avait perdu plus de sang, c'en était fini pour elle. J'ai prévenu son père. Sarah, elle, est toujours à l'intérieur avec Corwin. Elle est venue me voir tout à l'heure, pour savoir comment j'allais. « Il reste une dernière chose à faire, Paul. Il faut qu'on intervienne dans L'Enceinte. Nous aurons besoin de vos connaissances. Vous êtes avec nous ? » J'ai opiné. « Jusqu'au bout, Sarah. » Elle a dû sentir ma lassitude, et m'a lâché un petit sourire avant de repartir.

En bordure du périmètre de sécurité, un attroupement s'est formé. Des curieux, voisins fortunés en robe de chambre, qui se demandent ce qui a pu arriver à leur cher Ted. Quelques médias, déjà, se pressent contre la bande jaune, à l'affût de la moindre information. Parmi eux, je remarque un couple qui filme dans ma direction. Cette caméra plantée sur moi. Ce sourire figé. Non… Ce sont eux. M. et Mme Parfaits. Je tente d'articuler un « Il faut arrêter ces deux personnes ! » mais j'ai un vertige et m'écroule par terre. L'infirmier m'aide à me relever. J'ai la vision trouble. Après une petite minute, je pointe un doigt vers l'attroupement. Mais ils ont disparu.

La Voie les a envoyés. Ils sont au courant.

# 60

## Sarah
31 octobre 2012
Ojai

Je vérifie une énième fois ma montre. Dans vingt-cinq minutes, nous donnerons l'assaut sur L'Enceinte. Nous sommes installés à cinq kilomètres en retrait d'Ojai. Les trois fourgons du SWAT et les deux 4 × 4 de la police sont parqués sur un chantier de construction. Nos objectifs sont clairs : sécuriser le périmètre, appréhender Douglas Fairview, exfiltrer Rafa et nous assurer que les Purs ne sont pas en danger. C'est une intervention tendue. Si l'on en croit Paul, il y a trois cents personnes là-bas. Qu'est-ce qui nous attend ?

Green, après avoir une nouvelle fois décrit la topographie de L'Enceinte sur une carte satellite, tente de convaincre Dougherty, le responsable du SWAT : « Lieutenant, c'est de la folie. Nous ne sommes pas assez nombreux. Il nous faudrait plus d'hommes, un armement lourd. Vous ne vous rendez pas compte. J'ai vu ce qu'ils cachent là-bas. Ils ont des fusils d'assaut, assez de munitions pour tenir un siège. Je dois y aller seul. Je peux raisonner Douglas. Empêcher un massacre. Il y a tant d'innocents là-dedans. Des jeunes, des enfants… » Dougherty l'interrompt : « Laissez faire les professionnels, Green. Nous avons estimé au mieux la menace sur zone. Ce n'est qu'une communauté de babas cool. Vous l'admettez vous-même, ils vous ont drogué. Cette armurerie que vous pensez avoir vue, on n'en trouve aucune trace sur les images satellite. Croyez-en mon expérience, quand ils vont nous voir débarquer, vos Marcheurs ne feront pas les malins. »

Je m'approche des deux hommes, Dougherty me lâche à l'oreille, avant de s'éloigner : « Ce civil n'a rien à foutre ici, Shelley. » Je ne réponds pas et essaie de calmer Paul. Il est à cran, comme nous tous.

Derniers préparatifs. Chacun vérifie son matériel, on ajuste son gilet pare-balles, contrôle son fusil. Les gars du SWAT se transmettent un portrait de Douglas Fairview. Il nous le faut, impérativement, vivant. Il est la clé qui nous manque pour percer les derniers secrets de La Voie.

Plus que quelques minutes avant l'assaut. Je reste un peu à l'écart, à la lisière d'un sous-bois recouvert par la poussière du chantier. Ces dernières quarante-huit heures ont été folles. Impossible de fermer l'œil. Des images me hantent. La Machine me les joue en permanence, comme un disque rayé qui tournerait au fond de mon cerveau. La Bouche du diable, le combat contre le tueur, la découverte du corps agonisant de Linda, le face-à-face avec Leery et son visage de démon… Je réfrène un tremblement dans ma main, vérifie à droite, à gauche, et avale un cachet de dextro. Il faut tenir le coup.

Grâce aux analyses des équipes de Hodges et à mes discussions avec Linda, nous avons compris ce que Leery, Ferrone et les autres membres de Ceux de Mehen entreprenaient. Ils s'étaient convaincus que des transfusions répétées de sang provenant d'une jeune personne pourraient les régénérer, telle une fontaine de Jouvence. Une promesse d'éternité. Certainement avec l'aide de La Voie, ils ont élaboré une machine permettant un transfert direct. À l'aide de cet appareil, ils pompaient le sang de Linda et se l'injectaient dans le corps. La jeune femme, malgré sa fatigue, me l'a confirmé quand je lui ai parlé à l'hôpital : « Pendant des jours, les Masques se sont succédé. J'ai arrêté de les compter, mais il y en avait au moins une dizaine. Ils ne parlaient pas. S'installaient, tendaient leur bras, me volaient mon sang et disparaissaient. Je n'étais rien, personne pour eux. Un réservoir. Douglas nous avait promis que l'on servait un but commun, que l'on aidait les Arpenteurs. Mais quand j'ai vu ces monstres, j'ai compris. Tout ça, c'était des mensonges. Depuis le début. » Selon Fairview, elle détiendrait en elle « l'Éclat », un sang encore plus pur que celui de ses camarades. C'est pourquoi elle aurait été choisie pour être l'ultime donneuse.

Hier, Corwin a interrogé Spetzer, lui a parlé de l'enquête bâclée de 1982 sur la mort de Gary Gallows et lui a demandé de se prêter à une prise de sang. S'il avait reçu une transfusion de Linda, son taux de masse sanguine devrait être anormalement élevé. Le chef de la police a nié en bloc et refusé catégoriquement. Le soir même, nous apprenions qu'il avait remis sa démission pour raisons de santé. Une forme d'aveu. Pour le moment, et tant que nous n'aurons pas d'éléments plus probants, le juge Hammond ne veut pas lancer de poursuite contre lui, pour ne pas salir l'image du LAPD. C'est donc Corwin qui chapeaute l'intervention d'aujourd'hui.

De son côté, Hodges a fait un travail formidable pour condenser un maximum de données sur le sujet en un temps record. Je crois que cette affaire fascine le vieux légiste. Pour ne pas penser à l'assaut, je réécoute les mémos vocaux qu'il m'a envoyés : « Aujourd'hui, pour des questions de conservation et d'hygiène, la transfusion en direct n'existe plus. Le boîtier qu'ont utilisé Ceux de Mehen s'inspire des appareils mis au point aux prémices de cet acte médical, notamment durant la Première et la Seconde Guerre mondiale. Ils ont remplacé la manivelle qui permettait de drainer le sang manuellement par une pompe électrique, mais le principe reste le même. Le sang est aspiré d'un côté, puis renvoyé de l'autre. On a également découvert que Leery s'était d'abord prélevé du sang pour pouvoir accueillir celui de Linda Richardson. J'attends des analyses complémentaires, mais je sais déjà que la jeune femme n'a pas été choisie au hasard, comme toutes les autres victimes. Elle est donneuse universelle. Quant à cette histoire de puissance, d'immortalité, elle trouve ses racines dans un mythe très ancien selon lequel l'ingestion de sang aurait des vertus curatives. Mais on est sur un terrain épineux, car la transfusion directe, d'un individu à un autre, est formellement interdite, hormis dans le cas d'un traitement précis ou d'une urgence médicale. Pour contourner la loi, Leery et ses pairs ont mis en place ce "vol" d'hémoglobine. Les dernières pièces du puzzle s'assemblent, Sarah. On a à présent la confirmation que les autres victimes, les Écorchés, sont mortes d'anémie parce que ces saloperies leur avaient aspiré trop de sang. Ce ne sont plus des hommes, ces types. Mais des monstres. Des vampires. »

Quand j'ai demandé s'il était possible que cet afflux sanguin ait renforcé le métabolisme de Leery, Hodges a hésité : « Si on en juge par ses blessures, il a en effet fallu six balles pour l'achever. C'est impressionnant. Mais la puissance du mental est précieuse. Si Leery s'était convaincu d'être invincible, il a pu forcer son corps à se relever encore et encore. Il existe cependant des études troublantes. Actuellement, des scientifiques tentent de démontrer qu'un apport sanguin pourrait régénérer les cellules du cerveau et l'organisme. Certaines sociétés privées s'intéressent aux effets d'un jeune plasma humain sur des souris. Leurs premiers résultats seraient stupéfiants. Pendant plusieurs mois, ils ont injecté du plasma d'adolescent à des souris âgées de douze mois, en fin de vie, puis comparé leur comportement avec d'autres rongeurs du même âge. Les souris sembleraient avoir rajeuni, et elles se repèrent, par exemple, plus aisément dans un labyrinthe. Les chercheurs ont constaté que leurs neurones se seraient redéveloppés. Il est donc probable que cet afflux de sang "pur" ait un impact régénérateur. Mais si cette hypothèse se confirmait, elle ouvrirait la porte à toutes les folies. Imaginez que d'autres groupes comme Ceux de Mehen se mettent à voler du sang à des gamins. Ça deviendrait un trafic terrible. Un nouvel or. Un or rouge. »

Hodges m'a fait parvenir un ultime mémo, au sujet du tueur, Le Maudit. Les examens pratiqués sur son cadavre ont montré qu'il était atteint d'une maladie de peau rare : l'ichtyose harlequin. Pathologie qui explique la sécheresse extrême, les squames et la déformation de son visage. J'en suis certaine, Fairview a utilisé cette maladie, l'isolement de cet individu, trop différent, considéré comme un monstre, pour le convaincre de devenir son homme de main. La haine qu'il devait avoir emmagasinée contre cette société qui l'a toujours rejeté, Le Maudit l'a laissée jaillir en détruisant les corps et les visages de ces jeunes qui étaient ce qu'il ne serait jamais. Normal.

Je vais chercher Green et l'accompagne jusqu'au véhicule de queue, dans lequel nous devons embarquer. Les portières claquent. Il est temps.

# 61

## Paul
### 31 octobre 2012
### Ojai

C'est l'aube. Les rayons du soleil commencent à percer entre les collines. Le convoi fonce dans les rues désertes d'Ojai. Nous traversons le centre-ville, longeons le haut mur blanc de L'Enceinte. Dans un grésillement, la radio de notre véhicule laisse entendre la voix de Dougherty : « Préparez-vous, on lance l'assaut dans trente secondes. » Nous arrivons devant l'entrée. Crissements de pneus, moteurs qui grondent. Je m'accroche à une poignée de maintien et observe à travers le pare-brise. Devant nous, le camion BEAR, doté d'un bélier, enfonce sans difficulté le grand portail en fonte de L'Enceinte. Les engins remontent sur l'allée pavée vers Le Cœur. Les véhicules blindés se garent en travers de la route, afin de former un barrage. Les premiers hommes du SWAT émergent des fourgons en ordre serré, et attendent l'ordre d'assaut. C'est à nous. À la suite de Corwin et Shelley, je sors. Nous progressons, courbés sur nous-mêmes, jusqu'à une position à couvert derrière un fourgon. J'observe L'Enceinte. Pas un bruit, pas un mouvement. Une première escouade de cinq hommes se lance vers la villa. L'un d'eux est équipé d'un bélier. Dougherty se tourne vers moi, un sourire de victoire sur le visage : « C'est ça votre milice armée, Green ? » Je jette un œil par-dessus le capot. En file indienne, serrés les uns contre les autres, les agents tactiques progressent le long de la bibliothèque, dépassent les bassins, arrivent sur la place. Ce silence… Je remarque que dans l'hacienda, comme partout dans le domaine, les volets sont fermés. Il y a un problème.

Alors que je m'apprête à mettre en garde Dougherty, une sonnerie stridente hurle dans les haut-parleurs de L'Enceinte. Les notes de La Voie en suraigu. Ça vrille les tympans. C'est un signal. L'instant suivant, les volets des étages de la villa s'ouvrent et des hommes armés de fusils d'assaut commencent à faire feu. Ça pétarade dans tous les sens. Je me tasse contre les pavés du sol. Le véhicule devant nous reçoit des impacts de balles. Il y a des cris. Des explosions. J'aperçois d'autres adeptes de La Voie surgir des bâtiments autour du Cœur et se mettre à courir et tirer, un peu désespérés, sur les policiers, en hurlant « Vers la lumière ! ». Ils se font abattre froidement par les agents. Parmi eux des hommes âgés, des jeunes. Je reconnais des visages… Les corps qui chutent. Merde. On nous demande de reculer. Corwin, Sarah et moi rampons jusqu'à notre SUV. Parvenu derrière la portière ouverte, en retrait, je distingue mieux ce qui se joue autour de la villa. Je repère plusieurs membres du SWAT à terre. Des cadavres de Marcheurs. Un agent tire l'un de ses acolytes en arrière et se prend une rafale dans le ventre. C'est un carnage. Des hommes de Dougherty balancent des grenades fumigènes vers le bâtiment. D'autres installent à la hâte des fusils de snipers sur les capots afin de déloger les tireurs barricadés derrière des planches, des matelas, aux fenêtres du Cœur. Un premier est abattu, un autre. Un troisième, du deuxième étage, lance un objet dans le vide. C'est une grenade. L'explosion fauche un agent. Devant nous, Dougherty hurle dans son talkie-walkie mais plus personne ne l'entend. Je me retourne vers Corwin. « Vous êtes la responsable de cette mission. Il faut demander aux hommes du SWAT de se retirer. C'est un massacre. On doit réfléchir. Parlementer avec Fairview. » Elle me regarde, l'air un peu absente. Elle est terrorisée. Sarah appuie mes paroles. « Paul a raison. C'est de la folie de continuer. » Corwin réagit enfin. À l'aide de son talkie-walkie, elle contacte Dougherty : « Lieutenant, il faut donner l'ordre de repli. » Un silence, puis une voix froide, glaciale : « Nous gérons la situation. On ne fera pas marche arrière. » Il nous jette au loin un regard de défi, avant de donner des ordres à ses hommes. Ce salopard ne veut rien entendre. Pas d'autre choix que d'assister, impuissant, à cette tuerie.

La cour de la villa est nimbée d'un épais nuage de fumée grise. Ici et là, des silhouettes se déplacent puis s'écroulent, les déflagrations font comme des éclats d'or dans les ténèbres. Après quelques minutes, l'effet des fumigènes se dissipe. Entre les volutes, les deux survivants de la première unité du SWAT apparaissent, planqués derrière une fontaine, sous le feu ennemi. Les snipers abattent finalement les derniers tireurs embusqués. Instantanément, les volets se referment. Le silence à nouveau. Puis des râles de douleur. Ça sent la poudre et le sang. Des ombres fantomatiques surgissent du brouillard et rejoignent les fourgons.

Après s'être rapidement enquis de leur état et avoir passé le relais au médecin de l'équipe, qui attaque les premiers soins, Dougherty, comme enragé, réunit ses deux autres unités. J'entends leur discussion via les talkies-walkies, il va lancer un nouvel assaut, groupé cette fois, avec le reste des hommes, qui progresseront jusqu'à la villa en traversant les bâtiments adjacents. C'est complètement fou. J'essaie de m'approcher, mais Sarah me fait non de la tête. Corwin, dans sa radio, tente de faire entendre raison à Dougherty : « Lieutenant, il faut annuler l'assaut. Attendre les renforts et prendre le temps d'organiser une contre-attaque. Il va y avoir d'autres morts... Je suis votre supérieure. Obéissez aux ordres, bon sang ! » Trop tard. Dougherty éteint ostensiblement son talkie-walkie. Puis, à son signal, une dizaine d'hommes filent sur le côté. Le responsable du SWAT ouvre la marche, à couvert derrière un bouclier anti-émeute. Ils défoncent une porte, pénètrent dans les bureaux de L'Enceinte. On entend des coups de feu. « Premier bâtiment. Dégagé. On continue. Nous arrivons face à une sorte de chapelle. On entre. Merde... » On entend des aboiements, les cris d'un homme. Je le reconnais. C'est Boone. Je colle mon oreille au talkie-walkie. Sa voix grésillante : « Jetez vos armes ! Il y a des enfants derrière. Je les protège. Jetez vos armes ! »

Sans hésiter, je cours vers le barrage de véhicules. J'entends Sarah qui hurle derrière moi. Personne ne me retient, toute l'attention étant concentrée sur Le Cœur. Je franchis les fourgons, je peux y arriver. Je risque de me prendre une balle d'une seconde à l'autre, je le sais, mais ça n'a aucune importance. Je dois sauver mon ami. Le raisonner. Je traverse les bureaux. Des documents ont été brûlés dans des corbeilles. Il y a deux cadavres qui gisent au sol, des Marcheurs abattus par le SWAT alors qu'ils n'étaient apparemment pas armés. Je passe la porte au fond du bâtiment, accède à la chapelle. J'y suis presque. Il y a des tables d'écoliers, des dessins aux murs, des portraits de Fairview, partout. Là-bas, sur l'estrade, Boone braque un fusil sur la dizaine d'agents qui l'encerclent. S'il me voit, il le lâchera. Je crie : « Boone ! Non ! »

Le Pirate croise mon regard, surpris, abaisse légèrement son arme. L'instant suivant, sans sommation, Dougherty fait feu. Boone se prend une première balle dans le torse. Puis trois autres agents le criblent de projectiles. Le vieil homme s'effondre. Je bouscule les flics et me jette auprès de mon ami.

— Je voulais… protéger les gamins, Paul. Promets-moi qu'ils ne leur feront rien.

— Je te le promets. Ça va aller, Boone. Je suis là. Je ne te lâcherai pas.

— Je te l'avais dit qu'on se reverrait. Ici…

— Ici ou en enfer, oui.

Il ferme les yeux.

— J'entends les vagues, Paul. Ça y est, je pars enfin en croisière.

Le Pirate me sourit, avec cet air un peu triste qui ne l'a jamais quitté. Je lui chuchote à l'oreille :

— Je t'emmènerai là-bas, sur l'océan, je te le jure, Boone.

Il se tend. C'est fini. J'ai envie de hurler, de tout fracasser, de leur arracher leurs casques, leurs gilets pare-balles, et leur montrer ce qu'ils ont fait. Flash aboie vers les flics, toutes dents dehors. La voix de Dougherty : « Abattez-moi ce clébard, merde. » Plus vraiment conscient de ce qui m'entoure, je me lève, fonce sur le lieutenant et le pousse de toutes mes forces. « Vous ne le toucherez pas, c'est mon chien ! Vous avez tué mon ami. Il n'aurait jamais tiré. Il était juste terrifié. » Dougherty, méprisant, me décoche un énorme coup de poing. Je m'affaisse, les lèvres en sang. Flash vient à mes côtés, me lèche le visage. Je le serre contre moi. Reste là, Flash. Je ne veux pas qu'ils te prennent aussi. Je ne le supporterais pas. Les canons de leurs fusils sont rivés sur nous. Les agents attendent les ordres de leur boss.

Derrière nous, une porte s'entrouvre. Dougherty est prêt à tirer. Je hurle « Non ! », me lève pour faire barrage. Une première tête d'enfant apparaît, puis d'autres gamins émergent de la sacristie. Les hommes du SWAT nous tiennent toujours en joue. Mais, à leurs regards, je sens bien qu'ils doutent. À cet instant, Sarah et Corwin pénètrent dans la chapelle, me rejoignent et s'interposent à leur tour. Face à nous, un mur de fusils. Corwin se plante devant le chef du SWAT, furieuse. « Dougherty, dites à vos hommes de baisser leurs armes, c'est un ordre ! Si vous n'obéissez pas, je vous jure que je vous ferai poursuivre pour ce que vous avez fait aujourd'hui… »

D'un signe, Dougherty indique à ses agents de ne plus nous viser. Je respire, enfin. Puis, il leur ordonne, à contrecœur, les mâchoires serrées :

« Les gars, on sécurise les enfants et on se replie. »

Je me retrouve dehors, poussé par les gars du SWAT. Je tiens Flash par le collier. Dans mon autre main, je garde, serrée, la casquette ensanglantée de Boone. Encadrés par les unités d'élite, les enfants pleurent. L'éclat du soleil m'aveugle. Sur ma droite, j'aperçois les cadavres des Marcheurs, des policiers. Sarah nous rejoint derrière les fourgons. Elle me parle, mais je n'entends plus rien.

C'est un cauchemar. Un putain de cauchemar.

# 62

## Rafa
### 31 octobre 2012
### Ojai

Des bruits de moteurs de voitures, suivis de tirs, d'explosions, de cris. Que se passe-t-il dehors ? Je suis toujours dans mon putain de puits. Ça fait des jours qu'ils m'ont descendu dans ce trou au milieu du cloître. À force de ne pas pouvoir m'allonger, j'ai le dos en compote. Je passe mes journées et mes nuits en boule, les jambes ramenées contre mon torse. Le pire, c'est de voir les rayons du soleil glisser jusqu'au fond du trou. Autour de midi, pendant quelques minutes, je ferme les yeux et laisse leur chaleur me réchauffer. L'instant suivant, l'astre continue sa course et ses rayons se font la malle. Le puits replonge dans les ténèbres, l'humidité, le froid. Tout est punition au fond de ce maudit gouffre. Seule consolation, je ne baigne pas dans de l'eau croupie. Depuis longtemps, le puits est asséché. Mais il n'empêche que, parfois, au milieu de la nuit, je me réveille entre deux courtes phases de sommeil. J'ai l'impression que je suis happé par des flots noirs, que je me noie. Comme dans le réservoir de Los Angeles. Peut-être que c'est ça qu'ils veulent ? Que je crève de peur.

Depuis hier soir, personne ne m'a descendu de repas. Normalement, quand la température se rafraîchit, ils laissent glisser jusqu'à moi un seau avec un quignon de pain, une bouteille d'eau. Mais là, rien. Comme s'ils m'avaient oublié. Je suis tellement assoiffé que j'en suis venu à lécher un filet d'eau qui filtrait entre les moellons. Ça avait un goût de terre, de mousse. Mais c'est mieux que rien. Autour de moi, des gravats. Je n'ai qu'une couverture rêche pour me servir de matelas. Un espace de moins d'un mètre carré pour m'asseoir. Mais je ne suis pas seul ici. Dans les ténèbres, ça grouille. Au début, quand je sentais les insectes, que je voyais courir sur mes jambes les mille-pattes luisants d'humidité, je me débattais. Ça ne sert à rien. Maintenant, je les laisse faire.

Je hurle encore, pour la énième fois :

— Faites-moi sortir ! Aidez-moi ! Je suis au fond du puits. Bordel, ne me laissez pas là !

Les dirigeants de L'Enceinte ont dû sentir que la police allait débarquer. Depuis hier, j'ai remarqué de l'agitation dans la Source. Puisque je ne peux faire que ça, je me concentre sur les voix, les sons. Toute mon attention est tournée vers ce qui se joue là-haut. J'ai entendu Balden parler à ses hommes. Il leur demandait s'ils avaient fini de barricader la porte d'entrée. Il a évoqué d'autres choses, moins claires, qu'il fallait « se préparer à l'Embrasement » et penser à « bien sécuriser les doses ». Un peu plus tard, j'ai cru comprendre qu'ils rassemblaient les Purs et leur ordonnaient de se rendre dans la salle à manger. Sans doute sont-ils toujours là-bas.

Ça tire encore dehors. Je reconnais des détonations de fusil d'assaut. Sarah, Paul et la police viennent-ils, enfin, nous délivrer de cette folie ? Je dois essayer, encore une fois. Je serre les poings et tente à nouveau de grimper le long des parois glissantes. Malgré l'obscurité, je parviens à repérer les saillies de pierre qui me permettent de prendre appui. Je suis à deux mètres du sol. Me hisser, encore un peu. Cette fois, je peux y arriver. Plus que cinq mètres. Je peux… Mais mes doigts ripent sur de la roche friable. En me retenant désespérément, je m'arrache deux ongles à la main gauche. Je chute. J'ai si mal. Qué puto infierno… Je ne sortirai jamais d'ici.

# 63

## Sarah

1er novembre 2012

Ojai

Cela fait des heures que la voix de Paul répète le même message, inlassablement, dans le mégaphone : « Douglas, c'est Paul Green. Laissez-moi vous parler. Il y a trop de vies en jeu. Vous ne voulez pas que ça se termine ainsi. »

Depuis l'assaut d'hier matin, tout s'est enchaîné très vite. Grâce au coup de pression de Corwin sur Dougherty, le SWAT s'est résigné à une approche moins frontale. Ils ont décidé de sécuriser en premier lieu les autres bâtiments de L'Enceinte avant de s'attaquer, dans un second temps, au Cœur. Dans les baraquements de l'autre côté de la colline, nous avons découvert deux cent cinquante adeptes, terrés. La plupart avaient l'air complètement perdus, effrayés, comme des gamins. Certains répétaient qu'ils ne voulaient pas rejoindre les ombres, d'autres nous hurlaient dessus, proférant que c'était notre faute. On nous traitait de monstres, d'Hostiles. On les a conduits à un gymnase dans le centre d'Ojai, où des équipes médicales les ont pris en charge. Les heures suivantes, lentement, les forces du SWAT ont pris le contrôle de la majeure partie du domaine. Un seul autre lieu, malheureusement, n'a pu être sécurisé en raison d'échanges de coups de feu, la Source, où résident les Purs et, certainement, Rafa. Là-bas, une intervention sera difficile. Cet ancien monastère a beau être vétuste, il semble imprenable. Des fenêtres protégées par des barreaux en fonte, une porte d'entrée en bois imposante, digne d'un château fort. Dougherty a pensé lâcher ses hommes en rappel d'un hélicoptère au-dessus du cloître central. Mais qui sait ce qui les attend là-bas ?

En fouillant les différentes infrastructures, nous avons fait des découvertes qui dessinent l'invraisemblable système de contrôle et de surveillance mis en place par ce gourou, Douglas Fairview. D'abord cette fameuse Forge dont m'avait parlé Paul, où nous avons trouvé quatre prisonniers. Maigres, à moitié fous, ils ont immédiatement été transférés vers des hôpitaux. Puis ce furent les caméras. Paul nous avait prévenus mais lui comme moi étions loin d'imaginer qu'il y en aurait autant, partout. Nos agents ont ainsi déniché plus d'une centaine de micros et caméras miniatures dissimulés dans les chambres des baraquements, dans les sanitaires, au-dessus des tables du réfectoire. Les Marcheurs étaient surveillés en permanence, nuit et jour, même dans leur plus stricte intimité. Un réseau hallucinant qui semblerait converger, si l'on en croit les câblages révélés, vers la bâtisse principale.

Mais le plus terrible fut cette salle cachée sous le Foyer, la cantine de L'Enceinte. Derrière une armoire coulissante, après un escalier, se trouvait un véritable laboratoire. Des murs couverts de carrelage blanc, froids. Dans ces sous-sols qui communiquaient avec la clinique Via, chaque jour, quelques adeptes, sous la responsabilité du docteur Singhal, mélangeaient les compléments alimentaires avec de l'Haldol, un neuroleptique antipsychotique puissant. On a mis la main sur de nombreux bons de commande du médicament dans son bureau. Cela fait des années que ça dure. Via achetait des stocks d'Haldol aux quatre coins du globe, changeant sans cesse de fournisseur pour éviter d'être tracé. Singhal et ses équipes ont été interpellés et sont actuellement interrogés. Le médecin assure qu'il ne faisait qu'obéir aux ordres de Fairview, que leur but était simplement « d'aider les Marcheurs à trouver la paix et le bien-être ». Foutaises. Tout le monde ici, hommes, femmes, enfants, était drogué à son insu. Ainsi, en vivant dans une béatitude artificielle, personne ne faisait jamais de vagues. Plus inquiétant, il y avait, dans le laboratoire, une grande armoire médicale frigorifique dont le contenu avait été vidé. Qu'ont-ils fait de ce qui était conservé là-dedans ? Singhal ne veut rien lâcher.

D'après nos calculs, et avec l'aide de Paul, on pense qu'une trentaine de Marcheurs sont toujours retranchés dans les deux bâtiments encore inaccessibles, la Source et Le Cœur. Les têtes pensantes du LAPD, le gouverneur lui-même et Dougherty s'écharpent sur la meilleure stratégie à adopter. Impossible d'avoir recours à des grenades à gaz lacrymogène. Après le fiasco de l'assaut sur Waco en 1993, on craint qu'elles ne puissent déclencher des incendies. Il faut attendre et espérer que Paul finisse par les convaincre de parlementer. Les équipes du gouverneur harcèlent Dougherty et Corwin pour trouver rapidement une issue à cet insupportable siège. Ils ne veulent surtout pas que le blocus de la communauté s'éternise. Déjà, les médias encerclent le domaine. Certains ont tenté un survol du lieu avec des caméras embarquées dans des hélicoptères. Le central a été obligé de diligenter un de nos hélicos sur place pour empêcher cela. En ce moment même, l'appareil braque ses projecteurs sur les volets fermés. Je regarde ma montre. Il est 22 heures. Ça fait quarante heures que nous avons mené l'assaut sur L'Enceinte. Ce silence… Il se prépare quelque chose à l'intérieur. J'en ai le pressentiment. Quelque chose de terrible.

Dans l'après-midi, j'ai reçu un coup de fil de Hodges. Le responsable de la scientifique voulait me transmettre les résultats des tests génétiques de Linda Richardson. J'aurais aimé qu'au moins lui soit porteur de bonnes nouvelles. Mais ce fut tout le contraire. Les analyses ne laissent aucun doute. Linda est atteinte d'une pathologie rare, le syndrome de Gerstmann-Sträussler-Scheinker. Une maladie à prions incurable, qui entraîne une paralysie lente et irrémédiable des muscles. Ce sont d'abord des spasmes, puis l'impossibilité de parler, des crises de démence et de plus en plus de difficultés à se mouvoir. Lorsque les muscles respiratoires sont touchés, le patient meurt le plus souvent de pneumonie. L'espérance de vie est, en moyenne, de cinq ans. Linda est condamnée. C'est terrible, après tout ce qu'elle a vécu. Je ne l'ai pas encore annoncé à Paul, de peur qu'il ne s'effondre. Il faut qu'il tienne le coup, encore un peu. Mais, moi, je ne cesse d'y penser. Je suis persuadée que ce sont Ceux de Mehen qui lui ont transmis cette saloperie. Les maladies à prions sont probablement transmissibles par voie sanguine. Hodges m'a confirmé que les tests faits sur le cadavre de Leery laissaient apparaître les premiers signes de la maladie chez lui aussi. Quel enfer… En plus de lui voler son sang, de l'abîmer, ces monstres, ces serpents, lui ont inoculé un horrible venin.

Une voix retentit dans les haut-parleurs. « Paul Green est attendu dans Le Cœur. Seul, sans micro et sans arme. » En hâte, je retourne en haut de la butte, jusqu'aux barricades. J'insiste auprès de Dougherty et Corwin pour qu'on laisse une chance à Paul. Dougherty, étonnamment, me soutient. Ça l'arrange que Green fonce droit dans ce traquenard. À son tour, Corwin valide la tentative de négociation. Je crains que Paul ne ressorte jamais de cette foutue villa, mais je dois respecter son choix. Je lui ai déjà dit que c'était trop dangereux, qu'il ne réussirait pas à sauver tout le monde. Il m'a souri, m'a répondu : « C'est drôle, quelqu'un m'a déjà dit ça. Mais je dois tenter ma chance, Sarah. Je ne pourrai pas survivre s'il y a d'autres innocents qui meurent. Je suis fatigué de tout ça, de la folie des hommes. Il ne me reste plus beaucoup d'espoir. Mais je dois aller au bout. » J'ai hoché la tête.

Je rejoins Paul. On parle peu, je n'essaie pas de le retenir. Je replace son gilet pare-balles, le regarde. Ce qu'il s'apprête à faire, c'est suicidaire. Il est terrorisé, c'est évident, et pourtant… il semble décidé. C'est fou qu'un type comme lui, lambda, un bonhomme si normal, soit capable d'un tel courage. Comme quoi la Machine ne me montre pas tout. Elle reste à la surface. Elle oublie le plus important, ce qu'il y a au fond de nous. Ce qui nous définit vraiment. Notre âme. J'articule :

— J'ai confiance en vous.

Paul me sourit et commence à progresser vers Le Cœur. Faites qu'il s'en sorte.

# 64

## Paul
1er novembre 2012
Ojai

— Bienvenue à la fin des temps, Paul. Tout ce qui arrive ce soir est votre faute…

Fairview me dévisage, assis derrière son bureau. Sa main droite tient mollement un revolver. À ses côtés, une bouteille de whisky bien entamée, un verre en cristal et un gobelet en plastique. Je ne l'ai jamais vu boire auparavant.

— Qu'est-ce qui se passe, Douglas ?

— C'est la fin. Voilà tout. L'Embrasement.

Il y a de la tristesse dans sa voix, de la peur aussi. Le vieil homme n'a pas son assurance habituelle. Pris d'une quinte de toux, il se tord sur son fauteuil.

— Vous avez détruit notre rêve, Paul. Cela fait trente ans que nous construisons cette communauté, cette famille. Et vous, vous avez tout gâché. Il y avait tant de joie, de bonheur ici. Ne restent plus que le chaos et la mort. Nous vous avons ouvert nos portes, accueilli comme l'un des nôtres. Ils sont tous morts à cause de vous.

— Ça ne prend plus, Douglas. L'Enceinte n'était qu'une supercherie, qu'une illusion. Nous sommes venus libérer celles et ceux à qui vous avez menti durant toutes ces années.

— Une illusion… Pourtant, qui s'en est plaint ? Nous avons sauvé des milliers de personnes qui étaient perdues. Dévorées par leur dépression, par les drogues, abîmées par la vie, par leurs proches, détruites par des peines de prison. Nous leur avons redonné espoir.

— Mais à quel prix ? Tout n'était que mensonge, manipulation. Nous savons que vous droguiez les Marcheurs. Et ce que vous faisiez dans la Forge, c'est de la torture. Quant aux Purs, toutes ces gamines, tous ces gamins sacrifiés pour leur sang ! Combien sont morts par votre faute ?

— Ils servaient un noble dessein. Il faut parfois des sacrifices pour ramener la lumière sur le monde.

— Arrêtez avec votre charabia sur la lumière et les ténèbres. Quels étaient vos liens avec Ceux de Mehen ? Vous étiez l'un de leurs membres ? Leur chef ?

— Je n'ai rien à voir avec eux. J'ai juste fait ce qu'il fallait faire… C'était un jeu. Vous ne pourriez pas comprendre.

— Où est Kate ? J'ai besoin de lui parler.

— Je lui ai toujours dit que c'était une mauvaise idée de vous accepter parmi nous. On aurait dû régler votre problème beaucoup plus tôt. Mais elle a insisté. Et ne m'a pas laissé le choix. Mais ça suffit. J'en ai assez. Assez de jouer les pantins, les marionnettes.

Il place sa main sur son oreille et en retire quelque chose. Une oreillette. Je ne l'avais jamais remarquée. Elle était dissimulée derrière ses longues mèches de cheveux blancs. Qu'est-ce que ça veut dire ? Le Guide resserre son emprise sur son arme et la braque vers moi. Il est pris d'une nouvelle quinte de toux, son bras tressaute une seconde. Pas assez longtemps pour que je tente quoi que ce soit. Je suis fait. À cet instant, Kate apparaît par la porte derrière Douglas. Elle a l'air éprouvée. Mais je suis heureux qu'elle soit vivante.

— Kate, tu dois convaincre Douglas d'arrêter tout ça. Les hommes du SWAT vont bientôt donner l'assaut. Ils ne feront pas de quartier. C'est votre dernière chance. Il faut sauver celles et ceux qui sont encore enfermés ici. Rendez-vous.

Elle ne me répond pas et observe Douglas. Ce dernier s'essuie la bouche et reprend la parole :

— C'est fini, Paul. Au moins aurai-je le plaisir de me dire que je vous emmène avec nous.

— Kate, je t'en prie, fais quelque chose.

À ma surprise, Kate dresse un pistolet vers moi, qu'elle dissimulait derrière sa longue jupe. Douglas pose son doigt sur la gâchette. C'est terminé. Je ferme les yeux. Une détonation. Kate a fait volte-face et vient de tirer une balle dans le crâne de Fairview. Douglas s'affaisse dans son imposant fauteuil. Du sang coule de sa tempe, imprègne le tissu blanc de sa chemise. Les larmes aux yeux, de sa main libre, Kate ferme les paupières du Guide, s'approche de lui et lui murmure quelque chose. Je crois entendre « merci ». J'essaie de m'avancer vers elle, mais, aussi vite, elle retourne le canon contre moi.

— Kate, le temps presse, il faut que tu annonces votre reddition.

Elle attrape un talkie-walkie posé sur le bureau de Douglas, et dit quelques mots : « Il est temps, Craig, Ned. Allez-y. » Par la baie vitrée, en contrebas, une fumée noire commence à s'échapper de la Source. Puis ce sont des flammes. Ici aussi, une odeur de brûlé se fait sentir.

— C'est trop tard, Paul. C'est déjà fini.

— Kate…

— Ne m'appelle pas Kate. Mon vrai nom est Dorothy.

# 65

## Rafa
### 1er novembre 2012
### Ojai

Ça pue l'essence et le brûlé. Que se passe-t-il là-haut ?… Je dois faire vite. J'ai arraché les manches de ma chemise en lin pour bander mes doigts en sang. Chaque fois que mes mains se posent sur une saillie, la douleur est horrible, mais je reste accroché. Je grimpe, encore. Chingado, il faut que ce coup-ci, j'y arrive. Je n'aurai jamais l'énergie de recommencer. Je peux le faire. Après tout, je suis Volatín, le funambule. Je tiens bon. Que cette putain de rage en moi, qui m'a tant dévoré, me serve. Je ne lâche pas. Plus je monte, plus l'odeur de combustion m'agresse les narines. Allez, j'y suis presque. Ma chaussure ripe sur un relief glissant. Je me retiens de mes mains ensanglantées. Un appui, vite. Mon pied tâtonne, puis, juste au moment où j'allais basculer dans le vide, trouve une fissure où se caler. Un dernier effort. Ma main passe par-dessus le rebord du puits. Enfin…

Je me hisse à l'extérieur, et m'écroule. J'ai besoin de quelques instants pour me remettre de cette ascension infernale. Je serre les poings. J'ai si mal aux mains. De la fumée s'élève du bâtiment. Une aile de la Source est en feu. À l'autre bout de la cour intérieure, un des hommes de la sécurité, de dos, vide un bidon d'essence sur les murs. Sans faire de bruit, je me saisis d'une pierre et lui fracasse le crâne. J'attrape son fusil, prends le trousseau de clés dans sa poche. Rejoindre les Purs, et vite. Les flammes, déjà, se répandent vers la partie centrale de l'ancien monastère. Le vieux bois de la charpente va se consumer à toute vitesse. J'arrive derrière la porte de la salle à manger, y colle mon oreille. Des cris à l'intérieur. Au bout d'une minute, je trouve enfin la bonne clé. Le plus lentement possible, je pousse le battant en bois. La fumée est de plus en plus épaisse. Au fond de la pièce, les jeunes sont entassés les uns contre les autres, pris en joue par deux gars de Balden qui leur hurlent : « Buvez, maintenant ! » Les Purs crient, pleurent, sont paniqués. Je fais quelques pas, assure ma prise sur le fusil, vérifie qu'il reste des balles dans le chargeur. Je n'ai pas le choix. Je tire et touche le premier homme à l'épaule, le second se retourne, mais n'a pas le temps de réagir. Un projectile le percute dans la gorge, un autre dans le torse. Un des Purs, Steve, se rue sur moi.

— Rafael, il faut qu'on sorte d'ici avant que tout brûle.

— Où est Harper ?

— Je ne sais pas. Balden l'a emmenée avec lui avant qu'ils mettent le feu. Vers le dortoir, je crois.

De la fumée apparaît par les combles. Un des jeunes est au sol, il crache de la bile, se tord de douleur.

— Que se passe-t-il, Steve ?

— Ils voulaient nous forcer à boire ce qu'il y a dans ces gobelets. Ils nous disaient que c'était le seul moyen d'atteindre la lumière. De vivre l'Embrasement.

— Du poison… combien en ont bu ?

— Je ne sais pas, deux ou trois.

J'aide le gamin mal en point à se relever, mais il est pris de convulsions, semble vouloir aspirer de l'air, un filet de bave aux lèvres. En un éclair, il meurt sous nos yeux. C'est horrible. Mais on ne peut pas traîner. Je récupère un chargeur sur l'un des gardes et demande au groupe de me suivre. La charpente craque de partout, comme une bête infernale qu'on éventrerait. Cette partie du bâtiment va s'effondrer d'une seconde à l'autre. On n'y voit quasiment plus rien avec la fumée. Je pousse les Purs en avant. Certains ne veulent pas partir, répètent qu'ils doivent rester pour l'Embrasement. Je pointe mon arme sur eux et leur crie de se diriger vers la sortie. Arrivés dans le cloître, nous progressons parmi la galerie de colonnes. Autour de nous, le feu dévore tout. Malgré les murs en pierre, les flammes attaquent les portes en bois, les rideaux, les voilages. Un autre des Purs s'écroule, se tord de douleur sous l'effet du poison. Steve se précipite vers lui. Je lui dis qu'il faut continuer.

— Ça ne sert à rien, c'est trop tard.

Pas d'autre choix que de laisser le jeune à l'agonie derrière nous. La porte d'entrée, enfin. Je galère à trouver la bonne clé. Il fait une chaleur à crever. Ça y est. Ça s'ouvre. Je regarde dehors. J'aperçois, en retrait, quelques véhicules du SWAT. Des silhouettes bougent, leurs armes braquées sur nous. « Steve, sors avec les autres. Marchez lentement, les bras levés au-dessus de la tête. On ne sait pas comment les flics vont réagir. Je dois aller chercher Harper. Ramenez des secours, des pompiers au plus vite. » Il hoche la tête et accompagne les Purs à l'extérieur.

Harper, où es-tu ? Je retourne au cœur de l'enfer. J'ai de plus en plus de mal à respirer. J'attrape un foulard abandonné sur un fauteuil et l'enroule autour de mon nez et ma bouche. Je n'y vois quasiment rien. Pour progresser, j'avance tête baissée. Je finis par accéder au dortoir. La porte est entrouverte. Harper est maintenue allongée sur un lit. Balden au-dessus d'elle, son pantalon en bas des jambes. Je lui crie de dégager. Il se retourne, surpris. Il a les yeux injectés de sang. Il tousse. « Te voilà, toi. Tu as réussi à sortir de ton trou ? Ça ne m'étonne pas, les rats, ça s'en tire toujours. »

— Qu'est-ce que tu lui as fait ?

— Rien encore. C'est l'Embrasement, la fin. Je voulais en profiter une dernière fois avant de rejoindre les autres. Mais elle est farouche, la gamine. Elle résiste.

Il jette un œil à son fusil posé sur le lit voisin. Je n'hésite pas et fais feu à deux reprises sur lui. Tu l'auras cherché, saloperie. Je me rue sur Harper, l'aide à se rhabiller, à se relever. Je lui demande si on lui a fait boire quelque chose. « Non, j'ai tout craché. Ça l'a encore plus énervé. » Il faut qu'on sorte d'ici. Le feu se propage à une vitesse folle. Alors qu'on s'apprête à revenir vers l'entrée, dans une déchirure de bois et une pluie d'étincelles, une énorme poutre en feu s'écrase et nous empêche de passer. Nous sommes piégés. Les flammes se répandent d'un matelas à l'autre. Bientôt, la pièce est remplie d'une fumée jaune et grise. On va étouffer ici.

Je cherche une issue. Là, une fenêtre. Je l'ouvre. Des barreaux en acier nous empêchent de sortir. Je les frappe de toutes mes forces. Je passe mes bras à travers. Au bout de mes doigts, la fraîcheur de la nuit. Harper se colle à moi, essaie d'aspirer l'air extérieur. La liberté est juste là, si près. Un fracas derrière nous. Une partie du plafond s'est écroulée et vient d'engloutir la moitié de la pièce. Dans quelques minutes, l'incendie aura tout dévoré. Les flammes sont désormais à moins de deux mètres. En donnant des coups de pied, je repousse le plus loin possible les matelas embrasés. C'est une fournaise. Il fait si chaud. Je serre Harper contre moi. J'ai la peau du dos qui me brûle, de plus en plus de mal à respirer. On va mourir ici. Mes mains tendues vers l'extérieur, je crie. Que quelqu'un nous entende. Ayúdanos. Que quelqu'un nous aide.

# 66

## Sarah

1er novembre 2012

Ojai

C'est la panique parmi les hommes du SWAT. Personne ne sait quoi faire, comment réagir. Les flammes se propagent au rez-de-chaussée de l'hacienda. Je viens d'avoir la confirmation qu'un autre incendie s'est simultanément déclaré dans l'ancien monastère. Je dois tenter quelque chose. Secourir Paul dans Le Cœur ou Rafa dans la Source ? C'est terrible. J'hésite. Pourtant, chaque seconde compte. Qui a le plus de chance de s'en sortir sans moi ? Qui dois-je sauver ? La Machine m'immobilise. Je vois, impuissante, le brasier progresser vers le premier étage de l'hacienda. J'attrape un agent du SWAT au hasard et lui demande quand arrivent les pompiers. « Pas avant dix minutes », me répond-il.

Qui sauver, merde ! Je pense à Paul, à son sourire un peu désabusé, son regard qui dit qu'il en a tellement vu, tellement bavé. Je sais ce qu'il voudrait, que je secoure Rafa. Ce n'est qu'un môme. Il mérite une nouvelle chance. Il mérite de vivre. S'il meurt, tout ça n'aura eu aucun sens.

Je me lance et contourne Le Cœur, dont les fenêtres du rez-de-chaussée crachent des flammes. Je cours à travers le verger, au-dessus, l'hélicoptère survole le domaine. Aveuglée par son projecteur, j'évite de justesse une haie d'arbustes. De l'autre côté de la colline, après la petite rivière, le feu se dessine entre les chênes. La partie droite de la Source semble déjà brûlée. Je traverse la passerelle en bois, remonte vers l'ancien monastère, passe devant deux fourgons du SWAT stationnés à l'écart. Un groupe d'agents installe des jeunes à l'arrière de l'un d'eux. Avec un peu de chance, Rafa est là. Je m'approche, le cherche du regard. J'interroge l'un des Purs :

— Rafael, il n'est pas avec vous ?

— Non, il nous a aidés à sortir, puis il est retourné récupérer Harper.

Je préviens les types du SWAT que je vais tenter de les retrouver. Le camion démarre. Je cours jusqu'à l'imposante porte. À l'intérieur, ce n'est qu'un chaos de poutres carbonisées, de murs effondrés, de flammes démentes. Un enfer. Je n'entrerai jamais par là. La Machine me hurle que c'est trop tard. Mais je ne laisserai pas tomber.

# 67

## Paul
### 1er novembre 2012
### Ojai

Kate me raconte son histoire. Son arrivée à Los Angeles sous sa véritable identité, ses rêves d'actrice brisés par sa rencontre avec Gary Gallows, les horreurs que Ceux de Mehen leur ont fait subir, à elle et à d'autres victimes, pendant de longs mois. Leur terrible emprise sur elle, ces menaces qui l'empêchaient de fuir. Et la façon dont ils se sont débarrassés d'elle après l'avoir utilisée comme un vulgaire jouet. Puis, cet appétit de vengeance qui allait grandir en elle et la consumer. Ils devaient payer. Elle trouverait un moyen. Il lui aura fallu trente ans.

Assise sur l'une des banquettes du bureau, elle tient toujours son arme à la main, mais ne me la pointe plus vraiment dessus. Elle parle, sans trop me regarder. Parce qu'il faut que ça sorte. Minute après minute, l'odeur de brûlé se fait plus prégnante. Quelqu'un a mis le feu au Cœur.

L'incendie se répand, vorace, dans le bâtiment. Pourtant, je reste là, avec elle, je dois savoir. Je ne la coupe pas, la laisse parler, raconter sa vérité, enfin.

— Tu vois, Paul, j'ai fini par comprendre que tout ce que j'avais bâti, celle que je suis devenue, c'est en réponse à ce qu'ils m'ont fait. Contre eux… Après avoir tué Gallows, j'ai décidé de fuir à San Diego. Je suis devenue Kate. Dorothy est morte là-bas, dans ce studio 88 à Hollywood. Je ne suis pas partie seule. Un homme m'a accompagnée. Un toxicomane. Un gars plus âgé que moi. Il m'avait sauvée en prévenant les secours quand j'ai fait une tentative de suicide. Nous étions liés tous les deux. Il s'appelait Alan, mais, comme moi, voulait tirer un trait sur son passé. Son nom de scène est devenu sa seule identité. Douglas Fairview. Quand on est arrivés à San Diego, on a décidé de décrocher ensemble et on a travaillé pour un centre de réhabilitation. Puis, au bout d'un an, on a eu l'opportunité d'en devenir les gérants et de le racheter. Personne n'en voulait. On a baptisé cet endroit Une main tendue. Ça a débuté comme ça. Année après année, La Voie a commencé à faire parler d'elle, chaque jour, de nouveaux Marcheurs nous rejoignaient… De mon côté je refusais d'être mise en avant, interrogée, filmée. J'avais peur que ces monstres me retrouvent. Et Douglas, lui, prenait si bien la lumière. Il est devenu le visage de notre association. Ça m'allait de rester en retrait. Comme moi, Douglas avait connu une vie de galères à se rêver comédien, broyé par la machine implacable de Hollywood. La drogue, d'abord pour tenir, ensuite pour oublier qu'on ne vaut rien. Mais c'était un bon acteur, le meilleur, et il allait bientôt le prouver.

Kate se lève, s'approche de la baie vitrée. En passant, elle pose une main affectueuse sur la dépouille de Douglas.

— Au départ, notre idée était d'aider tous ces paumés qui nous ressemblaient tant, puis La Voie a pris de l'ampleur. C'est moi qui lui ai écrit ses livres, qui ai imaginé toute cette histoire d'ombres et de lumière. La haine que j'avais en moi, je l'ai racontée dans ces pages. Tout le discours que nous avons construit pour notre mouvement n'est qu'un écho à ma vie. Les ombres, ce sont ces salopards qui dévorent la lumière, celle que j'étais. Début des années 1990, on a racheté ce terrain pour bâtir L'Enceinte. Plus on accueillait d'adeptes, plus nous devenions puissants, plus j'aimais ça, c'est vrai. Moi qui n'étais personne, moi à qui ils avaient tout volé, c'était ma revanche. Les dons des Marcheurs ont permis à La Voie de grandir et de gagner en notoriété. Tout devenait possible. On édifiait ici un monde à l'opposé de ce qu'ils étaient. Un éden protégé des ténèbres. J'ai commencé à oublier. Tourner la page enfin. Douglas, lui, jouait parfaitement son rôle. Je le guidais à tout moment, pendant les confessions, je lui soufflais ses discours à l'oreille, gérais toute l'organisation de La Voie et veillais à son expansion. Nous avions l'argent, le pouvoir, le respect de nos milliers d'adeptes. Je pensais que cela me suffirait…

Kate se détourne et, par la grande fenêtre, observe, en contrebas, les flammes qui consument la Source. Elle reste quelques secondes silencieuse, sort une fiole de sa poche, en avale le contenu en une gorgée, puis revient à mes côtés.

— Comment as-tu retrouvé la piste de Ceux de Mehen ?

— C'était il y a six ans, lors d'une soirée de charité de La Voie. Douglas et moi avons fait la rencontre de Ted Leery. La Voie était en plein essor. Des célébrités s'intéressaient à nous. Quand il m'a serré la main, j'ai instantanément reconnu sa chevalière. C'était l'un d'eux. Le pire de tous. Celui qui m'avait menacée avec son couteau, qui avait initié le vol de notre sang. C'est devenu comme un feu en moi. Il n'y avait plus que ça qui comptait. J'aurais pu le tuer. Mais je me serais retrouvée au même point qu'avec Gary Gallows. Ceux de Mehen est une structure opaque, impossible à tracer, à remonter. Il fallait les détruire, sans m'exposer. Mais en 2008 ma maladie, ce foutu syndrome de Gerstmann-Sträussler-Scheinker, s'est déclarée. J'étais d'abord anéantie. Si près du but, et la mort me guettait. Et j'ai compris. C'était un signe du destin. Ma pathologie a la particularité d'être transmissible par voie sanguine. Ce serait mon cadeau. Je leur offrirais ma malédiction. Cette maladie incurable qui me tue à petit feu et qui allait les ronger eux aussi lentement, irrémédiablement. Je savais qu'ils avaient une attirance pour le sang, leurs cerveaux dérangés s'étaient persuadés qu'en boire les faisait gagner en longévité, en vigueur. J'ai forcé Douglas à entrer dans leurs rangs, il a joué son rôle, malgré son dégoût pour eux. Il a fait ça pour moi. Car lui connaissait mon histoire. C'était mon meilleur ami, mon frère. J'ai trouvé un autre allié de choix. Un invisible comme moi. Il s'appelait Elijah. Mais vous, vous l'appeliez Le Maudit. Un orphelin qui avait vécu en marge, atteint d'une maladie qui lui déformait les traits.

Parce qu'il était horrible, repoussant, il était trimballé de centres en maisons d'accueil. Seul. Douglas et moi l'avons recueilli, nous l'avons regardé sans baisser les yeux. Il est devenu notre main armée. Notre enfant. Notre héraut.

— Un tueur…

— Non, un justicier. Puis, nous avons offert à Ceux de Mehen le plus beau des pactes. Nous leur promettions du sang pur, du sang jeune, par transfusion directe. Ils en bénéficieraient autant qu'ils le souhaiteraient. Un réservoir qui ne s'assécherait jamais, une fontaine de Jouvence. Mieux, puisqu'ils aimaient faire souffrir, ils pourraient voir les jeunes s'étioler sous leurs yeux tandis qu'ils aspiraient leur vitalité. Ils ont adoré ça. Puis, Douglas et moi sommes passés à la dernière étape, leur envoyer une Pure à qui nous avions inoculé ma maladie, pour qu'à son tour, elle la leur transmette à tous. Mon émissaire. Mon ange maudit. Linda. Je leur avais promis que son sang était particulier, qu'il détenait l'Éclat. Ils m'ont crue et ont tous accouru. Comme des bêtes affamées.

— Tu veux dire que tu as transmis ton syndrome à Linda ? Tu l'as condamnée ?

Je suis sonné, furieux, mais je la laisse continuer. Aller au bout…

— Oui, c'était le prix à payer… Et c'est là que tu m'as été utile, Paul… Shelley et toi, avec votre enquête, vous avez acculé Ceux de Mehen, en les poussant à accélérer le processus. Même les plus sceptiques n'ont eu d'autre choix que de recevoir des transfusions. Car ils savaient que s'ils devenaient trop exposés, il leur faudrait ensuite disparaître, s'effacer.

— Comment t'aurais-je aidée ?

— Que crois-tu, Paul ? Nous n'avons jamais cessé de te surveiller. C'est moi qui t'ai permis d'entrer dans L'Enceinte, et qui t'ai autorisé à quitter le domaine. Je savais que tu rejoindrais l'inspectrice Shelley. En écoutant tes confessions, en les analysant, j'ai appris à te connaître. Par cœur. Je sais comment tu fonctionnes. Tu ne lâches jamais. Et c'est ce qu'il me fallait. Un fou sur l'échiquier, incontrôlable. Tu m'as aidée à gagner une partie d'échecs dont tu ignorais l'existence.

— Je n'étais qu'un pion.

— Tu étais bien plus que ça.

Une quinte de toux la saisit. Elle met quelques instants avant de reprendre sa respiration.

— Notre histoire ? C'était pour mieux me manipuler ?

— Non. Notre histoire n'était pas prévue. Toi et moi, nous sommes pareils, Paul. Détruits de l'intérieur, on a passé notre vie à vouloir sauver les autres, parce qu'on n'est pas capable de se sauver soi-même. J'ai aimé nos moments ensemble. Je ne faisais pas semblant. Je te le jure.

— Tout n'est que manipulation dans ta vie. Comment te croire ?

— Si je ne tenais pas à toi, tu serais mort depuis longtemps.

— Kate, as-tu conscience de ce que tu as fait ? Tous ces morts. Ces innocents… Ils n'avaient rien à voir avec ton histoire, ta vengeance. Aveuglée par ta rage, tu es devenue pire que ces monstres.

Des bruits de fracas, des crépitements de combustion remontent jusqu'à nous. L'incendie se répand. Kate ne s'en soucie guère.

— Pire qu'eux ? Tu sais depuis combien de temps existent Ceux de Mehen ? Soixante-dix ans… Combien de vies ont-ils brisées ? Combien de femmes, de jeunes hommes se sont suicidés ou se sont laissés mourir après avoir été souillés, avilis par ces salopards ? Ils ne se seraient jamais arrêtés si nous ne les avions pas retrouvés. J'ai pris le seul chemin qui s'ouvrait à moi, Paul, la voie des ombres. Pour frayer avec les démons, il faut en devenir un. Eux qui vénéraient les serpents, je les ai piégés. Tu connais la particularité de ces reptiles ? Quand ils chassent, ils peuvent passer de longues minutes immobiles avant de fondre sur leur proie. On sait qu'on a été attaqué seulement quand on a été mordu.

Elle montre le plateau de jeu sur une table basse.

— J'ai joué au jeu du serpent et j'ai gagné. Je leur ai transmis mon venin. Et maintenant, ils vont devoir se regarder mourir, lentement. Le sacrifice des Purs était un mal nécessaire…

— Un mal nécessaire… Tu t'entends ?

— Oui… Je n'ai jamais menti à ces jeunes. À travers Douglas, je leur ai expliqué qu'ils servaient un but qui les dépassait, qu'ils allaient nous aider à chasser les ténèbres du monde. Et c'est ce qu'ils ont fait en détruisant Ceux de Mehen.

Malgré tout l'amour que j'ai pour elle, tout ce que je pourrais lui dire, je ne parviendrai pas à raisonner Kate. Elle s'est construit un mur d'illusions, de mensonges, pour se convaincre que le but qu'elle poursuivait était juste. Qu'importe les conséquences.

— Il est encore temps d'arrêter toute cette folie. Viens, Kate, aide-moi à évacuer les autres Marcheurs qui sont encore ici. Tu peux te racheter.

— Tu ne comprends toujours pas ? C'est fini, Paul. La Voie s'éteint aujourd'hui, avec moi. C'était un rêve, et je ne veux pas vivre d'autre vie.

Elle tousse encore, sa main est tachée de sang. De sa poche, elle extrait la fiole vide qu'elle me tend. Dessus, une étiquette : « cyanure de potassium ».

— Du poison…

Je repense aux corps allongés dans les chambres que j'ai aperçus du couloir menant au bureau de Douglas.

— Et les autres ?

— Ils ont tous fait le même choix que moi. Plutôt mourir que de retourner dans leur monde, leur réalité. C'est fini. Je suis désolée, Paul. J'aurais aimé être quelqu'un d'autre. Te rencontrer avant.

Kate perd l'équilibre et va pour tomber de la banquette. Je la retiens et amène sa tête sur mes genoux, lui caresse les cheveux.

— Paul… J'aimerais que tu te rappelles que je n'étais pas un monstre. Ils diront des choses terribles sur moi. Mais toi, tu sauras.

De la fumée se glisse sous la porte. Le feu est là, tout près.

— Non, tu viens avec moi, Kate, tu vivras.

— Paul, je t'en prie.

Elle se tord de douleur, son corps déchiré par le cyanure. Je pleure. Elle passe ses doigts sur mes joues, essuie mes larmes, un sourire fragile éclaire son visage. Elle respire trop vite. Ses yeux ne sont plus là, avec moi. Sa main glisse jusqu'à mon cœur.

— La lumière, elle est là. En toi. Porte-la. Pour moi, pour nous tous.

C'est fini. Je serre son corps dans mes bras. Le bâtiment, comme un être vivant, gronde, hurle, sous les flammes.

Je me sens si fatigué. Et si je restais là ? Et si tout s'arrêtait maintenant ? Ce ne serait pas si mal ? Partir avec elle, bouffé par la géhenne. Fermer les yeux et me laisser emporter. Oublier. Victoria... Rachel... Kenneth... Boone... Et, à présent, Kate... Trop de peine, trop de douleur. Trop de morts. Fermer les yeux, une dernière fois. Parce que je n'en peux plus d'essayer, de croire que je pourrais changer quelque chose. Ce monde est fou. Et il mérite de finir dans les flammes. Comme moi. Fermer les yeux et me laisser partir. Tant que je suis avec elle, c'est déjà ça. À quoi bon continuer ?

Mourir, maintenant. Avec elle.

## 68

## Sarah
### 1er novembre 2012
### Ojai

La Source n'est plus qu'un immense brasier. Malgré le danger, je longe la bâtisse. Par les fenêtres, les flammes explosent comme des geysers de feu. Il doit bien y avoir un accès. Un endroit. En arrivant à un coin de l'édifice, j'aperçois, vingt mètres plus loin, une main tendue à travers les barreaux. Je m'y précipite. C'est Rafa. Je la lui attrape, la serre. Il s'est protégé le visage avec un tissu noirci par la suie, il tousse. Il tient contre lui une jeune fille, évanouie.

— Sarah, vite ! Je ne tiendrai plus longtemps.

Je tire sur les barreaux. Ils sont solidement arrimés dans la pierre. Il me faudrait de l'aide. De l'équipement pour desceller cette foutue grille.

— Je vais te sortir de là.

Laisser faire la Machine. Je t'en prie, saloperie, aide-moi. Mon cerveau fou prend le contrôle. Autour de moi, le moindre détail est enregistré, analysé. À l'intérieur de la pièce, un grand dortoir, les issues sont bouchées par une partie du toit effondré. Cette fenêtre est le seul moyen de sortir. La charpente ne résistera pas longtemps, des monceaux de solives incandescents s'écrasent déjà au sol. Autour de moi, dans le sous-bois silencieux, les étincelles de l'incendie volettent à travers les arbres. Je suis seule. Là-bas, le fourgon du SWAT que les agents ont laissé derrière eux. Je me presse jusqu'au véhicule, vérifie à l'avant. Le camion est équipé d'un treuil. C'est ma seule option. Je passe derrière le volant, la clé est sur le contact. Je démarre, roule en trombe, envoie valdinguer un tronc qui me barre le passage, me gare devant la façade, sans couper le moteur. Paniqué, Rafa me hurle de me dépêcher. De toutes mes forces, je tire le lourd câble métallique, qui a du mal à se dérouler, le treuil est grippé. Je me taillade les mains sur la corde d'acier. Je la passe autour des barreaux, attache le crochet de sûreté. Avant de revenir vers l'engin, je crie à Rafa de reculer. Les flammes sont si proches. J'arrive au treuil, active la commande électrique. Lentement, trop lentement, le câble commence à s'enrouler. Il se tend. Allez, encore un peu. Mais le moteur n'est pas assez puissant. Il s'enraye après un claquement. Pas le choix, je retourne derrière le volant, enclenche la marche arrière, appuie sur l'accélérateur. L'engin fait une embardée. Mais les barreaux tiennent bon. J'enfonce mon pied sur la pédale. Le véhicule hurle, les roues patinent dans la terre sèche. Le pare-chocs se contorsionne vers l'avant. Ne lâche pas. À l'autre extrémité du câble, les barreaux se déforment, le mortier du mur se fissure. Encore un peu… Enfin, dans un rugissement, le fourgon recule et arrache la grille. La seconde suivante, j'aide Rafa à extraire la fille et à franchir à son tour le haut parapet. Nous nous éloignons de la Source pour nous effondrer dans un tapis de feuilles.

Les secours arrivent, des ambulanciers placent la jeune femme sous respirateur. Rafa et moi regardons en silence le feu qui s'élève dans la nuit noire. On ne distingue plus du monastère que le squelette de ses murs en pierre. Paul… Je dis à Rafa que je dois encore faire quelque chose. À bout de souffle, au bout de tout, je monte péniblement jusqu'au Cœur. Gravir la colline est une torture, je n'en peux plus. En son sommet, l'édifice en feu éclaire les alentours comme le brasier d'un culte fou, oublié. J'arrive au niveau des barricades. Les pompiers, aidés des agents du SWAT, déroulent les pompes à incendie. Un hélicoptère bombardier vide une énorme charge d'eau suspendue au bout d'un câble sur le pan ouest du bâtiment, provoquant un immense nuage de fumée noire qui glisse jusqu'à nous. Mais les flammes insatiables reprennent de plus belle. Les arbres le long de l'allée se sont aussi embrasés. La lumière des flammes, des gyrophares, teinte le monde de rouge et d'orange. Ce n'est plus un incendie, mais un pandémonium. Ça crie des ordres de partout.

Paul ne s'en sortira pas, c'est impossible. Épuisée, je m'affale sur le capot d'un véhicule de police. Je suis désolée, Paul. Corwin me rejoint. Elle me parle, me pose des questions, mais je ne lui réponds pas. Je vais tourner de l'œil. J'ai les poings serrés sur mon jean, quand j'entends un aboiement. Là-bas, accroché à un pare-chocs, Flash, le vieux chien de Paul, tire sur sa laisse et hurle à tout rompre en direction de l'incendie. Il se cabre si fort qu'il finit par arracher la corde qui le retenait. Comme une balle, il file vers Le Cœur. Je me retourne. Émergeant de la fumée, une silhouette avance, puis tombe à genoux. Le chien lui bondit dessus, le pourlèche. Avec ce qu'il me reste d'énergie, je me traîne jusqu'à eux.

C'est Paul. Il a le visage noir, les yeux injectés de sang, ses manches de chemise sont recouvertes de suie. D'une main molle, il caresse Flash, les yeux dans le vide. Il a besoin de secours et vite. Je l'aide à s'éloigner un peu du feu, appelle des ambulanciers. Je lui explique que c'est fini, qu'on a réussi à récupérer Rafa et les autres Purs. Il lève un regard embué de larmes vers moi et articule ces quelques mots : « Il faut vivre. »

# *Épilogue*

## Sarah

3 décembre 2012

Los Angeles

Depuis le toit du monde, j'observe ma ville. Les terrasses qui bordent l'observatoire Griffith offrent une vue stupéfiante sur la Cité des Anges. J'aime bien venir ici, au cœur de la nuit, quand le flot de touristes a disparu. Je m'installe avec ma Thermos de café sur une rambarde, et j'attends. Car je sais qu'il ne faudra pas longtemps avant que mon téléphone ne sonne et me force à replonger, en bas, dans ces abysses d'or et de ténèbres. Là-bas, où m'attend une nouvelle affaire.

Cela fait un mois que L'Enceinte a brûlé, que cette histoire a pris fin dans les flammes et la folie. Nous avons pu secourir deux cent soixante-huit adeptes, mais trente-sept ont trouvé la mort, empoisonnés ou abattus lors de l'assaut du SWAT. Trente-sept morts… Aurait-on pu éviter ça ? Je n'ai pas de réponse. Il reste encore beaucoup de questions en suspens autour de cette affaire. Qui étaient réellement Ceux de Mehen ?

Combien étaient-ils ? Le saura-t-on jamais ? Assigné à résidence en attente de son procès, Spetzer s'est suicidé chez lui. Plutôt mourir que révéler ses secrets et connaître le déshonneur. Je guette parfois, au détour d'une info à la radio, un indice. Ces dernières semaines, un nombre anormal de chefs d'entreprise puissants, de stars en vue, d'hommes politiques respectés ont annoncé se retirer de la vie publique, ou quitter leurs fonctions…

À Ojai, les incendies qui se sont déclarés dans L'Enceinte et la Source se sont répandus jusqu'aux limites du domaine. Il a fallu plus de trente heures aux pompiers pour en venir à bout. Le Cœur comme la Source ont été détruits par les flammes. Nous ne découvrirons jamais tout ce que cachaient Fairview et Kate là-bas. Que faisaient-ils des milliers d'heures de confessions enregistrées ? L'un des rares éléments qu'on a pu récupérer dans ce champ de ruines est le dossier des admissions des dix dernières années. À force de recoupements, nous avons pu identifier les Écorchés. Jane Doe s'appelait en réalité Tessa Clark. Les trois autres victimes, elles aussi, ont retrouvé leur nom. Nous avons prévenu leurs familles, qui pourront enfin vivre leur deuil. Pour le reste, tout est parti en fumée. C'est peut-être un signe. Qu'il faut tourner la page, avancer.

Après un séjour à l'hôpital, Paul a quitté Los Angeles pour rentrer chez lui à Redwoods, en Oregon. Il m'a expliqué avoir besoin de repos, de réfléchir à ce qu'il comptait faire par la suite. Je n'ai rien dit, mais je sais très bien qu'un jour ou l'autre, il reprendra la route. On est faits du même bois, tous les deux. S'il ne part pas en quête de ces disparus que tout le monde a oubliés, qui le fera ?

Pour l'instant, je fais cavalier seul. Il y a quelques jours, Corwin m'a annoncé que j'allais écoper d'un nouveau partenaire. Un jeune type du commissariat de Van Nuys, qui se serait fait remarquer par ses talents d'enquêteur. Il rêve de rejoindre les Homicides. On parle de lui comme de la nouvelle étoile montante du LAPD. Quand j'ai raconté ça à Riley, au téléphone, ça l'a bien fait marrer : « Un gamin qui débarque en jouant les conquérants, ça me rappelle vaguement quelqu'un. Tu vas comprendre ce que ça fait de se retrouver à la place du vieux flic dépassé, Shelley. »

La Machine et moi, nous avons trouvé une sorte d'arrangement. Une trêve. Quelque chose a changé avec toute cette histoire. Je m'étais convaincue que j'allais me faire dévorer par ma maladie, mais c'est le contraire qui s'est passé. J'ai arrêté de la combattre. Je l'accepte. Je m'accepte, moi. Je ne serai jamais une fille normale. Pour mes collègues, je resterai la Vampire, Einstein, Pare-balles… Trop seule, trop bizarre ou renfermée. J'aurai toujours du mal à me lier aux autres, à dire ce que je pense. Mais, aujourd'hui, grâce à Riley, Rafa, Paul, j'ai desserré mon gilet pare-balles, histoire de laisser un peu battre mon cœur. Je me sens moins étouffée. Moins prise au piège. C'est déjà ça…

J'observe Los Angeles. Sous mes yeux, des millions de lumières qui scintillent. Chacune porteuse d'une histoire, d'une vie. Ces phares qui remontent trop vite sur Sunset Boulevard, c'est un homme qui rentre encore un peu trop tard du boulot. Cette lampe qui s'allume dans un gratte-ciel de Downtown, c'est une femme qui, cette nuit encore, ne trouvera pas le sommeil. Autant de vies qui se croisent, sans jamais se voir. Et moi, au milieu, qui, comme tous les autres flics de LA, tente de repousser la nuit. Parce qu'il faut bien qu'un nouveau jour se lève. Mon téléphone retentit. Ma ville m'attend.

## Rafa
### 4 décembre 2012
### San Diego

Tout est prêt. Ils ne vont plus tarder maintenant… Quelques minutes encore.

Grâce au soutien de Sarah et à l'aide que je lui ai apportée sur son enquête, le juge a abandonné les charges contre moi. J'ai retrouvé ma liberté. Mais il me restait à décider quoi faire de ma vie. Après la dissolution de La Voie, l'État de Californie a réquisitionné les biens de la communauté religieuse. Ici, à San Diego, dans ce qui était autrefois les locaux d'Une main tendue, ils ont décidé de créer un centre de réinsertion pour les anciens Marcheurs. Des animateurs sociaux, des psychologues ont été embauchés en urgence. Quand j'ai appris que les Purs et les adeptes les plus fragilisés de la secte allaient être placés ici, ça a été comme une évidence. J'ai proposé de filer un coup de main. À ma grande surprise, ils ont accepté. Je sais bien que Sarah a plaidé en ma faveur, mais elle ne me l'avouera jamais.

Le centre a ouvert ses portes il y a une semaine. Certains des Purs sont retournés auprès de leurs proches, d'autres, comme Harper et Steve, nous ont rejoints ici. C'est encore dur pour eux d'affronter le monde réel, de sortir, communiquer même. Après tous ces mois enfermés, tous ces mensonges, il leur faut maintenant laisser leurs ailes au placard. Chaque jour, de nouvelles personnes affluent. Jeunes, moins jeunes, des quidams qui ont été trahis par les promesses de La Voie à travers le pays et ne savent pas comment se reconstruire. On va essayer de les accompagner. L'idée est d'accueillir peu à peu toutes les victimes d'endoctrinement qui ont vécu sous l'emprise d'une secte ou d'un groupe religieux. On a du pain sur la planche. Si on fait bien notre boulot, d'autres lieux comme le nôtre ouvriront peut-être dans d'autres États.

Il a bien fallu donner un nom à cet endroit. En en discutant ensemble, on est rapidement tombés d'accord. On voulait quelque chose de simple. Tout sauf une appellation ronflante comme celle que donnait La Voie à ses structures. Un nom qui parle à celles et ceux qui poussent notre porte, un nom pour les victimes. J'ai proposé « Les Funambules », l'équipe comme les autres jeunes ont tout de suite accroché.

J'anime des ateliers de discussion. J'ai encore du mal à trouver mes marques. Mais je crois que j'aime ça. J'aide aussi un peu en cuisine, et fais de petits travaux pour retaper l'endroit. C'est pas toujours facile. Quand je dois repasser la serpillière ou refaire toute la vaisselle car ces gamins sont capables de rien, ou que je reste une heure avec l'un d'eux parce qu'il n'ose pas franchir le seuil de la porte, j'ai envie de tout envoyer valdinguer, mais je me contrôle.

Je fais encore des cauchemars, évidemment. El Silbón, Le Maudit, s'invite parfois au plus profond de mes nuits. Mais mes fantômes, eux, m'ont pardonné. Sandoval, le vieillard que j'ai dû abattre pour La Sombra, comme les Écorchés ne viennent plus me hanter.

Quand je parle avec les autres, je réalise que si je suis venu ici, c'est que moi aussi, j'avais besoin d'être réparé. Je peux m'en sortir. Ça ne dépend de personne d'autre que moi. Assez de reporter la faute sur mes professeurs, mes parents, le système, les riches… C'est comme ça que Fairview tenait ses adeptes. Il y aura toujours des Hostiles, toujours des coupables pour justifier nos détresses. L'ombre, la lumière… Tout ça, c'est des conneries. Il n'y a que nous, humains, en équilibre fragile sur un fil tendu au-dessus de l'abîme. On fait ce qu'on peut. Parfois, on penche d'un côté, parfois de l'autre. Des funambules. Tous.

Sarah vient souvent nous voir au centre. Elle a déjà repris le travail. Son boulot d'inspectrice, c'est sa vie. Mais quelque chose s'est débloqué en elle. Elle est moins froide, moins distante. Il lui arrive même, parfois, de sourire. Paul, lui, est reparti vers l'Oregon et sa vie là-bas. Il a été abîmé par toute cette folie. J'espère qu'il s'en remettra.

Je termine de disposer les chaises en demi-cercle. Je vérifie que le café est prêt, arrange les corbeilles de donuts. Je suis un peu anxieux. Est-ce que je saurai les écouter, les entendre ? Est-ce que je réussirai à les aider ? Je pose mes mains sur les poignées des portes. La Sombra rôde toujours. Mon ancien gang ne me pardonnera pas, jamais. Mejia a été remplacé par un de ses lieutenants à Los Angeles. Peut-être qu'ils finiront par retrouver ma trace et qu'un soir comme celui-là, une silhouette émergera des ombres pour me loger deux balles dans le buffet. Si chaque jour est une chance, autant la saisir. Dans dix jours, j'aurai vingt ans. C'est peut-être le bon moment pour commencer à vivre ?

Je pousse les portes. Harper et les autres arrivent. Elle m'embrasse sur la joue. Tous s'installent. Je m'assois à mon tour. Il y a deux, trois nouveaux visages aujourd'hui, c'est bien.

— Bonjour à toutes et à tous. Je m'appelle Rafa. Bienvenue aux Funambules. Est-ce que quelqu'un se souvient de notre dicton ?

Harper lève la main.

— Un pas après l'autre.

— Un pas après l'autre. C'est ça.

## Paul
### 6 décembre 2012
### Redwoods

La route. Toujours. La route qui remonte le long des côtes de l'Oregon. Le brouillard se lève et la forêt m'apparaît, enfin. Les séquoias immenses, majestueux, imperturbables. Un soleil blanc filtre à travers la canopée. Je baisse la vitre, hume l'air chargé d'humidité. L'odeur du bois, de la terre. Je caresse mon chien qui tend la truffe vers la fenêtre. On arrive, mon vieux.

Il m'a fallu du temps pour retrouver mes terres. Me requinquer, d'abord, dans cet hôpital de Los Angeles. Je garderai des marques de brûlures sur les avant-bras. Quelques cicatrices de plus… au point où j'en suis. Puis je suis allé faire mes adieux à Linda et son père à Carlsbad. Philip m'a expliqué que les médecins se montraient plutôt optimistes quant à l'évolution de la maladie de sa fille. Comme elle est jeune, le syndrome de Gerstmann-Sträussler-Scheinker ne l'emportera pas tout de suite. Elle pourra encore vivre dix ans, peut-être. C'est toujours ça de gagné. J'ai retrouvé la jeune femme dans sa chambre. On ne s'est pas beaucoup parlé. Alors que j'allais partir, elle m'a attrapé les mains et me les a serrées fort. Et ça a suffi pour atténuer, un peu, toute cette peine que je porte en moi. Philip, au moment de mon départ, a voulu me donner mille dollars. J'ai refusé. Ils en auront plus besoin que moi. Il m'a remercié, s'est excusé d'avoir douté de moi. Je lui ai simplement répondu : « J'avais promis à Rachel que je ramènerais votre fille. Je tiens mes promesses. »

Je suis repassé par Los Angeles, pour saluer, une dernière fois, Sarah. On a bu quelques bières ensemble en regardant le soleil disparaître derrière l'océan. Puis ça a été un détour par San Diego, pour voir Rafa dans ce même centre où j'avais recherché Linda, des mois auparavant. Mon chien lui a fait une fête de tous les diables. Le jeune fera un bon animateur. Il a trouvé sa voie. Pas celle que d'autres voulaient lui imposer.

J'ai roulé plein nord. J'avais encore quelqu'un à qui faire mes adieux. À San Francisco, j'ai garé ma Country Squire toussotante sur le parking de la marina de Fisherman's Wharf. J'ai trouvé un pêcheur qui a accepté de m'emmener en mer faire le tour du Golden Gate. Il avait aménagé l'avant de son bateau pour les touristes, avec glacières, canapés en cuir défoncés. Je t'avais promis un voilier, Boone, j'ai pris ce que j'ai trouvé. On est finalement arrivés sous le Golden Gate, j'ai demandé au marin de passer sur sa radio le morceau que j'avais préparé, un vieux blues comme tu les aimais, un Taj Mahal bien rocailleux. Il y avait du vent, le ciel était encore voilé, comme souvent dans la baie. On distinguait à peine les immenses pylônes orange du pont, l'eau et la brume se mêlant en des teintes de gris jusqu'à l'infini. J'ai jeté tes cendres à l'eau. Bon voyage, vieux Pirate. Tu as l'océan pour toi, maintenant. Vogue. Loin.

J'ai eu le temps de réfléchir durant ce long trajet vers ma cabane. Que m'a appris mon passage dans L'Enceinte ? En quoi croire ? Il y aura toujours des gens pour nous promettre monts et merveilles. Chefs de gang, prêtres, imams, rabbins, hommes politiques, coachs en bien-être, gourous de secte… Croire. Peut-être que l'humanité en a besoin pour oublier combien ce monde n'a aucun sens, combien tout est chaos. Croire, c'est refuser de se laisser tomber dans ce grand vide qu'est la vie. Mais c'est aussi poser un genou à terre. Car il y a chaque fois un prix à payer. Ces faux prophètes, marchands d'illusions, vendeurs de chimères attendent inévitablement quelque chose de nous. Il faut se méfier des anges. Rafa m'a parlé d'un vieux dicton mexicain qui dit : « Una jaula de oro, sigue siendo una jaula. » Une cage dorée reste une cage. Croire. En réalité, le mieux, c'est peut-être de croire en soi, de s'accepter tel qu'on est avec ses fêlures, se regarder dans le miroir et se dire : « OK, on fera avec. »

Qui sont les monstres ? Toujours cette même question qui m'habite, qui me hante. Existent-ils seulement ? Au fond, Ceux de Mehen n'étaient que des hommes prêts à tout pour s'offrir une part d'immortalité, rendus fous par leur narcissisme, convaincus que tout leur était dû, qu'ils pouvaient prendre sans compter. Kate, elle, une femme dévorée par sa vengeance. Une veuve noire qui s'est façonné une toile terrible de manipulations, de mensonges. La Voie était un décor de paix, d'harmonie, un éden qu'elle a créé, un refuge contre les horreurs de son passé. Une illusion. Il n'y a pas de bien contre le mal, de lumière contre les ténèbres. Nous sommes le jour et la nuit. Nous sommes le crépuscule. En nous, les plus belles promesses, les pires horreurs.

J'arrive devant ma cabane, ouvre le portail et me gare. Péniblement, je m'étire le dos courbaturé. Mon chien, ravi, renifle à droite, à gauche en remuant la queue. Je ne prends même pas la peine de sortir mes affaires. Ça attendra. J'ai besoin d'un verre, peut-être même que toute la bouteille y passera. J'aère un peu mon cabanon poussiéreux, sors les deux enceintes sur la terrasse à l'arrière. Je récupère le vinyle acheté à San Francisco, le place sur le tourne-disque, choisis la piste, m'installe dehors sur mon rocking-chair. Les premières notes de *Tiny Dancer* se font entendre. Et moi qui pensais ne jamais aimer ce morceau…

Kate, peut-être qu'il y a, quelque part, dans une autre dimension, dans un autre temps, un monde où nous vivons ensemble, un monde où j'ai croisé ta route plus tôt, un monde où j'ai pris ta main et su soigner tes blessures avant qu'il ne soit trop tard. Je t'ai aimée, Kate. Et je t'aimerai toujours un peu. Une part de moi restera là-bas, au bord de cette rivière, à te regarder rire sous cette cascade et te moquer de moi parce que je trouve l'eau glacée. Il y aura toujours, quelque part, un gars un peu trop cabossé par la vie qui observe cette femme danser, si libre, en se disant qu'elle est trop belle pour lui… Je retournerai là-bas quand j'aurai mal, quand j'aurai froid, quand j'aurai peur.

Cet escroc formidable d'Elton John entonne les plus belles paroles de sa chanson : « *Ballerina. You must've seen her, dancing in the sand. And now she's in me. Always with me. Tiny dancer in my hand.* » Une ballerine. Vous avez dû la voir danser dans le sable. Et maintenant elle est en moi. Toujours avec moi. Une petite danseuse dans ma main.

J'ai vu trop de personnes que j'aimais mourir dans mes bras. C'est ce que je me suis dit, tandis que les flammes dévoraient Le Cœur. Je m'étais convaincu que la route s'arrêtait là pour moi. Et puis, une sensation opposée a pris le relais. Il fallait vivre. Pour eux. On ne meurt jamais vraiment tant que quelqu'un se souvient de nous… Et je me souviendrai, Kate. Malgré ce que tu as fait, malgré les ténèbres que tu as laissées dans ton sillage. Je continuerai à me souvenir de toi, de vous. Plus le temps passe, plus je suis entouré de fantômes. Kate et Boone, vous marchez désormais à mes côtés, avec tous les autres. Vous faites partie de ce que je suis. Je suis votre porteur d'âmes.

Je me sens si fatigué. Mon chien vient se lover à mes pieds. Je pleure mais ce n'est pas grave.

Je regarde mes bras brûlés. Qu'est-ce qui m'attend demain ? D'autres cicatrices ? Encore plus de larmes ? Pourquoi est-ce que je m'acharne ? Moi, le gentil Paul, le petit rondouillard ? Parce qu'il faut bien que quelqu'un le fasse. Il y aura toujours un gamin maigrelet pour tenter de défendre un vieillard qui se fait agresser. Toujours une étudiante qui fera barrage devant une armée. Toujours un employé insignifiant qui dénoncera ce que personne n'osait révéler. Il faut qu'il y ait des gens comme nous. Des fous, des imbéciles, des candides et des faibles qui pensent pouvoir y changer quelque chose. Et qui, à un moment, se lèvent. Tant qu'il y a des femmes et des hommes comme ça, c'est que tout n'est pas perdu. Il en faut, des gens ordinaires. C'est souvent par eux que naissent les révolutions. On existe quand tout nous hurle de nous taire et qu'on crie. C'est tombé sur moi. Pas de bol.

C'est pour ça qu'il faut vivre. Je le dois aux morts qui m'accompagnent et aux vivants qui m'attendent.

Il faut vivre. Malgré tout.

# *Remerciements*

Chères lectrices, chers lecteurs, j'espère que ce roman vous aura emportés. Pour un auteur, c'est toujours un moment particulier que celui où son histoire prend son envol… Mais je suis certain que Sarah, Paul et Rafa sont entre de bonnes mains avec vous.

Ces premiers remerciements, c'est évidemment à vous, amis lecteurs, que je les adresse. Depuis *L'Affaire Clara Miller*, votre accueil et votre soutien ont été, avouons-le, assez extraordinaires. Je suis heureux que mon univers ait pu vous toucher. Je passe beaucoup de temps seul, dans ma tour d'ivoire, à écrire. Mais savoir que vous êtes là, à l'autre bout de ce fil d'Ariane qui nous relie, m'aide à avancer. J'ai hâte de pouvoir vous retrouver en salons et dédicaces.

Ce roman n'existerait pas sans le soutien de la formidable équipe de XO Éditions. Un très grand merci à Bernard Fixot, Édith Leblond et Renaud Leblond pour leur confiance, leurs conseils et leur bienveillance. Trois romans ensemble, c'est pas mal, non ? Je tenais à saluer ici Camille le Doze, l'excellente éditrice qui m'a accompagné pour la relecture de ce roman. Elle m'a aidé à aller chercher l'âme de mes personnages. Merci à elle. Et, bien évidemment, pensées pour toute la team XO, cette petite famille qui fait rayonner nos livres : Stéphanie Le Foll, Anissa Naama, Marine Papillon, David Strepenne, Bruno Barbette, Catherine de Larouzière, Roxana Zaharia…

Un petit salut, également, à mon ami Gerald Wassen qui a créé les magnifiques logos de La Voie.

Comme dirait Paul, on n'est personne quand on est seul. De mon côté, sans mes proches, je ne suis en effet pas grand-chose.

J'aimerais donc remercier ma femme Julia et mes enfants, Antoine et Élisa. Vous êtes tout, vous le savez déjà. Une bise à mes parents Jacqueline et Christian, à qui je dédie ce livre, à mes deux sœurs Caroline et Sophie et leur adorable famille. Et une pensée pour mes beaux-parents, Michelle et Gérard, ma belle-sœur Géraldine.

L'amitié a une place essentielle dans ma vie. J'embrasse fort tous les copains d'enfance qui me supportent depuis si longtemps… Une grosse pensée aussi pour quelques personnes qui, en peu de temps, ont pris une jolie importance pour moi. J'aimerais ainsi saluer les camarades du Writers Cthulhu et des Mother Fumblers : Sarah Kaminsky, Bouchra Fakhri, Henri Lœvenbruck, Niko Tackian, Nicolas Lebel, Alexis Laipsker, Fabrice Mazza, Benoît Munoz. Chaque semaine, ensemble, nous partons loin dans nos voyages immobiles…

Un coucou, en passant, à toute la petite famille du polar. Tous ces auteurs que j'ai rencontré en salon et que je prends tant de plaisir à retrouver : Claire Favan, Pétronille Rostagnat, Sandrine Destombes, Olivier Norek, Ian Manook (et Françoise !), Bernard Minier, Mathieu Lecerf, Nicolas Beuglet, René Manzor, Jean-Luc Bizien, Jacques Saussey, Cédric Sire et tant d'autres… À chaque fois, c'est un peu comme une grande colonie de vacances. On se marre beaucoup… Il se murmure que les auteurs de polars ne sont pas très sérieux. Ça nous va bien, je crois.

Je voudrais achever ces remerciements par celles et ceux qui comptent tant pour nous autres écrivains : les libraires. Une chose me marque à chacune de nos rencontres, c'est votre passion, votre engagement et votre enthousiasme, malgré les difficultés. Merci d'être là et de continuer à défendre les livres, tous les livres.

Allez, je vous laisse. Un nouveau projet m'attend. Une autre histoire m'appelle.

À très bientôt.